한국 소설의 추리 기법

쟁점으로 읽는 한국 문학 4

한국 소설의 추리 기법

인쇄 2014년 2월 15일 | 발행 2014년 2월 20일

편저자 · 박덕규 · 차선일
펴낸이 · 한봉숙
펴낸곳 · 푸른사상사
주간 · 맹문재 | 편집 · 지순이 | 교정 · 김소영, 김재호

등록   제2-2876호
주소   서울시 중구 충무로 29(초동) 아시아미디어타워 502호
대표전화   02) 2268-8706~7 팩시밀리 02) 2268-8708
이메일   prun21c@hanmail.net
홈페이지   www.prun21c.com

ⓒ 박덕규 · 차선일, 2014

ISBN 979-11-308-0131-5 93810
값 23,500원

4 쟁점으로 읽는 한국 문학

한국 소설의 추리 기법

박덕규 · 차선일 편저

Mystery technique of Korean novel

푸른사상
PRUNSASANG

세계 독자들에게 추리소설이라는 장르는 그 스토리로서는 말할 것도 없고 주인공 캐릭터나 소설을 쓴 작가 이름으로서도 아주 뚜렷하다 할 수 있다. 우리 소설은 그런 정도에 이르지 못하고 있는데 그렇다 해서 현대문학에서 추리소설의 전통이 아주 없다고 말할 수는 없다. 한편, 추리소설에서 활용되는 기법을 소위 순수문예소설에서 활용함으로써 상당한 효과를 얻은 작품들이 꽤 있다는 사실을 보태 말할 수 있다. 이 책이 추리소설 자체를 주목하지 않고 소설에서의 추리기법을 주로 주목하게 된 이유도 이런 데 있다.

E. M. 포스터는 자연적인 시간의 흐름에 따른 이야기를 인과관계로 새로 엮은 것을 소설이 바라는 서사형태라 하고, 이 인과관계를 원인에서 결과로 이어가는 관계가 아니라 결과를 먼저 드러내고 그 원인을 밝혀가는 구조로 다시 완성할 때 '고도의 신비감이 내재된 플롯'이 된다고 말한 바 있다. 이때 인과의 역전기법이 곧 추리서사에서 범죄 사실을 드러내고 그 범인을 찾는 과정을 그대로 닮았다는 점에서, 소설에서 뛰어난 서사구조는 추리기법을 차용한 것과 같다고 할 수 있다. 또한 움베르토 에코는 추리기법이야말로 '가장 형이상학적이고 철학적인 구조'를 낳는다고 말한 바 있다. 이 책은 추리기법이 전통 추리소설에 쓰이는 양

식에 이어 순수문예소설에서 활용된 예와 그 형식의 여러 측면을 탐색함으로써 한국소설의 형이상학적 지향을 모색하려는 취지에서 기획되었다.

추리기법의 의미를 설명한 총론에 이어, 우선 제1부에 한국소설에서 추리소설 또는 추리기법의 역사가 어떤지를 살피는 총론격의 연구물을 실어 전반적인 이해를 도왔다. 추리나 추리소설의 개념을 재점검해보았고, 특히 서구담론이 아닌 내재적 관점에서 한국 추리소설의 특성을 설명하는 글을 여기에 실었다.

제2부에는 염상섭, 김유정, 박경리, 이청준 등 소위 본격 작가들이 다룬 추리기법이 실제 작품에 어떻게 나타나는가를 설명하는 글을 모았고, 제3부에는 한국 추리소설을 예로 들어 추리기법이 획득할 수 있는 가치와 효율성을 가늠하는 글을 모았다. 제4부에는 한국에서 추리기법을 차용해 상당한 성과를 올렸다고 평가되는 몇몇 작품을 대상으로 실제 기법의 활용이 어떤 차원에서 이루어졌나를 살피는 글을 모았다.

많은 소설이 바라기로, 아마도 대중성과 문학성이 조화롭게 한 세계를 이루는 일만 한 것이 드물지 않나 싶다. 충족되기 힘든 그 기대를 추리기법이 현실 가능한 것으로 만들 수 있는 가장 좋은 방법 중 하나라는 사실을 부정할 사람은 드물다. 이 책의 다양한 추리기법론은 그것을 배우고 실천하는 구체적 근거가 될 수 있을 것이다.

　모두 재수록하는 형태이지만, 이 책을 위해 새로 다듬고 고친 글이 대다수였다. 한국문학에서 추리기법의 쓰임이 아주 소중했으며 또한 더 힘차게 개척하는 과정이 참으로 필요하다는 데 동참하는 필자들이 그만큼 많았다는 뜻이다. 이론과 창작에서 추리기법이 지니는 뜻밖의 높은 가치를 각성하는 계기 또한 마련되었으면 좋겠다.

2014년 2월
편저자 함께 씀

차례

제3부 추리, 문학의 안과 밖

제4부 추리, 장르의 변용과 확장

총론

한국문학의 꾸준한 가능성으로서의 추리기법

추리(推理, detect)란 무엇인가? 국어사전은 이렇게 풀이한다. '알고 있는 것을 바탕으로 알지 못하는 것을 미루어 생각하는 것'. 논리학은 좀 더 엄격한 개념적 정식화를 제시한다. '한 명제를 기본 전제로 삼고 다른 새로운 명제를 도출해내는 사고작용'. 이로써 추리란, 먼저 명제·판단·정보·사실·증거 들이 기본 전제로 주어진다는 것, 이어 알려지지 않은 다른 명제·판단·정보·사실·증거 들을 밝혀내는 일임을 알 수 있다. 여기서 중요한 것은 이 두 단계의 과정이 합리적 논증으로 매개되어야 한다는 사실이다. 신의 계시를 받거나, 주술적인 마법을 부리거나, 우연적인 행운에 의존한다면 그것은 추리가 아니다. 오직 인간의 이성적 능력에 근거한 합리적이고 논리적인 사고만이 추리로 인정될 수 있다. 추리가 근대적인 사고방식의 대표적 유형으로 지목되는 것은 이러한 특성 때문이다. 더불어 수수께끼·퀴즈·미궁·퍼즐 따위 다른 유사한 지적 놀이들과 구별되는 근거 역시 추리가 지닌 사고방식의 근대적 속성에 있다.

추리는 19세기 중반 이후 인문과학 영역에서 부상한 지식 탐구의 유력한 방법론이었다. 역사학자 까를로 긴주부르그는 이 새로운 지식 탐구의 유형을 '추론적 패러다임'이라고 명명한 바 있다. 그러나 우리에게 보다 친숙하고 잘 알려진 '추론적 패러다임'은 다름 아닌 추리소설이다. 탁월한 이성적 영웅인 탐정이 등장하여 미궁에 빠진 불가해한 사건을 과학적이고 합리적인 추론 능력을 통해 해결하는 추리소설의 이야기들은 추리를 대중화하는 데 결정적으로 기여했을 뿐 아니라, 추리의 산실이자 그 자체로 하나의 전범이 되는 결과를 낳았다. 즉, 논리적 형식으로서의 추리는 여러 흥미진진한 추리소설들(특히 아서 코난 도일, 모리스 르블랑, 애거사 크리스티 등 황금기 작품)을 통해 소설 장르의 한 양식으로 완전하게 정착한 것이다.

추리소설은 20세기 들어 가장 보편적이고 대중적인 서사 장르로 자리했다. 태생은 영국과 프랑스 등 서구 유럽이지만, 어느덧 무수한 독자들을 사로잡는 대중적인 인기를 누리고 광범위한 유행을 일으키며 세계 각국으로 확산되었다. 예컨대 셜록 홈즈의 이야기는 지금까지도 수많은 독자들을 거느리고 있으며, 나아가 다양한 장르로 각색되면서 대중문화의 아이콘으로 각광을 받고 있다. 더불어 서구산(産) 추리소설의 매력은 각 나라마다 장르의 토착화에 성공하는 한편 자생적 성장을 유인하기도 했는데, 가령 일본은 뛰어난 문학성을 겸비한 '사회파 추리소설'이 만개한 나라의 한 사례가 된다. 나아가 추리소설의 모델에서 확립된 '추리서사'는 영화·드라마·만화 등 다양한 매체와 장르에서 폭넓게 발휘되었으며, 영상매체의 발달과 더불어 천문학적인 매출을 올리는 대중문화콘텐츠의 핵심 서사로 그 지위를 누리고 있다.

이처럼 역사적으로 검증된 추리소설의 보편성과 대중성에도 불구하고, 한국문학에서 추리소설은 대중적인 기반을 형성하지 못한 채 저급한 통속물로 폄하되어온 감이 없지 않다. 진지하게 취급할 필요가 없는 단순한 오락물, 어린이나 청소년이 즐기는 흥미로운 읽을거리, 소수의 마니아들만 향유하는 비주류 장르, 다른 장르에 곁들여지는 부가적인 흥미요소 등이 추리소설에 대한 일반적인 통념이라 할 수 있다. 실제로 한국 추리소설의 실태를 확인해보면 이러한 편향된 인식을 크게 탓할 수도 없다. 무엇보다 한국문학은 내세울 만한 추리작품들이 현저하게 적다. 당장 셜록 홈즈(아서 코난 도일), 에르퀼 푸아로 또는 미스 마플(이상 애거사 크리스티) 등 서구 추리소설에 등장하는 명탐정의 이름은 기억해도, 한국 추리소설로부터는 명탐정을 기억하지 못하는 것이 현실이다. 김내성·김성종·이상우 등이 전업 추리소설 작가의 명맥을 이으며 주목할 만한 작품을 선보이긴 했으나 기대하는 만큼의 지속적인 대중적 관심을 얻었다고 보기는 어렵다. 그러다 보니 문학 연구와 비평에서도 이에 대한 관심이 소홀했고, 이 같은 문화적 관습이 지금까지 반복되고 있다고 할 수 있다.

그러나 추리서사 또는 추리기법이 추리소설의 장르적 기반과 확산이 정체된 사정과는 달리, 순수문예소설에서 끊임없이 도입되고 활용되었다는 사실을 주목할 필요가 있다. 서사기법이나 창작기술의 일종으로서 추리서사 또는 추리기법은 순수문예 작가들의 특별한 관심을 받으며 작품에 배치되었고 이에 대해 비평가나 문학 연구자들의 관심도 여러 유형으로 표명된 바 있다. 어쩌면 대중지향적인 추리소설에 비해 일반 작품에서 서사구조나 기법의 형태로 추리소설의 특징이 활용되고 차용되면서 그 명맥을 이어온 것이 한국 추리서사의 특수한 국면이라고 할 수도 있다. 한국문학에서 추리기법이 실제의 추리소설에 괄목할 만한 성과를 내지 못한 반면 그 서사적 가능성은 여러 작품에서 다양한 방식과 형태로 개척되고 있었던 셈이다.

이 책은 이러한 문제의식을 바탕으로 산발적으로 흩어져 있는 한국적인 추리서사의 양상과 형태를 진단하고 검토하는 논의를 한자리에 모아 그 문학적 가능성을 살펴보고자 했다. 총 4부로 배분된 각 글의 개요와 출처는 다음과 같다.

제1부 한국소설과 추리기법의 역사

추리 및 추리소설 개념의 재고를 제안하며, 한국 추리소설의 특성을 서구담론의 틀이 아닌 내재적 맥락에서 접근하고 해명하는 2편의 글을 실었다.

이정옥, 「송사소설계 추리소설과 정탐소설계 추리소설 비교 연구」
(『대중서사연구』 제21호, 대중서사학회, 2009)

개화기 추리소설이 서구 추리소설을 일방적으로 모방한 결과가 아니라 당시의 복잡다단한 사회문화적 상황 속에서 형성된 문학 현상이라는 내재적 접근으로서의 비평관을 드러낸다. 특히 서구 중심주의적인 추리소설 개념의 협의성을 문제삼아 한국 추리소설의 역사적 실정에 맞는 개념을 제안하고 있다. 개화기 추리소설의 전통성, 즉 조선조의 송사소설에 뿌리를 둔 '송사소설계 추리소설'의 의미를 드러내 '송사소설계 추리소설'과 '정탐소설계 추리소설'로 구분되는 개화기 추리소설의 존재 지형을 분명하게 제시하고 있다.

차선일, 「식민지 탐정소설의 성격과 이데올로기」(「한국 근대 탐정소설 연구」, 경희대 대학원 박사학위논문, 2012)

식민지 탐정소설의 특수성을 당대의 담론적 맥락과 텍스트의 양상을 분석하면서 살펴보는 글이다. 식민지 탐정소설은 통속적인 탐정소설과의 차별화를 수행하면서 과학적 교양을 습득하는 고급문학으로서의 자의식을 형성하였다. 이러한 과정에서 추리가 약화되고 모험서사가 가미되는 양상이 나타나지만, 이는 단순히 합리성의 결핍이라기보다는 계몽적 의지의 반영으로 해석된다. 한편 김내성이 등장하면서 식민지 탐정소설은 순수문예로서의 성격을 구축하는데, 실제 텍스트에서는 예술성이 아닌 통속성이 강화되는 양상으로 나타난다. 이는 식민지 탐정소설이 경제적 토대를 갖추지 못하고 미학의 영역에서 장르 성립의 기반을 구축한 사정이 반영된 것이라고 보고 있다.

제2부 추리, 서사의 모험과 진화

본격문학 작품들에서 추리서사의 기법이 다양하게 활용된 양상을 분석하는 4편의 평문을 실었다.

김학균, 「염상섭 초기 소설에 나타나는 신여성과 미스터리소설의 서사구조」(「역진적 구성과 정보의 지연-「제야」, 「이심」, 「해바라기」를 중심으로」, 「염상섭 소설 다시 읽기」, 학술정보원, 2008)

염상섭의 초기 소설인 「제야」, 「이심」, 「해바라기」 등에서 추리서사의 구조와 기법이 적극 활용된다는 점에 주목한다. 염상섭이 차용한 추리서사적 기법은 신여성에 대한 대중적 흥미를 유발하기 위한 방편이 아니라 근대적인 개인의 출현을 열망하는 작가의식을 효과적으로 드러내기 위한 장치라는 점을 설득력 있는 분석으로 제시한다.

연남경, 「김유정 소설의 추리서사적 기법」(「한중인문학연구」 34집, 한중인문학회, 2011)

김유정 소설의 서사적 재미와 흥미를 골계미나 해학성의 요소로 환원하여 설명하지 않고, 추리서사의 기법을 적극적으로 활용한 전략의 효과라는 점을 입증하고 있다. 「산ㅅ골나그내」, 「만무방」, 「가을」 세 작품을 중점적으로 분석하며 추리서사의 구조가 대중적인 재미를 유발할 뿐만 아니라 작품의 주제의식을 효과적으로 구현하고 전달하는 데 기여하는 양가적인 기능을 갖는다는 점을 짚어낸다.

김한식, 「이청준 소설의 서사전략 : 탐구와 성찰의 격자구조」(「남도문화연구」 제16집, 순천대, 2009)

이청준 초기소설에 나타나는 격자구조 또는 중층구조의 서사가 추리서사와 유사하다는 점에 착안하여, 추리서사적 기법으로서 격자구조의 서사적 기능과 의미를 살펴보는 글이다. 독자의 흥미를 유발하기 위해 추리서사의 구조를 도입하는 한편, 단순히 흥미에만 몰입하는 것을 방지하기 위해 추리서사의 변형을 꾀한 '이청준식 격자구조'가 만들어지는 과정을 분석하고 있다.

최경희, 「박경리 문학의 추리소설적 성격 연구 : 「가을에 온 여인」, 「타인들」, 「겨울비」를 중심으로」(「박경리 소설에 나타난 '추리소설적 모티프'의 의미와 양상 연구 : 「가을에 온 女人」, 「他人들」, 「겨울비」를 중심으로」, 「어문연구」 제38권 제4호, 한국어문교육연구회, 2010)

그동안 주목받지 못했던 박경리의 대중소설들이 추리서사의 구조와 기법을 적극 활용하고 있으며, 이러한 추리서사 기법의 도입이 박경리 소설이 지닌 대중적 특징의 핵심이라고 분석한다. 박경리 소설의 추리서사는 전통적인 추리소설보다는 범인의 내면의식과 사회적인 배경에 주목하는 '변용 추리소설'의 서사구조에 보다 가깝다는 특징을 지니며, 이는 여성의 욕망과 연루되어 있는 사회역사적 이데올로기의 폭력성을 성찰하는 주제의식을 드러내는 데 효과적으로 기능한다는 점을 규명한다.

제3부 추리, 문학의 안과 밖

장르문학으로서 추리소설이 갖는 문학적 의미와 예술적 가치 그리고 서사적 효용성을 가늠하는 4편의 글을 실었다.

김윤식, 「우리 문학과 추리소설」(『우리 문학의 안과 바깥』, 성문각, 1986)

지적 흥미를 유발하고 충족시키는 대중문화의 상품으로서 추리소설이 문학성과 예술성을 겸비할 수 있는 가능성에 대해 숙고하는 글이다. 『최후의 증인』, 『덫』, 『5시간 30분』 등 정통 추리소설을 대상으로 한국문학의 영역에서 추리소설이 갖는 위상과 수준, 본격문학으로서의 의의를 짚어보고 있다. 추리소설이 단순히 지적 흥미를 충족시키며 독자에게 위안과 안도를 제공하는 대중문화에 머물지 않고 인간 삶과 사회의 어두운 이면을 들추며 독자를 불편하게 만들 수 있을 때 예술적 가치를 지닐 수 있다고 강조한다.

박덕규, 「자본주의의 미궁을 헤쳐가는 모험과 지혜와 질문의 드라마 : 우리 시대를 위한 새로운 추리소설을 기다리며」(『계간문예』 1993년 여름호 ; 박덕규 비평집, 『사랑을 노래하라』, 문이당, 1999)

추리서사가 대중의 흥미와 관심을 이끌어낼 수 있는 보편적인 서사양식인데도 불구하고 한국문학에서 추리소설의 토양이 척박한 것은 문학적 기법으로서 추리서사를 폄하하는 창작문화, 즉 추리구조가 수준 높은 예술적 감흥을 주지 못하고 단지 소설적 재미만을 제공하는 기술에 불과하다고 믿는 왜곡된 인식 때문이라고 진단한다. 추리소설은 자본주의 사회의 모순을 직시하고 고발하는 리얼리즘 문학이기도 하며, 자본주의의 병폐에 맞서 싸우는 행동소설과도 맥이 닿아 있다는 점을 짚어낸다. 나아가 자본주의의 미궁을 헤쳐가는 모험과 지혜와 질문의 드라마로서 '인문주의 추리소설'의 가능성에 대해 숙고한다.

이상우, 「추리소설의 이해 : 문학으로서의 추리소설」(「추리소설의 안과 밖 : 문학으로서의 추리소설」, 『오늘의 문예비평』, 1993년 겨울호)

추리소설은 문학성이 결핍되어 있다는 주장을 여러 측면에서 반박하며 추리소설과 문학성이 불가분의 관계에 놓여 있다는 점을 역설하고 있다. 문학의 기본 개념, 추리소설의 서사적 특징, 장르의 역사, 장르의 문법과 규칙, 지역적 차이와 민주주의와의 연관성 등 다양한 각도에서 '추리소설은 문학이다'라는 명제를 검토하고 입증하고 있다.

정희모, 「추리기법의 서사화와 그 가능성 : 김성종의 『최후의 증인』에 나타난 추리기법을 중심으로」(『현대소설연구』 제10집, 한국현대소설학회, 1999)

소설의 위기 시대에 추리가 서사의 대안으로서 충분한 가능성을 지니고 있음을 구체적인 작품분석을 통해 살펴보는 글이다. 추리형식이 일반적인 소설양식에 효과적으로 응용될 수 있다는 방법적 가능성에 착안하여, 추리소설의 추론적 사유와 본격소설의 반성적 사유의 결합이 유력한 방법이라는 점을 실증적으로 보여준다. 추리가 사건을 해결하는 논리적 증명의 방법이 아닌 삶의 복잡성을 드러내는 인식의 수단이 될 수 있다는 점을 강조한다.

제4부 추리, 장르의 변용과 확장

전통적인 추리서사가 다양한 서사양식과 결합되면서 변용된 형태를 낳은 작품들을 살펴보고, 특히 본격문학으로서의 가능성을 실제로 보여주는 사례들을 분석하는 글들을 실었다.

이정옥·임성래, 「1950, 60년대 추리소설의 구조 분석」(『현대문학이론연구』 제15집, 현대문학이론학회, 2004)

추리소설의 방법론적 토대를 마련하기 위한 이론화의 필요성에 대한 문제의식을 바탕으로, 한국적 추리소설의 특징을 논구하고 있다. 서구 추리소설의 양식을 한국적 토양에 맞게 토착화하는 단계인 1950~60년대 한국 추리소설의 양상에 주목하여, 그 특징이 사회파 추리소설과 변형 추리소설의 두 경향으로 나타난다고 분석한다. 이러한 변형된 성격이 강한 한국적 추리소설의 경향은 추리성의 약화로 간주하기보다는 한국적인 사회와 문학 여건에 맞게 수용된 특징으로 인식해야 한다고 강조한다.

오윤호, 「『장군의 수염』의 메타 추리소설 경향 연구」(『대중서사연구』 제24집, 대중서사학회, 2010)

'형이상학적 추리소설'을 표방한 이어령의 『장군의 수염』을 치밀하게 분석하는 논문으로, 『장군의 수염』에 나타난 추리서사적 조건들을 살펴보고, 추리서사의 양식이 어떻게 변용되고 재해석되는지 논구한다. 중층적이고 복합적인 서사구조를 축조하며 메타픽션으로서의 특징을 지닌 『장군의 수염』은 추리서사를 본격소설의 서사양식에 성공적으로 변용한 사례이며, 1960년대 장르문학의 수준을 한 단계 끌어올린 작품으로 평가한다.

백대윤, 「이문열의 종교추리소설 『사람의 아들』」(「한국 추리서사의 문화론적 연구」, 한남대 대학원 박사학위논문, 2006)

이문열의 『사람의 아들』을 추리서사의 기법을 적극적으로 차용하여 사회비판과 종교성찰이라는 주제를 형상화한 '종교추리소설'로 규정하고, 이 작품에 도입된 추리서사의 기법이 주제 구현에 어떠한 기능과 역할을 수행하는지를 정밀하게 분석하고 있다. 이러한 논의는 추리소설 등 대중문학의 양식과 기법 등을 활용하여 작품을 창작한 이문열 소설의 대중성을 해명하는 중요한 열쇠를 제공하는 것으로, 본격문학에서 추리소설의 대중성을 어떻게 수용하고 변용하는지를 가늠해볼 수 있는 하나의 성공적인 사례로서 가치를 지닌다고 할 수 있다.

제1부

한국소설과
추리기법의 역사

송사소설계 추리소설과 정탐소설계 추리소설 비교 연구[1]

이 정 옥

1. 서론

한국 추리소설의 효시로 단연 이해조의 『쌍옥적』이 손꼽히고 있다. 이는 작가 이해조가 1908년 12월 4일부터 『제국신문』에 『쌍옥적』을 연재할 때는 물론 1911년에 단행본으로 간행할 당시 한국문학사상 최초로 '명탐소설(偵探小說)'이라는 표제를 달았다는 점에서 기인한다. 작가 스스로 '정탐소설'이란 장르명을 표방했던 만큼 『쌍옥적』은 서구의 추리소설과 비교해도 손색이 없을 정도로 추리소설이 갖추어야 할 구성 요소를 충분히 담보하고 있다. 더욱이 이해조가 신소설을 민중 계몽의 수단으로 삼지 않고 소설의 대중화에 지대한 관심을 가지고 다양한 실험을 꾀하였던 점, 또 일본어에 능통하여 일찍이 일본을 매개로 서구의 소

1) 이는 한국학술진흥재단 신진연구(KRF－2006－332－A00192) 지원에 의해 작성된 논문임.

설을 다양하게 접했던 경험을 바탕으로 서구의 과학소설을 번안한 『철세계』(1908)와 추리소설을 번역한 『누구의 죄』(1913)를 출간하였던 점 등을 근거로, 이러한 주장이 정설로 굳어지고 있는 실정이다.[2]

본고는 이와 같이 한국 추리소설의 효시를 이해조의 『쌍옥적』으로 잡고, 추리소설이 서구에서 일방적으로 유입된 것으로 보는 단일한 시각에 대한 의문에서 출발한다. 즉 개화기[3] 추리소설의 출현은 결코 서구의 근대적 형식을 일방적으로 이식한 결과물이 아니라 개화기의 복잡다단한 상황 속에서 형성된 독특한 문학 현상이라는 전제에서 출발하여, 개화기의 추리소설이 출현하게 된 사회적 의미망과 관련시켜 그 서사적 특질과 존재 양상을 살펴보고 나아가 그것이 고소설과 접목되는 접합 지점을 밝히고자 한다.

이러한 접근은 1990년대 이후 최근까지 개화, 계몽, 민족 등의 선험적 기준에 의한 가치 평가를 지양하고 한국 근대소설의 형성과 기원을 밝히는 연구와 궤를 같이 한다. 이러한 논의들은 근대화의 조건이 결여된 문학적 풍토에서 수입 근대화에 의해 서구의 근대적 형식이 일방적으로 도입된 것으로 보는 단절론을 넘어서서,[4] 개화기 신소설이 지닌 미적 특질을 당대의 사회 현상과 관련지어 분석하는 논의로 발전하고 있다.[5]

---

2) 이러한 논의로 최원식의 「이해조 문학연구」(『한국근대소설사론』, 창작과비평사, 1986), 임성래의 「개화기 추리소설 『쌍옥적』연구」(『추리소설이란 무엇인가』, 국학자료원, 1997), 이동원의 「한국 추리소설의 기원-〈명탐소설 쌍옥적〉의 근대성에 대한 고찰」(『현대문학의 연구』 제22집, 한국문학연구학회, 2004.2) 등이 있다.
3) 1894년부터 1910년대에 이르는 시기를 '개화기', '근대 계몽기', '애국계몽기' 등 다양하게 불리거나 더 세분화하여 시대를 구분하고 있지만, 송사소설과 정탐소설의 접합 지점을 살펴보는 본고의 특성을 고려하여 '개화기'로 칭하고자 한다.
4) 임화의 「개설 신문학사」(『조선일보』 1939.9.15~16)가 대표적인 예에 해당한다.
5) 대표적인 예로 김영민의 『한국 근대소설사』(솔, 1996), 정선태의 『개화기 신문 논설의 서사수용양상』(소명출판, 1999), 권보드래의 『한국 근대소설의 기원』(소명출판, 2000) 등을 들 수 있다.

이와 달리 개화기 추리소설 연구에서는 여전히 서구적 근대문학의 이식론이란 틀 안에서 『쌍옥적』의 이질적인 특성에만 관심이 집중되어 있고, 개화기의 '정탐소설'을 1930년대 한국 추리소설 형성기의 전사(前史)적 형태로 보는 관점으로 일관하고 있다. 개화기 추리소설 연구에서 지금까지 견지해온 이러한 문제점을 극복하기 위해서는, 추리소설[6]의 개념을 현재 통용되고 있는 탐정소설(detective novel을 지칭)이나 협의의 추리소설(mystery novel에 해당)로 한정하는 관점을 지양해야 한다. 따라서 본고에서는 추리소설을 살인과 같이 법적으로 비난받을 만한 중대한 범죄를 추리기법으로 다루는 서사물(tale of ratiocination)의 총칭[7]으로 확대하고자 한다. 중대한 범죄를 추리기법으로 다루는 서사물의 총칭으로서의 추리소설은 범죄가 발생하는 사회문화적 맥락과 시대적 변화와 긴밀한 연관성을 지니므로 그 폭이 상당히 넓어서 탐정소설, 범죄소설,[8] 하드보일드 등 다양한 하위 장르로 분화되어 있다. 이런 점에 입각하여 지금까지 통용되어온 추리소설의 협소한 개념 규정에서 벗어나 광의의 개념으로 확대하면, 개화기 추리소설의 범주를 서구에서 일방적으로 수입된 '정탐소설'에만 한정하는 경직된 틀을 타파할 수 있다. 나아가 고소설과 신소설이 복잡하게 충돌하고 접합되는 지점에 다양하게 분포되었던 개화기 추리소설의 존재 지형을 제대로 파악할 수 있다.

---

6) 추리소설의 개념은 국가에 따라 다양하여, 영국에서는 'detective novel', 프랑스에서는 'roman policier', 미국에서는 'mystery novel' 등의 명칭으로 불린다. 또한 논자에 따라 다양한 개념으로 논의되고 있지만 이에 대해 엄격하게 규정하는 연구는 일천한 편이다.

7) 이브 뢰테르, 『추리소설』, 김경현 역, 문학과지성사, 2000, 17~24쪽.

8) 범죄소설에 대한 개념 규정은 논자마다 다르나, 본고에서는 이브 뢰테르(위의 책, 17쪽)에 따라 추리소설의 하위 범주로 본다.

이런 견지에서 보면 개화기의 추리소설은 크게 조선조의 송사소설에 뿌리가 닿아 있는 송사소설계 추리소설(이하 송사소설계라 칭함)과 그 이전까지 전혀 존재하지 않았던 새로운 유형의 정탐소설계 추리소설(이하 정탐소설계라 칭함)로 구분할 수 있다. 송사소설은 송사사건의 시말(始末)이 작품의 구조적 원리가 되는 소설, 즉 송사모티프를 이야기의 중심축으로 하는 일련의 고소설[9]이다. 송사소설은 서구의 법정소설과 유사하다. 법정소설은 추리소설의 전사(前史)적 형식에 해당하며, 주로 범인의 색출과 수사에 중점을 두었다.[10] 이에 비해 송사소설계는 조선조 송사소설의 특성을 개화기의 사회적 상황에 맞게 새롭게 개작하면서 추리기법이나 추리적 서사구조를 가미한 일련의 개작 신소설과 송사모티프를 활용하되 추리기법과 추리적 서사구조를 강화한 개화기의 창작 신소설을 말한다. 반면 정탐소설은 서구 추리소설의 영향을 받은 소설로, 범죄사건의 전개과정이 아니라 수수께끼와 같은 범죄사건을 해결하는 과정에 초점을 두어 '누가 어떻게 범죄를 저지르고 누가 그것을 밝혀내는가' 하는 탐색의 과정에 초점을 두고 있다. 정탐소설계는 송사소설계에 비해 범죄를 해결하는 과정에서 추리기법이 훨씬 강화되고 범죄를 해결하는 탐정의 역할이 분명하게 드러나 있다. 이는 서구 추리소설의 영향권 내에 있는 메이지시대의 일본이나 청말 중국의 '정탐소설'과도 밀접한 관련이 있다.[11]

필자는 개화기 추리소설의 존재 양상을 파악하기 위해 일단 신소설 중에서 범죄를 다룬 작품들을 대상으로 위에서 언급한 송사소설계와 정

---

9) 이헌홍, 『한국 송사소설 연구』, 삼지원, 1997, 28쪽.
10) 이브 뢰테르, 앞의 책, 26~27쪽.
11) 이에 대한 연구로 九鬼紫郎의 『探偵小說百科』(金園社, 1979)과 김효진의 「근대 중국 탐정소설 형성에 관한 연구」(서울대 대학원 박사학위논문, 2001) 등이 있으나, 본고와 직접적인 관련이 없으므로 이에 대한 논의는 생략하고자 한다.

탐소설계의 개념 정의에 부합하는 작품을 면밀하게 검토하였다.[12] 그 결과 이 두 가지 계열이 추리기법이나 서사구조 등 추리소설의 구성 요소의 측면이나 근대 구성방식에서 분명한 차이를 보임에도 불구하고, 별개의 단절된 형태로 존재하는 것이 아니라 서로 접합되거나 삼투되어 있는 일종의 '대화적 양상'을 띤다는 점을 발견하였다. 즉 이 두 가지 계열의 특성은 분명하게 구분될 수 있지만, 실제로 존재했던 작품의 지형은 송사소설계에서 정탐소설계로 순차적으로 이행하지 않을 뿐 아니라 정탐소설계가 출현한 이후에도 여전히 송사소설계가 존재하는 등 병행과 분란의 모습을 띠었다. 구체적으로 살펴보면 송사소설계의 대표적인 작품으로 이해조의 『구의산(九疑山)』(1912)을 꼽을 수 있으며, 김교제의 『현미경(顯微鏡)』(1912)은 송사소설계에 속하되 송사소설의 특성이 삼투되어 있는 작품에 속한다. 또한 정탐소설계에 속하는 대표적인 작품은 이해조의 『쌍옥적(雙玉笛)』(1909)이며, 백악춘사의 「마굴(魔窟)」(1907)이나 현공렴의 『고의성(鼓의聲)』(1912)은 정탐소설계의 특성을 지니면서도 동시에 송사소설의 특성을 공유하는 작품에 해당한다.

이러한 각 작품의 특성을 심층적으로 비교하기 위해, 2장에서는 당대 사회에 나타난 범죄적 일상성과 범죄의 공론화 과정의 수용 양상을 비교할 것이며, 3장에서는 경찰제도와 정탐기술 등 근대를 인식하고 구성하는 방식의 비교를 통하여 개화기 추리소설에 나타난 '정탐'의 의미와 관련된 근대성을 살펴볼 것이다. 아울러 4장에서는 추리적 서사구조에 따른 서사적 긴장감을 비교·분석하고자 한다.

이러한 작업을 통해 한국 추리소설의 기원을 서구 추리소설의 수입

---

12) 『신단공안』이 개화기 추리소설에 미친 영향에 대해 주목하는 논의가 있지만, 본고에서는 『신단공안』이 번안소설이라는 점에서 논외로 하였다. 『신단공안』을 비롯하여 개화기에 존재하였던 번안 추리소설에 대해서는 다음의 과제로 남겨두고자 한다.

과 모방으로 보아온 이식론적 시각이 극복될 수 있을 것이다. 아울러 송사소설에서부터 견지해온 전통적인 추리형식이 서구에서 유입된 새로운 추리형식과 교섭되는 과정을 거치면서 개화기의 사회문화적 토양에서 한국적 추리소설의 형태로 발현되는 문학적 현상이 밝혀질 것이다.

2. 범죄적 일상성과 범죄의 공론화 수용 양상

추리소설은 다른 장르의 소설과 달리 유독 범죄와 밀접한 관련이 있다. 수수께끼와 같은 범죄의 서사와 범죄사건을 해결해야 하는 탐색의 서사 사이에 밀고 당기는 게임으로 이루어진 추리소설의 세계에서 범죄는 서사의 중핵에 해당한다. 이때 범죄의 동기는 지극히 일상적인 영역이고 사적인 영역에 속하는 사건들로 구성된다.

이처럼 추리소설에서 일상적인 범죄를 다루는 이유를 밝혀내기 위해서는, "범죄소설의 역사를 문학사가 아니라 사회사로 접근해야 한다"는 만델의 조언[13]에 따라 추리소설 발생의 근거지였던 당대의 사회문화적 상황을 살펴볼 필요가 있다. 서구 추리소설의 발생지였던 19세기 서구 사회는 산업화의 여파로 상업과 교통이 발달하면서 대도시가 등장하기 시작했고, 인구의 집중과 익명성, 빈부의 격차와 소외감이 교차하는 대도시의 근대적 공간은 범죄 스캔들이 동반되는 불안과 혼돈의 장소였다. 범죄 스캔들이 각종 신문 기사나 대중지를 통해 독자들에게 상세하게 알려짐에 따라, 자연 범죄에 관심을 갖는 독자층이 형성되었다. 범죄 스캔들에 대한 독자들의 흥미가 점차 높아지자 신문이나 대중지를 매개

13) 에르네스트 만델, 『범죄소설의 사회사』, 이동연 역, 이후, 2001, 11쪽(에르네스트 만델은 범죄소설을 추리소설의 상위 범주로 보고 있다).

로 한 보도와 기록을 넘어서 범죄를 소재로 삼은 각종 독서물과 대중지가 쏟아졌고, 이러한 사회상황에서 추리소설이 하나의 문학적 장르로 형성되었다.[14]

이와 마찬가지로 개화기 추리소설의 발생 근원 역시 조선조 말기와 개화기의 사회상황과 밀접한 관련이 있다. 조선조 말기는 세도정치와 국정의 문란으로 인해 봉건적 이데올로기가 붕괴되고 신분제도와 사회질서가 급격하게 혼란해진 상황이었다. 지배층의 부당한 처사와 신분적 차별과 억압 등의 사회구조적 모순이 심화되자 이에 반발한 백성들의 적극적인 권리 쟁취가 범죄의 형태로 발현되었다. 민생치안이 의정부의 통제를 받은 포도청을 중심으로 운영되었지만, 인력에 비해 취급 업무가 경제생활범죄와 사회사범의 단속, 반정부세력 체포와 구금, 지방의 중죄인 압송 등 지나치게 광범위하였기에 치안상태가 매우 악화된 상황이었다.[15] 이처럼 조선조 말기는 각종 범죄와 관련된 재판사건이 만연해진 사회 환경으로 말미암아 한국 범죄문학의 원류에 해당하는 송사소설의 소설적 여건이 조성되었다. 또한 동학혁명 전후에는 봉건정부의 방조와 묵인 아래 대민 수탈 행위와 포졸들의 악행이 난무하여 민(民)으로부터 강한 저항을 불러일으켰다.[16] 개화기 추리소설에 등장하는 범죄사건이 주로 갑오개혁 전후의 치안 부재상황을 배경으로 삼고 있는 점도 당대의 혼란한 사회상황과 밀접한 관련이 있다.

> (1) 지금 대한이 셩한 나라라고 홀슈눈 업눈것이 빅셩의 졍셰가 말이 못 되고 국즁에 유의 유식하는 사룸이 십분에 구요 도젹과 협잡빅가 한량이 업시

14) 이브 뢰테르, 앞의 책, 22쪽; 에르네스트 만델, 위의 책, 20~22쪽.
15) 이헌홍, 앞의 책, 36~40쪽.
16) 박은숙, 「개항기(1876~1894) 포도청의 운영과 한성부민의 동태」, 『서울학 연구』 제5집, 서울학연구소, 1995.6, 146~147쪽.

잇스며 법률과 규칙이 셔지를 아니ᄒᆞ야 죠령를 뵉셩이 시힝 아니ᄒᆞᄂᆞᆫ 주이 만히 잇스며 민졍을 몰ᄋᆞᄂᆞᆫ테 하는 관인들이 만히 잇스며17)

(1)의 기사는 개화기 추리소설이 쓰여진 시점보다 10여 년 전에 이미 범죄가 일상화되었던 사회적 정황을 단적으로 보여준다. 거리에는 도적과 협잡배가 난무하고 인구의 구십 퍼센트가 노숙자일 정도로 당대의 경제상황이 극도로 어려웠으며, 또한 법을 제대로 지키는 사람들이 거의 없으며 관인들조차 민정을 외면함으로써 사회 질서가 매우 문란한 치안 부재의 상태였다. 이렇게 범죄가 폭주했던 당대의 사회상황이 『독립신문』, 『제국신문』, 『매일신보』 등의 신문을 통해 연일 보도됨에 따라, 신문을 매개로 더욱더 범죄의 공론화와 일상화가 빈번하게 일어났다. 『독립신문』에 실린 살인미수사건에 관한 (2)의 기사를 예로 들어보자.

(2) 이들 스무 엿식 날 양천 니근용이가 남대문 거리에서 나무 쟝ᄉᆞ ᄋᆞ희 임만쥰의 나무를 흥졍ᄒᆞ야 공덕이로 ᄯᅳ을고 가셔 부리고 그ᄋᆞ희 보고 말ᄒᆞ기를 양화도 짐 실을 것 잇다고 다리고 가셔 희가 져물ᄆᆡ 니가가 칼노 ᄋᆞ희 임가의 목을 두 번 질으고 몽둥이로 ᄯᅵ리니 (…중략…) 뎌희 삼촌이 경무쳥에 고ᄒᆞ니 본쳥에셔 스무 닐헤 날 밤 열시에 슌검 세슬 보내여 그도젹을 잡아다 가두웟다더라18)

기사에는 폭력적이고 잔인한 범죄사건의 전개과정이 상세하게 그려져 있어서 이를 읽는 당대의 독자들에게 전례 없는 정서적 충격을 안겨 주기에 충분하다. 더구나 범죄 발생 현장이 양천, 남대문, 공덕, 양화 등으로 독자들이 거주하는 일상적 공간과 멀지 않은 근거리에 위치해 있기 때문에 폭력적인 범죄의 구체성을 확연하게 실감하게 된다. 신문이

17) 「대한 인민의 직무」, 『독립신문』, 1898.3.3.
18) 『독립신문』 잡보란, 1896.5.2.

라는 강력한 매체를 통해 범죄를 일상적으로 접하였던 당대의 독자들에게 범죄는 특별한 개인에게만 일어나는 사건이 아니라 일상의 공간에서 언제든지 누구에게나 돌출될 수 있는 폭력적 행위로 인식하게 만든다. 이처럼 범죄사건이 신문 기사를 통해 공적으로 담론화되는 과정에서 개화기의 신문이나 대중지 등의 공공매체는 범죄적 일상성에 침윤된 추리소설의 세계가 열리는 진입로 역할을 담당하였다. 동시에 개화기 추리소설에 나타나는 구체적인 범죄의 장면들은 당대의 신문을 통해 보도된 범죄 기사를 재현함으로써 범죄의 스캔들을 재생산하는 역할을 담당했다.

(3) 이쎄는 희가 열흔점 가량이나 되엿는듸 문밧게 어늬 즁 ᄒ나이 와셔 목탁을 탁々치며 쳔수를 오이며 동냥을 빌거닐 (…중략…) 이기씨가 엇지할 줄 몰나 이게 웬일이야 ᄒ며 방으로 피ᄒ여 드러가니 그 즁놈이 ᄒ는말이 우엔일은 무에 웬일이야요 (…중략…) 다락으로 피신을ᄒ니 져 흉한헌 즁놈이 쫏ᄎ 올나가 음탕ᄒ 행동을 하려ᄒ즉 이기씨 듯지안코 무한이 힐난을 ᄒ다가 인ᄒ여 듯지를 안는지라 (…중략…) 문갑우에 노아둔 단도를 집어들고 다시 올나가 빅반위협으로 간음코져 ᄒ여도 듯지안커널 ᄒ다못ᄒ여 이기씨의 흉복을 질너 행흉ᄒ여 버리고 그길노 돌쳐나와 ᄌ최업시 다러나버렷더라[19]

(3)은 『고의성』에서 무연고의 외간 남자가 대낮에 여염집 가정을 침입하여 아녀자를 겁탈하고 살해하는 장면이다. 단순히 범죄사건을 전달하는 (2)의 신문 기사와 달리 (3)의 경우 소설적 특성을 살려 겁탈과 살인이 일어나게 된 경위를 가해자와 피해자 사이의 대화를 통해 실감나게 묘사함으로써 독자들에게 사건 현장의 폭력성과 잔인성을 생생하게 전

---

19) 현공렴, 『고의성』, 대창서원, 1912, 11~13쪽.

달하고 있다. 개화기에 절도, 강간, 매음, 잡기 등 인민의 공공을 위해(危害)하고 풍속을 해치는 악행을 엄금하기 위해 경찰제도를 적극적으로 도입했던 점[20]과 여성 대상 범죄가 주로 강간의 문제와 연루되었고 가정의 비화나 겁탈 등의 문제로 신문에 여성들의 투고 사례가 눈에 띄게 증가했던 당대의 정황[21]에 비추어보면, 개화기 추리소설에 그려진 강간이나 살인사건의 현장은 당대 사회에 급부상했던 범죄 유형이 개화기 추리소설 내로 적극적으로 수용된 결과임을 짐작할 수 있다.[22]

한편 개화기의 범죄는 주로 개인의 권리와 관련이 있다. 개화기의 범죄 유형은 가족이나 향곡 내의 집단적 갈등에서 빚어진 잔인하고 폭력적인 원한과 살인에 집중되는 송사소설의 범죄 유형과 대비된다.[23] 개화기에는 인간이 전체 사회의 공동적인 것과 구분되는 개인의 사적 영역이 존재한다는 인식이 싹트기 시작했고, 이와 더불어 법률에 의거하여 개인의 권리를 보장해야 할 필요성을 인식하기 시작했다. 이때 개인의 권리는 주로 생명권과 재산권에 집중되었다.[24]

> (4) 협회에서 할 일 ……첫째는 정부에서 인민의 생명과 재산에 당한일은 어디까지든지 보호할 일 둘째는 무단히 사람을 잡거나 구류하지 못하며 셋째는 잡은 후에도 재판ㅎ야 죄상이 현로하기 전에는 죄인으로 다스리지 못할 일 넷째는 잡힌후에 가령 이십사시내에 법관에게로 넘겨서 재판을 청할일 다섯째는 누구든지 잡히면 그 당자나 그 당자의 친척이나 친구가 즉시 법관

---

20) 장계택, 「警察之目的」, 『태극학보』 4호, 태극학회, 1906.11, 29~30쪽.
21) 최현주, 「신소설의 범죄서사 연구」, 서강대 대학원 박사학위논문, 2004, 25쪽.
22) 탁발승이 아녀자를 강간·살해하고 판관이 이를 해결하는 모티프는 『신단공안』의 1, 2, 3, 5화에서도 나타난다(작자 미상, 『역주 신단공안』, 한기형·정환국 옮김, 창비, 2007).
23) 박성태, 「조선후기 송사소설의 유형과 전개양상 연구」, 성균관대 대학원 박사학위논문, 2004, 143~163쪽.
24) 박주원, 「『독립신문』과 근대적 '개인', '사회' 개념의 탄생」, 이화여대 한국문화연구원, 『근대계몽기 지식 개념의 수용과 그 변용』, 소명출판, 2005, 145~148쪽.

에게 말ᄒᆞ야 재판을 홀일[25)]

　이는 『독립신문』의 잡보란에 실린 글로 독립협회가 앞으로 사회를 위해 공헌해야 할 중요한 임무로 '개인의 생명권과 재산권의 보호에 앞장서며, 죄가 성립될 경우에도 법적 절차를 밟아서 처리할 것'을 꼽고 있다. 이 글에 따르면 개인의 권리인 생명권과 재산권은 법적으로 보호받아야 하며, 만약 다른 사람의 생명권과 재산권을 침해할 경우 법률에 따라 범죄자로 판명된다. 이처럼 개인의 권리와 자유를 중시하는 사상은 다름 아닌 개화기에 수입된 천부인권설에 바탕을 둔 만민평등권에 해당한다. 인간은 누구나 생명, 재산, 자유권 등의 천부인권이 있기 때문에 만민이 법 앞에서 평등하다는 점을 강조하였으며, 만민 평등의 실천을 제도화하는 제도적 장치, 즉 공평주의, 공개주의, 증거주의, 적법절차주의, 인도주의 등에 따라 근대적 제판제도가 비로소 가능해졌다.[26)] 이에 따라 다른 사람의 권리를 침해하여 사회를 문란하게 만들고 질서와 안녕을 보존하기 어렵게 만드는 행위는 곧 법률에 따라 재판을 받아 마땅한 범죄 행위라는 인식이 형성되었던 것이다. 이런 맥락에서 보면 개화기에 들어 급격하게 부상한 절도, 강간, 매음, 잡기 등의 범죄는 명백하게 타인의 재산권과 생명권을 침범한 근대적 범죄에 유형에 해당한다.

　개화기 추리소설에서 다루어진 범죄의 동기와 범죄의 의미만을 기준으로 삼으면, 송사소설계와 정탐소설계의 범죄적 특성이 확연하게 구분된다. 즉 송사소설계의 범죄는 송사소설과 마찬가지로 가족이나 향곡 내의 원한과 갈등에 기반한 패륜적 범죄가 주를 이룬다. 따라서 송사소설계는 어떤 가문이나 향곡에서 범죄사건이 일어났으며, 왜 그런 일이

---

25) 『독립신문』 잡보란, 1898.8.4.
26) 김민환, 『개화기 민족지의 사회사상』, 나남, 1988, 160~170쪽.

발생했는가에 관련된 범죄사건의 발생과정에 관심이 집중되어 있다. 반면, 정탐소설계의 범죄는 가정이나 향곡의 울타리를 넘어서 익명의 외부인에 의해 개인의 권리를 침범당하는 근대적 범죄로 구성된다. 따라서 정탐소설계에서의 관심은 '누가' 범행을 저질렀는지, 탐정이 어떻게 범행 사실을 밝혀내는지에 초점이 맞추어져 있다.

송사소설계의 대표적인 작품에 해당하는 『구의산』은 송사소설 『김씨 연행록』의 주요 줄거리를 답습하면서 추리기법과 추리적 요소를 보완한 작품으로, 범죄의 동기 역시 송사소설과 마찬가지로 가족 내의 갈등으로 집약되어 있다. 가해자인 이동집이 피해자 오복이를 살해한 동기는 자신의 친자식에게 서판서의 전 재산을 물려주기 위한 계략에서 비롯된 것이다. 이동집은 서판서와 결혼한 이후 오복이를 친자식보다 더 애틋하게 돌보는 자애로운 계모로 주변 사람들의 칭송을 한몸에 받지만, 이는 어디까지나 서판서의 재산을 독식하려는 음모를 철저하게 은닉하기 위한 고도의 행동 전략에 지나지 않는다. 이렇듯 계모와 의붓자식 간에 재산권을 두고 일어나는 갈등과 범죄사건은 '가정 내 갈등형' 송사소설에서 흔히 볼 수 있는 전근대적인 범죄의 대표적인 유형에 해당한다. 한편 포악한 향곡의 수령에게 살해된 아버지의 원수를 갚기 위해 끔찍한 살인과 복수를 감행하는 『현미경』에서의 범죄 역시 '향곡 내 갈등형' 송사소설에서 흔히 볼 수 있던 전근대적인 범죄유형에 해당한다.

이처럼 송사소설계가 전근대적인 범죄유형을 답습하는 반면, 정탐소설계의 범죄유형은 개인의 권리와 밀접한 관련이 있다. 『쌍옥적』에서 도시 한복판에서 일어나는 도난사건은 대표적인 근대적 범죄에 해당한다.

(5) 김쥬ᄉ가 인천항에셔 비를ᄂᆞ려 경인철로 막ᄎᆞ를 타고 남디문밧 뎡거장 에를 당도ᄒ야 여러 승긱이 분〃히 ᄂᆞ려가는디 자긔도 ᄂᆞ려가랴고 겻헤 노엿 던 가방을 차지니 간곳이 읍는지라 황망히 일어나 이리뎌리 삷혀보다가 혹

함씌탓던 사람의 힝장에 헷접혀 늬려갓나ᅙ고 물결갓치 허여져가는 각 사람
의 짐을 아모리 뒤져보아도 자긔의 힝장은 간곳이 읍는지라[27]

(5)에서와 같이 범죄의 유형은 유동 인구가 많은 대낮 도시의 한복판
에서 익명의 도적들에 의해 거액이 든 돈 가방을 도난당한 절도사건에
해당한다. 범인은 피해자 김주사와 일면식도 없는 정체불명의 도적들이
다. 도적들은 우연히 손에 들어온 편지를 보고 인구 이동이 많은 남대문
밖 정거장에서 거액의 돈 가방을 쥐도 새도 모르게 훔쳐내는 대담한 범
죄를 감행했다. 절도는 자신의 이익을 취하기 위해 법적으로 보장된 타
인의 재산권을 침범하는 범법 행위이자 범죄 행위이다.

『고의성』에서 아무런 연고가 없는 외간 남자에 의해 여염집 여자가
겁탈·살해당하는 범죄사건 역시, 개인의 생명권을 침해하는 전형적인
근대적 범죄에 해당한다. 개화기에 들어 전대 사회에서는 전례가 없을
정도로 겁탈사건, 강간 미수 혹은 통간 등 여성의 정조를 노린 범죄가
급증했고, 『대한매일신보』 등을 통해 여성 대상 범죄사건을 다룬 기사
가 증가 추세를 보였다.[28] 특히 『대한매일신보』에는 여성들이 억울함을
호소하는 투고가 심심치 않게 등장했는데, 여성과 관련된 범죄의 경우
대부분 겁탈과 강간, 인신매매와 직접적으로 관련이 있다.[29] 이런 점에
서 『고의성』에서 피해자 아기씨가 일면식도 없는 익명의 남자에게 겁
탈·살해당한 범죄사건은, 개화기에 빈번하게 일어났던 여성 대상 범죄
스캔들이 소설에 반영된 결과물로 파악할 수 있다.

---

27) 이해조, 『쌍옥적』, 보급서관, 1911, 5쪽.
28) 『대한매일신보』의 잡보란에는 청상과부가 겁탈을 당한 뒤 인신매매에 시달린다는
기사(1905.9.30)나 순검이 관내 여성을 겁탈했다는 기사(1907.7.20) 등 여성 대상
범죄가 많이 다루어졌다.
29) 『대한매일신보』의 잡보란에는 「李室投書」이란 글(1906.7.20)과 같은 여성 투서가
눈에 많이 띈다.

이에 비해 「마굴」은 재산을 목적으로 매부가 처남을 살해했다는 점에서 '가정 내 갈등형'의 송사소설과 유사하다. 그러나 범죄의 실제적인 동기가 가족 간의 원한이나 갈등에서 비롯된 살인이 아니라 애초부터 타인의 재산권을 노린 범죄라는 점에서, 그리고 계획적으로 외부인을 끌어들여 가족관계를 맺고 이를 이용하여 지능적으로 저지른 범죄라는 점에서 근대적 범죄유형에 해당한다. 그러나 이러한 범죄사건의 해결자가 군수라는 점에서 송사소설계와 유사성을 지니나, 군수의 철저한 정탐과 탐색에 의해 범죄사건의 전말이 밝혀진다는 점에서 정탐소설계의 특성을 담보하고 있다.

이상에서 살펴본 바와 같이 정탐소설계에 속하는 『쌍옥적』과 『고의성』, 「마굴」은 개인의 재산권이나 생명권을 노린 근대적 범죄유형을 담고 있다. 반면, 송사소설계에 속하는 『구의산』과 『현미경』은 가정이나 향곡과 같은 공동체 내에서의 갈등과 원한에 의한 패륜적 범죄를 주로 다루고 있는 특성을 보인다.

3. 근대적 '정탐'의 도입과 개명사회에 대한 인식

일반적으로 추리소설에서는 아무리 은밀하게 자행된 범죄사건일지라도 언제나 명민한 탐정에 의해 사건의 전모가 명백하게 밝혀지면서 서사가 마무리된다. 따라서 추리소설에서의 주인공은 범인이 아니라 범죄사건을 해결하는 탐정이다.

탐정은 19세기 서구 근대사회의 산물이다. 19세기 산업화된 서구 근대도시의 도처에서 각종 범죄가 만연해지자 경찰 조직과 사법제도가 재정비되고 범죄사건의 수사방식이 새롭게 강화되었다.[30] 그러나 경찰 조

30) 이브 뢰테르, 앞의 책, 22쪽.

직과 사법제도가 발달한다 해도 범죄사건이 가족이나 개인의 사생활과 관련된 치부를 드러내는 경우가 많으므로, 부르주아들은 경찰보다는 사립 탐정에게 사건 해결을 의뢰하게 마련이다. 경찰은 공공의 질서 유지와 인민의 위해(危害) 예방을 목표로 삼아 범죄를 엄격하게 다스리는 반면, 탐정은 수수께끼와 같은 범죄사건을 해결하는 과정에만 몰두할 뿐 범죄의 위법성 여부에 대해서는 관심을 갖지 않기 때문이다. 그러므로 공적 영역과 사적 영역의 중간지대에 속하는 탐정의 활약상은, 경찰의 공권력이 미칠 수 없는 지점에서 더욱 돋보일 수밖에 없다.[31] 서구 근대 사회에서 등장한 탐정은 추리소설에 수용되어 과학에 대한 해박한 지식과 합리적인 추리에 바탕을 둔 정탐기술을 활용하여 범죄사건을 해결하기 때문에 '생각하는 기계'라는 별명을 지닌 독특한 인물로 그려진다.[32]

그러나 개화기 추리소설에서는 직업적인 탐정이 존재하지 않는다. 『쌍옥적』에서는 정순금이라는 경찰이, 『고의성』에서는 어사가, 「마굴」에서는 군수가 범죄사건을 해결한다. 이들은 모두 근대적 경찰제도나 조선조의 사법제도 내에서 활동하는 공적 인물들이다. 송사소설계인 『구의산』과 『현미경』에서는 피해자의 부인이나 후원자가 부분적으로 탐정의 역할을 담당하지만, 앞의 작품들에 비해 사건의 해결과정이 상당히 축소되어 있다. 이처럼 개화기 추리소설에서 직업적인 탐정이 아니라 탐정의 역할을 담당하는 인물이 등장하는 이유는, 개화기 들어 서구의 경찰제도의 도입과 함께 근대적인 정탐기술이 동시에 소개되었던 사회적 배경과 직접적인 관련이 있다. 즉 서구 사회에서는 타락한 경찰제도에 반발하는 직업적인 탐정이 자리 잡았고 경찰뿐만 아니라 탐정 역

---

31) ジークフリート・クラカウアー, 『探偵小說の 哲學』, 福本義憲 譯, 法政大學出版局, 2005, 99~105쪽.

32) 김용언, 「군중 속의 개인-탐정, 범죄소설, 모더니티」, 연세대 대학원 석사학위논문, 2007.7, 34~57쪽.

시 다양한 정탐기술을 활용했던 반면, 개화기에는 정탐기술을 곧 경찰제도의 산물로 받아들였던 것이다.

　　(6) 警察者と 國家行政之要素오 保持社會之安寧者오 豫防人民公共之危害者니 基法은 屬于行政ㅎ며 行政法은 屬于法學摠部而卽公法之一部分也라 然故로 基能力이 有國家權力之作用ㅎ며 有命令强制之作用ㅎ며 以直接으로 有維持一般臣民之安寧ㅎ니 此三者と 行政警察에相補而不可缺一者요 若缺一이면 不能基目的이라[33]

　　(6)은 개화기에 근대적 경찰제도를 소개하는 글의 일부이다. 이 글에 따르면 경찰은 국가 행정의 구성 요소로서 사회 질서의 유지와 인민의 안녕을 수호하는 역할을 담당한다. 또한 경찰의 목적은 '국가의 권력을 빌려 행정하는 작용', '사회 안녕을 지키는 작용', '공공질서를 지켜 인민의 위해를 예방하는 작용'에 있다. 이런 관점에서 필자 장계택은 1872년(명치 5년)에 정립된 일본의 경찰제도가 서구 제국의 경찰제도와 다를 바 없이 "인민의 안녕과 공공질서 유지를 실행하여 지금과 같이 진보하였으니 우리도 이를 본받아 근대적 경찰제도를 하루 빨리 정립해야 한다"[34]고 강조하였다.

　　(7) 경찰제도를 두는 근본 의도는 나라의 치안을 유지하는 데 힘써 개명한 사회로 진보하는 것을 지키는 데에 있다. 그러므로 (경찰은) 법제도의 질서를 파괴하거나 사회의 안녕을 방해하는 자가 있으면 몰아내며, 평온케 하려는 취지에 걸림이 되고 사회의 분위기를 손상시키는 자가 있으면 억제한다.[35]

---

33) 장계택, 「警察之目的」, 『태극학보』 제4호, 태극학회, 1906.11, 20쪽.
34) 장계택, 「警察之沿革」, 『태극학보』 제5호, 태극학회, 1906.10, 32쪽.
35) 유길준, 『서유견문』, 허경진 역, 한양출판, 1995, 244쪽.

개화기 지식인들이 근대적 경찰제도의 도입을 역설했던 궁극적 지향점은, (7)에서와 같이 '개명한 사회로의 진보'에 있다. '개명한 사회로의 진보'를 주장하는 개화기 지식인들의 생각은 당시 조선이 문명화되고 계몽화된 사회가 되기 위해서는 '우리보다 앞선 서구의 문명을 적극 수용하여야 한다'는 문명 개조의 논리에 바탕을 두고 있다. 즉 '새로운 문명과 새로운 국제질서 속에서 생존·번영하기 위해서는 서구 근대의 제도와 법 등을 받아들여야 하고, 전통적인 자기 모습에 대한 반성과 아울러 서구 문명의 탐색을 통해 개명사회로 진보해야 한다'는 생각에서 비롯된 것이다.36) 서구의 경찰제도나 근대적 법적 제도를 수용하여 개명사회로 진보해야 할 필요성을 강조했던 개화기 지식인들의 생각은 개화기 추리소설에도 그대로 반영되어 있다.

(8) 데일 무셔운 도젹은 븍두딕도에 총도업고 칼도업고 됴흔집 됴흔방에 젹슈공권으로 놉히안져셔 빅셩의 돈쳔돈만을 닝슈한ㅅ발로 드리마시는 토호질이라 그젼 미기시딕에는 그런 분네들이 셰력업고 돈푼이나 잇는ㅅ룸을 긔탄업시 잡아오고 써러다가 먹고십은딕로 얼마든지 졔욕심을 한것 치우며 만일 소불여의ㅎ면 싱지살지를 졔 임의로 ㅎ더니 시국이 한번 변쳔되믹 문명의 풍조가 드러와셔 졍치와 법률이 졈ㅅ붉아가니 그후는 그리함부로 펼쳐놋코 쌔셔먹지를 못ㅎ나37)

(9) 지금 모양으로 경찰이 밝을 것ㅈ흐면 일변 시례롤 검사ㅎ다 혐의쟈롤 됴사ㅎ다 긔어히 원범을 발각ㅎ얏스련마는 그쌔만 히도 암믹ㅎ던 시딕라 직상가의 일이라면 당쟈가 거조롤 ㅎ기 젼에는 감히 간셥을 못ㅎ는 즁 셔판셔가 (…즁략…) 우두커니 셔셔 그 시례롤 물그럼히 들여다보다가38)

36) 정용화, 『문명의 정치 사상:유길준과 근대 한국』, 문학과지성사, 2004, 25~29쪽.
37) 김교제, 『현미경』, 동양서원, 1912, 11~12쪽.
38) 이해조, 『구의산』, 신구서림, 1912, 58쪽.

(8)은 『현미경』에서 김감역이 탐관오리 정승지에게 전 재산을 빼앗기고 살해된 경위를 설명하는 대목의 일부분이다. 서술자는 탐관오리가 토호질을 일삼았던 치안 부재의 시대를 '미개한 시대'로, 근대적인 정치제도와 법률제도가 도입되었던 시대를 '문명의 시대'로 보고 있다. 이런 시각은 (9)의 『구의산』에서 신혼 첫날밤에 머리 없는 시체로 발견된 정황을 그린 대목에도 나타난다. 서술자는 '당자가 신고하기 전에는 법관이 전혀 간섭하지' 않았던 개화기 이전의 치안 부재의 상황을 '암매(闇昧)한 시대'로 진술하고 있다. 반면 개화기에는 살인사건이 발생할 경우 경찰이 개입하여 시체를 검사하고 범인을 조사하여 밝혀낼 수 있는 제도가 갖추어져 있으므로 '경찰이 밝은' 개명한 사회로 보고 있다.

물론 조선시대에도 살인사건이 발생하면, 고을의 수령이 직접 현장에 출동하여 법의학 사전과 수사 지침서에 해당하는 『무원록(無寃錄)』이나 재판 결과를 다룬 『심리록(審理錄)』에 의거하여 검시와 수사를 하였고, 형조나 감영에서 법률에 의해 형량을 결정한 뒤 형을 집행하는 과정을 거쳤다.[39] 그러나 이는 어디까지나 범죄사건이 일어난 이후에 범인을 수색·체포하고 재판하는 사후처리의 차원에 국한된 것이다. 특히 (1)의 글에서 보았던 바대로 동학혁명과 갑오개혁을 전후한 시점에 범죄가 빈번해지고 사회 전체가 혼란의 도탄에 빠진 상황이 지속되자, 개화기의 지식인들은 이미 발생한 국민의 환난과 위해(危害)를 처리하여 사회질서를 유지하는 사법경찰보다 사회 안녕을 헤치거나 법적 질서가 파괴되는 것을 사전에 방지함으로써 공공질서 유지와 인민의 안녕을 미리 예방하는 행정경찰을 도입·정착시키는 데 더 적극적인 자세를 취하였다.[40]

---

39) 이수광, 『조선을 뒤흔든 살인사건 16가지:과학수사와 법의학으로 본 조선시대 이야기』, 다산초당, 2005, 298~313쪽.
40) 장계택, 「警察之分類」, 『태극학보』 제6호, 태극학회, 1906.11, 34~36쪽.

(10) 現今時代 文明之階級이 極達極精ᄒ야 政治, 科學, 及諸種 哲學를 但 擧一部分而表面視之면 雖小雖微나 其中所含之意義ᄂ 廣大巧調에 可促世界 之進化者 −卽 現世 各國 最發達之警察探偵學이是也 (…중략…) 是以로 現 今日本警察廳內에 特設巡査講習會ᄒ고 窮究偵探之技術 者ㅣ 應以是也인져 (…중략…) 通常之人은 一視以別無可證之處나 偵探之術이 亦爲進達ᄒ야 或 以醫理로 間間有解剖以察覺者ᄒ며 或以催眠術로 有隱密中探知者ᄒᄂ니 是 以로 欲學偵探之術이면 醫學及催眠術이 最高要ᄒ도다.[41]

다른 한편 (10)의 글에서 보듯이 개화기 지식인들은 서구에서 정탐기 술이 발달하게 된 원인을 근대적 경찰제도가 확립된 결과물로 보았다. 또한 현대문명이 발달하고 여러 학문이 확대되어 세계의 진보를 촉진하 고 있는 가운데, 최고로 발달한 학문이 '경찰의 정탐학'이라 소개하고 있다. 특히 살인과 범죄의 방법이 날이 갈수록 점점 교묘해지니 이에 대 한 예방책과 대비책을 세우기 위해서는, 일본의 경시청 내에서 형사순 사 강습회를 열어 정탐기술을 궁구하듯이 우리의 경찰들도 서둘러 정탐 기술을 익혀야 한다고 역설하고 있다. 아울러 정탐기술을 익히기 위해 서는 법률, 과학, 의학, 심리학 등 최신의 학문과 매음부사회, 도적사회, 잡기사회 등을 알아야 하며 임기응변과 표리반복(表裏反覆), 조술교묘(祚 述巧妙) 등에도 능통할 것을 강조하였다.[42] 이처럼 개화기에 서구의 근 대적 정탐기술에 대한 개념이 형성되면서 정탐은 '비밀스럽게 조사하 다'라는 뜻에서 '범죄사건을 해결하기 위해 현대의 학문적 지식을 바탕 으로 과학적으로 탐색하는 행위'라는 의미로 전환된다.

개화기에 도입되었던 근대적 경찰제도와 정탐기술에 대한 소개는 개 화기 추리소설에 큰 영향을 미쳤다. 정탐소설계에서는 근대적 정탐기술

---

41) 장계택, 「警察偵探」, 『태극학보』 제7호, 태극학회, 1907.2, 37~40쪽.

42) 장계택, 「警察偵探−前續號」, 『태극학보』 제8호, 태극학회, 1907.3, 48쪽.

을 활용하여 범죄사건을 해결하는 탐정의 서사가 대부분을 차지하고 있다. 또한 서사의 대부분이 범죄사건의 발단과 진행과정에 치우쳐 있는 송사소설계에서도 부분적으로 정탐기술과 추리기법이 활용되고 있다. 이처럼 개화기 추리소설에서 미궁에 빠진 범죄사건이 탐정의 역할을 담당하는 명석한 인물에 의해 그 인과관계가 선명하게 파악되고 범인의 음모가 명백하게 드러나는 과정을 보여줌으로써, 독자들에게 '합리적인 이성으로 파악되지 않은 영역이 있을 수 없다'는 인식을 심어주게 된다. 인간이 합리적 이성을 토대로 자기 귀책적인 미성년성으로부터 탈피하여 세상의 모든 일을 밝게 해명할 수 있다는 생각이 곧 계몽의 핵심이다.43) 이런 점에서 수수께끼적인 사건을 풀어나가는 탐정의 정탐활동 과정에서 논리적 추론을 통해 사물과 세계를 밝게 인식할 수 있다는 점을 보여주는 개화기 추리소설은, 계몽적인 효과를 제공하는 동시에 독자 대중들의 호기심을 자극하는 문학이라 할 수 있다.

> (11) 별슌금이라 ᄒ는 직무는 명탐을 신출귀몰 ᄒ게ᄒ야 범상ᄒ 사람은 뜻도 아니ᄒ 일을 썩ᄾ 알아너는 것이 뎨일 급무라 (…중략…) 유명ᄒ 정슌금으로도 미양 도덕 흔아를 잡으랴면 혀가 턱ᄾ 갈나지도록 이를 쓰던터인고로 이 고싱을 ᄒ는 것이라 정슌금이 남디문 밧까지오며 심중에 단ᄾ이 작졍ᄒ기를 몃날몃달이 되던지 ᄯ러다니면서 그 두사람의 ᄯᆾ지는 것을 긔여히 알고 말니라 ᄒ엿더니44)

『쌍옥적』은 탐정의 정탐활동이 상세하게 그려진 대표적인 정탐소설계이다. 정슌금은 위의 글에서처럼 '범상한 사람들은 알지 못하는 신출귀몰한' 정탐기술을 발휘하여 피의자를 끝까지 찾아내는 탐정의 역할을

---

43) 황태연, 『계몽의 기획:근대 정치사상 연구』, 동국대 출판부, 2004, 152~154쪽.
44) 이해조, 『쌍옥적』, 앞의 책, 434~435쪽.

담당한다. 정순금의 직책인 별순금(별순검 또는 별순포라고도 부름)은 주로 범인의 체포나 기타 정탐에 종사하는 오늘날의 사복형사에 해당하며,[45] 탐정이면서 동시에 경찰이라는 이중성을 지닌다.

그런데 범인 수색과정에서 조력자로 활약하였던 고소사라는 인물의 살해사건을 계기로 정순금이 해직됨으로써 경찰과 탐정의 이중생활은 파탄에 이른다. 이후 정순금은 경찰들이 관심조차 기울이지 않는 범인의 행적을 좇아 금강산에 들어가 오직 탐정의 역할에만 매진한다. 이런 맥락에서 소설의 후반부에 범인의 행적을 따라 정탐활동에만 몰입하는 정순금의 활약상은, 공적 영역과 사적 영역의 중간지대에서 경찰보다 뛰어난 사건 해결능력으로 합법적인 경찰제도를 우롱하는 아이러니로 표상되는 서구 추리소설의 탐정[46]과 흡사한 측면이 있다.

특히 '고소사'라는 독특한 인물과 정순금이라는 파행적 탐정에 주목할 필요가 있다. 고소사는 '정탐을 귀신같이 하는 여인'으로 사설탐정에 해당하는 인물로, 소설의 초반에 잠깐 등장하여 정순금에게 범인에 관한 단서를 제공하고 곧바로 살해된다. 또한 경찰과 탐정의 이중생활을 했던 정순금의 파행적 정탐활동은 서구 추리소설에서의 직업적 탐정의 활약상과는 거리가 멀다. 작가 이해조가 '정탐소설'을 분명하게 인식했던 점으로 미루어보면, 고소사라는 사설탐정과 정순금의 파행적 탐정은 분명히 서구의 추리소설과 탐정이란 직업이 현실적으로 존재하지 않았던 개화기의 사회상황 사이에 놓인 커다란 간극에서, 취할 수밖에 없었던 소설적 타협점으로 읽혀진다.

---

45) 양홍준, 「대한제국후기(1905-1910) 경찰제도 연구」, 고려대 대학원 박사학위논문, 2007, 14~15쪽.
46) ジークフリート・クラカウアー, 앞의 책, 99~105쪽.

(12) 어ᄉ역시 뇌가 갈너지도록 용여ᄒ여 탐지ᄒ나 알수업슴으로 (…중략…) 너가 무슨 장ᄉ를 ᄒ여가며 탐지ᄒ는게 그져 단이는 것보더는 나흐리라 ᄒ고 (…중략…) 토인ᄒ나히 동현방으로 나오면서 ᄒ는말이 연상엽혜 노인 그 봉투인ᄃᆡ 압쪽에는 만춘혜람(晩春惠覽)이라쓰고 뒤쪽에는 중양익일 취하 편부상(翠霞便付上)이라 셧스니 (…중략…) 엿쟝ᄉ가 그리 약이ᄒ난 것을듯 고 올타 인제는 알엇다ᄒ고 속으로 방침을 을마큼싱각ᄒ며 (…중략…) 그러 면 네가 고기를 들어 나를 쳐다보라 즁이 쳐다본즉 어싱원이거널 한춤 보더 니 다시 고기를 숙이며 아모말도 업거널[47]

『고의성』의 어사는 공적 영역에 속하는 인물이 탐정 역할을 담당한다 는 점에서 『쌍옥적』과 유사하다. 그러나 어사는 경찰의 신분을 벗어나 자유롭게 정탐활동을 벌였던 정순금과 달리 (12)에서처럼 공적 신분을 지속적으로 유지한다. 어사는 범인을 수색할 때에는 엿장수로 변장하여 정탐활동을 벌이지만, 살인범을 체포할 때에는 어사라는 공권력을 적극 활용한다. 어사는 변장을 통해 법관의 피의자 심문과정을 염탐하여 정 보를 얻고, 그 정보를 활용하여 전에 만났던 중이 이 사건과 직접적으로 관련이 있음을 추론해낸다. 이런 점에서 어사는 공적 영역에 속하는 인 물이면서 동시에 과학적 추론과 정탐기술을 활용하여 범인을 추적하는 탐정의 역할을 담당하는 독특한 인물이다.

이에 비해 「마굴」은 군수의 판결에 의해 송사사건이 해결된다는 점에 서 송사소설과 유사하다. 그러나 소설 전반이 주로 합리적 추론과 최첨 단의 정탐기술을 동원한 군수의 정탐활동에 집중되어 있는 점에서 정탐 소설계의 특성을 지닌다.

(13) 東面花川洞에서殺人낫다는 該洞人民의報告가入來하믹 尹守가卽時로 親히吏屬을 領率ᄒ고 該洞에 躬往ᄒ야 몬져屍体를檢査ᄒ여보니軟弱ᄒᆫ少年

47) 현공렴, 앞의 책, 67~103쪽.

에게다 如何殘忍ᄒᆞᆫ 强力을加壓ᄒᆞ엿던지 兩臂ᄂᆞᆫ挫折ᄒᆞ고頸周에ᄂᆞᆫ絞痕이斑々ᄒᆞᆫ데咽喉에黑血이充塞ᄒᆞ야 悲慘ᄒᆞᆫ最後를成ᄒᆞᆫ 形狀이人으로ᄒᆞ여금正視키難ᄒᆞ니 (…중략…) 尹守가吏屬을嚴團ᄒᆞ야 洞民에게ᄂᆞᆫ些少의治擾가無케ᄒᆞ고撿屍를畢ᄒᆞᆫ後에[48)]

윤수는 '외국 사정에도 능통하고 사리에도 명탁한 명관'으로, 살인사건이 발생하였다는 보고를 접하자 바로 정탐기술의 가장 기초 작업에 해당하는 검시에 착수한다. 그 결과 '양쪽 어깨가 꺾이고 머리에 남아 있는 교흔'으로부터 타살이라 추정하고, 신장손의 세모녀는 물론 이서방의 친가에 조력자 정탐을 급파하는 등 과학적 지식에 기초하여 범죄사건에 대한 탐문조사를 벌인다. 또한 윤수의 정탐활동은 송사소설에서처럼 판관의 직관이나 초경험적인 힘에 의존하지 않고, 철저하게 탐문과 논리적인 추론에 의해서만 전개된다.

한편 송사소설계에 해당하는『구의산』과『현미경』에서도 비록 서사의 일부분에 지나지 않지만 탐정 역할을 담당하는 인물에 의한 정탐활동이 그려진다. 이들의 정탐활동이 차지하는 비중이 정탐소설계에 비해 매우 작기는 하지만, 이들의 정탐활동은 이미 범인으로 밝혀진 인물이 소설 속의 다른 인물들에게 범인임을 확인시켜주는 과정에서 기여하는 바가 크다. 따라서 이들의 정탐활동은 범인이 왜 그런 범죄를 저질렀는지, 또 그것이 어떻게 밝혀지는지와 관련된 독자의 궁금증과 호기심을 충족시켜주는 서사적 역할을 담당한다. 예를 들면『구의산』에서는 피해자의 부인이 펼치는 정탐활동을 통해 이동집의 범행과정이 서판서를 비롯한 다른 인물들에게 확실하게 입증된다. 또한『현미경』에서도 경부(警部)에 적을 둔 이협판의 정탐활동을 통해 정대신의 만행이 만천하에 밝혀진

48) 백악거사,「마굴」,『태극학보』제16호, 태극학회, 1907.12, 45~46쪽.

다. 그리하여 독자들은 이동집이 오복이를 죽인 이유가 무엇인지, 또 법관대신으로 무소불위의 권력을 휘두르는 정대신의 만행이 어떻게 증명되는지 등에 대해 호기심을 집중하면서 이들의 정탐활동을 지켜보게 된다. 이에 대한 자세한 분석은 4장에서 다루고자 한다.

4. 도서법(倒敍法)의 도입과 서사적 긴장의 정도

추리소실은 범죄의 결말을 먼저 제시하고 범죄의 원인과 동기를 거꾸로 탐색해가는 서사구조를 취한다. 범죄사건의 시작에서 결말로 이어지는 선조적인 서사구조를 취하는 리얼리즘소설과 달리 추리소설은 범죄사건의 인과관계가 도치된 서사구조, 즉 도서법(倒敍法)을 활용한다. 도서법은 '누구에 의해 왜 그런 일이 일어났는가' 또는 '범죄사건이 어떻게 해결될 것인가'라는 질문에 관련된 정보를 최대한 지연하는 효과를 지닌다.[49]

또한 도서법에 의해 조성되는 독자들의 호기심과 서사적 긴장은 양극과 음극 사이에서 흐르는 전류처럼 추리서사를 끝까지 밀고나가는 원동력으로 작용한다. 즉 추리소설의 서두에서 수수께끼와도 같은 범죄사건을 제시함으로써 독자의 호기심이 작동되기 시작하고, 마치 양극의 전기처럼 범죄사건을 해결해나가는 탐정을 따라 조각난 정보가 하나씩 밝혀지는 방식으로 독자들의 호기심을 자극한다. 그러면 독자는 마치 양극의 전류에 반응하는 음극처럼 탐정이 범죄사건을 해결하는 과정에 참여하여, 조각난 정보를 활용하여 마치 퍼즐을 맞추어가듯이 범죄사건의 전말을 능동적으로 추리한다. 동시에 새로운 정보를 발견할 때마다 놀

---

49) Lennard J. Davis., *Resisting Novels: Ideology and Fiction*, Methuen:New York & London, 1987, pp.212~213.

라움과 공포를 느끼며 이후에 전개될 서사에 대해 호기심을 가지고 소설을 끝까지 읽어나간다.[50] 따라서 독자가 추리소설을 읽는 독서과정은 범죄에 대한 정보와 사건 해결 사이에 가로놓인 논리적-시간적 갭을 밀접화시킴으로써 발생하는 탐색의 긴장과 퇴행에 의한 서사적 긴장감의 연속적 과정이다.[51]

이처럼 추리소설에서 탐정과 독자는 숨겨진 정보로부터 범죄사건의 전말을 추론해내는 '거꾸로 추론하기'의 태도를 취한다. 이 거꾸로 추론하기에서는 범죄의 결과를 바탕으로 범죄의 원인을 추적하는 이른바 가추법(aduction)이 활용된다. 가추법은 결과를 발생시킨 알려지지 않은 원인이 무엇인가에 대해 나름대로 가정을 세우고, 그 가정을 일반적인 규칙으로 확인시켜줄 만한 사실들을 발견하여 범죄사건의 원인과 결과를 짜맞추는 추론방식이다.[52]

그러나 추리소설의 이러한 특성도 약간의 편차를 보인다. 미스터리적 요소가 강한 추리소설일수록 텍스트의 표면에는 탐색서사만이 존재하고 범죄서사는 텍스트 이면에 감추어져 있다. 탐정은 범죄의 서사에 관련된 감추어진 정보를 찾아 퍼즐을 맞추어가듯 범죄의 결과로부터 원인을 추적해나감으로써 범죄사건의 전말을 밝혀낸다.[53] 반면 범죄소설적 요소가 강한 추리소설에서는 범죄의 서사와 탐색의 서사가 엄격하게 분리되지 않은 유연한 구조를 지닌다. 이 유형의 추리소설에서 서사적 긴장감을 유지하는 요인은 범죄의 결말은 무엇인가, 어떤 희생을 치르는가, 최종의 승자는 누구인가 등에 대한 정보와 관련이 있다.[54] 개화기

---

50) 토마 나르스작, 『추리소설의 논리』, 김중현 역, 예림기획, 2003, 245~251쪽.

51) 이재선, 『한국문학주제론』, 서강대 출판부, 1991, 105쪽.

52) 움베르토 에코 외, 『논리와 추리의 기호학』, 김주환·한은경 역, 인간사랑, 1994, 8~12쪽.

53) T. 토도로프, 『산문의 시학』, 신동욱 역, 문예출판사, 1992, 50~53쪽.

54) 이브 뢰테르, 앞의 책, 107~110쪽.

추리소설 역시 독자의 호기심과 서사적 긴장감을 유발하기 위해 원인과 결과를 순차적으로 배열하는 선조적인 구조를 배반한다. 그러나 도서법의 활용 정도, 범죄의 서사와 탐색의 서사가 존재하는 방식, 가추법을 활용하는 방식과 서사적 긴장감의 정도 면에서 상당한 편차를 보인다.

대표적 정탐소설계인 『쌍옥적』은 도서법을 가장 적극적으로 활용하고 있다. 소설의 서두에 거금이 든 돈 가방을 남대문 밖 정거장에서 쥐도 새도 모르게 도난당하는 수수께끼와 같은 절도사건이 제시된다. 이는 독자들의 호기심을 끌 만한 범죄사건임에 틀림없지만, 이에 대해 알려진 정보는 범인들의 인상(키가 구척이고 뒤꼭지가 세 뼘 정도)과 범죄를 저지르게 된 경위(음력 정월 열일헤날 이만 오천 원을 가져가라는 편지를 우연히 손에 넣게 됨)에 관한 것뿐이다. 익명의 도적에 의한 도난사건의 동기가 '돈'이라는 점은 누구나 알 수 있으므로, 탐색의 서사는 범죄의 동기나 범인의 정체를 밝히는 데 있는 것이 아니라 '탐정이 범인을 어떻게 잡는가'에 초점이 맞추어져 있다.

정순금 일행이 벌이는 탐색의 서사는 크게 두 부분으로 나뉜다. 전반부는 서울의 한복판에서 범인을 추적하는 과정으로, 조력자였던 고소사가 살해되는 사건을 계기로 정순금 일행이 투옥됨으로써 실패로 끝난다. 후반부는 범인이 금강산에 잠입했다는 소식을 접하고 난 직후 별순금직을 사퇴하고 범인을 쫓는 정탐활동에 치중되어 있다. 따라서 독자들은 정순금 일행이 유동 인구가 많고 익명성이 보장되는 도시의 한복판과 넓디넓은 금강산에서 베일에 가린 범인들을 어떻게 찾아낼 것인지에 대해 강한 호기심을 가지고 탐색의 서사를 따라 읽게 된다.

> (14) 그밤에 삼보중을보고 솔김이가 병알이 차가지고 가듯흔자는 별사람이 아니오 다년강도로 유명한 쌍옥적이라 이놈의 형제가 어려서붓허 단소불기를 편기흐야 간곳마다 단소를 부는고로 남들이 별호흐기를 쌍옥적이라 흐얏는듸 (…중략…) 서울시골 허다흔 별슌금에 한아도 두려울 사람이 읍스되

항샹마음에 쓰리씌는 긔찰을 유명ᄒᆞ게ᄒᆞ는 화긔동 졍슌금샏이러라[55]

그런데 범인에 관한 정보(키가 크고, 2인조이며, 단소 병창을 즐긴다)
는 서술자와 독자만 알 뿐 정작 탐정인 정순금은 알지 못한다. 범인에
관련된 정보가 탐정의 추론을 통해 밝혀지는 것이 아니라 (14)에서처럼
서술자가 탐정이 인지하는 수준보다 앞질러 독자들에게 전달하는 방식
을 취하고 있기 때문이다. 이는 반 다인(S. S. Van Dine)이 제시한 추리소
설에서 지켜야 할 첫 번째 규칙, 즉 '탐정과 독자가 범죄사건을 해결하
는 데 필요한 정보를 동등하게 공유해야 한다'는 규칙을 위반한 것이
다.[56] 바로 이런 점으로 인해 『쌍옥적』은 서두에서 도시 한복판에서 일
어난 거액의 도난사건이라는 충격적인 범죄사건을 제시하여 범인을 찾
는 탐정의 활약상에 대한 독자들의 기대감과 호기심을 한껏 촉발시켰음
에도 불구하고, 후반부로 갈수록 탐정이 범인을 주체적으로 추적하지
못하고 범인의 뒤를 버겁게 밟아가는 형국이 되고 만다. 범인을 추적해
가는 탐색서사의 전류가 약해질수록 이에 자극을 받는 독자의 호기심을
자극하는 전류 역시 약해지기 때문에, 결말로 갈수록 서사적 긴장감이
현저히 떨어지게 되었던 것이다.

(15) 悽慘愁慘絶慘ᄒᆞ 悲劇은 起ᄒᆞ였다! 地方은黃海道長連郡東面花川洞에
서. 光武는五年春三月이라 (…중략…) 이所聞이洞內에傳播ᄒᆞ자 人々마다
驚顔이오處々마다疑問이라 此處彼處에서, 이런말 저런말 疑鬼가百出ᄒᆞᄂᆞ,
그眞相은到底이알길이萬無ᄒᆞ도다. (…중략…) 細繩끗헤 生命을믜고、朝露風
에 來往ᄒᆞᄂᆞ、너可憐ᄒᆞ 조고마ᄒᆞ犧牲아! 花發多風雨ᄒᆞ기에 芳蕾를自委ᄒᆞ엿
나냐? 惡魔의宿怨이잇섯드냐? 兇惡ᄒᆞ戀敵의毒手를밧앗나냐? 死口에말이업

55) 이해조, 『쌍옥적』, 앞의 책, 98~99쪽.
56) 토마스 나르스작, 앞의 책, 108쪽.

서 秘密이永默ᄒ니、楊柳枝야 情도업다、人의三代獨子를![57)

「마굴」은 서두에 충격적인 살인사건을 제시할 뿐 아니라, '수수께끼와 같은 범죄사건의 제시 → 논리적 추론과정 → 범죄사건의 해결'이라는 미스터리 추리소설의 기본적인 서사구조에 충실하다. 아울러 전체 6장으로 분절된 각 장마다 소제목이 제시되고, 각 장마다 서사의 진행 속도를 조절하는 장회소설(章回小說)적 특성으로 인해 서사적 긴장감이 더욱 배가된다. (15)에서처럼 작은 마을에 어린 신랑이 죽은 시체로 발견된 사건은 마을 전체를 충격에 휩싸이게 만들어 놓는다. 곧바로 피해자의 신원이 '신장손의 처남'이라는 사실이 밝혀짐에 따라, 탐색서사의 핵심은 죽음의 원인과 동기가 무엇인가로 전환된다. 서두에서 서술자는 죽음의 원인을 두고 자살인지, 원한이나 연적과 관련된 것인지 강한 의문이 제기한다. '죽은 자는 말이 없으니 비밀은 영원히 침묵한다'라는 진술을 통해 죽음의 원인에 대한 독자들의 강한 호기심을 더욱 증폭시킨다.

살인사건의 원인과 동기를 밝히는 탐색의 서사는 탐정에 해당하는 윤수가 등장하면서 시작된다. 그러나 『쌍옥적』과 달리 서술자가 추리소설의 규칙에 충실하여 철저하게 윤수의 인지를 넘어서지 않는 정도를 유지할 뿐만 아니라 윤수를 앞질러 독자에게 어떤 정보도 제공하지 않는다. 따라서 독자들은 윤수가 정탐활동을 통해 밝혀내는 정보에 촉각을 세우며 범인이 누구인지, 왜 살인사건이 일어났는지에 대한 호기심을 지속적으로 유지해나간다. 소설의 서두에서 가족 간의 갈등에 의한 '어린 신랑 살해사건'처럼 보였던 범죄사건이 윤수의 정탐에 따라 돈을 노리고 신장손의 모자녀가 어린 신랑을 살해했다는 사실이 밝혀진다. 이

57) 백악거사, 앞의 글, 43~45쪽.

처럼 탐정이 베일에 가려진 범죄사건을 해결하기 위한 단서를 스스로 발견하고 발견한 단서를 토대로 범죄사건의 전말을 밝혀내기 때문에, 윤수에 의해 사건의 전모가 밝혀지는 결말에 가서야 독자의 호기심도 비로소 완전히 충족되고 이로써 서사적 긴장감이 극대화되는 효과를 얻을 수 있다. 이와 같이 「마굴」이 정탐소설계의 서사적 특성을 충분히 갖추었고 『쌍옥적』보다 1년 앞선 1907년에 발표되었던 점을 고려하면, 비록 단편소설이라는 한계에도 불구하고 「마굴」이야말로 명실상부한 정탐소설의 효시로서 손색이 없다.

한편 『고의성』에서도 서두에 이참봉의 며느리가 탁발승에 의해 강간·살해되는 충격적인 장면을 먼저 제시한 점과 범인을 정탐하는 탐색 서사가 우세하다는 점에서 정탐소설계의 특성을 지닌다. 그럼에도 불구하고 사건 발생 직후 탁발승과 어사가 만나는 대목에서 범인에 관한 정보가 독자에게 이미 노출되었고, 강간·살해사건의 특성상 범죄의 동기가 충분히 예상되기 때문에 범죄사건의 전말에 관련된 독자의 호기심이 현저하게 반감된다. 이후 범인을 추적하는 과정에서도 엿장수로 변장한 어사가 관청에서 이참봉이나 아씨의 하인이었던 복실 등을 심문하는 광경을 엿듣고 정보를 수집하는 정도에 그치기 때문에, 탐정의 치밀한 정탐활동을 통해 사건의 전말이 밝혀지기를 기대했던 독자들의 호기심은 극도로 약화된다.

서두에서 범인과 범죄의 동기가 이미 밝혀졌기 때문에 독자들의 관심은 어사가 어떤 방식으로 범인을 잡을 것인지로 전환된다. 하지만 이 역시 어사가 탁발승과 만나기로 약속했던 주막에서 암행어사가 출두하여 강제적으로 자백하게 만드는 방식을 택했다는 점에서, 탐정과 범인 사이에 쫓고 쫓기는 지략적인 탐색의 게임을 기대했던 독자들의 호기심과 서사적 긴장감을 충족하지 못하는 결과를 초래한다. 그리하여 『고의성』은 전체적으로 탐정이 범죄사건을 해결하는 탐색의 서사가 우세한 점에서 정탐소설계의 특성을 지니지만, 범죄사건의 전말을 파헤치는 탐정의 예리한 추론을 통해 서사적 긴장감을 유발시키는 데 대한 자의식이 부족했던 작품이라 할 수 있다.

이에 비해 송사소설계는 '범죄 발생의 상황적 요인 → 범죄의 발생 → 송사과정 → 해결(판결)'이라는 네 축으로 구성되어 있다. 범죄가 발생하게 된 상황적 요인을 먼저 보여줌으로써, 가해자와 피해자 사이의 관계가 드러나고 이들의 관계를 통해 구체적인 갈등상황 속에서 범죄가 발생하는 과정이 제시된다. 따라서 송사소설계에서는 탐색의 서사가 현저히 약화되고 범죄의 서사가 우세한 특성을 보인다. 하지만 송사소설계 역시 부분적이나마 도서법을 활용함으로써 독자들로 하여금 범인이 누구인가, 어떻게 범행을 저질렀는가 등에 대한 호기심을 유발하여 서사적 긴장감을 유지하는 효과를 노린다.

『구의산』에서도 범죄의 서사가 텍스트의 표면에 전면화되지만, 오복이의 살해과정이나 범인이 밝혀지는 과정 등 주요 대목에서 범죄의 결과를 먼저 보여주거나 정확한 정보를 차단하고 앞으로 무엇인가 중대한 일이 일어날 것이라는 암시를 반복적으로 제시하는 등 적극적으로 도서법을 활용한다. 그리하여 독자로 하여금 앞으로 일어날 사건이 어떻게 전개될 것인가, 끔찍한 범행이 누구에 의해 왜 자행되었는가 등에 대해 강한 호기심을 갖게 만든다. 독자들은 이동집이 오복이의 혼례식에 참석하지 않았다는 점, 모든 하인들을 혼례식이 거행된 신부집으로 보내거나 집에 돌아가 쉬도록 종용한 점, 칠성에게 '장가를 보내주고 집을 주겠다'는 조건을 내걸고 무엇인가를 간청한 점 등으로 미루어 짐작하여 이동집이 범인일 가능성을 예측할 수 있을 뿐이다. 더욱이 오복이에게 지극히 자애로웠던 이동집의 과거 행적과 결혼 첫날밤 신랑이 죽었음에도 불구하고 침착한 반응을 보이는 오복이의 처 김애중의 태도를 비교해보면, 진짜 살인범이 누구인지 전혀 추측할 수가 없다. 게다가 선

불리 인물에 대해 도덕적 평가를 내리지 않는 서술자의 태도 역시 독자들로 하여금 진짜 범인을 예측할 수 없게 만드는 요소로 작용한다. 나중에 김애중이 시집 근처에 몰래 잠입하여 범인을 추적하겠다고 나서는 장면에 이르러서야, 비로소 독자들은 이동집이 범인일 가능성을 확신하게 될 뿐이다.

김애중의 정탐활동은 여러 가지 일어날 법한 가능성을 토대로 일련의 법칙을 만들고 그에 따라 범죄의 결과를 추론해내는 가추법을 충실하게 이행한다.[58] 즉 까치가 매일 고목나무에서 우는 사실로부터 고목나무 아래 매장된 오복이의 시체를 발견하고, 결혼식 날 이동집과 칠성이가 참석하지 않았다는 사실을 알아내고 칠성이가 청부살해자임을 추론해내어 칠성모로 하여금 칠성의 행적을 실토하게 만든다. 이처럼 김애중의 정탐활동을 통해 이동집의 지략적이고 끔찍한 범죄 행각이 밝혀지고 난 후에 독자들은 비로소 이동집의 이중적 행각에 놀라움 금치 못하게 된다.

(16) ᄉ고무친ᄒ고 압혜 쓸ᄌ식 한아업는 신셰가 외로온 싱각이나셔 뎍아들에게나 졍을드려 몸의지를 튼ᄉ히ᄒ리라ᄒ야 오복이를 남의류업시 공드려 기르더니 천만쯧밧게 쪼복이를 나은후로 곰ᄉ궁리를ᄒ야본즉 오복이곳 업스면 대감셩미에 ᄌ식을두고 양ᄌ눈ᄒ실리만무ᄒ고 쪼복이가 ᄌ연 셰간 차치를 ᄒ려십어 그거조를 ᄒ얏슴니다[59]

그러나 이동집이 범인이라는 사실이 밝혀지고 난 이후에도 살해동기에 대한 독자들의 궁금증은 여전히 남는다. 즉 그것은 오복이를 친자식보다 더 자애했던 이동집이 오복이를 그토록 끔찍하게 살해한 이유에

58) 움베르토 에코 외, 앞의 책, 299~301쪽.
59) 이해조, 『구의산』, 앞의 책, 14~15쪽.

대한 강한 호기심이다. 하지만 살해동기에 대한 정보가 철저히 차단되어 있기 때문에 전혀 예측이 불가능하고, (16)과 같이 법관의 심문에 의해 서판서의 재산을 독차지하려 살해했다는 이동집의 실토 장면에 이르러서야 살해동기에 대한 의문이 해소될 수 있다. 독자들은 이동집의 실체가 드러나는 서사적 반전을 접하고 나서 비로소 그동안에 제시되었던 이동집에 관한 정보가 잘못된 오보라는 점을 깨닫고 충격과 놀라움을 금치 못하게 된다. 이처럼 『구의산』의 전반부에서는 부분적으로 도서법을 활용하여 독자들의 호기심을 지속적으로 촉발함으로써 서사적 긴장감을 극대화하는 특성을 보인다.

반면 효손이가 서사의 중심이 되는 후반부로 갈수록 서사적 인과관계가 심하게 어그러짐에 따라 서사적 긴장감도 현격하게 떨어진다. 집 나간 할아버지와 아버지의 원수인 칠성이를 찾기 위해 길을 나서는 효손이를 보며 독자들은 과연 어린아이에 불과한 효손이가 드넓은 세상에서 어떻게 할아버지를 찾을 것인지, 얼굴조차 모르는 칠성이를 어떻게 잡을 것인지에 대한 호기심과 궁금증을 갖게 된다. 그러나 초경험적인 계시에 따라 할아버지가 머물고 있는 팔영산으로 찾아가는 대목이나 그동안 죽은 것으로 알려진 오복이가 칠성이와 함께 오랫동안의 외국생활을 마치고 돌아와 우연히 효손과 만나는 대목에서, 지나치게 작위성이 개입됨에 따라 서사적 인과관계가 어그러지는 한계를 드러낸다. 결말에 가서 범죄사건의 중핵이었던 '머리 없는 시체'의 주인공이 오복이가 아님이 밝혀짐에 따라, 독자들은 그동안 자신들이 접한 정보가 잘못된 정보임을 깨닫고 어그러진 서사적 인과관계를 거꾸로 꿰맞추어 보면서 당혹감을 금치 못하게 된다.

한편 『현미경』 역시 '송사사건의 발생 → 사건의 전개 → 해결(판결)'이라는 송사소설의 서사구조에 정대신의 탐색과정이 가미된 송사소설계의 특성을 지닌다. 그러나 『현미경』은 송사소설계 중에서 독보적으로 역전적 도서법을 적극 활용하고 있다. 소설의 서두는 충청도 보은의 군수 정승지가 술에 취하여 15, 6세의 소복을 입은 여자아이에게 끔찍하게 살해당하는 장면으로 시작된다. 보은 근방에서 '털끝도 못 건드리는 인호랑이'로 정평이 나있는 정승지가 겨우 15, 6세의 여자아이에게 살해된 사건은 독자의 강한 호기심을 유도하기에 충분하다. 하지만 바로 이어 정승지가 살해당한 이유와 살해자의 정체가 서술자의 입을 통해 낱낱이 드러남에 따라 살인사건에 관련된 독자의 호기심은 모두 해소된다. 즉 소복을 입은 아이는 김감역의 딸 빙주이며, 김감역이 정승지의 무리한 수탈에 부응하지 않아 억울하게 죽었기에 그의 딸 빙주가 아버지의 원수를 갚기 위해 정승지를 살해했으며, 정승지가 법관대신이었던 정대신과 함께 모략하여 김감역의 재산을 강탈한 사실 등에 대한 모든 정보가 제공된다.

서두에 제시된 범죄사건의 원인과 동기가 밝혀지고 난 후 서사의 초점은 어린 빙주가 정대신을 대상으로 펼치는 신산스러운 복수담으로 전환된다. 이에 따라 추리적 요소는 현저히 약화되고, 특히 정대신의 권력남용에 대해 도덕적 평가를 가하고 빙주와 김감역에 대해 지나치게 동정적 시선을 지닌 서술자의 태도로 인해 빙주가 벌이는 복수의 서사에 대한 긴장감도 약화된다. 그럼에도 불구하고 정대신이 빙주를 잡아들이기 위해 관찰부 순검들을 풀어 탐색활동을 벌이고 빙주가 이들의 감시망을 피해 도주하는 대목에서 쫓고 쫓기는 추리기법이 활용되고, 빙주의 후원자인 이협판이 정대신의 죄목을 밝히는 대목에서 정대신과 이협판이 증거 인멸과 확보를 두고 옥신각신 머리싸움을 벌이는 과정에 추리기법이 활용된다. 바로 이런 점으로 인해 『현미경』은 추리와 탐정적 구조를 지니면서 동시에 송사사건 처리의 공정성을 강조하는 주제를 지니는 독특한 작품이라는 평가를 받는다.[60]

---

60) 이헌홍, 앞의 책, 37쪽.

그러나 서사의 후반부에 이르러 그동안 죽은 것으로 알려진 빙주의 아버지가 갑작스럽게 살아 있는 것으로 밝혀지고, 또 정대신에 의해 처형된 인물이 빙주가 아니라 빙주와 닮은 빙심이며, 빙심은 다름 아닌 빙주와 어릴 적에 헤어진 자매로 밝혀지는 등 지나치게 작위적인 결말로 치닫는 한계를 드러낸다. 이러한 작위성으로 말미암아 서사적 인과관계가 심하게 어그러지고 아울러 독자의 호기심과 기대감 역시 반감되는 역효과를 초래한다. 이를 정대신의 권력 남용과 횡포에 의한 부당한 판결을 무효화하고 선량한 백성들의 승리로 마감하려는 작가의 의도로 풀이할 수 있지만,61) 바로 이런 점이 송사소설계로서의 완성도가 떨어지게 만드는 원인으로 작용한다.

4. 결론

이상에서 살펴본 바와 같이 개화기 추리소설은 송사소설계와 정탐소설계가 충돌하고 접합되는 과정을 거치면서 한국적 추리소설로 정립해나가는 기원으로서의 의미를 지닌다. 그러나 지금까지 한국 추리소설의 기원에 대한 연구는 서구의 추리소설을 직수입한 것으로 보는 이식론이나 모방론이 우세하다. 이에 따라 한국 추리소설의 효시로 알려진 이해조의 『쌍옥적』에 주목하여 장르적 특성을 밝히는 연구가 주를 이루고 있다. 그러나 이는 개화기 추리소설을 서구의 추리소설이 일방적으로 이식된 문학적 결과물로 보는 시각에서 벗어나지 못한 데서 비롯된 것이다.

본고는 이러한 단일한 시각을 극복하기 위해 다음 두 가지의 전제에

---

61) 최원식(『한국 계몽주의 문학사론』, 소명출판, 2002, 124~133쪽)은 이런 점에 주목하여 『현미경』을 갑오농민전쟁의 후일담을 다룬 리얼리즘소설로 본다.

서 출발하였다. 먼저 개화기 추리소설은 개화기의 복잡다단한 사회문화적 상황 속에서 형성된 독특한 문학 현상으로 파악해야 한다는 점이고, 다른 하나는 추리소설의 개념을 탐정소설이나 미스터리소설을 지칭하는 협의의 추리소설에 국한하지 않고 '살인과 같이 법적으로 비난받을 만한 중대한 범죄를 추리기법으로 다룬 서사물의 총칭'으로 보아야 한다는 점이다. 나아가 본고는 개화기 추리소설이 조선조의 송사소설에 뿌리를 두고 있는 송사소설계와 그 이전까지 전혀 존재하지 않았던 정탐소설계라는 두 가지 유형으로 구성되어 있음에 주목하여, 개화기 추리소설이 출현하게 된 사회적 의미망과 관련시켜 그 서사적 특질과 존재 양상을 비교·분석하였다.

우선 2장에서는 추리소설의 발생지가 범죄가 일상화되고 신문을 통해 범죄 스캔들이 공론화되었던 근대사회라는 점에 입각하여 개화기 추리소설의 발생지에 해당하는 개화기의 사회상황과 개화기 추리소설의 상관성을 비교해보았다. 그리하여 정탐소설계인 『쌍옥적』과 『고의성』에서는 타인의 재산권이나 생명권을 노린 근대적 범죄유형이 주로 다루어진 반면, 송사소설계인 『구의산』과 『현미경』에서는 가정이나 향곡 등 공동체 내에서의 갈등과 원한에 의한 패륜적인 범죄가 다루어지고 있음을 확인하였다. 이에 비해 「마굴」은 표면상 가정 내 갈등을 다루었다는 점에서 송사소설계와 유사하나, 실제적으로는 재산을 노린 지략적인 근대적 범죄라는 점에서 정탐소설계의 특성을 지닌다.

3장에서는 개화기 추리소설에 등장하는 탐정의 역할과 정탐의 의미를 살펴보았다. 공적 영역과 사적 영역의 중간지대에 속하는 직업적인 탐정이 등장하는 서구의 추리소설과 달리, 개화기 추리소설에서는 직업적인 탐정이 존재하지 않는다. 정탐소설계에서 탐정은 경찰, 어사, 군수 등 모두 공적 영역에 속하는 인물인 반면, 송사소설계에서는 등장인물 중의 한 사람이 일시적으로 탐정의 역할을 대신하여 범죄사건을 해결하는 데 부분적으로 도움을 주는 것에 그치고 만다. 이처럼 개화기 추리소설에서 직업적인 탐정이 등장하지 않는 이유는, 서구의 경찰제도의 도입과 동시에 정탐기술을 함께 소개했던 개화기의 사회문화적 배경에서 비롯되었음을 확인하였다. 서구의 정탐기술이 소개되면서 '정탐'의 의미도 '범죄사건을 해결하기 위해 현대적인 학문에 기초하여 과학적으로 탐색하는 행위'라는 의미로 전환되었다.

한편, 4장에서는 개화기 추리소설에 나타난 도서법의 활용 정도, 범죄서사와 탐색서사의 존재방식, 가추법의 활용과 서사적 긴장감의 정도 등을 비교하였다. 정탐소설계와 송사소설계의 두 유형 모두 인과관계의 도치를 활용하여 독자들의 호기심을 촉발시키는 서사 전략을 추구한다. 그러나 수수께끼적 요소가 강한 정탐소설계의 『쌍옥적』과 「마굴」에서는 탐정에 의한 탐색의 서사가 우세하기 때문에 도서법의 효과도 큰 것으로 확인되었다. 즉 소설의 서두에서 범죄사건의 결과를 먼저 제시하고, 탐정이 조각난 정보를 찾아 퍼즐을 맞추어가듯이 가추법을 동원하여 범죄사건의 동기와 원인을 밝혀내는 정탐활동을 보여준다. 따라서 독자들이 범죄사건의 전말을 파헤치는 탐정의 탐색과정에 대해 강한 호기심을 가지고 서사를 끝까지 읽어내도록 유도하는 서사적 긴장감도 높은 편이다. 반면 탐색의 서사가 약화되고 범죄소설적 요소가 강한 송사소설계에서는 범죄사건의 인과관계가 부분적으로 도치되는 서사구조를 취한다. 따라서 독자의 호기심을 자극하는 정보의 성격이 서두에서 제기된 범죄사건의 원인과 동기를 추적하는 탐색과 관련되기도 하지만, 상황에 따라 또 다른 범죄사건에 연루된 정보로 전환되는 경우가 많다. 이에 따라 결말에 이르기까지 서사적 긴장감이 극대화되지 못하는 한계를 드러낸다.

이처럼 고소설과 근대소설의 경계 지점에 위치한 개화기 추리소설의 존재 양상과 서사적 특질을 밝히는 노력은, 근대문학사의 결락으로 남아 있는 부분을 새롭게 발견하는 작업으로서 한국문학의 외연을 넓히는 데 기여한다. 한편 중국의 공안소설을 번안한 『신단공안』이나 서구의 추리소설을 번안 또는 번역한 『금지환』, 『도리원』, 『누구의 죄』 등이 출간되었고 모험과 추리를 다룬 영화가 수입되었던 개화기의 상황을 고려해보면, 이에 대한 조명이 함께 아우러질 때 개화기 추리소설의 형성과정을 둘러싼 총체적 지형을 온전하게 파악할 수 있을 것이다. 이에 대해서는 지면상의 이유로 다음의 과제로 넘기고자 한다.

■ 참고문헌

1. 자료

『대한매일신보』, 『독립신문』, 『태극학보』

김교제, 『현미경』, 동양서원, 1912.
백악춘사, 「마굴」, 『태극학보』 제16호, 태극학회, 1907.12.
이해조, 『쌍옥적』, 보급서관, 1911.
_____, 『구의산』, 신구서림, 1912.
현공렴, 『고의성』, 대창서원, 1912.

2. 논문 및 단행본

김용언, 「군중 속의 개인-탐정, 범죄소설, 모더니티」, 연세대 대학원 석사학위논문, 2007.
김효진, 「근대 중국 탐정소설 형성에 관한 연구」, 서울대 대학원 박사학위논문, 2001.
박성태, 「조선후기 송사소설의 유형과 전개양상 연구」, 성균관대 대학원 박사학위논문, 2004.
박은숙, 「개항기(1796~1894) 포도청의 운영과 한성부민의 동태」, 『서울학 연구』 제5집, 1995.6, 서울학연구소.
양홍준, 「대한제국후기(1905~1910) 경찰제도 연구」, 고려대 대학원 박사학위논문, 2007.

이동원, 「한국 추리소설의 기원-〈명탐소설 쌍옥적〉의 근대성에 대한 고찰」, 『현대문학의 연구』 제22집, 한국문학연구학회, 2004.2.

임 화, 「개설 신문학사」, 『조선일보』, 1939.9.

최현주, 「신소설의 범죄서사 연구」, 서강대 대학원 박사학위논문, 2004.

김민환, 『개화기 민족지의 사회사상』, 나남, 1988.

대중문학연구회, 『추리소설이란 무엇인가』, 국학자료원, 1997.

유길준, 『서유견문』, 허경진 역, 한양출판, 1995.

이수광, 『조선을 뒤흔든 살인사건 16가지:과학수사와 법의학으로 본 조선시대 이야기』, 다산초당, 2005.

이재선, 『한국문학주제론』, 서강대 출판부, 1991.

이헌홍, 『한국 송사소설 연구』, 삼지원, 1997.

이화여대 한국문화연구원, 『근대계몽기 지식 개념의 수용과 그 변용』, 소명출판, 2005.

작자 미상, 『역주 신단공안』, 한기형 · 정환국 옮김, 창비, 2007.

정용화, 『문명의 정치 사상:유길준과 근대 한국』, 문학과지성사, 2004.

최재천 외, 『살인의 진화심리학:조선후기의 가족 살해와 배우자 살해』, 서울대 출판부, 2004.

최원식, 『한국 근대소설사론』, 창작과비평사, 1986.

황태연, 『계몽의 기획:근대 정치사상 연구』, 동국대 출판부, 2004.

에르네스트 만델, 『범죄소설의 사회사』, 이동연 역, 이후, 2001.

움베르토 에코 외, 『논리와 추리의 기호학』, 김주환 · 한은경 역, 인간사랑, 1994.

이브 뢰테르, 『추리소설』, 김경현 역, 문학과지성사, 2000.

토마스 나르스작, 『추리소설의 논리』, 김중현 역, 예림기획, 2003.

T. 토도로프, 『산문의 시학』, 신동욱 역, 문예출판사, 1992.

Lennard J. Davis., *Resisting Novels:Ideology and Fiction*, Methuen:New York & London, 1987.

中島河太郎, 『日本推理小說史 第 一券 』, 挑源社, 1964.

九鬼紫郎『探偵小說百科』, 金園社, 1979.

ジークフリート・クラカウアー, 『探偵小說の 哲學』, 福本義憲 譯, 法政大學出版局, 2005.

식민지 탐정소설의 성격과
이데올로기

차 선 일

1. 들어가며

추리소설은 이성과 과학의 힘으로 세계를 설명하고 해석할 수 있다는 합리주의 또는 계몽주의의 정신, 즉 근대적 사유형식을 내면화하고 있는 특수한 장르이다.[1] 또한 추리소설은 그 자체가 근대문화의 한 특징으로, 근대 이전에는 결코 생산되지 않았으며 오직 근대사회에서만 나타난 대중문화의 산물이다. 때문에 추리소설은 가장 전형적인 근대소설로 평가된다.

이런 점에서 볼 때 식민지 탐정소설[2]의 성립과 형성, 수용과 이식의

---

1) 조성면, 『대중문학과 정전에 대한 반역』, 소명출판, 2002, 72쪽.

2) '추리소설'과 '탐정소설'은 어떤 실질적 차이도 없는 동의어다. 두 용어 모두 서구의 장르명을 번역하거나 일본의 장르명을 수입한 말이다. 1960년대 이전에는 '탐정소설'이, 그 이후에는 '추리소설'이 일반화된 명칭으로 쓰였을 뿐이다. 여기서는 '추리소설'을 현재 통용되는 관례에 따라 이 장르에 대한 일반적인 명칭으로 사용하며, '탐정소설'은 1945년 이전 조선(또는 일본)에서 생산된 추리소설을 가리키는 역사적 명칭으로 사용한다.

과정은 그 자체로 근대이성의 이야기에 대한 훌륭한 은유로 읽을 수 있다. 달리 말해 식민지 탐정소설을 읽는다는 것은 서구에서 유래한 근대 합리주의가 식민지의 조건에서 어떻게 정착되고 형성되는가를 살펴본다는 의미를 지닌다. 따라서 식민지 탐정소설에 대한 연구는 넓은 의미에서 식민지 근대의 특수성을 이해하는 중요한 참조점이 된다고 볼 수 있다.

문제는 이러한 식민지 탐정소설의 독자적 성격에 대한 이해가 서구 추리소설의 '보편성'과 비교되는 '특수성'으로서만 조명된다는 점이다.[3] 식민지 탐정소설이 형성되는 사회문화적 토양과 담론적 맥락을 살펴보지 않은 채 서구 추리소설과 식민지 탐정소설을 직접 비교하는 작업은 추상화된 특수성을 도출할 수밖에 없다. 더불어 이러한 추상적인 비교 논의는 식민지 탐정소설이 그 근대성의 함량이나 형식에서 서구 추리소설에 미달한다는 부정적인 평가로 귀착되는 서구중심주의적인 시각을 탈피하지 못하는 문제점을 드러낸다.[4] 최근 연구들에서는 이러

---

3) 대표적으로 조성면, 『대중문학과 정전에 대한 반역』, 소명출판, 2002; 임성래, 「개화기의 추리소설 『쌍옥적』」, 대중문학연구회 편, 『추리소설이란 무엇인가?』, 국학자료원, 1997; 윤정헌, 「30년대 탐정소설의 두 양상: 『수평선 너머로』와 『마인』을 중심으로」, 『어문학』 제68집, 한국어문학회, 1999; 곽상순, 「추리소설의 서사구조와 근대성―이해조의 『구의산』을 중심으로」, 한국소설학회 편, 『한국소설 근대성의 시학』, 예림기획, 2003; 정혜영, 「식민지 조선과 탐정문학」, 『한국문학이론과 비평』 제35집, 한국문학이론과비평학회, 2007; 정혜영, 「김내성과 탐정문학」, 『한국현대문학연구』 제20집, 한국현대문학회, 2006 등이 있다.

4) 서구중심주의적 시각을 탈피하지 못하는 근본적인 이유는 추리소설의 이론과 역사에 대한 서구 이론가들의 논의를 비판적인 시각에서 고찰하는 작업이 생략되었기 때문이다. 추리소설 장르에 대한 이론적·역사적 고찰을 수행하지 못한 연구들은 서구 추리소설에 대한 도식적인 설명을 그대로 식민지 탐정소설을 분석하고 해석하는 데 적용하고, 이러한 태도가 결과적으로 식민지 탐정소설이 서구 추리소설에 미달된다는 주장을 되풀이하는 원인이 되는 것이다. 추리소설에 관한 이론적 고찰을 수행한 연구로는 차선일, 「한국 근대 탐정소설 연구」, 경희대 대학원 박사학위논문, 2012가 있다.

한 서구중심주의적인 시각이 어느 정도 교정되었으나[5] 여전히 서구 추리소설을 일종의 원형적 모델로 받아들이고 식민지 탐정소설을 그것의 이형, 변질, 왜곡으로 보는 이분법적인 시각은 불식되지 못하고 있다.

이 글은 식민지 탐정소설의 특수성을 서구 추리소설과의 일면적인 비교가 아닌, 당대 비평적 담론과 텍스트의 양상이라는 내재적 맥락에서 살펴보고자 한다. 1920년대 후반 이후 식민지 탐정소설이 본격적으로 장르적 자의식을 형성하는 과정에서부터 주목하여 '추리' 또는 '탐정소설'에 대한 장르적 규정과 이해가 어떻게 구축되고 전개되는지를 검토할 것이다. 나아가 이러한 내재적 맥락에서 검토된 식민지 탐정소설의 특수한 성격을 지탱하고 있는 이데올로기를 구체적인 텍스트의 양상에 대한 분석을 통해 추출할 것이다.

2. 탐정소설의 계몽주의와 모험서사

1) 과학적 교양으로서의 탐정소설

서구와 마찬가지로 식민지 탐정소설 역시 기본적으로 범죄소설의 토양에서 융기한 장르들 가운데 하나이다. 범죄소설로서의 신소설이 유행하던 대중적 기반 위에 서구에서 유입된 번역·번안류의 정탐소설이 가

---

5) 대표적으로 오혜진, 「1930년대 한국 추리소설 연구」, 중앙대 대학원 박사학위논문, 2008; 이용희, 「1920~30년대 단편 탐정소설과 탐보적 주체 형성과정 연구」, 성균관대 대학원 석사학위논문, 2009; 김지영, 「탐정, 기괴 개념을 통해 본 한국 탐정소설의 형성 과정」, 『현대문학이론연구』 제41집, 현대문학이론학회, 2010; 최애순, 「1930년대 탐정의 의미 규명과 탐정소설의 특성 연구」, 『동양학』 제42집, 단국대 동양학연구소, 2007; 최애순, 「한국적 탐정소설로서 『염마』의 가능성과 의의」, 『현대소설연구』 제37집, 한국현대소설학회, 2008; 박유희, 「한국 추리서사에 나타난 "탐정" 표상 – "한국 추리서사의 역사와 이론"을 위한 시론」, 『한민족문화연구』 제31집, 한민족문화학회, 2009 등이 있다.

세하면서 식민지 탐정소설의 초기 형태가 발아하기 시작했다. 그러나 신소설이나 정탐소설들은 탐정소설이라고 보기에는 아직 장르적 분화가 완수되지 않은 미완의 형태였다. 무엇보다 탐정소설의 장르적 핵심 요소로서 추리 또는 탐정에 대한 개념이 근대적인 의미로 분절화되지 않은 상태였다. 1920년대에 들어서면서 식민지 탐정소설은 본격적인 장르적 분화의 단계에 진입하며 그 특질을 형성하기 시작한다. 특질 형성은 두 단계를 거치며 진행되었다. 그 첫 단계는 정탐소설의 통속성과 대립하는 과학적 교양으로서의 탐정소설, 또는 추리의 과학적 분화이다.

이브 뢰테르가 말했듯이, "하나의 장르는 자신이 존재하고 있다는 것을 의식할 때 비로소 진정으로 존재한다."[6] 즉 장르의 독자성과 자율성이 확보되는 것은 장르적 자의식이 형성되는 시점이다. 식민지 탐정소설이 장르적 자의식을 갖추기 시작한 것은 1920년대 후반에서 1930년대 초반이다. 이 시기에 탐정소설의 장르적 규정을 둘러싼 이론적 논의들이 도출되면서 장르에 대한 비평적 자의식이 형성된다.

탐정소설에 대한 비평적 견해를 제출한 당대의 논자들은 공통적으로 탐정소설의 장르적 핵심이 과학성과 논리성에 있다고 보았다.[7] 즉 과학적 합리성과 논리적 분석을 서사적 핵심 요소로 갖추고 있다는 점에서 탐정소설은 통속소설로 치부되는 정탐소설이나 순수문학과도 구별된다는 것이다.

첫째로 탐정문예의 취재된 내용이 불가능한 공상이라고 할 것 같으면 그 것은 이른바 신파소설이라든가 공상소설의 종류를 벗어나지 못할 것입니다. 그것이 설사 현재에 있는 우리에게는 공상이라고 할지라도 가능한 공상, 과

---

6) 이브 뢰테르, 『추리소설』, 김경현 옮김, 문학과지성사, 2000, 18쪽.
7) 더불어 심리적이어야 한다고도 강조하는데, 이 '심리적인 것'에 관해서는 다음 장에서 상론할 것이다.

학적으로 보아 전달될 수 있는 공상이라고 할 것 같으면 관계 없기는커녕 도리어 대환영일 것입니다. 그러나 단지 재미있게 하기 위하여 신화나 동화와 같은 허무맹랑한 문자를 나열하였다고 하면 혹시 독자가 재미있게 볼는지는 알 수 없어도 그것에서 그 어떤 감격이라든지 공명을 느낄 수는 없을 것입니다. 우리는 뒤마의 『철가면』이라든지 H. G. 웰즈의 『세계해방』과 같은 소설 속에서 이러한 병폐를 발견할 수 있습니다. 『철가면』은 우리 조선에도 『무쇠탈』이라고 해가지고 번역되었으니까 여러분도 잘 아시겠지만 그 소설에는 죽어서 수십일 동안 축골동(畜骨洞, 시체를 모아 두는 곳인데 말하자면 공동묘혈과 같은 곳입니다)에 유기되었던 송장이 회생하여 나와서 성(盛)히 작중에서 활약하는 일이 씌어 있는데 더구나 놀라운 것은 그가 죽어 있는 동안에 그의 안면근육은 전부 부패되어 앙상한 백골만 남았건만 오히려 시각, 미각, 청각 등 인체의 구조는 조금도 변함이 없는 기막힌 일입니다. 이런 도깨비같은 인물이 실재하여 있다는 것은 소설이니까 쓸 수 있는 특전이지만 아무리 소설이기로서니 너무도 기상천외가 아닙니까? 이것은 우리가, 진보된 현대의 과학이 용서할 수 있는 한도까지의 너그러운 공상을 펴준다 할지라도 그대로 시인할 수 없는 사실입니다. (…중략…)

하여간 전에 말한 것과 같이 문예소설보다도 특수한 탐정소설에 있어서는 더 한층 엄밀한 과학적 추리가 필요한 것은 물론입니다. [8](밑줄은 인용자)

인용문은 탐정소설에 관한 최초의 비평적 논의라고 할 수 있는 이종명의 「탐정문예소고」(『중외일보』, 1928.6.5.~6.9)의 일부이다. 인용한 대목 이전 내용에서 이종명은 탐정소설이라고 하면 일반적으로 불가사의한 살인사건을 다룬 범죄소설을 떠올리지만, 살인과 같은 범죄나 탐정이 반드시 등장해야지만 탐정소설이 되는 것은 아니라고 말한다. 탐정소설의 본질은 그러한 "취재 경향"(제재)에 있는 것이 아니라 그 제재가 무엇이든 간에 제재를 다루는 방식에서 찾아야 하는 것이다. 이종명은

---

8) 이종명, 「탐정소예 소고」, 조성면 편저, 『한국 근대대중소설 비평론』, 태학사, 1997, 110~111쪽.

이런 관점에서 "탐정문학이란 그 취재된 내용으로 보아 가능성 있는 공상세계에서 사건적인 내용을 이론적으로 판단하는 소설형식"[9]이라고 정의한다. 여기서 "이론적으로 판단하는 소설형식"이란 과학적이고 논리적인 형식을 가리킨다.

이러한 주장에 이어지는 대목인 인용문에서는 탐정소설을 이전의 『무쇠탈』과 같은 정탐소설류와 분명하게 구별하며, 그 구별의 근거를 과학적인 합리성에 의해 납득할 수 있는 공상적인 이야기라는 점에서 찾는다. 소설 자체가 이미 가상의 있을 법한 일을 다루지만, "특수한 탐정소설"은 "더 한층 엄밀한 과학적 추리"의 잣대에 따라 논리성과 합리성을 갖춘 가상의 이야기를 다루어야 한다는 것이다. 탐정소설의 본질을 과학성과 논리성에 찾는 주장은 김영석의 「포오와 탐정문학」(『연희』 1931년 12월호)에서도 찾을 수 있다.

> 탐정소설은 탐정을 주제로 하여 쓴 소설이다. 즉 어떠한 사건이 발생되었을 때에 이 사건을 과학적 추리와 논리적·기계적으로 해부하여 결말을 얻는 것을 주제로 하여 쓴 소설이다. 그리고 논리적이고 과학적인 동시에 심리적이어야 한다.[10]

이처럼 탐정소설에 관한 최초의 이론적 논의들에서 과학성과 논리성은 탐정소설의 핵심적인 요소로 거론된다. 과학성과 논리성은 통속적인 탐정소설과 고급 탐정소설을 구별하는 잣대이다. 이들의 논의에 따르면 통속화되지 않고 과학성과 논리성을 갖춘 탐정소설은 순수문학과 구별하기 어려울 정도로 수준 높은 작품성을 보여준다. 예컨대 김영석은 조선에서 탐정소설에 대한 논의가 일천한 까닭으로 "탐정문학이 종래 통

---

9) 위의 글, 109쪽.
10) 김영석, 「포오와 탐정문학」, 조성면 편저, 『한국 근대대중소설 비평론』, 태학사, 1997, 120쪽.

한국 소설의 추리 기법

속문학의 행세를 하여 왔고 문예적 가치가 존재치 않다"[11]는 일반적인 편견 때문이라고 진단하는데, 여기서 '종래의 통속문학으로서의 탐정소설'은 정탐소설류의 작품들을 가리킨다고 볼 수 있다. 나아가 그는 탐정소설이 통속적인 수준을 벗어나 과학성과 논리성을 겸비할 경우 "순문예와 탐정문예를 확연히 구분키는 어려운 것"[12]이라고 단정한다. 이러한 인식은 이종명의 논의에서도 발견된다.

> 만약 탐정소설이 그 취재(取材) 경향을 이러한 곳에만 국한시켜 두었더라면 지금과 같은 진보와 환영을 받지 못하고 보잘 것 없는 저급 통속소설로서 침체의 비운을 만나겠지요. 허나 탐정소설의 제재는 평범한 일상생활 속에서도 얼마든지 구할 수 있습니다. 이것이 탐정소설의 새로운 진로를 개척하게 된 원인일 뿐더러 한쪽으로는 문예소설과 확연한 구별을 짓기 어렵게 한 동기입니다.[13]

김영석이나 이종명이 공통적으로 전제하는 바는 탐정소설이 통속소설로서 출발하였다는 점이다. 통속적인 탐정소설이 구체적으로 어떤 작품을 가리키는 것인지 구체적으로 언급되지는 않았다. 다만 김영석이 근대 탐정소설의 창시자로서 포의 업적을 "탐정지식에 불가피인 이러한 지식에 과학과 추리로 근대 보통 탐정소설과는 운니(雲泥)의 차가 있는 과학적 탐정소설을 창작한 것"[14]에 있다고 주장하는 바에서 알 수 있듯이, 서구에서나 조선에서나 근대 탐정소설은 통속소설에서 분화하여 나온 보다 진보하고 발전된 형식으로 이해하고 있다는 점을 확인할 수 있다.

이처럼 정탐소설류의 통속적인 탐정소설과 구별되는 고급문학으로서

---

11) 위의 글, 117쪽.
12) 위의 글, 120쪽.
13) 이종명, 앞의 글, 109쪽.
14) 김영석, 앞의 글, 119쪽.

의 탐정소설에 대한 차별화된 인식은 과학성과 논리성을 중요한 근거로 삼는다. 그런데 이러한 과학성과 논리성은 서구 추리소설에 나타나는 추론적 사유, 즉 자연과학적 이성에 대한 비판으로서의 반성적 이성이 아니라 자연과학적 탐구방법이나 지식 그 자체에 가깝다는 점에서 특징적이다. 다시 말해 탐정소설의 요건으로 거론되는 과학성과 논리성은 과학적 사고의 방법론을 비판적으로 검토하는 메타이성의 합리성이 아니라 다방면의 지식에 대한 백과사전적인 학습으로서 과학적 교양을 의미한다.

> 이리야 엘랜 보그는 구라파의 산 사전이라는 말을 듣지마는 포우 역시 엔싸이클로피딕한 지식의 소유자였다. 예를 들면 남미에 있었던 경험상 남미의 지식, 각 국어에 대한 지식 특히 남미 흑인의 고어에 대한 지식, 서반아 · 이태리 · 불란서 · 영국 · 미국 등 지방에 대한 지식, 해상(해류, 해풍) · 삼림 · 강천(江天) 등 자연계에 대한 지식, 선박 · 가옥 등 건축에 대한 지식, 외국 상품에 대한 지식, 동물의 지식, 「황금충」에서 보는 바와 같은 화학에 대한 지식, 「대와의 저(大渦의 底)」에서 보는 바와 같은 물리학에 대한 지식, 인체에 대한 생리적 지식, 정치 방면에 대한 지식 등이다. 포우는 탐정지식에 불가피인 이러한 지식에 과학과 추리로 근대 보통 탐정소설과는 운니(雲泥)의 차가 있는 과학적 탐정소설을 창작한 것이다.[15]

탐정소설의 창시자인 포가 모범적 모델로 보여주듯이 탐정소설가가 되기 위해서는 언어 · 지역 · 자연 · 건축 · 동물 · 화학 · 물리학 · 의학 · 정치 등 다양한 분야의 지식을 섭렵한 "엔싸이클로피딕한 지식의 소유자"가 되어야 한다. 백과사전적 지식을 습득해야만 "어떠한 범죄를 둘러싸고 일어나는 여러 가지 의문과 비밀을"[16] 과학적으로 해명할 수가

---

15) 위의 글, 119쪽.
16) 송인정, 「탐정소설 소고」, 조성면 편저, 『한국 근대대중소설 비평론』, 태학사, 1997, 131쪽.

있는 것이다. 안회남 역시 "탐정소설을 쓸려면 심리학, 법의학(法醫學), 범죄학 등은 물론 철학, 과학, 시학, 천문학, 정치, 예술에 이르기까지 모든 방면에 어느 정도의 수련이 있어야 하는 것"[17]라고 말한다. 이런 측면에서 탐정소설가는 "과학자화"[18]된 전문가라고도 볼 수 있다. 특히 안회남은 탐정소설의 애독자임을 고백하며 "탐정소설이 교수, 정치가, 과학자, 문인 등등 타종류의 통속소설을 읽는 것을 큰 수치로 생각하는 사람들에게까지도 매력을 느끼게 하는 것"[19]은 식자층의 지적 요구를 만족시켜주는 지식들을 탐정소설을 읽으며 습득할 수 있기 때문이라고 말한다.

탐정소설이 식자층의 지식 욕구를 만족시켜준다는 안회남의 주장은 1930년대 탐정소설이 계몽의 교육적 매개체로 대중적인 관심을 받고 소비되는 현상을 설명할 수 있는 하나의 실마리를 제공한다. 즉 작가의 입장에서 탐정소설을 쓰기 위해 다방면의 백과사전적 지식이 필요한 것과 마찬가지로 독자의 입장에서는 탐정소설을 읽으면서 다양한 분야의 과학적 지식을 배울 수 있는 기회를 제공받는 것이다. 이런 측면에서 탐정소설은 그 자체가 "과학적 지식을 선전하는 역할을 하는" 계몽의 수단이자 교육의 매개체로서, 안회남의 말을 빌리면 "가장 번뇌적인 현대인의 수양독본(修養讀本)"[20]이다.

우리가 현대의 우수한 탐정소설 작가의 작품을 읽을 때 약물학(藥物學), 화학, 전기학, 심리학 등 최신 과학들이 재미스러운 가운데에서 스스로 배워지는 것은 필자 하나만이 경험한 바가 아닐 것이다.[21]

---

17) 안회남, 「탐정소설」, 위의 책, 162쪽.
18) 송인정, 앞의 글, 133쪽.
19) 안회남, 앞의 글, 158쪽.
20) 위의 글, 164쪽.
21) 송인정, 앞의 글, 131쪽.

송인정의 토로처럼 "우수한" 탐정소설을 읽는 일은 그 속에 담긴 방대한 양의 과학적 지식을 재미와 함께 쉽게 읽힐 수 있는 효과적인 계몽의 방편으로 취급된다. 이처럼 탐정소설 옹호자들이 탐정소설의 계몽적 측면을 유난히 강조하는 것은 교육적 가치의 역설을 통해 저급하고 무용한 정탐소설류와 차별화하고 순수문학에 버금가는 고급문학의 측면을 부각시키려는 의도이다.

> 그(코난 도일: 인용자)가 「화이트 컴퍼니」라는 작품을 탈고하기 위하여 당시의 순문학, 방청술 등에 관한 문헌을 60책 이상이나 섭렵하였다는 사실을 직시하더라도 알 수 있는 일이다. 만일 천하의 지식을 모두 자기의 것으로 만들어 일좌초시(一座超視)한 경지에 앉아서 사회의 일체 범죄를 해결하고 타인의 직업, 지위, 비밀 등을 한번 보아 알아낼 정도가 된다면 그 얼마나 유쾌한 일이랴. 탐정소설을 애독하는 사람들은 사실 누구나 이같은 탐정취미를 가지고 있다. 도일의 셔얼록 홈즈, 반 다인의 파이로 번스, 벤틀리의 트랜트, (리차드 오스틴) 프리맨의 손 다이크 박사 등 이러한 일류 명탐정에까지 자기 자신을 비약시켜 그러한 인격을 대담, 건강, 박학, 현명, 재기를 소지하고 싶어하는 것이다.[22]

인용문에서 보듯이, 유명한 명탐정의 이미지는 이상적인 계몽주의 지식인의 상과 포개어진다. 백과사전적인 지식을 갖춘 명탐정과 같이 어떤 범죄이든지 과학적 지식을 사용하여 소탕할 수 있는 지적 능력에 대한 동경과 열망에서 강력한 계몽에의 의지를 감지하는 일은 어렵지 않다. 따라서 탐정소설을 애독하는 사람들이 지닌 "탐정취미"란 단순히 특정 문학 장르를 선호는 문화적 취향을 가리키는 것이 아니라 계몽적 이념과 연결된 근대 지식에 대한 열망이라고 할 수 있다.[23] 더불어 '취

---

22) 안회남, 앞의 글, 164쪽.
23) "취미"라는 개념이 계몽성을 겸유하는 근대적 의미를 획득하는 과정에 관한 논의로 문경연, 「한국 근대초기 공연문화의 취미(趣味)담론 연구」, 경희대 대학원 박사학위논문, 2008.

미'라는 용어 자체가 '교양'의 유의어로 사용되었던 당대의 문화적 맥락을 고려하면[24] 탐정소설이 계몽적 지식의 표상으로 받아들여졌음을 짐작할 수 있다.

> 이 까닭에 과학적 교양이 없고 탐정소설에 대한 이해가 적은 독자계(讀者界)에게는 차라리 현대 탐정소설은 마술적 분자가 많이 섞인 석일의 탐정소설보다 흥미가 적어질 수밖에 없을 것이다. 그것은 마치 음악에 소양없는 사람에게는 기생이 부르는 『농의 조』(籠의 鳥)는 다대한 흥미를 줄 수 있으되 게리굴치(?)의 소프라노 독창은 아무런 흥미를 줄 수 없는 것과 같은 이치이다.[25]

탐정소설을 읽는 독자와 읽지 않는 독자의 취향 차이를 탐정소설을 읽을 수 있는 독자와 읽을 수 없는 독자의 교양 수준의 격차로 바꿔놓는 수사에서 보듯이 '탐정취미'는 '문화적 구별짓기'[26]를 수행하는 기표이다. 더불어 '탐정취미'를 지닌 독자는 소프라노를 감상할 수 있는 근대적 교양을 갖춘 것으로 비유되는 반면 그렇지 못한 독자는 전근대적인 문화에 뒤쳐진 것으로 묘사된다는 점도 탐정물이 근대성과 긴밀하게 접속하고 있음을 확인할 수 있다.

탐정소설을 읽기 위해 독자에게 과학적 지식을 구비하도록 요구하는 것은 사실 탐정소설을 통해 그러한 과학적 지식을 습득하도록 촉구하는 것이라고 할 수 있다. 탐정소설은 과학책과 같이 과학지식이나 기술을 전파하고 선전하는 교양서적이기도 했다. 따라서 식민지 탐정소설은 불가해한 범죄사건을 추적하고 밝히는 추론의 이야기(tale of ratiocination)라

---

24) 천정환 · 이용남, 「근대적 대중문화의 발전과 취미」, 『민족문학사연구』 제30호, 민족문학사연구소, 2006, 227~265쪽.
25) 송인정, 앞의 글, 133쪽.
26) 피에르 부르디외, 『구별짓기』, 최종철 옮김, 새물결, 2005 참조.

는 특성을 강화하기보다 단순히 특수한 과학지식을 선보이는 데 집중하는 경향이 다분했다. 예컨대 탐정소설의 대중화에 앞장선 『별건곤』의 대표적인 탐정소설 작가인 최류범의 「K博士의 名案」(『별건곤』, 1933년 4월호)에는 범인에게서 범행(살인)에 대한 자백을 얻어내기 위해 새로운 "범인수색법(犯人搜索法)"의 과학기술에 대해 장황하게 설명하는 장면이 나온다. 그 "범인수색법"이란 망막에 비친 영상을 사진으로 현상하는 기술인데, 이 기술로 죽은 피해자의 눈을 해부하여 망막에 저장된 마지막 영상을 복원하면 범행을 입증할 수 있다는 것이다. 물론 이러한 공상적인 과학기술은 범인의 자백을 받아내기 위한 속임수라는 것이 나중에 밝혀진다. 이 짧은 작품이 '탐정소설'이라는 표제를 달고 있는 것은 (추리서사적 장치로 보기도 어려운) 단순한 트릭을 구사했다는 점보단 과학기술과 지식을 사용하여 사건을 해결했다는 사실 때문이라고 할 수 있다. 이 점은 소설의 마지막 대목에서 분명하게 드러난다.

> 「나는 그놈이눈덥흔가제를벗기랴고할째 깜짝놀낫습니다. 눈은해부도아니하고 약도발느지아니하얏스니깐요. 그런대유리접시에담은망막과가튼것은무엇입니까?」
> 「그것은필님입니다. 필님을더운물너허슴으로 그러케보엿습니다. 경찰서에서박은그남자의사진을내가적당하게곳처받은것입니다. 예전에는미신적(迷信的)방법을써서범인을자백식혓지만 현대에더욱이교육밧은지식계급은 과학적(科學的)방법을사용치안흐면안된다는것을 절실히쌔닷게되엿습니다」 박사는얼골에미소를씌우고이가티말하얏다.
> 검사는 K박사의말을만족하게듯고잇섯다.[27]

탐정소설의 과학적 추리는 곧 "과학적 방법"과 등가이다. 여기서 "과학적 방법"은 원인과 결과 사이 논리적 인과관계를 밝히는 탐구가 아닌

27) 최류범, 「探偵小說－K博士의名案」, 『별건곤』 62호, 1933.4, 57쪽.

자연과학의 지식과 기술을 동원하여 이루어지는 탐구를 의미한다. 추론의 과학성과 합리성보다는 과학지식에 의거한 조사와 심문이 탐정서사의 요건이 되는 것이다. 탐정 역할을 맡은 인물이 과학자라고 할 수 있는 "법의학자(法醫學者)의 K박사"로 설정된 점도 이러한 서사적 특성을 강화하고 있다.

이외에도 의수의족 제조기술(「류방」, 「汽車에서 맛난 사람」, 『별건곤』 53호, 1932년 7월), 이중인격과 필적감정법(최병화, 「美貌와 捏造」, 『별건곤』 55호, 1932년 9월), 사체검시법(최류범, 「嫉妬하는 惡魔」, 『별건곤』 61호, 1933년 3월), 지문이 찍힌 순서 감별법(최류범, 「누가 죽엿느냐!」, 『별건곤』 1934년 4월), 확대경, 전기실험대, 은폐된 암실(채만식, 『閻魔』, 1934) 등 다양한 과학지식과 기술을 서사적 재료로 동원하는 것은 대부분의 탐정소설에서도 발견된다. 이 가운데는 공상적인 지식에 불과한 것들이 많지만 그런 것은 크게 문제가 되지 않았다. 탐정소설은 때로 과학적 연구를 촉진시키는 역할을 하며[28], 탐정취미를 가진 독자들의 과학적 상상력을 자극하기 위해 적극적으로 진기한 과학기술과 지식을 선보였다. 요컨대 탐정소설가는 과학기술에 해박한 과학자이자 이제껏 보지 못한 새로운 과학을 발명하는 "마술사"이기도 했다.

> 과연 현대의 탐정소설가는 열정에 끓는 예술가인 동시에 또 냉엄한 과학자이며 그 과학을 마음대로 이용하여 이상스런 트릭을 지어내어 독자의 애를 말리는 상상력이 풍부한 마술사이기도 한 것이다.[29]

---

28) "뿐만 아니라 탐정소설이 과학적 연구를 촉진시키는 일도 많으니 아메리카의 유모어 소설가 마크 트웨인의 유모어를 많이 가진 탐정소설 「얼간이 윌슨」이라는 가운데 나오는 트웨인의 지문에 대한 견해는 근세의 지문학(指紋學) 연구의 단서가 되었다고 하거니와 이것이 그 실례(實例)인 것이다." 송인정, 앞의 글, 131쪽.

29) 위의 글, 133쪽.

과학적 추리의 서사를 곧 과학기술과 지식을 서사적 재료로 동원한 이야기로 등치시킨 식민지 탐정소설의 특징은 서구의 고전기 추리소설과 견주어봤을 때는 결점으로 치부될 수 있다. 과학적 지식의 과시적 나열이나 교육적 설명에만 집중하다보면 결과적으로 사건의 원인과 결과를 파악하는 추론의 논리성이 약화되기 때문이다. 실제로 대부분의 탐정소설이 사건 해결의 단서를 논리적 추론으로 밝히기보단 우연에 의거하는 경우가 빈번하고 아예 화자가 직접 서술에 개입하여 사건의 전말을 회고적으로 설명함으로써 추리의 과정을 생략하는 경우도 적지 않다. 예컨대 「汽車에서 맛난 사람」을 보면, 주인공 '나'는 우연히 기차에 동승한 의수의족 제조업자 "장영태"가 신문에서 본 "리남자미망인"을 살해한 범인일지도 모른다고 의심하며 그를 추적하는데, 갑자기 그가 사기범으로 경찰에 체포되자 사람의 인격은 첫인상과 관계가 있다는 깨달음만 되뇌고 소설은 끝난다. 주인공이 사건에 개입하는 과정도 우연적이고, "장영태"가 범인일 거라는 단서(시체 운반의 의심을 사지 않기 위해 의족의수 제조업자로 위장했을 것이라는 짐작)도 논리적 비약이 심하며 무엇보다 탐정 역할을 맡은 주인공이 사건 해결에 방관자가 되고 마는 것은 구성상의 심각한 결함이다. 류방의 「戀愛와 復讎」(『별건곤』 52호, 1932년 8월)에서는 주인공인 변호사이자 법무사인 "안관호"가 불량배를 만난 "리명숙"을 도와주고 그 인연으로 연인관계로 발전하여 동거생활을 시작하지만, "전윤수" 살해사건과 관련된 "리명숙"의 의심스러운 행적과 신출귀몰한 위장에 영문도 모르고 어리둥절해 하다가 "리명숙"이 가출 후 신문에 공개한 편지를 읽고 비로소 사건의 내막을 알게 된다. 이 작품에서도 '탐정 역할'로 인지되는 주인공 "안관호"가 사건 해결에 아무런 영향도 끼치지 못한 채 방관자적 인물로 처리된다. 「嫉妬하는 惡魔」에서는 피아니스트 "박순걸"의 살인혐의를 받는 누님의 누명을 벗기기 위해 주인공 "김정호"가 탐정처럼 사건을 조사하는 이야기가 전개되지만, 정작 추리의 과정이 누락된 채 결말에서 경찰에 보낸 "김정호"의 편지로 사건의 내막이 간단하게 설명된다. 어떻게 진범을 찾게 되었는가에 대한 과정과 방법은 생략된 채 그 결과만을 제시하는 것으로, 이는 추리의 전도된 형태라고 할 수 있다.

식민지 탐정소설은 당대의 일반적인 인식에 따르면 통속적인 대중독물의 하나였다. 염상섭은 1920년대 후반부터 1930년대 초반이 이르는 기간에 탐정소설이 새삼 유행하기 시작한 것은 "에로"·"그로"를 욕망하는 대중의 엽기적 취미를 탐정소설이 채워주기 때문이라고 분석한다.30) 즉 통속적인 탐정소설은 1930년대에도 지속적으로 생산되며 대중적인 독물로 취급되었다. 탐정소설에 대한 비평적 자의식을 지닌 일군의 비평가와 소설가들은 이러한 탐정소설의 통속화 경향에 반대하며 교양독물로서 탐정소설의 위상을 정립하려는 비평적 논의를 시도했다. 교양적인 읽을거리로써 탐정소설의 요건은 과학성과 논리성의 구비였다. 이러한 과학성과 논리성은 장르의 미학적 원리나 가치라기보다는 효용성의 측면에서 보다 강조되었다. 요컨대 과학적 교양으로서의 탐정 또는 추리는 여전히 장르적 구성 요소로 간주되기보다는 외적인 요인으로 작용하였다고 볼 수 있다.

2) 탐정소설과 모험서사

과학지식의 선전과 교육이라는 계몽적 의지의 산물로 탐정소설의 경향은 추리적 과정에 대한 약화 현상을 가져왔지만, 다른 한편으로 모험서사적 성격을 강화하는 요인으로도 작용했다. 탐정소설을 생산하고 소비하는 문화적 욕구인 '탐정취미'는 계몽의 의지이면서도 또한 모험심

---

30) 염상섭, 「通俗·大衆·探偵」, 『매일신보』 1934.8.17.

이기도 했다. 해방 이후의 씌어진 글이긴 하지만, 식민지기 주요 탐정소설가 중 한 명으로 거론되는 방인근의 「탐정소설론」에서 제기된 다음과 같은 주장은 계몽과 모험이 접속하는 지점을 잘 보여준다.

> 과학을 재료로 해서 과학적 지식을 대중에게 넣어줄 것은 탐정소설의 형식이 가장 적당하다고 할 수 있다. 아니 한 걸음을 더 나아가서 과학을 발명시키는 데도 탐정소설의 역할이 크다. 탐정소설은 가끔 황당하고 상상도 할 수 없는 것을 창작해서 쓴다. 사람이 하늘로 날아간다. 사람이 바다 속으로 들어간다. 가지가지의 모험을 해서 그것이 비행기나 잠수함을 만들게 한 것과 마찬가지이다. 앞으로 이런 과학을 창조할 것이 얼마나 많은지 알 수 없고 여기에 탐정소설이 갖은 임무의 하나이다. 특히 우리 나라에서는 이런 모험심과 용맹성과 과학적인 것이 부족한 민족이라 이것을 계몽하고 지도하고 교양시키는 데는 탐정소설이 제일이라고 생각한다.[31]

탐정소설의 임무는 "과학적인 것"을 계몽하고 교육하는 것만이 아니라 "모험심과 용맹성"을 지도하는 일도 포함된다. "모험심과 용맹성"은 "과학적인 것"과 등가에 놓이며 계몽의 역할을 떠안은 탐정소설이 발굴해야 하는 중요한 자질로 다루어진다. 요컨대 몽매에서 깨어나는 계몽의 서사로서 탐정소설은 과학적 지식을 축적하는 이야기만이 아니라 미지의 영역을 탐사하는 모험을 감행하는 이야기이기도 했다.

앞서 살펴보았듯이, 탐정서사와 모험서사의 결합은 1910년대 신소설이나 번역·번안류의 정탐소설에서도 이미 나타났던 양상이다. 뿐만 아니라 1920년대에 정탐소설이나 탐정소설은 대부분 실상 모험소설에 보다 가까웠으며 아예 '모험소설'의 표지를 함께 혼용하는 방식을 선호하기도 했다. 『해왕성』을 비롯하여 『무쇠탈』, 『정탐소설 금강석』(작자 미

31) 방인근, 「탐정소설론」, 조성면 편저, 앞의 책, 197~198쪽.

상, 회동서관, 1923), 『探偵小說 飛行의 美人』(박철흔 번역, 영창서관, 1923), 『의협대활극 쾌남아』(작자 미상, 영창서관, 1924), 『대비밀대활극 嗚呼天命』(월파, 영창서관, 1926), 『쾌활 대포성』(작자 미상, 덕흥서림, 1926), 『快活 豪傑男子』(작자 미상, 덕흥서림, 1926), 『연비탐정 암투』(손철수, 영창서관, 1926), 「탐정소설 백만불의 비밀」(심천성 옮김, 창문당 서점, 1928) 등이 탐정소설의 외피를 입힌 모험소설이라고 할 수 있으며, 『探偵冒險小說 名金』(윤병조 옮김, 신명서림, 1920)처럼 '탐정모험소설'을 장르적 표지로 내걸기도 한다.

1930년대 탐정소설이 모험소설과 뒤섞이는 특징을 보이는 것은 그 이전 정탐소설이 갖고 있던 서사적 특성을 물려받았기 때문이라고 할 수 있다. 그런데 여기에는 좀 더 세심하게 살펴보아야 할 변화의 지점이 있다. 1920년대 정탐소설 또는 탐정소설에 나타나는 모험소설을 표방하거나 모험서사로 기우는 장르적 편향은 1930년대에 들어서면 아동문학의 '소년탐정물'의 주된 경향으로 옮겨가고, 탐정소설의 지배적 흐름은 연애서사와 결합하는 양상으로 흘러간다는 점이다. 1930년대 탐정소설은 독립적인 장르 표지를 사용하거나 '探偵悲劇'(『血淚의 美人』, 『惡魔의 淚』)이나 '戀愛探偵小說'(『熱情의 淚』)처럼 연애서사를 적극적으로 흡수하는 경향을 뚜렷이 드러낸다. 반면 1920년대 정탐/탐정소설의 모험적이고 활극적인 서사적 특성은 '모험실담', '실화소설', '사실소설', '모험소설', '모험탐정소설' 등 모험서사를 표방한 소년소설류 아동물이 계승하고, 『염마』나 『마인』처럼 추리적 요소가 강화된 본격 탐정소설에서는 '주정적 행동파'[32]의 성향을 보이는 탐정의 개성으로 축소되어 잔존하게 된다.

---

32) 박유희, 「한국 추리서사와 탐정의 존재론」, 대중서사장르연구회, 『대중서사장르의 모든 것—추리물』, 이론과실천, 2011, 47쪽.

1930년대 탐정소설이 연애서사와 보다 긴밀한 장르적 협력과 혼합의 양상을 보이는 것은 탐정취미의 분화와 맞물린 장르의 내부적 분화로 말미암은 현상이다. 즉 탐정소설을 순수문학과 나란히 견줄 수 있는 문학으로 고급화하는 과정에서 정탐소설의 특징적인 서사형태인 모험서사를 배제하고 인간 심리의 탐구로서 '탐정취미'의 새로운 의미 획득과 함께 연애서사가 요긴한 소재로 흡수된 것이다.

그렇다면 모험서사에 편향된 1920년대 정탐소설의 서사적 전통이 아동문학의 영역으로 흘러들어간 이유는 무엇일까? 그것은 '소년'의 표상이 계몽의 담론과 밀접한 친연성을 갖고 있기 때문이다. 역사적인 국면을 보더라도 근대계몽기 이후 '소년'은 부국강병의 근대문명을 이룩하고 국민국가를 수립할 이상적인 존재로 부상한 계몽의 주체였다.[33] '소년'은 문명화의 단계에 진입하지 못한 미성년의 상태이지만, 근대교육을 통해 무지몽매에서 깨어나고 진취적인 기상으로 미지의 세계를 탐사할 수 있는 가능성의 존재로 인식되었다. 이러한 창조적 가능성으로서 '소년'의 성장과 모험의 서사는 그대로 계몽적 주체의 이야기와 손쉽게 호환되었으며 따라서 계몽담론을 전파하고 선전하는 데 더할 나위 없이 효과적인 수단이었다. 그러므로 모험적인 탐정의 이야기가 소년소녀를 대상으로 한 서사물의 흥미로운 재료이자 원천인 것은 쉽게 이해할 수 있는 일이다.

「심플」군은 아메리카합중국(合衆國) 펜실바니야주(州), 에일 소년단(少年團) 제二十四대 부장(副長)이다. 그리고 에일호(湖)에서 씨-스카웃(海洋少年)생활을 오년간 이나 하여온 물과 친한소년이다. 그때에 아레지에나 대학(大學)신입생으로 생물학(生物學)연구에 취미를 가지고 열심이 공부를 하다

---

33) 조은숙, 「근대계몽담론과 "소년" 표상」, 『어문논집』 제46집, 민족어문학회, 2002, 213~247쪽.

가 「바ー드」소장을 따라 남극대륙(南極大陸)에 오랜 여행을 하게된것이다.

군은 소년단원이면서도 또한 자연과학(自然科學)을 연구하는 학도이다.

이번에 「바ー드」소장이 계획한 탐험은 여러가지 문명의이기(文明의利器)를 이용하야 모든 현대문명의힘들 다 써가며 남극을 연구하랴는과학적 탐험이며 따라서 과학을 신용하고 과학에 봉사(奉仕)하랴는 독특한마음에서 하는일이라고 아니할수없다.[34]

'모험실담'이란 독특한 장르 표지를 단 「南極氷原과 싸우는少年」(『어린이』 1940.2.~7)의 주인공 "심플"은 최고급 엘리트교육을 받은 학생이자 과학도로서 과학의 힘을 빌려 남극대륙이라는 미지의 세계를 탐사하여 과학문명의 우수성을 전파하고 검증하는 소년으로 등장한다. 소설은 "심플"이 남극에 당도하기까지 "파나마", "다히디섬", "뉴지랜드" 등 생소한 지역을 지나간 경험을 소개하고, 흥미로운 항해생활을 비롯하여 남극의 기후, 지형, 생태 등에 관한 자연과학적 지식을 보고하는 방식으로 서술된다. 이러한 '실담'을 강조하는 보고적 형식은 모험적인 소년소설이 서사적 긴장이나 흥미를 전달하는 문학적 효과보다 생경한 문물이나 지역에 관한 지식을 소개하고 전달하는 교육적 효과를 기대하고 있다는 점을 말해준다. 대부분의 소년소녀소설은 겉으론 모험서사나 탐정서사의 형식을 취하고 있지만, 실질적으론 교육적 의도를 실현하려는 제재 선택과 서사 구성을 전략적인 계산에 넣고 있다. "모험탐정소설"로 소개된 계영철의 「白頭山의 寶窟」(『어린이』, 1940.1~8)은 주인공 "현리"가 잃어버린 동생 "현구"를 찾아 4명의 친구들과 함께 백두산을 탐사한다는 이야기이지만, 동생을 찾는 일은 서사적 구실에 불과하며 실제로는 세상에 알려지지 않은 백두산의 "적동색왕국"을 발견하고 미개한 "적동색인간"들을 과학기술의 힘으로 제압하고 잔인한 "국왕"과 사

34) 김혜원, 「冒險實譚ー南極氷原과 싸우는少年」, 『어린이』 1940.2, 17~18쪽.

악한 "요파(沃婆)"를 없애 "적동색왕국"을 문명화한다는 것이 이야기의 주요 골자이다. 이 소설에서도 미지의 세계를 탐험하고 과학문명의 힘을 전파하는 계몽적인 의지가 서사를 이끌어가는 실질적인 동력인 것이다.

모험탐정소설 가운데 빼놓을 수 없는 작품이 김내성의 『白假面』(『少年』, 1937.6~1938.5)이다. 『백가면』은 김내성이 조선어로 발표한 첫 탐정물인데, 식민지기 유일한 전문적 탐정소설가로 알려진 그의 첫 작품이 모험이 첨가된 소년탐정물이라는 점에서 주목을 끈다.[35] 이 소설은 신무기를 개발한 조선의 과학자이자 발명가인 "강영제" 박사가 세계적인 괴도인 "백가면"에 납치당하자, 박사의 아들인 "수길"과 그의 친구 "대준"이 탐정 "유불란"의 도움을 받아 박사를 구한다는 내용이 기본 줄거리이다. 탐정 "유불란"이 등장한다는 점에서 『마인』과 같은 본격 추리 서사를 기대하기 쉽지만, 『백가면』은 다른 소년탐정물과 마찬가지로 다분히 모험적인 성격이 강한 작품으로 "백가면"으로부터 "강영제" 박사를 구출하기까지 논리적 추론의 과정을 발견하기란 어렵다. 이 소설에서도 논리적 추론 대신 다양한 과학기술과 지식을 활용한 과학적 조사와 추적의 기법, 예컨대 비둘기를 이용한 연락방법, 시약을 사용해야만 나타나는 비밀수첩, 변장술 등이 사용되는 것이 과학적 수사의 전모이다. 더불어 『백가면』은 "백가면"을 비롯한 중국, 러시아, 영국 등의 스파이로 조직된 "적성국"의 개입에 맞서 비밀수첩에 기록된 신무기 제조법을 지키는 일이 국가수호는 물론 부강한 국가를 건설하는 길이라는 강력한 계몽주의적 메시지를 전달한다는 점에서[36] 과학적 교양과 계몽의

---

35) 정혜영, 「소년 탐정소설의 두 가지 존재양상」, 『한국현대문학연구』 제27집, 한국현대문학회, 2007, 79~80쪽.
36) 이러한 강력한 계몽주의는 1930년대 후반 전시동원체제와 관련된 명백히 제국주의적 성격을 지니는 것이라는 점에서 탐정소설과 '방첩소설' 간의 모종의 관련성을 주장할 수 있다. 이에 대해서는 위의 글 참조.

한국 소설의 추리 기법

수단으로서 탐정소설의 존재 양상을 여실히 보여주고 있다.

과학적 교양으로서의 탐정소설이 모험서사와 손쉽게 접속할 수 있는 이유는 계몽의 이념 자체에 이미 모험에의 열정이 내포되어 있기 때문이다. 계몽의 기본적인 의미가 어둠에 쌓인 무지와 미지의 세계에 인식의 빛을 던지는 것인데, 그 인식의 실천적인 측면이 열정적인 과학적 탐구이자 과단성 있는 모험에의 도전이라고 할 수 있다. 비단 몇몇 특정한 탐정소설뿐만 아니라 계몽의 이념을 담은 소설유형이 자주 모험의 서사를 끌어들이는 이유는 바로 이 때문이라고 할 수 있다. 더불어 '탐정'이라는 말도 어떤 면에서 보면 모험과 무관하다고 볼 수 없다. 특히 식민지 조선에서 유행어처럼 쓰였던 '탐정적 흥미'나 '탐정취미'와 같은 말에서 감지되는 어떤 흥분적 요소가 모험심을 유발하는 심리적 요인과 무관하지 않으리라는 점에서 탐정은 모험과 두루 섞어 쓸 수 있는 단어가 된다. 이렇게 탐정, 계몽, 모험은 일종의 친족어를 구성하며 모험이 가미된 과학적 교양으로서의 탐정소설이라는 특수한 형태를 낳게 된다.

1930년대 탐정소설은 그 이전의 정탐소설과 달리 지식으로서 과학성과 논리성이 강화되었다는 점에서 차별화된 특성을 보인다. 그러나 이 시기 탐정소설을 읽어보면, 추론적 논리의 과정이 전개되는 장면을 찾아내기는 매우 어렵다. 1930년대 탐정소설은 과학적 추리를 잣대로 자신의 장르적 정체성을 규정했지만, 여기서 과학적 추리란 추론의 논리성을 의미하기보다는 과학적 지식과 기술을 사용한 탐구라는 의미에 가까웠다. 때문에 탐정소설에는 공상적이든 현실적이든 다종다양한 과학 지식과 기술을 선전하고 설명하는 지면들이 유독 넘쳐났다. 탐정 역할을 맡은 인물들은 놀라운 추리력을 선보이기보다는 과학자나 특정 분야에 해박한 전문가들이 많았고, 이들이 소유한 백과사전적 지식이나 전문화된 기술이 사건 해결의 결정적인 수단이 되었다. 서구 추리소설의 시각에서 보면, 공상적인 과학적 지식을 남발하고 논리적 추론의 과정이 없는, 게다가 모험서사의 측면이 가미된 탐정의 이야기를 추리소설로 간주하기는 어려울 것이다.

그러나 바로 이러한 특성이 식민지 탐정소설의 특수성을 이해하는 중요한 단서를 제공한다. 즉 식민지 탐정소설은 추리를 과학적 교양으로 이해한다는 점에서 서구와 다른 특수성을 지닌다. 서구의 경우 추리소설 장르를 성립시킨 핵심 요소로서 추리는 자연과학적 탐구와 계몽주의적 이성에 대한 반성적 이성의 형태로 출현한 것이다.[37] 반면 식민지 탐정소설에서 '정탐/탐정'으로서의 과학적 추리란 그러한 메타이성이 아니라 과학적 교양으로서의 계몽주의와 동일시되었다. 탐정소설 장르를 성립시킨 핵심적인 서사적 요소의 하나는 추리(반성적 이성)가 아니라 과학적 교양(계몽적 이성)인 것이다.

서구 추리소설의 시각에서 보면, 논리적 추론의 과정이 부재하고 모험심이 강한 인물들이 등장하는 탐정소설은 장르유형상 하드보일형 비정파 탐정소설(스릴러)이나 서스펜스소설의 유형에 가깝다고 할 수 있다. 외관상 스릴러소설이나 서스펜스소설은 추리적 요소가 약화되어 있고 위기를 극복하는 탐정 인물의 활약상이 부각되어 있다는 점에서 모험서사의 성향이 강한 식민지 탐정소설과 유사하다고 할 수 있다.

그러나 스릴러소설이나 서스펜스소설에 나타나는 모험서사의 강화가 추리적 요소의 약화로 기인하는 현상이라면, 식민지 탐정소설에서 '모험'이 가미되는 것은 계몽적 성향이 보다 강화되는 데 따른 결과이다. 즉 서구 추리소설이 추리와 모험이 서로 반비례하는 함수관계를 보여준다면, 식민지 탐정소설은 반대로 정비례하는 함수관계를 형성하는 것이다. 요컨대 인식과 행위의 정비례가 서사의 경제적 원리로 작동하는 것이 식민지 탐정소설의 특수성이다. 따라서 식민지 탐정소설은 계몽주의

37) 차선일, 앞의 글, 21~63쪽.

에의 서사적 압력이 강화될수록 모험적인 서사를 흡수하는 경향이 더욱 강화된다는 독특한 현상을 낳는다. 과학성을 강조하면 할수록 더욱 모험을 즐기는 것이다. 바로 이 점이 과학적 교양으로서 식민지 탐정소설의 특수한 존재 양상이라고 할 수 있다.

3. 탐정소설의 미학주의와 치정과 복수의 서사

1) 탐정소설의 예술화와 심미적 이성

과학적 교양과 함께 탐정소설의 장르적 자의식을 형성하는 데 동원된 또 다른 근거는 탐정소설이 지닌 순수문예로서의 가치이다. 과학적 교양으로서의 성격이 정탐소설의 통속성과 거리를 두기 위해 요구되었던 특징이라면 순수문예로서의 성격은 정탐소설과의 차별화뿐만 아니라 본격문학과의 대립과 경쟁관계에서도 부각된 측면이다. 통속성과의 거리두기가 장르적 자의식 형성의 제1단계라면, 본격문학과의 대립관계는 그 제2단계에 해당한다.

탐정소설의 순수문예적 가치에 대한 문제의식은 이미 최초의 비평적 논의에서 싹트고 있었다. 문제의식의 단초는 탐정소설이 본래 문예적 가치를 지니고 있지만, 조선에서는 통속문학의 형태로 나타난다는 부정적인 진단에서 찾아볼 수 있다.[38] 탐정소설은 과거 여러 문예양식들을 이어받는 가운데서 나타난 것이지만, 그것의 현대적인 형태는 적어도 문예적 장르로서 가치와 의미를 지닌다는 것이다.[39] 이종명은 "현대는 탐정소설의 시대이다"라고 적극 규정하며, "단편소설을 더 한층 기교

---

38) 김영석, 앞의 글, 117쪽.
39) 이종명, 앞의 글, 112쪽; 김영석, 위의 글, 120, 126쪽.

화 · 간결화 · 통속화한 것이" 탐정소설이라고 역설한다.[40] 이종명이 말하는 "단편소설"은 순수문예의 대명사를 가리키는데, 탐정소설은 이 "단편소설"의 보다 진화한 형태라는 것이다. 이러한 주장은 매우 논쟁적인 것이어서 곧바로 김영석[41] 등에 의해 반박되지만, 세부적인 쟁점을 벗어나면 탐정문학과 순수문학은 서로 구분하기 어려울 정도로 그 본질상 동류에 속한다는 인식은 공유된다.

둘째로는 탐정소설이란 그 내용이 사건적인 동시에 그것을 추리 · 판단하는 것은 어디까지든 논리적 · 심리적이어야 할 것입니다. 만약 내용이 철두철미 사건으로만 되어 있다고 하면 그것은 신문의 3면 기사나 그렇지 않으면 스토리 중심이 저급소설을 면치 못할 것입니다. 그리고 내용이 심리적으로만 되어 있다고 하면 그것은 재래소설의 전형에 지나지 못하겠지요. 허나 지금 내가 생각하는 새로운 탐정문예의 내용은 사건적인 동시에 심리적─바꾸어 말하면 전개는 사건적으로 되어 가지고 그것을 해결 · 판단하는 것은 심리적 · 과학적이어야 한다는 말입니다. 이렇게 보아 내려오면 문예소설과 탐정소설 사이에는 확연한 구별을 찾기 어렵게 됩니다. 가령 도스또예프스키의 『죄와 벌』에 나오는 대학생 라스꼴리니꼬프가 고리대금업 노파를 살해하는 장면으로부터 검사와 문답하는 근거는 제일류의 탐정소설이라 함도 결코 손색이 없습니다. 그리고 또 체홉의 『□□성냥』이라든지 모파상의 「목걸이」같은 단편도 호개(好個)의 탐정소설로 볼 수 있습니다. 그러면 탐정소설과 문예소설의 구별은 어떠한 데에 있는가? 이것은 한마디로 대답하기 어려운 문제입니다.[42]

탐정소설은 탐정을 주제로 하여 쓴 소설이다. 즉 어떠한 사건이 발생되었을 때에 이 사건을 과학적 추리와 논리적 · 기계적으로 해부하여 결말을 얻

---

40) 이종명, 위의 글, 108쪽.
41) 김영석, 앞의 글, 120쪽. 김영석은 탐정소설이 단편이라는 양식에 제한을 받지 않고, 또한 통속성이 탐정소설의 본질일 수 없다는 두 가지 이유를 들어 이종명의 견해를 반박한다.
42) 이종명, 앞의 글, 111~112쪽.

는 것을 주제로 하여 쓴 소설이다. 그리고 논리적이고 과학적인 동시에 심리적이어야 한다. 그러나 순문예와 탐정문예를 확연히 구분키는 어려운 것이니 그러므로 탐정문학의 본질 운운과 단언적 정의의 정곡을 기(期)하기는 어려운 것이다. 예를 들면 도스또예프스키의 작품 『죄와 벌』중에서 대학생 라스꼴리니꼬프와 검사와 문답하는 장면은 훌륭한 탐정소설과 같으나 『죄와 벌』을 탐정소설이라고 하는 사람은 없다.[43]

두 인용문에서 모두 탐정소설과 문예소설을 구분하기 어려운 사례로 도스토옙스키의 『죄와 벌』을 공통적으로 언급하는 것은 흥미로운 장면이다. 이종명은 『죄와 벌』만이 아니라 모파상의 「목걸이」 같은 단편까지도 탐정소설로 취급하는데, 반면에 김영석은 『죄와 벌』의 경우 특정 대목이 탐정소설의 묘미에 육박하기는 해도 소설 자체를 탐정소설이라고 볼 수는 없다는 상식적인 이해를 보여주고 있다. 그러나 다소 인식의 차이는 있지만, 양자 모두 탐정소설과 문예소설을 분명하게 구분하기 어렵다는 견해를 내놓고 있다.

익히 알려져 있다시피 『죄와 벌』은 범죄를 다룬 소설이긴 하지만 베일에 가려진 범행의 전모를 추리하는 탐정소설이라기보다는 범죄와 그 범죄를 저지르는 인간 내면을 묘사하는 철학적이고 심리적인 소설이다. 더구나 『죄와 벌』이 이성으로 이해할 수 없는 인간 범죄심리의 불가해한 측면을 보여주고자 한다는 점에서 탐정소설이 지닌 전능한 이성의 힘으로 범죄를 통제한다는 이데올로기와도 상충하는 면이 있다. 이종명과 김영석이 모두 주목하는 『죄와 벌』의 유명한 장면인 주인공 라스꼴리니꼬프에 대한 검사 뽀르피리 뻬뜨로비치의 심문과정도 논리적인 추론보다는 심리적인 분석과 대결이 부각되어 있다는 점에서 탐정소설의 그것과는 차이가 있다.

---

43) 김영석, 앞의 글, 120~121쪽.

이러한 명확한 차이에도 불구하고 『죄와 벌』에서 탐정소설적 요소를 추출하는 근거는 심리적인 것을 과학성 또는 논리성과 등가적인 속성으로 간주하고 있기 때문이다. 이종명은 "탐정문예의 내용은" "심리적이고 과학적이어야 한다"고 주장하며, 김영석 역시 탐정소설은 "논리적이고 과학적인 동시에 심리적이어야 한다"고 힘주어 말한다.

심리성과 논리성·과학성이 명백히 다른 특성임에도 탐정소설에 대한 논의에서 등가적인 것으로 논의되는 까닭은 무엇일까? 그것은 인간 심리의 탐구를 순수문예의 고급한 주제이자 주요 특성으로 이해하고, 탐정소설의 방법론을 범죄에만 국한하지 않고 인간 심리의 분석에 확대 적용하면 탐정소설 역시 순수문예와 동등하게 취급될 수 있다는 논리가 전제되어 있기 때문이다. 요컨대 탐정소설이 인간 심리를 분석의 대상으로 삼는다면 순수문학에 견줄만큼 문학성을 갖출 수 있다는 것이다.

심리적 현상의 분석과 탐구는 이제 탐정소설이 갖춰야 할 새로운 특성이자 과제로서 요청되는데, 이를 정당화하기 위한 이론적 논의로 이른바 '충동론'이 등장한다. '충동론'은 탐정소설의 본질을 인간의 본능적 욕구의 발현과 연관시켜 파악하는 이론적 입장이다. 이러한 심리학적 관점에서 탐정소설의 본질론을 처음 명확하게 주장한 것은 송인정이다.

> 생각하여 보건대 인간의 심정 가운데에는 어떠한 비밀이나 의문이 생기면 그것이 자기에게 아무리 이해관계가 없는 것이라도 그것을 탐사구명(探査究明)하여 보려는 강렬한 충동이 있는 것은 심리학자의 증명을 기다릴 것도 없이 명백한 사실이다. 그리하여 그 충동의 발견으로써 여러 가지로 노력한 끝에 그 비밀이나 의문을 해결해내면 인간은 대단한 기쁨을 깨닫는 것이니 실로 탐정소설은 인간의 심적 상태를 근거로 하고서 가는 것이다.[44]

44) 송인정, 앞의 글, 128쪽.

송인정의 주장은 간단명료하다. 인간에게는 어떤 이해관계에 얽히지 않더라도 순수한 호기심의 발로에서 어떤 비밀을 "탐사구명하여 보려는 강렬한 충동"이 있으며, 탐정소설은 바로 이러한 충동을 해소하는 서사적 방식이라는 것이다. 탐정소설은 이제 인간의 근원적 충동 가운데 하나에 뿌리를 내리게 되고, 이 장르에 첨가된 인간 심리의 탐구라는 성격은 그 임의성을 지우고 자연화되기 시작한다. 나아가 김내성은 이러한 입장을 더욱 적극적으로 밀어붙이며, 탐정소설 장르의 본질적 성격을 과학적 논리보다 심리적 충동에서 파악하는 이론적 입장을 정립한다.

김내성은 「탐정소설의 본질적 요건」에서 탐정소설 장르의 구성 요건을 본질적 요소와 형식적 요소로 구분하여 설명한다. 김내성은 먼저 자신과 대립하는 소위 "본격파"의 견해를 소개하는데, 그 입장에 따르면 탐정소설의 구성 요건은 "탐정적 요소"와 "소설적 요소"로 나뉜다. 김내성이 "탐정적 요소"와 "소설적 요소"에 대한 구체적인 설명을 생략하고 있기 때문에 두 요소의 개념이 무엇인지는 다소 애매하다. 추측하자면 "탐정적 요소"는 수수께끼로서 범행의 과정을 해결하는 방법인 추론적 논리를 가리키고, "소설적 요소"는 범죄의 원인이나 동기에 대한 심리적인 설명을 가리키는 듯 보인다. "본격파"는 이 두 요소 가운데 "탐정적 요소"를 핵심으로 간주하는데, 김내성은 이러한 "본격파"의 입장에 대해 반론을 제기한다.

> 그렇다면 탐정소설적 요소를 지니고 있으면 탐정소설이 되는가? '갑'은 책상위에 있는 만년필을 잃었다. 이때 이 장소에 출입한 사람은 하녀 이외에 절대로 없다고 하는 결론을 전제로 하녀를 심문해보았더니, 고향에 있는 그녀의 동생이 꼭 만년필을 갖고 싶어했기 때문에 마침내 슬쩍했다는 것으로 판명됨으로써 수수께끼는 추리를 거쳐 해결됐던 것이다.
> 지금 바로 앞에서 시도해본 바와 같은 탐정적 요소에 소설적 요소를 더해서 한 편의 소설을 창작했다고 가정하고, 그와 같이 탄생된 소설은 탐정소설

인가? 범행동기를 강조한다면 순수문예적 작품이 될 것 같지 않은가?[45]

김내성은 간단한 추리적 이야기(탐정적 요소)를 제시하고 여기에 소설적 요소, 즉 범행의 방법보다 그 동기를 설명하는 데 서술의 초점을 맞춘다면 그 작품은 일반적인 의미에서 탐정소설보다 더 나은 순수문예적 가치를 지닌 탐정소설이 될 수 있다고 주장한다. 아마도 "본격파" 논자들은 "탐정적 요소"가 부족하므로 탐정소설로서의 요건을 갖추지 못했다고 주장할 테지만, 이러한 반박에 대해 김내성은 "탐정적 요소"이든 "소설적 요소"이든 그것은 형식적 요건에 불과하다는 논리를 펼친다. '어떻게 범행을 저질렀을까'(탐정적 요소)에 대한 궁금증과 '왜 범죄를 저질렀을까'(소설적 요소)에 대한 의문은 보다 심층적인 차원에서 하나의 전제를 공유하는데, 그것은 바로 "비범한 것에 대한 동경이고 기이한 것을 바탕으로 하는 충동에의 갈망"[46]이다.

> 그렇다면 탐정소설의 실질적 요건은 무엇인가? 그 불가결적 요건이야말로 기이한 것에 기인하는 충동이라고 말하지 않으면 안된다.
> 탐정소설은 예술이다. 그러나 모든 예술의 사명의 본질은 충동이다. 다만 그것이 바탕하고 생기는 바의 원인, 그것이 바탕하고 성립되는 바인 토대가 저마다 서로 달라져 있는 데에 지나지 않는 것이다. 큰 충동이 주어지면 질수록 평범한 것에 대한 반항, 기이한 것에 대한 동경, 현실로부터 끊임없이 비약하고자 하는 우리의 그지없는 낭만성에 대한 자극이고 충동인 것이다. 수수께끼의 제공이든 추리든 또한 해결이든 그것이 전적으로 틀렸다고 하더라도 평범한 것이어서는 안된다고 하는 이유는 실로 여기에 있는 것이다.[47]

김내성은 탐정소설의 본질은 기이한 것에의 충동, 즉 "평범한 것에 대

45) 김내성, 「탐정소설의 본질적 요건」, 조성면 편저, 앞의 책, 148~149쪽.
46) 위의 글, 149쪽.
47) 위의 글, 149~150쪽.

한 반항성을 만족시키는 충동"에 있다고 단언한다. 이러한 견해는 그 자체로 이채로운 주장이다. 게다가 장르의 본질을 구성하는 일차적인 요건으로 논리적 추리보다 기이하고 비범한 것에의 충동을 앞세우는 것도 김내성만의 독특한 관점이다. 앞서 살펴본 다른 논자들의 경우 탐정소설의 본질을 심리적 근거에서 도출할 수 있다는 견해를 표명하긴 하지만, 심리적인 특성을 추리보다 일차적인 요건으로 간주하지는 않는다. 반면 김내성은 추리를 이차적인 요소로 강등한다. 달리 말하자면 추리보다 추리적 충동에 방점을 찍는 것이다. "탐정이라는 명사는 탐정가의 가치를 가리키는 것이 아니고 비범함에 대한 탐구탐이(探究探異)라는 말로 바꾸어 이해해야 한다."[48]

탐정소설의 본질규정에 관한 김내성의 관점은 독특하지만, 그 의도는 기존 논자들과 크게 다르지 않다. 즉 그것은 탐정소설의 순수문예적 가치를 역설하기 위한 방편이라고 할 수 있다. 김내성은 제시된 수수께끼(범죄사건)를 논리적으로 해결하는 정통적인 방식을 고수하기보다 추리적 요소가 약화되더라도 작품의 예술성을 고취할 수 있는 경향을 선호했다. 김내성의 고백에 따르면, 그는 첫 번째 장편인 『思想의 薔薇』를 구상할 때부터 "탐정소설로서 인간성을 주제로 한 작품을 제작"하려는 "불타는 야망"을 품고 있었고, 그 자신의 "순문예적인 정열과 탐정소설적인 정열"을 결합하려고 노력했다.[49] 김내성은 탐정소설의 양식적 틀을 유지하되 "인간성의 취묘(臭妙)", 즉 범죄자의 내면심리를 파고들며 인물의 성격과 인생관을 탐구하는 문예적인 주제를 다룬 것을 이상적인 작품이라고 생각했으며, 예술성을 결코 포기하려고 하지 않았다.

---

48) 위의 글, 151쪽.
49) 김내성, 「연역적 추리와 귀납적 추리」, 조성면 편저, 앞의 책, 154~155쪽.

"추리소설은 예술작품이 될 수 없는가……?"

거기에 대답하기 위하여 나는 「惡魔派」(「屍琉璃」 개제—「文章」誌)를 썼고, 「白蛇圖」(「農業朝鮮」誌)를 썼고, 「異端者의 사랑」(「農業朝鮮」誌)을 썼고, 「狂想詩人」(제1창작집 수록)과 「霧魔」(제1창작집 수록) 등 일련의 작품을 썼다. 그러나 이 일련의 작품 행동에서 재래의 추리소설을 과연 얼마만한 정도로서 이것을 예술작품에 끌어올렸는가……? 하는 성과 문제에 있어서는 뭐라고 말할 수 없으나 재래의 단지 「퍼즐」의 해결만을 목표로 해온 안이한 문학과 또는 모험 활극을 주로 한 소위 스릴러에서 벗어나려는 노력을 하여 본 것이 이 일련의 작품들이다.[50]

인용문에서 명확히 드러나듯이, 김내성은 정통 추리소설과 모험활극을 위주로 한 스릴러 경향에서 탈피하고 예술성을 가미함으로써 탐정소설을 혁신하려고 시도했다. 이러한 김내성의 작품들은 '본격 탐정소설'과 구분되는 '변격 탐정소설'의 범주에 속하는 것인데, 김내성은 '변격'의 의미를 추리적 양식에 공포소설이나 범죄소설의 경향을 뒤섞은 소재적 차원의 확대 현상이 아니라 '본격'의 양식을 예술화의 방향으로 보다 심화 발전시킨 형태로 이해한다.[51]

탐정소설을 '본격'과 '변격'으로 구분하는 방식은 당대에 널리 쓰이던 분류법이었는데[52] 특기할 점은 '본격'의 양식보다 변격 탐정소설이

---

50) 김내성, 「序」, 『비밀의 문』, 정운사, 1954; 명지사, 1994, 6~7쪽.

51) 김내성은 1938년에 문예좌담의 일환으로 맡은 방송강연에서 '본격'과 '변격'이 함의하고 있는 위계적 의미를 지우기 위해 "정통적 추리소설"과 "방계적 추리소설"로 대체하여 쓴 바 있다. 김내성, 「探偵文學小論」(1938년 방송강연원고), 『비밀의 문』, 명지사, 1994에 수록.

52) '본격'과 '변격'이란 용어는 일본 탐정소설에서 쓰이던 용어다. '본격'과 '변격'의 용어를 만들어낸 사람은 고가 사부로(甲賀三郎, 1893~1945)로 알려져 있다. 고가 사부로는 1935년, 김내성이 일문으로 첫 탐정소설을 발표한 잡지이기도 한 『프로필』에 「探偵小說講話」라는 비평을 연재했는데, 이 글에서 어떤 범죄가 발생하고 그 범죄의 원인과 범인을 수사하는 인물이 주인공으로 활약하는 소설을 탐정소설

상대적으로 환영받았을 뿐만 아니라 '본격'보다 예술미가 가미된 '변격'의 양식이 더 낫다는 비평적 판단에 동의하는 인식이 공유되고 있었다는 점이다. 앞서 살펴본 이종명, 김영석이 소박하나마 이러한 인식을 표명했고, 안회남은 보다 적극적인 의견을 개진하기도 했다. 안회남은 탐정소설을 "공포를 이용하여 그것을 다양다종하게 만족시켜주는 온갖 이야기"로 폭넓게 정의한 다음, 그 안에서 "괴기소설"과 "본격 탐정소설" 두 가지를 구별하는 것이 상식화된 논의임을 상기시킨다. 이 가운데 "본격 탐정소설", 즉 "한 개의 수수께끼에 불과한 탐정소설은 여러 가지 경우에서 문학적일 수가 없는 때가 많다"는 점을 지적하며 "본격 탐정소설을 인생의 엽기적 수양독본이며 또한 공포심리의 유희에 지나지 않는데서 일보 전진하여 이것을 철저하게 예술화시키며 한 훌륭한 문학에까지 상승진전하자는"[53] 논의가 생겨났다고 말한다. 이어서 안회남은 일본의 기기 다카와로(木木高太郎)의 견해를 소개하면서, 본격 탐정소설에 "살인 기타 범죄의 동기에 대한 사회적 해설을 시험한다면 탐정소설이야말로 신련예리(辛鍊銳利)한 문학"이 될 수 있다고 주장한다.

통속적인 문학과의 대비 속에 장르적 자의식을 형성해가던 교양독물로서의 탐정소설은 김내성에 이르러 문예소설로서의 위상과 자의식을 확립해가기 시작한다. 김내성의 용어로 설명하자면, 이는 본격 탐정소

이라고 규정하고, 이러한 서사적 도식에서 벗어난 작품들, 예컨대 범죄도 발생하지 않고 탐정 인물도 등장하지 않는 소설들을 '변격 탐정소설'로 부르고 배제하고자 하였다. 고가 사부로가 비판한 변격 탐정소설의 대표 작가는 김내성이 사사한 스승인 에도가와 란포(江戸川亂步, 1894~1965)이다. 란포는 「두 개의 비교론(二つの比較論)」에서 범죄소설 가운데 추리적 요소가 강화된 것이 탐정소설이며, 추리적 요소가 빠지거나 희박해지고 범인의 사회환경이나 동기, 심리묘사에 주안점을 두게 되면 일반적인 의미에서 소설의 범주에 든다고 말한다. 김내성의 탐정소설론은 란포의 탐정소설론의 연장선상에 있다고 볼 수 있다.

53) 안회남, 앞의 글, 165쪽.

설에 대립하는 변격 탐정소설의 대두, 즉 장르 내부의 분화 현상이라고 할 수 있다. 더불어 이러한 장르 내부의 분화는 일본의 탐정소설계에서 일어난 본격과 변격의 대립과 논쟁이 김내성에 의해 수입된 담론이기도 하다.

그러나 김내성의 탐정소설론이 일본의 담론과 다른 점은 문예소설로서의 탐정소설의 가치를 부각시키려고 한 점에 있다. 김내성은 유독 탐정소설의 심미적 가능성을 강조하였으며 이를 작품으로 실현하려고 노력했다. 김내성이 시도한 탐정소설의 심미화 기획이 지닌 의미를 파악하기 위해선 1930년대 후반의 정세와 담론적 상황을 참조할 필요가 있다.

1930년대 후반에 이르면 1920년대 식민지 지식인들에게 세계와의 동시대성, 현대성의 공유 감각을 제공했던 사회주의라는 지식이 과학이라는 새로운 보편 표상으로 대체된다.[54] 이 시기 과학이라는 가치중립적인 보편 표상은 새로운 세대의 정체성의 기반으로 상정된다. 과학이 새로운 보편 표상으로 대체된 것은 카프의 몰락으로 대변되는 이데올로기적 공백 상황에서 현실 변화를 있는 그대로 수용하는 '사실수리론'(백철)적 태도와 과학의 획기적 진행과 생산의 합리화를 통해 과학진흥을 총력전체제의 기본정책으로 포함시킨 일제의 지배체제의 변화라는 역사적 국면과 맞물린 결과였다.[55] 이러한 상황에서 김내성이 과학적 교양으로서의 탐정소설보다 심미적인 성격이 강한 탐정소설을 옹호한 것은 과학적 합리성에 대한 심미적 비판으로서 추리(탐정)의 의미를 확대 규정한 것으로 해석할 여지가 있다. 김내성에게 추리소설은 과학적 합리성의 서사화라기보다는 그러한 합리성에 대립하는 일종의 심미적 이

---

54) 정종현, 「사실, 과학 그리고 문학의 신생」, 『상허학보』 제23집, 상허학회, 2008, 48~49쪽.
55) 위의 글, 50쪽.

성의 서사화로서 의미를 지닌다. 서구 추리소설이 합리성을 반성하는 합리성의 기획이라면, 김내성의 탐정소설은 합리성에 대립하는 심미적 이성의 서사적 기획이라는 점에서 그 특징을 찾을 수 있다.

2) 예술가 탐정과 광기의 범죄자 : 치정과 복수의 서사

앞서 언급했듯이 "신련예리한 문학", 즉 순수문예로서의 탐정소설은 범죄사건의 논리적 해결보다 범죄자의 심리나 그 동기를 묘사하고 해명하는 데 중점을 둔다. 이와 관련하여 1930년대 탐정소설에서 나타나는 몇 가지 특징적인 양상을 주목할 수 있다.

먼저 살펴볼 점은 범죄의 양상과 그 성격이다. 1930년대 탐정소설에 나타나는 범죄 가운데 가장 큰 비중을 차지하는 것은 바로 치정살인이다. 「約婚女의 惡魔性」은 "박경숙"이 약혼자인 "김영호"가 자신을 버리고 "윤영애"를 사랑하자, "윤영애"를 죽이고 "김영호"에게 누명을 씌우는 범죄를 다룬다. 「누가 죽였느냐!!」에서는 아내와 그녀의 정부가 공모하여 남편을 살해하는 사건이 발생하고, 「美貌와 捏造」에서는 조선 제일의 내과의 "정박사"의 조수인 "로재신"이 자신의 라이벌인 "김영호"가 "정박사"의 딸인 "백란"과의 연인관계인 것을 질투하여 협박편지를 보내고 급기야 "백란"을 겁탈하는 사건이 일어난다. 『수평선 너머로』에서는 주인공 "서인준"이 독립운동자금으로 빼앗으려는 거금의 주인인 "윤백작"의 심복 "완쇠"가 살해되는 사건을 계기로, 그 이면에 "윤백작"과 그의 "노부인(기생 계월)" 그리고 노부인의 옛 연인 "김봉덕" 사이의 얽히고설킨 치정관계가 드러난다.

치정관계로 빚어지는 살인이 범죄의 주요 제재로 다루어지는 까닭은 사랑을 둘러싸고 벌어지는 배신과 질투의 이야기가 선과 악의 극단을 오가는 인간 심리의 적나라한 속성과 변화를 연출할 수 있는 제재이기 때문이다. 이는 인물의 성격과 심리묘사에 치중하는 문예소설이 사랑 이야기를 주로 다루는 이유와 다르지 않다. 문예소설이 그렇듯, 치정에 얽힌 범죄는 인물의 성격에 초점을 맞추고 심리묘사의 비중을 높일 수 있는 가장 탐정소설적인 제재라고 할 수 있다.

서술의 구체적인 양상에서도 범죄자의 동기와 성격을 부각시키는 의도적인 경향을 발견할 수 있다. 「順娥慘殺事件」에서 오리무중에 빠진 "순아" 살인사건의 유력한 용의자로 "박돌"이 지목되는데, 그 이유는 범행의 잔인성으로 미루어 범인의 품성 역시 사악할 것이므로 평소 아무 이유 없이 개에게 독약을 먹여 죽이는 등 아무렇지 않게 살해를 일삼는 "박돌"이가 범인일 가능성이 높다는 것이다. 「嫉妬하는 惡魔」에서도 "윤길호"가 범인이라는 점은 음주가 심하고 성정이 아름답지 못한 그의 성격이 유효한 정황적 근거로 뒷받침된다. 「美貌와 捏造」 역시 범죄 발생 직후 "로재신"이 용의자로 지목되는 이유는 그의 성격이 방종한데다 현재 정처가 아닌 여자와 동거생활을 하고 있다는 점 때문이다.

여기서 문제는 서술되는 범인의 성격이 범죄 발생의 동기에 대한 부가적인 설명 수준을 넘어 범인을 색출하는 결정적인 단서로 취급된다는 점이다. 즉 객관적 증거와 논리적 추론에 의거해서 범인을 밝혀내기보다 특정 인물이 악한 성격의 소유자이거나 성격상의 결함이 있다는 점을 근거로 범인을 가리키는 경향이 농후하다는 것이다. 요컨대 성격이 추리의 서사적 기능을 대체하고 있는 것이다. 범죄의 동기에 대한 측면, 즉 왜 그러한 범죄를 저질렀는가에 대한 서술은 탐정이 추리력을 발휘해 누가 어떻게 범죄를 저질렀는가에 대한 범행의 과정을 소상히 밝혀낸 다음 부가적으로 독자에게 전달되는 설명이다. 아니면 누가 범인인가에 대한 관심을 아예 생략하고 오직 왜 범죄를 저질렀는가에만 초점을 맞추는 것이 소위 변격의 서사문법이라고 할 수 있다. 그런데 1930년대 탐정소설에서는 범행의 동기에 대한 설명이 서사 전개에서 큰 비중을 차지할 뿐만 아니라 그 자체로 추리의 과정을 대체하고 있는 도착적인 현상이 나타난다. 「順娥慘殺事件」을 예로 들자면, 왜 "박돌"이가 범인가라는 질문을 던졌을 때 돌아오는 대답은 "박돌"이가 사악하기 때문이라는 식이다.

이러한 도착화된 서사는 결국 범죄자가 잔인한 살인을 저지른 이유가 궁극적으로 개인의 심리적 자질에 있다는 논리를 낳는다. 「美貌와 捏造」에서 협박편지를 보내고 여인을 겁탈한 범인은 "로재신"이 아니라 피해자인 "백란"으로 밝혀지는데, 이 과정에서 과학적 추리는 전혀 동원되지 않고 소설 말미에 서술자가 직접 개입하여 사건의 전모를 설명하며 "백란"이 기실 "참학취미(慘虐趣味)"를 가진 "이중성격소유자(二重性格所有者)"라는 공상적 정신병자라고 알려준다. 「汽車에서 맛난 사람」은 서사의 기본적인 논리가 무너진 황당한 사례이다. 주인공 '나'는 열차에서 우연히 "리남작미망인" 살인사건의 범인으로 의심되는 사람을 발견하고 추리력을 발휘해 물증을 찾으려고 한다. 사건 전개가 우연의 연속일 뿐 아니라 '나'의 추리도 거의 억지논리에 가깝다. 그런데 황당한 점은 '나'의 어설픈 추리가 완결되기도 전에 갑자기 경찰이 등장하여 그 범인을 체포해가면서 소설이 끝나버린다는 점이다. 그러면서 말미에 '나'는 사람은 첫인상이 중요하다고 말을 남기는데, 이는 범죄의 이유와 동기를 아무런 타당성 없이 개인적 자질에 전가하는 의미를 함축하고 있다.

비평적 논의에서 제기된 인간성에 대한 심리적 탐구를 통해 순수문예적 가치를 확보하는 탐정소설의 가능성은 이처럼 작품의 실제적 양상과는 현격한 괴리가 있었다. 범죄의 동기와 원인을 그 방법과 추리보다 부각시켜 심리적 분석의 깊이를 획득하려고 시도했지만, 실제로는 범행의 원인과 동기를 개인의 심리적 문제로 전가하는 양상으로 귀결되어 인간성의 심리적 고찰이라는 주제와는 멀어지고 말았다.

이처럼 작품의 수준과 내실에서 일정한 결함이 나타났음에도 불구하고, 탐정소설에 예술적 요소를 가미하려는 시도는 지속되었다. 이는 크게 세 방향에서 이루어졌다. 우선 범죄의 원인이 되는 개인의 심리적 자질은 단순히 사악한 성격이나 의학적 질병이 아닌 광기 또는 악마성으로 포장되었다. 광인과 악마는 1930년대 탐정소설에 나타나는 범죄자에 대한 일종의 미학적 표상으로 받아들여졌다. '약혼녀의 악마성'이나 '질투하는 악마' 등 표제에서부터 이러한 표상이 사용되고, 소설 속에서도 범인을 묘사하는 수식어로 자주 사용되었다.

> 법정은극도로 긴장이되엿다. 흰비닭이가튼처녀가 간악한허언자인가안인가? 그것이쌍방법조(法曹)의 격렬한변론의초점이되엿다. 검사와밋정박사의 사소(私訴) −(형사사건에부대한민사상의손해배상청구) −대리인은백란양의 증언을 신용하라하고 론단하고 변호사는 백란양을 악마의권화(權化)라고 절규하엿다.[56]

> 즉 이녀자는 부모와도 인연을긋어서라도 사랑의원수를 갑흘냐고 하엿든 것입니다. 얼마나 두려운원한입닛가? 연애는 참무서운힘을가진것이지요. 이 젊은처녀를 광인을만드러노앗습니다. 아니 질투에타오르는 한마리귀신을 만들어노앗습니다. 이범죄는 결코 인간의힘이안입니다. 지옥속에서 기여나온 악귀의소행입니다.[57]

광기, 악마적인 것, 악귀, 화신[權化] 등의 표현은 범죄를 일으킨 원인이 개인의 인격적 기질의 차원을 벗어난 어떤 초월적인 외부적 힘의 작용이라는 점을 함축한다. 이러한 심리적 소인의 비인격화는 현실논리를 이탈하였다는 점에서 그 자체로 문화적이고 기호적인 현상이라고 할 수

---

56) 최병화, 「美貌와 捏造」, 『별건곤』 1932.9, 56쪽.
57) 최류범, 「約婚女의 惡魔性」, 『별건곤』 1934.1, 48쪽.

있다. 여기에는 탄탄한 서사적 설계에 의해 뒷받침되지 못한 범죄에 대한 심리적 탐구, 즉 순수문예적 요소의 주입이라는 무형의 압력이 작용하고 있기 때문이다.

광기 또는 악마성의 표상의 무의식적 저변에 흐르는 이러한 압력이 노골적으로 표면화되면 이른바 '예술가−범죄'라는 특유한 현상이 나타난다. 1930년대 탐정소설에서 가장 흔하게 목격되는 범죄자유형은 바로 예술가들이다. 「美貌와 捏造」에서 진범인 "백란"은 자신이 폭행을 당했다는 증거를 날조하는데, 이러한 위장은 모두 자신의 자작소설에 나오는 한 장면을 그대로 연출한 것이다. 「嫉妬하는 惡魔」에서 피아노에 독을 묻혀 친구를 독살하는 "윤길호"의 아이디어는 그가 피아니스트이기 때문에 가능한 일이다. 「約婚女의 惡魔性」에서 "경숙"이 약혼자의 연인을 죽이고 그 시체를 자신의 것으로 둔갑하고 그녀 자신이 그 연인 행세를 하는 기묘한 트릭을 구사하는 것은 "경숙"이 탐정소설 애독자라는 사실에서 개연성을 획득한다.

'예술가−범죄'의 소재를 즐겨 사용한 작가는 김내성이다. 예컨대 김내성의 등단작인 「타원형 거울」(1935)은 문단의 중견작가인 "모현철(백상몽)"이 신인 시인 "유시영"과 내연의 관계였던 아내 "김나미"(가극배우)를 살해하고 이를 완전범죄로 은폐한 사건을 다루고 있다. 「벌처기」역시 중학교 교사인 "허철수"가 자신을 경멸하면서 남성편력을 일삼는 아내인 "선우란"(여류화가)을 살해한 사건을 법정소설의 형식으로 그려내고 있다. 여기서도 아내 "선우란"의 연인으로 등장하는 "정일호"는 신진 시인이다. 「이단자의 사랑」(1939)은 시인 "추강"이 다른 남자를 사랑한 아내 "신애련"을 살해한 사건을 다룬다. 「악마파」(1939)는 "노단"과 "백추"라는 두 라이벌 화가의 경쟁과 질투로 인해 희생되는 바이올린 연주자 "루리"의 비극을 그리고 있다. 「백사도」(1938)는 2대에 걸친 두 가문의 반목과 갈등을 배경으로 천재화가인 "백화"와 그의 아내 "춘랑"

이라는 무녀 사이에 벌어진 비극적인 살인복수극을 담고 있다. 「광상시인」(1937)은 시인 "추암"이 화가를 보면 맹목적인 동경과 연정을 품는 아내 "나나"를 향한 애욕과 질투로 그녀를 결국 살해하는 과정을 담고 있다. 『마인』에서 탐정 "유불란"은 화가 "김수일"이기도 한 일인이역을 수행하며 연쇄살인범이자 세계적 무용가인 "주은몽(공작부인)"을 추적하면서도 사랑하는 애증의 관계를 맺는다. 이처럼 김내성의 작품 전반에 나타나는 범죄사건의 특징은 남녀 간의 치정 문제로 인해 발생한 살인복수극이라는 점과 가해자와 피해자를 비롯한 사건의 당사자들이 거의 대부분 예술가라는 점이다. 특히 범죄자가 예술가인 경우에 살인의 동기는 단순한 치정 문제라기보다는 다른 예술가의 천재적 재능에 대한 질투와 열등감이나 악마적 예술혼이 초래한 그릇된 애정으로 밝혀진다.

앞서 살펴보았듯이 김내성은 기이하고 비범한 것에의 충동을 탐정소설의 본질이라고 규정하는데, 이때 기이성과 비범성을 다음과 같이 설명한다.

> 따라서 범인 불명에 대한 의혹감으로 바꾸고 범인의 성격 동기에 대한 기이감(奇異感)을 내어놓으면 좋은 것이고, 탐정의 가급적 추리의 비범함으로 바꾸어 범인의 순행적 범죄 계획의 비범함을 내어놓으면 충분한 것이기 때문에, 요컨대 탐정소설의 본질을 강조하면 된다.[58]

김내성은 "기이함"을 "의혹감"과 구별하고, 범죄의 "비범함"을 탐정 추리의 "비범함"과 대조한다. 예술성을 가미한 탐정소설이 되기 위해서는 단순히 '범인이 누구일까'에 대한 궁금증이 아닌 '왜 범죄를 저질렀는가'라는 범죄의 동기와 성격의 "기이함"을 강조해야 하고, 아울러 탐정의 탁월한 추리력보다는 그 추리를 통해 밝혀지는 범죄의 "비범함"을

58) 김내성, 「탐정소설의 본질적 요건」, 조성면 편저, 앞의 책, 150쪽.

강조해야 한다는 것이다. 따라서 비범하고 기이한 것에의 충동으로 탐정소설을 정의할 때 그것은 추리보다는 범죄를, 특히 그 동기와 성격에 있어서 낯설고 특이하고 신비한 그 어떤 것을 포착해야 한다는 뜻이 내포되어 있다. 왜냐하면 범상하고 특별하지 않은 범죄를 다룬 탐정소설은 일반적인 범죄소설과 다를 바가 없기 때문이다. 더불어 문예소설에서 볼 수 있는 인간성에 대한 심리적인 분석과 고찰에 상응하는 예술성을 가미하기 위해서는 범죄의 성격이 특이할 뿐만 아니라 미학적 광채를 뿜어내기도 해야 한다. 이는 달리 말하자면, 범죄의 성격이 낯설고 특이하다 하더라도 매혹을 발산하는 탐미의 대상이 되어야 한다는 뜻이기도 하다. 특이하지만 하나의 미적 대상으로서 매혹적인 범죄, 더불어 인간 심리의 양면성을 드러낼 수 있는 범죄, 그러한 범죄를 다룬 것이 바로 '예술가–범죄'유형의 탐정소설들이라고 할 수 있다.

　탐정소설에 심미적 요소를 가미하려는 또 다른 시도는 '여성 범죄자'의 등장에서 찾을 수 있다. 1930년대 탐정소설에서 범인의 성별을 파악해보면 여성이 압도적인 다수를 차지한다. 「美貌와 捏造」의 이중성격소유자이자 탐학취미를 지닌 "백란", 「約婚女의 惡魔性」에서 약혼남의 내연녀를 살해하고 그에게 살인 누명을 씌우고는 스스로 정신병동에 숨어든 "박경숙", 「누가 죽엿느냐!!」에서 정부와 함께 남편을 살해하는 "에바", 「戀愛와 復讎」에서 아버지를 죽음으로 몰고 간 "전윤수"를 살해하기 위해 "안관호"에게 접근한 "복수아 리명숙", 『마인』에서 자신의 부모를 참혹한 죽음으로 이끈 "백영호"에게 복수하기 위해 연쇄살인을 저지르는 "주은몽", 『염마』에서 "유재석"의 재산을 탈취하고 살인 행각을 벌이는 "서광옥" 등 간단히 일별해봐도 대다수의 작품들에서 '여성 범죄자'는 탐정 인물과 대결하는 주인물로서 눈에 띠는 활약상을 보여준다.

　이러한 '여성 범죄자'는 대부분 팜므 파탈(femme fatale, 요부 또는 악녀)의 이미지를 지니고 있다. 프랑스어로 '치명적인 또는 운명적인 여인'을 뜻하는 팜므 파탈은 19세기 낭만주의 작가들에 의해 문학작품에 나타나기 시작한 이후 미술, 연극, 영화 등 다양한 장르로 확산된 용어로[59], 최근엔 특히 1940년대 필름누아르 영화 장르나 하드보일형 탐정소설 장르의 특성을 설명하기 위해 사용되고 있다. 다양한 서사물에서 남자 주인공을 유혹하여 파멸 혹은 죽음에 이르게 하는 치명적인 위기 상황으로 이끄는 역할로 인해 팜므 파탈은 사랑에 빠진 남자를 위험과 재앙으로 이끄는 치명적인 매력을 지닌 여성을 가리키는 의미로 굳어졌다.[60] 1930년대 탐정소설에서 이러한 팜므 파탈의 여성 이미지는 그 자체로 기이한 것의 표상으로서 기능한다. 치명적 유혹자로서 팜므 파탈의 특성은 낯선 두려움을 불러일으키면서도 미학적 광채를 뿜어내는 기이한 것의 양면성과 손쉽게 결합한다.

> "그래도 어쨌든 죽기는 당신 때문에 죽잖았소?"
> "허기야 그렇지…… 그러나 할 수 없는 일이지. 지금 그것을 가지고 이러니저러니 하면 죽은 사람이 살어오우?"

---

59) 이명옥, 『팜므 파탈: 치명적 유혹, 매혹당한 영혼들』, 다빈치, 2003, 263쪽.
60) 통상 하드보일드형 탐정소설에서 팜므 파탈의 등장은 탐정이 더 이상 범죄자와 객관적 거리를 유지할 수 없게 되었다는 사실을 함축한다. 탐정과 범죄자 사이 객관적 거리가 불안정해진 것은 탐정이 지닌 이성적 권능의 위축, 즉 사회 지배 계급인 부르주아의 이데올로기가 그 통제력을 상실하는 위기에 봉착하고 한계가 노출되는 상황과 맞물려 있다. 가령 1920~30년대 번성한 비정파 탐정소설은 범죄가 거대 조직화 단계로 접어들면서 부르주아 사회의 원리와 가치가 사회적 범죄의 위협으로부터 보호받지 못한 시대적 상황을 배경으로 하고 있다(에르네스트 만델, 앞의 책, 63~78쪽 참조). 즉 부르주아 계급의 낙관주의와 자신감을 구현하는 탐정의 이성적 힘이 더 이상 거대화된 범죄조직을 압도하지 못하는 것이다. 이러한 상황에서 부르주아 계급도 조직화된 범죄 집단의 힘과 타협하거나 그 압력에 굴복할 수 없게 되고, 이는 범죄사건을 중립적인 위치에서 해결해야 하는 탐정이 범죄(자)와 연루되는 상황을 낳게 된다. 바로 이러한 상황에서 등장하는 인물이 바로 요부이며, 그녀는 탐정과 범죄(자) 사이 객관적 거리 확보가 불안정해진 상황을 반영하는 상징성을 띤다. 보다 자세한 설명은 슬라보예 지젝, 『삐딱하게 보기』, 김소연·유재희 옮김, 시각과언어, 1995, 125~136쪽 참조.

"맘에 조곰도 꺼리끼잖애?"

"그런 말은 나더러 묻지 말어요. 내가 사람의 맘을 내바린 지가 발써 이십 년이 가까워 오는데 지금 물어서 무얼 하겠소? 염마(艶魔)야 염마……"

"그럼 대설이도 죽였구려?"

"아니 제절로 죽었어…… 그게 죽기 때문에 되려 일이 더디어진걸……"

영호는 더 말하고 싶지가 아니하였다.

족히 인간이라고 여길 대상이 못되는 인간이다. 곱고 고운 인간의 탈을 쓴 그야말로 염마다.

그 염마에게 그런 줄 번연히 알면서도 형용할 수 없는 이상한 힘으로 인하여 야릇한 매력을 느끼는 영호 자기 자신이 몸서리가 나게 무서웠다.[61]

『염마』의 "영호"는 사람을 살해하고도 어떤 죄책감도 느끼지 못하는 "서광옥"이 악마의 화신이라고 말하면서도 그녀에게서 "형언할 수 없는 이상한 힘으로 인하여 야릇한 매력을" 느낀다. 여기서 주목할 것은 대상으로서 팜므 파탈의 이중적 매력보다 팜므 파탈을 대면한 "영호"의 심리적 대응이다. 악마와 미가 결합된 "서광옥"의 팜므 파탈적 매력에 굴복하고 싶은 기묘한 충동에 휩싸이는 "영호"의 복잡미묘한 양면적인 심리상태가 바로 김내성이 규정한 1930년대 탐정소설이 지향하는 순수문예적 요소, 즉 인간 심리에 대한 탐구의 표본이자 나아가 기이한 것에의 충동 그 자체에 다름 아닌 것이다.

치정관계로 얽힌 살인범죄, 그 범죄자의 성격과 동기로서 악마성, 예술적 광기, 팜므 파탈적 매력은 인간성의 탐구라는 순수문예적 주제를 구현하기 위해 탐정소설에 도입된 심미적 요소들이다. 이 요소들은 분명한 구획선에 따라 나누어진다기보다 어느 정도 서로 중첩되고 겹치는 교집합의 관계를 형성한다. 김내성의 『마인』에는 이 요소들이 이중삼중으로 얽힌 관계를 단적으로 보여주는, 탐정소설 장르에 대한 자의식적

---

61) 채만식, 『염마』, 창작과비평사, 1987, 538쪽.

식민지 탐정소설의 성격과 이데올로기 • 차선일

논평을 암시하는 대목을 읽을 수 있다.

> 당시의 나로서는 이 얼마나 영광이었겠습니까! 그러나 한 가지 슬픈 사실, 그것은 고상하지 못한 직업을 가진 탐정 유불란에게 바치는 애정이 아니고 화가 김수일, 예술가적 아름다운 공상과 예술가적 사색과 정열과 분위기를 가진 순진하고도 쾌활한 청년화가 김수일이에게 바치는 애정인 줄을 깨달은 나의 슬픔과 낙망을, 은몽 씨 당신은 감히 짐작할 수 있겠습니까? 바늘 끝처럼 예민한 은몽 씨의 예술가적 기질은 화가 김수일과 맞을지언정 탐정 유불란과는 결코 맞을 리 없으리라고……. 이것은 단지 나 자신만의 추측이 아니었습니다. 어느 날 우리늘의 화제가 우연히노 남성소설에 언급하였을 내 은몽 씨 당신은 무엇이라 말씀했는지 기억하십니까? 나는 탐정소설을 즐겨 읽지만 그것은 소설에 나오는 탐정을 사랑하는 것이 아니고 도리어 탐정에게 쫓겨다니는 범죄자의 말 못할 사정, 호소할 곳 없는 신세, 온 세상을 적으로 삼고 싸우는 그 무시무시한 공포와 쓸쓸한 심정을 생각한다고. 그때 치밀한 두뇌와 민활한 수완을 가진 소위 명탐정이란 존재를 은몽 씨는 그 예술가적 사색을 가지고 얼마나 경멸했으며 얼마나 비웃었습니까? 나는 그때처럼 본인의 직업에 대해서 슬퍼해본 적은 없었지요. 이것이 즉 나로 하여금 끝끝내 화가 김수일로서의 행동을 취하게 한 중대한 원인일 것입니다![62]

"주은몽"을 향한 "유불란"의 목소리는 그대로 김내성의 목소리이며, 이는 탐정소설을 읽는 독자에게 전하는 작가적 의식이 반영된 논평이다. 인용된 대목에는 팜므 파탈적 매력을 지닌 "주은몽", 연쇄살인범을 사랑하는 탐정 "유불란", 범인과 탐정 사이 예술적 교감 등 서사화된 심미적 요소들이 절묘하게 배치·응축되어 있다. 특히 주목할 점은 "유불란"에게서 나타나는 탐정(유불란)과 예술가(김수일) 두 정체성 사이에서 빚어지는 내적 갈등이다. 이 갈등은 달리 말하면 탐정소설과 문예소설의 갈등이라고 할 수 있으며 나아가 추리와 연애, 이성과 감정 사이의

62) 김내성, 『마인』, 판타스틱, 2009, 195쪽.

대립이라고 볼 수 있다.

팜므 파탈적 매력을 지닌 여성 범죄자와 사랑에 빠지는 '유정한 탐정'[63)]
은 1930년대 탐정소설의 중요한 특성으로 논의되어온 주제다. 고전적인
추리소설에 등장하는 탐정의 전형은 냉철하고 이지적인 인물로, 범죄자
나 의뢰인 등 사건에 연루된 그 어떤 여성 인물과도 정서적인 교감을 통
해 친밀감을 형성하거나 동정심을 느끼거나 사랑의 감정에 현혹되는 일
이 없다. 탐정은 그 자체로 이성의 권능을 표현하는 상징적인 존재이다.
감정과 욕망에 휘둘려 정서적인 동요를 제어하지 못한다는 것은 객관적
판단과 논리적 추리를 무기로 삼는 탐정으로서는 치명적인 결격 사유에
해당한다. 따라서 팜므 파탈적 여성 범죄자에게 농락을 당하거나 연
민·동정·애정의 감정을 통제하지 못해 사건 해결을 그르치는 반복된
행태를 보이는 1930년대 탐정소설의 '유정한 탐정'들은 탐정으로서 자
격이 불충분한 '미완의 탐정'으로 평가된다.

1930년대 탐정소설에 대한 비평적 논의들은 이 '미완의 탐정'을 '미
숙한 이성', 즉 과학적 탐구와 논리적 추론의 사유가 충분히 발달할 수
있는 물질적 기반이 결핍된 식민지적 조건의 제약을 받은 이성의 지체
와 미성숙이 반영된 결과라고 지적한다. 더구나 고전기 추리소설의 형
식, 즉 본격 탐정소설의 형태가 미발달한 상황에서 예술적 요소를 가미
한 변격의 형태를 도입하려는 시도는 성급하고 무리한 도전이자 불가능
한 과제였다고 비판된다. 『마인』의 "유불란"이 결국 "주은몽"를 향한 애
정을 뿌리치지 못한 자신을 자책하며 사건 해결에 실패한 책임을 지고
탐정을 그만둔다는 결말은 1930년대 탐정소설의 한계를 말해주는 단적
인 장면으로 거론된다.

---

63) 최애순, 「한국적 탐정소설로서 『염마』의 가능성과 의의」, 『현대소설연구』 제37집,
한국현대소설학회, 2008.

감성적이고 유정한 예술가유형의 탐정과, 광기에 휩싸인 예술가 범죄자 또는 치정과 복수에 의한 범죄의 동기는 식민지 탐정소설의 주요한 서사적 특징이다. 서구 추리소설의 경우, 이성적 영웅으로서의 탐정과 사악한 범죄자의 대립이 서사의 핵심이다. 양자를 비교했을 때, 식민지 탐정소설의 서사구조를 떠받치고 있는 이데올로기가 서구 추리소설의 그것과 공유하고 있는 점을 찾을 수 있다. 그것은 범죄의 원인이나 동기를 개인의 문제로 치부하는 근대 자유주의 이데올로기가 서사에 드러난다는 점이다. 식민지 탐정소설이 탐정의 추리만을 강조하기보다는 범죄의 동기와 심리를 드러내는 변격 탐정소설 또는 비정파 탐정소설로서의 특징을 드러내지만, 비평적 논의에서 드러난 의도와는 달리 실제 작품들에선 범죄의 동기나 심리는 사회적인 의미를 획득하지 못하고 개인의 욕망(치정이나 복수)이나 광기(예술적 광기)로 국한된다. 이는 결국 인간 심리의 심층을 탐사함으로써 예술적 가치를 획득하겠다는 표면적인 의도와는 달리 범죄의 원인을 개인적 차원의 문제로 환원시키는 근대 자유주의의 이데올로기적 관념을 은밀히 표명하는 것이며, 그런 점에서 비정파 탐정소설과는 사뭇 다른 위상과 의미를 지닌다고 할 수 있다.

비정파 탐정소설이나 변격 탐정소설 양식의 대두는 합리성을 반성하는 합리성으로서 추리의 발명을 통해 근대이성의 위기를 극복하는 기획이 불가능한 것으로 드러난 역사적 상황(양차 세계대전)에서 추리의 불완전성, 달리 말해 이성적 추론을 통해 범죄의 원인을 밝히는 탐정 수사의 근원적 불가능성에 대한 인식에서 비롯된다. 더불어 이러한 추리의 한계는 사회학적으로 부르주아 계급의 이데올로기적 지배가 현실적으로 불가능해진 상황과 연결된다. 반면에 식민지 탐정소설에 나타난 추리의 결점, 즉 감성적이고 유정한 미완의 탐정이라는 특징은 추리적 사유 또는 부르주아의 이데올로기적 지배의 한계로 해석하기 어렵다. 일제의 식민권력이 사회의 지배원리로 작동하고 있는 식민지적 조건에서 부르주아 계급의 성장은 근본적으로 봉쇄되어 있기 때문이며, 더불어 식민지 탐정소설이 내포하는 합리성은, 앞서 살폈듯이, 반성적 이성의 합리성이 아닌 과학적 교양이거나 심미화된 합리성에 가깝기 때문이다.

범죄의 동기나 원인이 개인적 욕망의 문제로 치부되는 서사적 양상에서 확인할 수 있듯이 식민지 탐정소설은 근대적인 자유주의의 이데올로기를 서사적 원리 속에 내장하고 있다. 식민지 탐정소설에 나타나는 예술가 탐정, 치정과 복수의 범죄 등의 서사적 특징은 부르주아 계급이 성장할 수 있는 경제적 토대가 미약한 식민지적 구조에서 부르주아적 이데올로기(자유주의)가 미학적 가상의 차원에서 자신의 경제적 모순(계급)을 은폐하고 해결하려는 무의식적 지향이 반영된 것으로 해석할 수 있다. 식민지 탐정소설은 장르적 토대의 여건이 충분히 발달하는 못한 식민지적 상황에서 이러한 모순을 미학적 가상의 영역에서 해소함으로써 독특한 장르적 성격을 드러낸다고 할 수 있다. 식민지 탐정소설이 서구 추리소설과 대조되는 점은 경제(계급)가 아닌 미학(예술)이 장르 성립의 기반이 되고 있다는 점이다.

4. 나가며

본고는 식민지 탐정소설의 장르적 성격이 구축되는 과정을 크게 두 단계로 나누어 살펴보았다. 하나는 과학적 교양으로서의 성격, 다른 하나는 예술화된 문예소설로서의 면모이다. 탐정소설에 대한 장르적 자의식은 1920년대 후반부터 나타났다. 장르적 자의식의 첫 번째 형태는 과거 통속적인 정탐소설류와 탐정소설의 차별화이다. 탐정소설은 통속적인 대중적 독물임에도 불구하고 1920년대 후반부터 통속적인 대중소설과 구별되는 고급화 전략을 내세웠는데, 그 기준은 과학성과 논리성이었다. 즉 탐정소설은 대중독물 가운데 과학적 교양을 습득할 수 있는 고급문학으로서 위상과 의미를 지니는 것으로 이해되었다. 그런데 탐정소설의 과학성과 논리성은 서사구조의 원리로 작용하기보다는 교육적인 가치를 지닌 효용성의 측면에서 보다 강조되었다. 이러한 특징은 과학적 추론을 서사의 핵심원리로 삼고 서사구조적 특징으로 나타나는 서구 추리소설과 다른 점이다.

한편 과학지식의 선전과 교육이라는 계몽적 의지의 산물이라는 특징은 추리적 과정에 대한 약화 현상을 가져왔지만, 다른 한편으로 모험서사적 성격을 강화하는 요인으로도 작용했음을 살펴보았다. 식민지기에 유행한 이른바 '탐정취미'는 계몽의 의지이면서 또한 모험심이기도 했는데, 이는 계몽의 이념 자체에 이미 모험에의 열정이 가미되어 있다는 점에 착안한 시각이다. 계몽과 모험이 결합하는 구체적인 예로 다양한 명칭으로 불린 '소년탐정소설'을 살펴봄으로써 이러한 시각의 근거를 제시하였다.

기본적으로 식민지 탐정소설은 모험이 가미된 과학적 교양으로서의 면모를 지닌다. 나아가 스릴러소설이나 서스펜스소설과 같은 서구 추리소설을 보면, 모험서사와 추리서사가 반비례하는 함수관계를 지니지만, 식민지 탐정소설은 이와 반대로 추리와 모험이 정비례하는 특수한 함수관계를 보여준다는 점에 식민지 탐정소설의 특징이 있었다.

한편 1930년대 후반 김내성의 탐정소설론의 등장을 계기로 식민지 탐정소설은 순수문예소설로서의 성격을 구축하기 시작한다. 김내성의 탐정소설론은 기존 논의에서 미미하게 드러났던 탐정소설의 예술화 논의를 본격적으로 제기하며 순수문학과 동등한 위상을 탐정소설에 부여하려고 시도했다. 김내성의 주장은 일본 탐정소설계의 담론을 수용한 측면이 있지만, 서구나 일본과 대비할 때 유독 예술성을 강조하고 부각시키려고 시도한 점에 특징이 있다. 김내성이 주장하는 바의 의도를 명확하게 이해하기 위해서 1930년대 후반의 정세와 담론적 상황을 상기할 필요가 있었다. 1930년대 후반에 이르면 과학이 1920년대의 사회주의 이념을 대신해 가치중립적인 보편 표상으로 상정되었고, 더불어 일제의 총력전체제가 과학의 획기적인 진행과 생산의 합리화를 통해 과학진흥을 식민정책의 기본과제로 수립하는 국면과 맞물리면서 그 보편 표상으로서의 위상과 효과가 더욱 증대되었다. 이러한 상황에 맞물려 과학적 교양으로서의 탐정소설은 각광을 받으며 인기 있는 대중독물로 선전되었다. 예술로서의 탐정소설을 강조하는 김내성의 논지는 이러한 맥락에서 읽을 때 그 의미를 이해할 수 있다. 즉 김내성이 탐정소설의 예술성을 강조한 것은 보편 표상으로서의 과학의 이념적 수단으로서의 탐정소설을 부인하기 위한 노력이다. 김내성에게 추리소설은 과학적 합리성의 서사화라기보다는 그러한 합리성에 대립하는 일종의 심미적 이성의 서사화로서 의미를 지닌다.

그런데 김내성 등의 비평적 논의에서 나타난 예술적인 탐정소설의 지향과는 달리 실제 소설의 양상에서는 추론의 과정보다는 범죄의 동기나 원인에 주목함으로써 인간성 탐구의 경향으로서 예술성이 나타나기보다는 치정에 얽힌 복수극이나 기이한 것을 강조하는 통속화 경향으로 나타났다. 이러한 양상을 예술가 탐정과 광기어린 범죄자, 치정과 복수의 범죄서사로 요약해볼 수 있는데, 이와 같은 서사적 특징에는 근대적인 자유주의의 이데올로기가 반영된 것으로 보았다. 부르주아 계급이 안정적으로 성장할 수 있는 경제적 토대가 갖추어지지 못한 식민지적 조건에서 탐정소설은 장르의 이념적 기반으로서 자유주의 이데올로기를 경제적 토대가 아닌 미학적 영역에서 구축하였던 결과 예술가 탐정 등의 서사적 특징이 나타난 것으로 분석하였다. 이것은 식민지 탐정소설이 서구 추리소설과 달리 경제(계급)가 아닌 미학(예술)이 장르 성립의 기반이 되고 있기 때문이다.

■ 참고문헌

1. 자료

김내성, 「序」, 『비밀의 문』, 명지사, 1994.

_____, 「연역적 추리와 귀납적 추리」, 조성면 편저, 『한국 근대대중소설 비평론』, 태학사, 1997.

_____, 「探偵文學小論」(1938년 방송강연원고), 『비밀의 문』, 명지사, 1994.

_____, 「탐정소설의 본질적 요건」, 조성면 편저, 『한국 근대대중소설 비평론』, 태학사, 1997.

_____, 『마인』, 판타스틱, 2009.

김영석, 「포오와 탐정문학」, 조성면 편저, 『한국 근대대중소설 비평론』, 태학사, 1997.

김혜원, 「冒險實譚－南極氷原과 싸우는少年」, 『어린이』 1940.2.

방인근, 「탐정소설론」, 조성면 편저, 『한국 근대대중소설 비평론』, 태학사, 1997.

송인정, 「탐정소설 소고」, 조성면 편저, 『한국 근대대중소설 비평론』, 태학사, 1997.

안회남, 「탐정소설」, 조성면 편저, 『한국 근대대중소설 비평론』, 태학사, 1997.

염상섭, 「通俗·大衆·探偵」, 『매일신보』, 1934.8.17.

이종명, 「탐정소예 소고」, 조성면 편저, 『한국 근대대중소설 비평론』, 태학사, 1997.

채만식, 『염마』, 창작과비평사, 1987.

최류범, 「約婚女의 惡魔性」, 『별건곤』 1934.1.

_____, 「探偵小說－K博士의名案」, 『별건곤』 62호, 1933.4.

최병화, 「美貌와 捏造」, 『별건곤』 1932.9.

2. 국내외 논저

곽상순, 「추리소설의 서사구조와 근대성－이해조의 『구의산』을 중심으로」, 한국소설학회 편, 『한국소설 근대성의 시학』, 예림기획, 2003.

김지영, 「탐정, 기괴 개념을 통해 본 한국 탐정소설의 형성 과정」, 『현대문학이론연구』 제41집, 현대문학이론학회, 2010.

문경연, 「한국 근대초기 공연문화의 취미(趣味)담론 연구」, 경희대 대학원 박사학위논문, 2008.

박유희, 「한국 추리서사에 나타난 "탐정" 표상－"한국 추리서사의 역사와 이론"을 위한 시론」, 『한민족문화연구』 제31집, 한민족문화학회, 2009.

_____, 「한국 추리서사와 탐정의 존재론」, 대중서사장르연구회, 『대중서사장르의 모든

것-추리물」, 이론과실천, 2011.

오혜진, 「1930년대 한국 추리소설 연구」, 중앙대 대학원 박사학위논문, 2008.

윤정헌, 「30년대 탐정소설의 두 양상: 『수평선 너머로』와 『마인』을 중심으로」, 『어문학』
제68집, 한국어문학회, 1999.

이명옥, 『팜므 파탈: 치명적 유혹, 매혹당한 영혼들』, 다빈치, 2003.

이용희, 「1920~30년대 단편 탐정소설과 탐보적 주체 형성과정 연구」, 성균관대 대학원
석사학위논문, 2009.

임성래, 「개화기의 추리소설 『쌍옥적』」, 대중문학연구회 편, 『추리소설이란 무엇인가?』,
국학자료원, 1997.

정종현, 「사실, 과학 그리고 문학의 신생」, 『상허학보』 제23집, 상허학회, 2008.

정혜영, 「김내성과 탐정문학」, 『한국현대문학연구』 제20집, 한국현대문학회, 2006.

_____, 「소년 탐정소설의 두 가지 존재양상」, 『한국현대문학연구』 제27집, 한국현대문
학회, 2007.

_____, 「식민지 조선과 탐정문학」, 『한국문학이론과 비평』 제35집, 한국문학이론과비
평학회, 2007.

조성면, 『대중문학과 정전에 대한 반역』, 소명출판, 2002.

조은숙, 「근대계몽담론과 "소년" 표상」, 『어문논집』 제46집, 민족어문학회, 2002.

차선일, 「한국 근대 탐정소설 연구」, 경희대 대학원 박사학위논문, 2012.

천정환·이용남, 「근대적 대중문화의 발전과 취미」, 『민족문학사연구』 제30호, 민족문
학사연구소, 2006.

최애순, 「1930년대 탐정의 의미 규명과 탐정소설의 특성 연구」, 『동양학』 제42집, 단국
대 동양학연구소, 2007.

_____, 「한국적 탐정소설로서 『염마』의 가능성과 의의」, 『현대소설연구』 제37집, 한국
현대소설학회, 2008.

피에르 부르디외, 『구별짓기』, 최종철 옮김, 새물결, 2005.

이브 뢰테르, 『추리소설』, 김경현 옮김, 문학과지성사, 2000.

슬라보예 지젝, 『삐딱하게 보기』, 김소연·유재희 옮김, 시각과언어, 1995.

염상섭 초기 소설에 나타나는 신여성과
미스터리소설의 서사구조

김 학 균

1. 서론

염상섭 초기 소설은 도브(Dove)가 정리한 고전적 추리소설의 일곱 단계에 가장 근접하고 있다는 점에서 미스터리소설이라고 하겠다.[1] 주제의 변화에도 불구하고, 미스터리소설은 일정한 형식을 유지하고 있기 때문에, 독자들은 게임을 하듯이 소설을 읽게 된다고 한다.[2] 그는 미스터리소설을 보통 7단계의 플롯으로 구분하는데, 사건의 발생, 1차 해결, 사건의 복잡화, 미궁, 단초의 발견, 해결, 설명의 단계가 그것이다.[3] 카

---

1) Dove, George N., *The Reader and the Detective Story*, Ohio:Bowling Green University, 1997, p.41.

2) *Ibid.*, p.35

3) *Ibid.*, 용어의 이해를 돕기 위해 원문을 제시하면 다음과 같다. "In the case of the detective story, play is transformed into hermeneutic structure, taking the form of the seven-step basic plot of all detective fiction (problem, first solution, complication, period of gloom, dawning light, solution, explanation)"

월티는 탐정의 조사와 범죄의 해결이라는 기본적인 조건을 바탕으로 탐정의 소개, 범죄와 단서, 조사, 해결의 공표, 해결의 설명, 대단원 등의 6단계로 설명한 바 있다.[4] 플롯의 전개 양상을 설명하기에는 도브의 설명이 카월티의 설명보다 적절해 보인다. 미스터리소설의 일반적인 규칙으로 인해 독자들은 한 권의 소설을 읽고나면, 다른 소설을 읽을 때 이런 단계를 예측하면서 독서를 진행한다는 것이다.

신여성을 주인공으로 내세운 초기 소설들은 대부분 여성의 비밀이 수수께끼로 제시되고, 그것을 남성들이 풀어가는 방식이어서 미스터리소설과 유사한 서사구조를 가지고 있다. 이 소설들에서는 정보를 최대한 지연시키기 위해 사건이 복잡해지고, 미궁에 빠져드는 단계가 반드시 나타난다. 만약 여성의 비밀이 초반부에 제시되고 나면 독자들에게 더 이상 호기심을 줄 수 없기 때문에 이 비밀은 소설의 후반부까지 은폐된다. 혼사 장애 모티프도 플롯의 전개상으로 보면, 사랑을 확인한 이후로 다양한 혼사 장애를 만나면서 사건이 복잡하게 전개되다가 마침내 혼사에 이른다는 점에서 미스터리소설의 플롯과 유사하다.

여성을 주인공으로 내세우거나 주요 화자로 내세워서 소설을 씀으로써, 한국문학사에서 독특한 위치를 차지하고 있는 염상섭 소설은 남성 작가가 여성 화자를 내세우는 구도[5]를 형성하기 때문에 정보의 전달에 있어서 다중적인 의미를 만들어낸다. 초기작에서 등장하는 신여성은 자유연애를 추구하는 인물들이고, 작가 염상섭도 일본에서 유학을 마치고

---

4) Cawelti, J., *Adventure, Mystery, and Romance : Formula Stories and Popular Culture*, University of Chicago Press, 1976, pp.81~82.

5) 김원우, 「횡보의 눈과 길」, 문학사와비평연구회, 『염상섭 문학의 재조명』, 새미, 1998, 265쪽. 요컨대 횡보의 여성 화자들은 제1의 자연 같은 배경으로 만족하지 않는다. 그들은 남성 화자의 수족 같은 도구나 장치가 아니다. 이런 半남성화된 여성 화자가 오늘날의 한국 현대소설에서도 드문 실정을 주목하면 횡보의 상대적 크기는 단연 우뚝해지고 만다.

돌아온 일본 유학생으로서 누구보다도 '개성의 자각'이나 '자아의 발견'으로서의 자유연애에 대해서 잘 알고 있었을 것이다. 그런 점에서 신여성이 추구하고 있는 자유연애의 목표가 구습을 타파하고, 봉건적인 현실을 비판하며, "자율적인 선택과 판단으로 자기 삶을 독립적으로 개척해가는 근대적 주체"를 추구하려는 것임6)을 알고 있었을 것이다.

그런데 그의 소설에서 등장하는 신여성들은 이러한 예상을 빗나가고 있는 것처럼 보인다. 그의 소설에 등장하는 여성들은 일본에서 배운 자유연애의 논리를 조선에서 피력하고 있으나, 그녀들의 주장은 당대 현실을 개혁하고, 대중들을 계몽하기에는 역부족이었다. 오히려 이들은 자신의 과거를 고백함으로써 남편에게 용서를 받고자 하거나(「제야」), 일본에서 배운 바대로 자유연애의 삶을 살지만 성공하지 못하거나(「너희는 무엇을 어덧느냐」), 안정된 생활을 위해 총독부 서기의 재취로 결혼을 하거나(「해바라기」), 아니면 극심한 생활난을 견디다 못해 생계를 위해 발버둥을 치다가 남편에게 죽임을 당하기도(『이심』) 한다. 이를 두고 염상섭은 신여성의 자유연애를 논리적으로 긍정하지만 심정적으로는 부정하는 괴리를 보인다는 주장이 있다.7) 그러나 이는 당대 사회에서 소재를 찾아서 사회생활을 하는 여성을 그리려는 의도의 결과이고, 또한 이들의 비극적인 결말 역시 독자들의 호기심을 자극하고, 조선의 전근대적인 현실을 비판하려는 작가의 의도로 보아야 할 것이다.

신여성은 존재 자체로 당대 사회의 이목을 집중시켰고, 이들은 독자들의 흥미를 끌기에 적절한 인물들이었다. 또한 이들의 논리와 삶이야말로 소설의 소재로 삼기에 충분한 재미와 흥미를 독자들에게 제공한

---

6) 김미영, 「1920년대 여성담론 형성에 관한 연구」, 서울대 대학원 박사학위논문, 2003, 104쪽.
7) 박종홍, 「염상섭 초기소설, 개성의 자각과 생활의 발견」, 문학사와비평연구회, 앞의 책, 166쪽.

다. 그러므로 염상섭이 신여성의 삶을 소재로 한 것은 다양한 효과를 기대한 것으로 보인다. 여기서는 염상섭 소설에서 신여성이 등장하는 「제야」와 『이심』에 나타난 추리소설적 서사기법을 분석하고, 이어서 중편 「해바라기」와 『사랑과 죄』(1928)를 분석함으로써 신여성에 대한 작가의 태도와 이들을 통해 드러내려는 작가의식을 추적해보고자 한다. 이는 여성 혐오증의 시각에서 신여성을 그리고 있다는 기존의 논의를 재고하려는 시도이다.

2. 남편의 편지와 신여성의 자살: 「除夜」

「除夜」는 초기 3부작 가운데서 가장 긴 분량일 뿐 아니라 화자와 시점에 있어서도 문제적인 작품이다. 이 작품은 일본 유학을 통해 자유연애를 신봉하게 되고, 정혼한 남자를 두고도 자유연애를 실천하면서 아버지를 알 수 없는 아이를 임신하게 된 신여성이 남편에게 쓴 편지이다. 편지 형식이라는 점은 기존의 연구에서 자주 문제 삼았지만, 이 작품의 문제성은 고백체의 형식보다는 여성을 화자로 내세워서 그녀가 자신의 이야기를 고백하는 방식으로 전개되었다는 점이다. 여기에서 내포작가와 화자 사이에 간극이 발생하고, 이 간극으로 인해 아이러니가 발생되기 때문이다. 아이러니는 소설의 일반적 특성이지만,[8] 이야기를 전달해주는 화자를 어떻게 설정하느냐는 아이러니의 발생과 밀접한 관련이 있다. 만약 화자와 등장인물 사이에 거리가 발생하고, 화자와 작가, 화자와 독자 사이에 시각적 차이가 생긴다면, 아이러니의 효과는 배가된다.

그렇다면 내포작가와 「제야」의 주인공 최정인, 그리고 독자 사이에

---

8) 로버트 캘로그 · 로버트 숄즈, 『서사의 본질』, 임병권 역, 예림기획, 2001, 312쪽. 서사예술에는 대략 세 가지의 시점이 존재한다. 등장인물과 서술자, 그리고 청중의 시점인데, 이 세 시점의 불일치에서 아이러니가 발생한다.

존재하는 거리를 재는 것이 이 작품을 제대로 읽어내는 방법이 될 것이다. 만약 작가가 이 소설에서 신여성을 초점화자로 내세우고 그녀를 관찰하는 방식으로 서술했다면, 당대의 신여성에 대한 비판적 시선을 그대로 투영할 수밖에 없었을 것이다. 그러나 신여성을 화자로 내세움으로써 내포작가의 시선에 중립성을 마련되었다. 작가는 신여성을 화자이자 주인공으로 내세움으로써 신여성의 입장에서 당대의 현실을 관찰할 수 있게 되고, 그럼으로써 독자들이 신여성을 다르게 볼 수 있는 시선을 제공한다.

「제야」의 여주인공 최정인이 추구한 자유연애는 '개성의 자각'과 '자아의 발견'이라는 맥락에서 살펴야 할 것이다. 만약 최정인의 고백이 담긴 편지를 작가 염상섭을 의식한 상태에서 읽게 되면, 여성 혐오증 외에는 건져 올릴 것이 없겠지만, 그것을 염상섭의 '개성론'의 관점에서 읽게 된다면 다른 결론에 이를 수 있을 것이다. 또한 「암야」의 주인공이 당대의 결혼 풍속도를 일컬어서 '일생의 최후의 간음적 결단'이라고 정의한 것을 참고로 한다면, 「제야」의 주인공 정인의 자유연애론이 광인 김창억의 '동서친목회'만큼이나 허황된 것이라고는 할 수 없다.

여류화가 나혜석과 친밀한 관계를 맺었고, 누구보다도 신여성들의 내면을 잘 알고 있었던 염상섭이 이들을 주인공으로 내세운 작품을 쓴 것은 이중적인 의미가 내포되어 있다. 하나는 당대에 사회활동을 활발하게 전개하는 여성들의 삶은 그것 자체로 독자들의 호기심을 자극하는 이야기로서, 이들의 내면을 속속들이 파헤쳐서 보여주는 것만큼 충격적이고 엽기적인 이야기는 찾아볼 수 없을 것이다. 이는 독자들의 관심과 흥미를 모으기에 손색이 없는 소재이다. 다른 하나는 이런 소재가 신여성의 개인적인 내면의 폭로일 뿐 아니라 전근대적이고 남성 중심적인 사회를 정면으로 포착한 작가의 시선이라는 점이다. 염상섭은 당대 사회의 봉건성이나 전근대성을 신여성의 입을 빌어 폭로하고자 했던 것이다.

염상섭의 초기 3부작은 일본 고백체 소설의 영향을 받은 작품으로 평가되고 있으나,「표본실의 청개구리」에서는 주인공의 편지글 외에는 내면의 직접적인 토로를 보인 흔적이 없고,「암야」에서도 서술자는 주인공의 말과 행동을 그대로 중개하고 있을 뿐, 그가 왜 일본작가의 소설을 읽고 눈물을 흘리는지에 대해서 즉, 주인공의 내면풍경에 대해서는 알려주지 않는다. 그에 비하면「제야」는 편지글의 형식을 빌려서 그야말로 내면을 드러내지 않으면 안 되는 소설 구성을 취하고 있다. 즈네뜨에 의하면, 정보자와 정보는 반비례의 관계를 맺고 있어서 장면이 우세한 미메시스에서는 정보는 최대이고 정보자의 위치는 최소인 경우이고, 말하기가 우세한 디에게시스는 정보는 최소이고 정보자의 위치는 최대인 경우이다.[9] 고백체 소설에서는 서술자가 자신에 대해 서술함으로써 정보와 정보자가 모두 최대인 경우에 해당한다. 내포작가는 오로지 초점화자의 입을 통해서만 정보를 제공함으로써 서술에 있어서 자유롭지는 않지만, 독자들의 호기심을 끌어낼 수 있는 가능성은 높아진다. 독자들은 초점화자의 서술을 통해서 정보를 제공받기 때문에 주인공을 이야기의 밖에서 관찰하는 것이 아니라 주인공의 경험을 공유하는 입장에 놓인다.[10]「표본실의 청개구리」,「제야」,「만세전」 등의 염상섭의 초기 소설들은 대부분 독자들로 하여금 사건을 경험하도록 일인칭 고백체로 서술되고 있다. 또한 다음과 같은 편지의 서두는 독자들의 호기심을 끌어내기에 충분한 정보를 제공한다.

　　최후의 순간은 가장 중대한 사명을 수행합니다. 그리고 **절대적 종결**을 고합니다. 그러면 그 뒤에 남는 것은 무엇일까요. 다만 공(空)이올시다. 공으로

---

9) G. 즈네뜨,『서사담론』, 권택영 역, 교보문고, 1992, 154쪽.

10) Dove, *op. cit.*, p.33.

부터 공에 흘러가는 거기에 영원한 안주가 있고 **절대적 해탈**이 있고 진순(眞純)이 있고 신성이 있고 지선(至善)이 있지 않은가 합니다.

— 「제야」, 『염상섭 전집』 9권, 59쪽. 강조:인용자[11]

"최후의 순간", "절대적 종결", "절대적 해탈"이라는 말을 유추해보면, 주인공은 죽음을 계획한 상태에서 이 편지를 쓰고 있다. 그런 점에서 이 글은 수신인에게 보내는 편지이면서 동시에 유서에 해당한다. 죽음을 앞둔 상태에서 쓰는 글이란 그런 점에서 가장 순수하고 신성하며 진실한 내용을 담지 않을 수 없다. 이 편지를 마친다는 것은 곧 편지의 발신자가 죽음을 맞이한다는 것을 의미하며, 서사의 종결은 곧 죽음을 의미한다. 주인공의 죽음의 예고는 미스터리소설의 플롯 전개상에서 사건의 발생에 해당한다.[12] 자살의 선택은 사건의 발생에 해당하고, 편지를 쓰고 있는 주인공은 피해자이면서 동시에 사건을 추적하고 있는 탐정에 해당한다. 독자들은 서술자가 극단적인 선택을 하게 된 동기는 무엇이고, 무엇이 그녀를 죽음으로 몰고 갔는가에 대한 의문을 품게 된다.

신여성이 등장하는 염상섭의 소설들은 이런 수수께끼에서 출발하여 그녀의 과거를 탐색하는 것으로 전개된다. 「해바라기」에서 최영희의 신혼여행이 그러하고, 「이심」에서 박춘경이 죽음에 이르는 과정에서도 독자와 남자 주인공들은 수수께끼를 부여받는다. 그중에서도 고백체 형식은 고백의 당사자가 정보 제공의 역할을 하기 때문에 결정적인 정보를 숨겨두기에 적합하고, 「해바라기」의 3인칭 관찰자 시점의 경우에도 후반부에 가서야 독자들의 궁금증을 해소할 만한 정보가 제공된다. 「이심」의 경우도 서술자의 개입이 두드러지지만, 결정적인 정보는 서사의

---

11) 작품의 이해를 돕기 위해 전집에 실린 원문을 최대한 살려 오늘날의 문장으로 다듬었다. 이하 본문 인용은 출처에 작품명과 쪽수만 표시한다.

12) Cawelti, *op. cit.*, p.81.

후반부까지 숨겨진다.

위의 세 작품은 신여성의 과거를 탐색하는 것으로 독자들의 호기심을
끌어내고 있다. 마치 미스터리소설에서 살인사건이 발생하고, 시체 앞
에서 범인의 흔적을 찾아내려는 탐정처럼 독자들은 신여성의 과거를 앞
에 놓고, 이들의 비밀을 하나씩 밝혀내는 과정에 동참한다.[13] 독자들은
서술자가 제시하는 증거를 하나씩 발견하면서 신여성들이 비극적인 결
말을 맞게 되는 이유를 알게 된다. 신여성은 이미 과거를 가진 여성이므
로 범행을 저지른 범인이자 피해자이고, 내포작가는 그녀의 죽음의 원
인을 설명하는 서술자이며, 독자들은 이 모든 상황에 대해 보고를 받거
나 주인공의 경험을 공유하는 관찰자이며, 여자의 상대역인 남자 주인
공은 추리를 강요받는 탐정의 역할을 맡는다.[14] 내포작가는 전후 상황
을 이미 파악하고 있다는 점에서 탐정이 되기가 어렵고, 신여성의 뒤를
추적하는 남성이나 제3자가 탐정의 역할을 맡게 되는 것이다. 대부분의
소설이 어느 정도는 독자들의 궁금증을 유발하고, 그런 궁금증을 해소
하는 방식으로 전개된다고 볼 때,[15] 역진적 구성을 미스터리소설의 구
조로 보는 것이 과도한 해석이라고 할 수도 있겠으나, 수수께끼의 제시
또는 의문의 제시와 해결은 염상섭 소설만의 특성으로 볼 수 있다.

---

13) 토도로프의 분류에 따르면, 이런 플롯구조는 미스터리소설에 해당하는 것이다. 이
    미 범죄의 스토리와 조사의 스토리가 분리된 상태에서 조사의 이야기만 제시된다
    는 점에서 신여성의 과거를 탐색하는 구조는 미스터리소설과 유사하다고 할 수 있
    다. T. 토도로프, 『산문의 시학』, 신동욱 역, 문예출판사, 1992, 52~53쪽.
14) 「제야」의 경우에는 신여성의 과거를 탐구하는 인물이 등장할 수 없는 구조이지만,
    신여성 자신이 희생자이자, 탐정의 역할을 동시에 수행하고 있다고 볼 수 있다.
15) 한용환, 『소설의 이론』, 문학아카데미, 1990, 108쪽. 이야기의 처음은 호기심을 불
    러일으키면서 독자를 사로잡는다. 촉발된 호기심을 고조시켜서 독자로 하여금 견
    딜 수 없는 궁금증에 빠져들게 하는 것은 이야기의 중간단계가 수행하는 기능이
    며, 결말은 호기심을 충족시켜줌으로써 독자의 기대와 열정을 해소시키고, 해방시
    키는 일을 한다. 이 같은 이야기의 과정을 우리는 흔히 플롯의 단계라고 부른다.

「표본실의 청개구리」의 경우에는 김창억의 일대기를 설명하기 위해 후반부에 삽입된 서사가 있지만, 이것은 의도적이라기보다는 주인공인 '나'가 우울증에서 벗어나게 된 계기를 설명하기 위해 끼어든 이야기처럼 보이고, 「암야」의 경우에는 순차적인 시간을 따라 서술된 데에 비해 「제야」에서의 시간은 현재에서 과거로, 과거에서 다시 현재로 돌아오는 역진적 구성을 취하고 있다. 「제야」의 시간 구성을 조금 더 자세하게 살펴보면, 다음과 같이 정리될 수 있다.

① 남편의 편지를 받은 정인은 자살을 결심한 상태에서 남편에게 편지를 쓴다.(현재 1)

② 남편은 첫째 부인과 이혼하고 최정인을 둘째 부인으로 맞이하게 된다.(과거 2)

③ 최정인의 출생의 과정과 성장환경에 대해 서술한다.(과거 1)

④ 최정인이 동경 유학생활을 통해서 배운 자유연애론을 펼친다.(과거 3)

⑤ 귀국 후 E씨와 P씨를 만나게 된 과정과 이들과의 관계를 고백한다.(과거 4)

⑥ E씨와의 해외유학이 수포로 돌아가고 남편과 정혼한다.(과거 5)

⑦ 결혼 후에 최정인의 과거를 알게 된 남편은 정인을 친정으로 쫓아버린다.(과거 6)

⑧ 크리스마스이브에 남편의 편지를 받고, 1921년 마지막 날 밤에 남편에게 편지를 남기고 자살한다.(현재 2)

정인의 편지에 서술된 시간을 순차적으로 재구성하면, ③ → ② → ④ → ⑤ → ⑥ → ⑦ → ① → ⑧의 순서가 될 것이다. 소설에서 시간을 역진적으로 구성하는 것은 독자들의 호기심을 유발하려는 작가의 의도이다. 특히 ①과 ⑧은 처음과 끝에 위치한 현재 시간이어서 수미상관의 구조를 가지고 있고, 현재 정인이 자살을 결심하게 된 과정을 과거시간을 통해서 설명함으로써 독자들의 호기심을 충족시키고, 그녀의 자살의 타당성을 제시하고 있다. 이는 살인사건이 발생한 이후에 그 사건이 발생하게 된 배경을 설명하는 미스터리소설의 구조와 흡사하다. 초기 3부작 중에 「제야」만이 역진적 플롯을 취하고 있으며, 이런 시간구조는 신여성이 등장하는 대부분의 소설에서 나타나는 공통된 서사기법이다. 신여성의 연애관이나 결혼관 자체가 당시로서는 파격적인 것이고, 이들이 이런 의식을 가지고 자유연애를 실행했다는 것은 신여성을 관습법을 어긴 범죄자로 낙인찍기에 적합하다.

정인의 편지 내용을 살펴보면, 그녀가 남편으로부터 받은 편지가 있고, 그것은 정인이 죽음을 결심하게 된 결정적인 계기를 마련했음을 알 수 있다. 편지의 내용은 무엇인지 밝혀지지 않지만, 그녀의 의식을 완전히 지배하고 있다. 이것이 자살의 원인을 밝힐 수 있는 단서라는 점에서 실마리의 제시에 해당한다.[16)]

> 그러나 크리스마쓰 이-브에 보내신 **그 의외의 글월**은 나에게 스스로 자기를 재단(裁斷)할만한 예지(睿智)와 총명과 결심을 주었습니다. 조그만 하얀 손이 쥐어 주고 간 그 복음! 그것은 천녀(天女)가 전하는 **최후의 심판의 판결문**이었습니다. 지상에서 꼭 한 번 들은 인자(人子)의 입으로써 나온 신의 복음이었나이다. 아! 동시에 정케 씻긴 십자가이었나이다.
>
> —「제야」, 64쪽. 강조:인용자

남편의 편지는 그녀에게 '복음'이자 '최후의 판결문'이며, 결국은 죽음을 결심하게 만든 '십자가'였다. 정인이 남편의 편지를 받고 죽음을 결심했다는 점에서 남편의 편지는 독자들에게 결정적인 단서를 제공할

16) Dove, *op. cit.*, p.33.

것인데, 이것은 소설의 마지막에 가서야 공개되면서 독자들의 호기심을 소설의 후반부까지 지속시키고 있다.

미스터리소설에서는 대개 이분법적인 인물구도를 선호하면서 탐정에 의해 범죄자가 지목되고, 탐정에 의해 해결이 공표되고 사건이 설명되면서 종결된다. 「제야」에서는 신여성인 최정인이 고백의 주체이기 때문에 독자들은 그녀에게 공감하게 되고, 그녀의 자살 기도를 연민하게 된다. 최정인 부부는 매파를 통해서 정략결혼을 했으며, 남편은 이미 결혼 경험이 있는 재혼남이었다. 그의 첫 번째 부인은 '사랑[愛]의 결핍'으로 정조를 깨뜨리고 귀족의 자제에게 감으로써 결혼이 파탄이 났으며, 남편은 두 번째 부인인 정인에게도 똑같은 실수를 반복함으로써 결국은 두 번째 결혼도 파탄이 났다는 것이 정인의 평가이다. 그녀에 따르면 남편은 겉으로는 자유연애에 동의하고 있지만, 내적으로는 '인습적 결혼제도'와 부친의 가부장권과 '폭력적 위압'을 취하는 위선자였다. 그런 점에서 첩의 자식이자 사생아였던, 25세의 노처녀인 '나'는 그런 가부장적 구습에 취해 있는 남편의 재취자리에 적합한 희생자였다.

이렇게 전반부에는 남편에 대한 정보가 제공되고, 후반부에서는 발신자인 최정인에 대한 정보가 제공되면서 선악의 대립구도가 성립되고, 이들의 결혼이 파탄 나게 된 원인이 밝혀진다. 그러나 정인의 고백에 의하면, 선악의 대립구도는 불분명해진다. 그녀는 결혼 전에 이미 처녀가 아니었고, 결혼한 뒤에도 최씨 가문의 부정한 피를 이어받고, "약간의 독서로부터 얻은, 소화도 잘 되지 않은 비지 같은 지식" 즉 자유연애의 논리를 따라 여러 남자들과 외도를 하고, 마침내 누구의 아이인지도 모르는 임신을 한 지 4개월이 된 상태이다. 그녀의 지식에 의하면 도덕은 오로지 여성의 정조만을 강요하는 파행적인 것이고, 이에 반해서 사랑은 소멸되어서는 안 되는 "도덕이라는 이지(理智)의 법령"이다. 그러므로 그녀의 정조관에 의하면, "A와의 정교가 계속할 때에는, A에게 대하야 정조 있는 정부가 될 것이요, B와 부부관계가 지속할 동안은, 또한 B에게 대하야 정숙한 처만 되면 고만"이어서 그녀는 결코 간통을 저지른 범죄자가 아니라 사상의 실천가가 된다.

이러한 정조론은 자유연애론을 처음으로 제기하고 그것을 '여성 해방'과 연결시킨 '제1세대 신여성' 작가인 김명순과 나혜석 등이 "구도덕과 전통적인 규범이 가부장제의 산물인 만큼 여성에게 더 억압적이라는 점을 자각하여야 한다고 하면서 성도덕으로부터 여성 해방을 부르짖었으며, 인간을 억압하는 모든 인습에서 탈피할 것을 주장하는 '신여자주의'를 표방하고 있"[17]다. 정인은 동경 유학생활 중에 청년들의 여왕이 되어 향락을 즐기고, 최종적으로 기혼남인 P씨와 E씨 사이를 오가다가, E씨와 독일 유학을 예정하였으나, E씨 집안의 반대와 그녀 부친의 결혼 강요에 의해 원치 않는 결혼을 하게 되고, 결국 혼전 임신이 들통 나서 남편에 의해 친정으로 쫓겨난다. 소설의 초반부에는 아내를 사랑치 않은 남편에게 책임이 있는 것으로 보였으나, 정인의 과거와 관련된 정보가 제공되면서 상황은 반전된다. 정인이 범죄자가 되고, 남편은 희생자가 된다.

그러나 정인이 자살하려는 이유에 대해서는 아직 명확한 설명이 제시되지 않았고, 남편의 편지 내용이 제시되어야 완전한 사건의 해결이 공표될 것이다.[18] 아내의 임신을 알게 된 남편은, 한 달 동안의 고민 끝에, 아내를 일방적으로 친정으로 돌려보낸다. 남편은 아내가 현재의 상황에 이른 자초지종을 들으려고 하지 않고, 독단적으로 모든 일을 진행하였다. 이것이 정인이 남편에게 긴 장문의 편지를 쓰게 된 배경이다. 여기서 아내의 과거를 탐색하지 않으려는 남편의 독선적인 태도가 문제가

---

17) 김복순, 「'지배와 해방'의 문학—김명순론」, 한국여성소설연구회, 『페미니즘과 소설비평』, 한길사, 1995, 30쪽.
18) Dove, *op. cit.*, p.33.

된다.[19] 남편의 독선적인 태도는 결말 부분에서 제시되는 남편의 편지
가 뒷받침하는데, 편지의 내용은 또 한 번 반전을 보이고 있다.

> 「우리는 기도하오. —— 우리가 우리에게 죄지은 자를 사하야 준 것같이,
> 우리의 죄를 사하야 줍시사 —— 고. 그러나 사람은 누구를 사하야 주었소?
> 정인 씨여! 사람은 사람을 사하야 줄 의무가 있는 것을 아십니까. 나로 하야
> 금 그 의무를 이행케 하소서. **나에게 정인 씨를 용서 할 권리**를 허락하소서.
> ……」
>
> —「제야」, 108쪽. 강조:인용자

남편은 신앙인의 자세에 충실하여 아내를 용서하고자 하고, 이를 통
해 "두 생명"을 구하고자 한다는 의지를 편지에서 밝히고 있다. 편지의
내용으로 볼 때, 정인이 자살하려는 이유는 찾아볼 수가 없다. 그렇지만
정인이 남편의 용서의 편지를 받고, 양심의 가책을 느껴 자살을 결심한
다는 해석[20]은 초반부에 제시된 남편에 대한 정인의 평가를 간과하고
있다. 그녀의 죽음은 남편의 용서가 인습적 가부장제 사회의 위선에서
나온 것임을 폭로하고자 하는 결단이자, 개성을 자각하고, 자아를 발견
한 신여성이 남성 중심적 사회를 향한 분노의 외침이라고 볼 수 있다.
그러므로 남편의 편지를 받은 정인의 감격은 남편의 용서를 받은 것에
대한 감격이 아니라 종교적인 위선에 가득 차 있는 남편에 대한 실망에
서 나온 것이다. 그것은 남편의 편지에 대한 정인의 다음과 같은 반응에
서 증거를 찾을 수 있다.

아! 이것이 위대한 영혼이 출생하랴든 전날 밤에, 베푸신 **구주의 기적**이었
습니다. 「베들레헴」의 성광(星光)이엇습니다. 번화롭은 유리(遊里)에도 위안

---

19) 김형효, 『데리다의 해체철학』, 민음사, 1994, 98쪽.
20) 박종홍, 앞의 글, 164쪽.

을 못 얻으시고, 단연히 다시 **신앙생활에 귀의하시려고 결심하신 당신**으로
서는 크리스마스, 이-브를 택하야, 그 글월을 보내심도 무리치 않으나, 실
로 나에게는 종교적 영감을 경험한 **귀엽은 시간**이었습니다.

—「제야」, 108쪽. 강조:인용자

강조된 부분은 남편의 편지에 대한 정인의 소회를 보이고 있는데, 이
를 문자 그대로 해석하기에는 소설의 서두에 제시된 남편에 대한 평가
와 맞지 않는다. 오히려 남편의 위선적인 태도를 비웃고 있다. 신이 인
간을 용서하는 것처럼 남성은 신의 위치에, 여성은 용서를 받아야 하는
처지에 놓이는 불평등한 관계이고, 또한 입으로는 남녀평등을 외치고,
아내의 과거를 용서한다고 하지만, 내면으로는 아내를 자신보다 아래로
내려다보는 남편의 권위적 시선이 드러난다. 이것이 정인의 자살 이유
에 대한 최종적인 설명, 즉 사건 해결의 공표이다. 초기 3부작과 평론에
서 제시된 개성론을 전제할 때, 정인의 죽음은 남성과 여성이 서로 다른
도덕적인 잣대로 평가받는 현실을 고발한다.[21]

고백체는 독자들에게 주인공의 경험을 공유시킴으로써 주인공의 사
상과 감정에 동조하도록 강요한다. 일인칭 내적 초점화는 독자들에게
주인공 시점을 공유시키는 특성이 있기 때문이다.[22] 그녀는 자신과 그
녀의 아기가 결코 행복한 결혼생활을 지속할 수 없을 것이며, 그녀의 아
기도 자신과 동일한 삶을 살아갈 것임을 알기에 최후의 결단으로서 죽
음을 택한 것이다. 그러므로 그녀가 남편의 편지를 받고 흘린 눈물은 남
편의 용서에 대한 감격이 아니라, 자신과 아기의 최후를 슬퍼하는 눈물
이요, 남편의 남성 중심적 태도에서 받은 고통으로 인한 눈물이요, 남편

---

21) 김윤식, 『염상섭 연구』, 서울대 출판부, 1989, 175쪽. 김윤식은 「표본실의 청개구
리」나 「암야」는 작가의 개인적 내면을 알기 위한 자료에 불과하지만, 「제야」는 작
품 자체로 읽기가 가능하다는 점에서 세 작품 중에 단연 돋보인다고 평가한다.
22) Dove, *op. cit.*, p.33

한국 소설의 추리 기법

의 위선과 가식에 대한 통한의 눈물이다.

「표본실의 청개구리」의 주인공은 광인 김창억을 통해서, 「암야」의 주인공은 아리시마 다케오의 소설을 통해서 자아의 각성에 이르는 감격을 맛보지만, 「제야」의 정인은 자아각성의 수단으로 취한 자유연애로 인해 자살을 선택한다. 조선의 근대화 과정에서 신여성들의 자유연애는 전근대적인 결혼을 비판하고, 근대적 자아를 표방하고 있었으나, 이들의 선도적인 개혁의지는 가부장제와 남성중심주의의 사회에 의해 좌절된다. 염상섭이 신여성들이 표방한 자유연애의 의미를 알고 있었음을 전제하면, 정인의 자살은 역설적이게도 근대적 개인을 대망하는 작가의식을 보여주고 있다. 정인은 사회질서를 파괴하는 타자로 규정되어 처벌되는 것처럼 보이지만, 그녀의 죽음은 봉건적인 가족제도와 남성 중심적인 사회를 비판하고 있다. 신여성이 추구했던 자율적이고, 개성적인 자아가 전제되지 않고는 근대란 불가능하기 때문이다.

3. 추리의 오류에 의한 아내의 죽음: 『二心』

「제야」 이후로 염상섭은 계속해서 신여성의 삶과 연애관계를 추적한다. 동경 유학생들이 독서경험을 통해서 자유연애를 실현하려는 과정을 서술한 「너희는 무엇을 어덧느냐」, 「진주는 주엇으나」, 「해바라기」 그리고 장편 『사랑과 죄』, 『광분』, 『이심』, 『삼대』와 『무화과』에 이르기까지 그의 주요작품에는 신여성이 중요 인물로 등장하고 있다. 이 중에서도 미스터리소설의 역진적 플롯에 의해서 신여성의 과거를 추적하는 과정을 그린 작품은 「제야」, 「해바라기」, 『사랑과 죄』, 『이심』 정도가 될 것이다. 여기서는 전지적 서술자에 의해 신여성의 일상과 삶을 그린 『이심』과 초기작인 「제야」에 나타난 미스터리소설의 구조를 비교하고, 『이심』에서 아내의 죽음이 의미하는 바를 밝히고자 한다.

「제야」에서 최정인의 자살 결심이 서두에 제시되고, 남편의 편지가 수수께끼로 제시되었다면, 『이심』은 초반부에 무능력한 가장인 이창호가 아내의 심부름으로 일본인 호텔 지배인 좌야생에게서 돈과 편지를 받으면서 아내의 과거가 수수께끼로 주어진다.

> (…전략…) 반년이나 굶주리고 들어앉았으면 아무리 연애생활은 꿀같다 하여도 당신 역시 저 편지 가지고 온 친구의 얼굴과 같이 되었겠구려. 제발 그러지말고 다시 이리로 나와 보는게 어떻겠소? 설마 춘자양 하나쯤이야 굶겨 죽일라구? 실례! 하여간 내일이라도 한번 찾아 주구려. 오래간만에 얼굴이나 좀 봅시다그려. 그는 그렇다 하고 여기 편지 가지고온 사람은 정말 당신의 사촌 오라버니요? 설마 당신의 애인이라면야 이런 심부름은 못 시키겠지?
>
> —「이심」, 『염상섭 전집』 3권, 12쪽.

아내가 좌야생과 함께 패밀리 호텔에서 근무한 적이 있다는 것을 알고 있는 이창호는 이 편지에서 몇 가지 사실을 추리해낸다. 첫째는 좌야생이 자신의 아내를 '춘자양'으로 부르고 있다는 것에서 아내는 자신을 미혼으로 속였을 뿐 아니라 일본 여자로 행세하면서 호텔에서 근무했다는 것이다. 가추법에 의하면,[23] 자신을 미혼인 것처럼 가장한 유부녀는 정조를 팔았을 것이다.(규칙) 아내는 자신을 미혼인 것처럼 가장했다.(결과) 그러므로 아내는 정조를 팔았다.(사례) 이런 논리는 단순화의 오류를 범하고 있는데, 자신의 신분을 속이는 여자는 무조건 정조를 팔았을 것이라고 볼 수 없기 때문이다. 이것이 단순화의 오류가 아닐지라도 가추법은 반드시 검증의 단계를 거쳐야 하기 때문에 아내가 정조를 팔아서 생계를 꾸렸는지에 대해서는 주변 사람들의 증언이나 구체적인

---

23) 카를로 긴즈버그, 「단서와 과학적 방법:모렐리, 프로이트, 셜록 홈즈」, 『논리와 추리의 기호학』, 김주환 외 역, 인간사랑, 1994, 218쪽.

증거에 의해 확인이 되어야 한다. 그러나 창호는 아내가 유부녀인 것을 감추고 더군다나 일본 여자처럼 '화복이나 양장'을 하고 좌야생과 나란히 앉아 있는 모습을 상상하며 분노를 참지 못한다. 아이들을 굶기고, 가족들이 배고픔에 시달리면서도, 그는 받은 돈을 던져버리고 싶은 충동에 휩싸인다. 과연 그의 아내 박춘경은 호텔에서 근무하면서 좌야생과 부적절한 관계를 맺었던 것일까? 이것이 독자들에게 던지는 질문이자, 이 소설을 읽도록 강제하는 의문문이다.

그런데 정작 이 의문을 풀어야 할 탐정인 창호는 자신이 추리한 내용을 확인할 생각은 하지 않고, 아내를 정조를 팔아 생계를 꾸린 여자로 속단하고 행패를 부리기 시작한다. 길거리에서 그는 거지에게 좌야생에게 받은 돈을 던지고, 경찰서에 붙잡혀 간 뒤에는 조사를 위해 출두한 좌야생의 얼굴에 잉크병을 집어던짐으로써 유치장에 갇히는 신세가 되고 만다. 「제야」에 등장하는 남편과 같이 창호는 자신의 추론을 확신한 뒤에 더 이상의 탐구를 거부하고, 아내에 대한 분노와 자기에 대한 연민에 휩싸이게 된다. 그의 행동은 아내의 간통 혐의에 대한 정보를 지연시킨다. 만약 그가 여기에서 아내의 간통 혐의에 대해 직접 수사하는 탐정으로 나서게 된다면, 수수께끼는 전반부에 풀릴 가능성이 높다. 그가 아내의 과거에 대한 탐색을 멈추자, 서술자는 이에 대한 탐색을 감시권력인 경찰들에게 넘기고, 이들은 창호 부부의 비밀을 추적하기 시작한다.

푸코는 개인이 권력의 감시 아래 놓여 있는 상황을 벤담의 일망 감시 시설(panopti-con)이라는 감옥의 구조로 설명하고 있다.[24] 근대의 감옥 제도는 한 명의 감시인이 여러 명의 죄수를 감시하도록 되어 있어서, 간수의 입장에서는 군중이 통제 가능한 다수로 바뀌었고, 죄수의 입장에

---

24) 미셸 푸코, 『감시와 처벌』, 오생근 역, 나남, 1996, 295쪽.

서는 격리되고 고립된 상태로 바뀐다.[25] 창호는 경찰서로 끌려가는 순간, 격리되고 주시되는 고립의 상태에 놓이는 것인데, 만약 그가 이 감시권력의 통제에 순응하지 않으면, 권력은 그를 전제적인 힘으로 더욱 더 사회와 격리시킬 것이다. 창호가 아내에 대한 분노를 참지 못하고, 경찰서에서 난동을 부린 뒤 유치장에 갇히게 된 것은 이런 맥락에서이다. 창호의 투옥은 추리소설의 플롯 전개로 바꾸어 말하면, 1차 해결에 해당한다. 창호는 아내의 간통을 확신하면서 모든 문제를 해결한 것으로 착각하고 있지만, 춘경의 과거는 더 복잡한 과정을 거쳐 폭로되거나 끝까지 은폐될 것이다.

창호가 좌야생에게 잉크병을 던지고 유치장에 갇힌 사이에 남편을 기다리던 춘경은 남편이 돌아오지 않자, 친정어머니가 어렵사리 구해온 돈으로 굶주림을 면하고자 한다. 이렇게 남편 창호의 시선에서 아내 춘경의 시선으로 이동하는 과정에서 서술자는 주인공의 내면을 묘사하는 데 집중할 뿐 정작 처음에 제시한 질문에 대한 답변을 제시하지 않는다. 이것이 밝혀지면 서사가 종결되므로 이 비밀을 최대한 지연시켜야만 서사는 지속된다.

이어서 서술자는 굶은 딸을 위해 돈을 취해오는 과정에서 친정엄마가 직계가족들로부터 돈을 얻지 못하고, 자기 오라버니에게 빌려온 이유를 설명한다. 창호와 춘경은 고등학교 시절 테니스 코치와 선수로 만나게 되고, 수업시간에 춘경의 이름을 쓴 창호의 낙서가 선생님에게 발각되어, 이들은 자유연애를 하는 불량한 학생으로 낙인찍힌 뒤 학교에서 쫓겨난다. 학교에서 '부모의 감독이 부실'해서 남자 교제를 하게 된 것이라는 말을 들은 아버지는 소문의 진상을 파악하지도 않은 채, "학교 당국의 처치를 절대로 믿"었기 때문에 춘경은 집에서도 쫓겨나는 신세가

25) 위의 책, 296쪽.

되었다. 이렇게 부당한 소문에 의해 두 사람이 가족과 학교에서 축출되는 과정은 '오해의 발생'과 '해명의 과정'인데, 이는 염상섭의 소설에 자주 등장하는 모티프이다. 이 사건에서는 제국대학 학생인 춘경의 오빠 춘서가 누이동생의 누명을 풀기 위해 학교와 집을 분주하게 다니지만, 그의 노력은 수포로 돌아간다. 이렇듯 학교와 경찰서로 대표되는 공공기관은 개인들을 규율하고 감시하는 제도적인 권력기관이다.[26] 이들이 이렇게 부당한 소문에 의해 퇴학을 당하고, 집에서도 쫓겨나게 된 것은 신체를 규율하는 근대적 제도의 힘이자 소문의 힘이었다.[27]

춘경은 강찬규를 통해 남편이 유치장에 갇혀 있다는 소식을 듣고, 그를 면회하러 가서 경관의 취조를 받게 된다. 여기서 그녀는 사생활을 낱낱이 조사받게 되면서 그녀의 과거가 탄로 날 위기에 처하게 된다.

> 경관이 취조하는 흥미의 초점은 좌야와의 치정관계가 있고 없었던 것에 있었던 것은 물론이다. 좌야의 부인의 안경 밖에 나게 된 원인이 단순히 거친 일에 서투른데 있었드냐? 좌야가 호텔에 천거한 것은 네가 여사무원으로 쓸모가 있는 것으로 만이었드냐? 좌야와는 예전부터 면대하던 관계가 있었드냐? 그렇기로 삼십 원 탬이나 취해줄 줄 어떻게 짐작하고 편지를 하였드냐? 심지어 패미리·호텔에서는 여사무원이 특수한 손님과 접촉을 하는 일이 있느냐? ……이러한 자질구러한 점까지 자세히 캐이었다.
>
> ─ 『이심』, 68쪽.

이러한 질문에 춘경은 '아무에게도 불리하지 않도록 대답'하지만, 남편이 받은 돈 삼십 원을 길거리에 버리고 편지를 찢어버린 이유에 대해서는 대답을 못하고 '쩔쩔매는' 것이다. 경관의 수사는 핵심을 찌르고 있음에도 불구하고, 독자들의 궁금증을 시원하게 해결하는 대답은 계속

---

26) 위의 책, 295쪽.
27) 김주리, 「한국근대소설에 나타난 신체담론 연구」, 서울대 대학원 박사학위논문, 2005, 103쪽.

지연된다. 「제야」에서 정인이 받은 남편의 편지가 모든 것을 해결할 열쇠인 것처럼 『이심』에서는 박춘경의 간통 여부가 모든 의문을 해결할 열쇠가 된다. 그렇지만 그녀의 간통혐의는 초반부의 서사에서는 속단하기가 어렵다. 그녀가 창호의 낙서사건에 의해 학교와 가족에게 버림을 당한 것이라든지, 창호의 친구인 강찬규가 남편이 투옥된 뒤로 춘경을 방문하는 것에 대해 '징글징글한 생각'이라고 느끼는 것에서도 그녀의 정조는 의심되지 않는다. 또한 그녀가 패밀리 호텔에 들어갈 때 처녀인 체한 것은 '주의자'로 투옥된 남편을 숨기기 위함이었고, 춘경을 '춘자'로 바꾼 것은 내지인(일본인)들이 그녀의 이름을 부르기 좋게 하기 위한 것이었다. 이와 같이 춘경의 간통과 관련된 수수께끼는 쉽게 풀리지 않음으로써 오히려 그녀의 과거는 신비한 베일에 가려진다. 이것은 그녀를 범죄자로 속단할 수 없도록 독자들의 판단을 지연시킨다는 점에서 미스터리소설의 '사건의 복잡화'에 해당한다.

『이심』의 서사적 긴장은 춘경을 강간하려는 강찬규와 춘경에게서 아내와 어머니로서의 지위를 박탈하려는 남편 창호에 의해 발생한다. 강찬규는 남편의 상황을 전달하는 정보의 제공자이면서 동시에 춘경의 정조를 위협하는 적대자로서 희생의 위기를 연출한다.[28] 그의 강간 위협은, 희생자의 입장에서 전개되는 서스펜스와 같이, 독자들에게 긴장을 유발시키는 역할을 하고, 물리적 강제에 의한 성적 접촉을 시도함으로써 아슬아슬한 위기를 연출한다. 또한 여성을 하나의 인격체이기보다는 성적인 욕구를 해결하기 위한 대상으로 여긴다는 점에서 남편 창호와 유사한 태도이다. 『이심』에 등장하는 남성들은 지식이나 욕구에 있어서 남성 중심적 태도를 견지한다.

---

28) R. 지라르, 『폭력과 성스러움』, 김진식 외 역, 민음사, 1992, 122쪽. 박춘경은 남편인 이창호, 남편의 친구 강찬규, 일본인 좌야생, 미국인 커닝햄에게 둘러싸여서 희생의 위기에 놓인 희생양의 이미지를 가지고 있다.

한편 창호는 아내의 면회를 허락하지 않고, 자신이 학교에서 받았던 오해와 사회로부터 '(사회)주의자'라는 꼬리표로 인해 받은 멸시를 오로지 아내에게 쏟는 듯한 인상을 준다. 사식을 거부하며 단식하는 남편을 면회하기 위해 춘경은 창호의 은사인 위 선생을 모시고 유치장을 찾아가지만, 창호는 그녀를 냉정하게 대한다.

> 「넌 누구냐? 네가 누구냐? 응? 여기 웨 왔니? ……넌 누구냐? 선생님 재가 누구든가요?」
> 하며 참 정말 실진한 사람으로 한층 더 똥구라진 두 눈을 허번덕거려 보인다. 일부러 그러는지도 모르겠으나, 춘경이는 겁이 펄썩 나면서 그 눈을 마주 보기가 무서웠다. 그 눈에는 무엇이 씌인 것 같고, 자기를 영원히 저주하는 것 같았다. (…중략…)
> 「창호 정말 자네가 미쳤단 말인가? 우리를 놀리는 거란 말인가?」
> 멀거니 앉았는 창호를 보고 위 선생은 또 다시 꾸짖듯이 말을 꺼냈다.
> 「미친지도 벌써 오랩니다. 그렇지만 계집의 몸과 돈으로 다시는 밥을 아니 먹을 만큼은 정신이 말장합니다. 어서 가십시오.」
> ─『이심』, 93쪽.

'계집의 몸과 돈'으로 밥 먹는 일은 하지 않겠다는 창호의 말은 그가 좌야생의 편지로 인해 아내의 간통을 확신하고 있으며, 그로 인한 분노를 단식으로 표현하고 있음을 알 수 있다. 그의 아내에 대한 분노는 근대적 가부장제 또는 남성 중심적 사회의 권위의식에서 발생한다. 그녀는 결혼 전에는 가부장인 아버지의 권위에 억압당하고, 결혼 후에는 가장의 권위와 폭력 아래에서 또는 '아내 또는 어머니'로서의 역할에 고정되면서 자유를 빼앗기고 만다.[29] 여기서 여성의 자율성이란 환상이 되

---

29) Young Ae Kim., *Han:from brokenness to wholeness*, California:Claremont Graduate University, 1991, p.117.

고, 여성은 남성의 권위에 복종할 것을 요구하여, 이 권위에 복종해야 한다.

부르주아 핵가족의 성격은 아내가 남편에게 종속적이라는 사실에 토대한다. 두 인간이 대등한 관계를 맺는 것이 아니라 한 인간이 다른 한 인간을 공적인 규제 없이 '자기 마음대로' 지배한다는 의미에서 부르주아 핵가족은 '사적(私的) 공간'의 성격을 지닌다.30) 부르주아 사회의 남성은 자본주의적 생산양식의 담당자이자 부르주아적 지배양식의 주체이다. 그들은 부르주아 사회의 구성원리인 경쟁을 자기화하고 다른 경쟁자를 제거하기 위해 경쟁을 치르는 전사이다. 가정에서 남자는 여자를 제압해놓고, 자기들끼리 전쟁을 벌인다.31) 창호는 춘경이 정조를 팔아서 생계를 유지했다는 것에 분노하는 것이 아니라, 아내가 핵가족 내의 위계를 깨뜨리고 남편의 통제를 벗어나 자유로운 주체로 살아가려는 것을 참지 못하는 것이다. 그녀는 남성에게 제압되지 않은 '여성적 주체'이므로 창호에게는 부르주아 가정을 위협하는 범죄자이다.

창호의 투옥과 가정에서의 부재는 서사의 배경에 놓이면서 춘경의 삶을 조정하는 힘으로 작동한다. 가장의 부재로 인해 경제적 책임을 떠맡은 춘경은 좌야생의 주선으로 가게의 점원으로 일하게 되고, 좌야생의 꼭두각시가 되어 미국인 커닝햄을 속이는 일에 동참한다. 좌야생 역시 강찬규나 이창호처럼 춘경을 하나의 인격체로 보기보다는 그녀의 미모를 이용하고자 한다. 좌야생은 미국인 청년 커닝햄에게 춘경이 그를 연모하고 있다는 거짓 편지를 보내는 등 속임수로 그의 돈을 빼앗으려고 한다. 이 소설에 등장하는 남자들 중에 춘경을 하나의 인격체로 인정하는 유일한 남자는 미국인 청년 커닝햄이다. 그는 좌야생의 속임수에 넘

---

30) 이종영, 『내면성의 형식들』, 새물결, 2002, 108쪽.

31) 위의 책, 110쪽.

어가 일만 원을 빼앗기고도, 춘경에게 책임을 전가하지 않고 그녀를 동정한다. 그래서 춘경은 커닝햄에게 호감을 느끼고 그와 동경에서 살림을 차리기에 이른다. 결과적으로 초반부에 의심되었던 춘경과 좌야생의 간통 혐의는 커닝햄과의 혼외관계로 인해 의미를 잃어버리지만, 그녀가 커닝햄과 살림을 차리게 된 근본적인 원인을 살펴보면, 그녀에게만 책임을 물을 수는 없다. 무능력한 남편으로 인해 생활을 책임져야 했던 한 여성이 더 이상 피할 곳이 없는 상태에 이르자 어쩔 수 없이 자신을 보호해줄 한 남자를 선택한 정황을 감안할 때, 춘경의 혼외관계는 상황에 의해 강제된 것이다. 한 연구에 의하면, 내포작가가 춘경의 행동에 대해 중립적인 위치를 벗어나서 자신의 부정적인 선입견이나 주관성을 개입시킨다고[32] 주장하였는데, 그것은 여성의 일반적인 속성에 대한 작가의 관찰에 의한 것이고, 인간이라면 누구나 가질 법한 속물성이지 신여성만의 것이 아니다.

오히려 작가는 춘경을 내적 초점화로 묘사하면서, 그녀의 내면적인 변화와 고통, 그로 인한 자살시도에 대해서 자세히 묘사한다. 서술자는 창호의 경우 내면묘사보다는 그의 외면을 주로 묘사하고, 춘경의 경우에는 내면을 중심으로 묘사함으로써, 독자들은 창호보다는 춘경을 더 동정하게 된다.[33] 『이심』 이전에 발표한 염상섭의 본격적인 장편소설인 『사랑과 죄』(1928)를 보더라도 작가는 주동 인물이나 긍정적인 인물들은 내적 초점화로 묘사하고, 부정적인 인물들은 외적 초점화로 묘사함으로써 인물들의 대결구도를 선명하게 보여준다. 창호는 아내에 대한 분노로 아들 영근이를 위 선생의 가족에게 위탁하고, 위 선생의 딸 영임은 창호에게 호감을 품어 춘경과 삼각관계를 형성한다. 남편의 분노와

---

32) 이정옥, 『1930년대 한국 대중소설의 이해』, 국학자료원, 2000, 238쪽.
33) Dove, *op. cit.*, p.35.

부재, 영근이의 위탁이라는 연이은 고통은 마침내 춘경에게 죽음 충동을 일으킨다. 그녀는 영근이를 위 선생에게 맡기러 가는 동안에 "어린 것을 천야만야한 물위로 던지는 환상"을 보기도 하고, "일전에 신문에서 본 자살한 계집의 기사"를 머리에 떠올리기도 한다.

아들과 함께 여관에 든 여자의 행동을 의심한 여관집 '주인 마누라'는 그녀의 뒤를 미행하여 그녀가 약국에서 '칼모진이라는 수면제'를 산 것과 그것을 복용한 것을 알게 된다. 이처럼 중요한 사건들을 암시적으로 처리하고, 초점화자의 이동을 통해 주동 인물의 행동을 관찰하도록 함으로써 사건의 중요성과 긴박감을 이끌어낸다. 춘경의 자살 기도는 여관집 주인의 재빠른 대처로 실패로 돌아가지만, 수면제 스무 알을 한꺼번에 먹은 후유증으로 아이를 유산하게 된다. 이 사건은 이후의 춘경의 죽음을 예고하는 복선의 역할을 맡고 있다. 또한 죽음을 결심한 주인공을 뒤따르고 있다는 점에서 서스펜스가 발생한다.

춘경은 아이를 유산하고, 커닝햄과 동경에서 살림을 차렸다가, 상황이 여의치 않게 되자, 귀국하여 위 선생에게 맡긴 아들 영근이 병으로 죽은 것을 알고 절망한다. 또한 출옥한 창호는 춘경을 술집으로 불러내어 편지를 남기고 사라진다. 그는 몸값 팔백 원에 아내를 술집에 팔아넘기고, 커닝햄에게 그 돈을 전달한다. 춘경이 받은 편지는 다음과 같다.

나는 사창(私娼)을 묵허한다면, 차라리 공창(公娼)을 사회학적 견지로 유익하다고 인정하오. 그러므로 나의 아내요 친구인 그대를, 사회의 보다 더 유해한 사창으로 묵허하느니 보다는 공창으로 내세우는 것이, 부득이 그러한 직업을 가져야할 성격과 사정에 놓인 그대에게 대한, 남편의 의무요, 우의 상 피치 못할 일이라고 생각하오. (…중략…) 그대의 장비(葬費)로 쓰지 않게 되는 경우면 일만 오천 원에 샀던 커닝햄 군이 너무 억울하다고 할 터인즉, 그 사람의 결손의 일부분이라도 상환하도록, 커닝햄 군에게 전할 것이요.

— 『이심』, 295쪽.

이는 「제야」의 남편이 아내에게 보낸 편지와 유사한데, 그 내용이 용서가 아니라 분노의 표현이라는 점이 다를 뿐이다. 그렇다면 아내를 술집에 팔아넘긴 남편과 간통한 죄로 술집에 팔린 아내 중 '누가 죄를 지었는가?'가 이 소설이 말하고자 하는 바일 것이다. 즉 누가 범죄자이고, 누가 희생자인가를 밝히는 해결의 공표 단계에 도달한 것이다. 가부장적 질서는 엄밀한 의미에서는 봉건사회의 잔재로 남아서 남성들의 인식론의 틀을 규정하고, 그것은 근대사회에서도 문제적임을 이 소설이 보여준다. 부르주아 가정 내에서 남편은 아내에 대하여 절대적인 권력을 행사한다. 한때 '(사회)주의자'였던 창호는 아내가 미국인 커닝햄과 정을 통한 사실을 알게 된 후, 춘경을 강제적으로 술집에 팔아버림으로써 자살을 유도한다. 춘경의 죽음은 미스터리소설에서 범죄자들이 제거되고 탐정이 승리하는 결말과 형식상으로는 같지만 내용상으로는 정반대의 주제를 내포하고 있다.

춘경의 자살은 「제야」의 최정인의 경우처럼, 남편의 권위적 태도에 의해 일어난, 교사된 살인에 해당하는 것으로 남편은 범죄를 저지른 범인이고 아내는 희생자가 된다. 춘경은 자녀들을 부양하고, 남편을 뒷바라지하는 억척스런 여성이면서 동시에 근대사회의 자율성을 체현한 여성이기도 하다. 그녀는 생존을 위해서 남편을 대신하여 경제활동을 하지만, 강찬규의 강간 위협과 남편의 분노, 좌야생의 속임수 등 남성들의 욕망에 휘말려서 결국은 비극적 죽음에 이른다. 춘경의 간통 혐의는 독자들의 호기심을 끌어낸 사건이면서 동시에 남편의 남성 중심적 시선을 고발하기 위해 배치된 사건이었다. 당대의 가부장제 사회는 그녀의 자율성을 허용할 준비가 되지 않았던 것이다.

초기 3부작 중 하나인 「제야」의 최정인과 『이심』의 박춘경과 같은 인물들은 개인의 자율성을 추구하지만, 남성 중심적 시선과 가부장적 질서에 의해 파멸하는 여성들이다. 이들의 죽음은 신여성들을 사회적인 타자로 규정하여 사회를 통합하기보다는 오히려 신여성이 몰락할 수밖에 없는 현실에 의문을 제기한다.[34] 그와 같은 맥락에서 『이심』은 자아의 각성과 근대적 개인의 자율성을 획득하려는 신여성이 몰락하는 서사를 통해 가부장제의 가족구조와 근대의 남성 중심적 성격에 균열을 만들고 있다. 남성들은 여성의 과거를 추적하기를 멈춘 상태에서 자신의 사고의 범주를 넘어서지 못하고, 여성을 남성적 권력 아래 두려는 권위적 태도를 보인다. 이 권위적인 태도는 신여성들이 자율적인 개인 또는 자립적인 개인으로 거듭나려는 노력을 억압한다. 그렇지만, 이들의 몰락은 여전히 '개성의 자각'과 '자아의 발견'의 과정을 거친 근대적 개인에 대한 작가의 열망을 담고 있다.

4. 신혼 여행지에서 드러난 신부의 비밀: 「해바라기」

「해바라기」는 1923년 7월 18일에서 8월 26일까지 40회에 걸쳐 동아일보에 연재된 중편소설이다. 초기 3부작이 잡지인 『개벽』과 『동명』을 통해 발표되고, 「만세전」으로 개작된 「묘지」는 원래 1922년 『신생활』 창간호에 연재되다가 『시대일보』 창간호에 1924년부터 다시 연재되어 완결된 것을 감안하면, 「해바라기」는 작가 염상섭이 쓴 최초의 신문연재소설이 되는 셈이다. 신문에 연재되었다는 것은 작가가 이전의 작품보다는 독자들을 더 많이 의식했을 것으로 예상되는데, 여기서는 독자들을 의식한 서술 양상과 문체, 플롯상의 특징을 살펴보고자 한다. 먼저 문체상의 변화가 제일 먼저 눈에 띈다.

① 朝鮮에 萬歲가 니러나든前해ㅅ겨울이엇다. 그째에 나는 쑤쯤이나보든

34) 만델 E., 『즐거운 살인-범죄소설의 사회사』, 이동연 역, 이후, 2001, 91쪽.

한국 소설의 추리 기법

年終試驗을 中途에 내어던지고 急작시리歸國하지안흐면 안이될일이잇섯다. 그것은 다른째문이안이엇다. 그해까을부터 解産후더침으로, 시름々々알튼 나의妻가, 危篤하다는 急電을 바든까닭이엇다.

— 「만세전」, 『염상섭 전집』 1권, 11쪽

② 피로연(披露宴)이 칠팔분이나 어루러져 드러가서 둘재ㅅ번으로 일본 사람편의 축사가 끗치나랴할제, 누구인인 「후록코-트」 싸리가 밧갓트로서 드러오더니 신랑(新郞)의귀에다 입을 대고 속은속은하는 사람이 잇섯다. 신 랑은 채 다 듣지도안코 귀를쎄우며 매오 난처하다는듯이 잠간 멀건이안젓다 가 고개를 숙이며 신부의 엽구리를 쏙질으고 몃마듸중얼중얼하니까, 신부도 역시 눈살을 잠간 쩝흐리는듯하더니,

「아모려나……」라고 겨오 들리게 대답을 하얏다.

— 「해바라기」, 『염상섭 전집』 1권, 109쪽.

「만세전」은 이전에 발표된 초기 3부작과 같이 한자와 한글이 병기되 는 국한문혼용체이고, 「해바라기」는 한자를 괄호 안에 표기한 순 한글 문장으로 쓰여 있다. 단편에서는 1924년 2월에 발표된 「잊을 수 없는 사 람들」(『廢墟以後』 1호)이 순한글문장으로 서술되어 있다. 그러므로 「해 바라기」는 단편들보다 7개월 정도 앞서서 순한글문장으로 쓰인 것인데, 이는 신문이라는 발표매체의 특성이 반영된 결과로 보인다. 표기법의 변화는 작가의식의 변화일 뿐 아니라 독자들의 접근성을 높이기 위한 작가의 배려라고 보아야 할 것이다. 1920년대 조선문학가들은 자신들의 창작활동만은 온전한 순한글체로 이루어져야 한다고 믿었으며, 이를 신 념화하고 있었다.[35] 염상섭은 국한문혼용체를 통해 "무너져가는 재래 문화에 대한 향수와 범람해 들어오는 서양문화에 대한 선망이 뒤얽혀서

---

35) 천정환, 『근대의 책읽기』, 푸른역사, 2004, 104쪽. 『조선문단』 합평회에 참석한 염 상섭과 문인들은 한자어가 많이 들어간 작품들을 비판하고 있다.

일어나는 일종의 반발심"을 보이기도 했으나,[36) 이런 단계를 거친 뒤에 사용한 순한글체는 독자들을 배려하고 있다는 주장이 설득력이 있어 보인다.[37)

「만세전」과 「해바라기」는 초기 3부작인 「표본실의 청개구리」나 「암야」와 같이 주인공이 여행을 떠나면서 이야기가 전개되는 공통점을 보이고 있으나, 서술양식에서 구별된다. 「만세전」은 1인칭 주인공 시점을 채택하고 있고, 내적 초점화로 일관하면서 주인공과 내포작가가 같은 목소리를 내지만, 「해바라기」는 전지적 작가 시점을 택하여 외적 초점화에서 시작하여, 여행을 떠나기 전까지는 주로 신부인 최영희를 화자로 내세우다가 마지막에 이르러서는 신랑인 이순택의 시점으로 옮아가는 방식을 취하고 있다. 「해바라기」의 초반부는 서술자가 사람들의 움직임을 있는 그대로 묘사하면서 결혼식이 열린 집안의 분위기가 심상치 않음을 보여주고 있다. '후록코트'를 입은 사람이 신랑에게 귓속말을 하고 그 얘기를 들은 신랑이 신부에게 또 뭔가를 요구하자 신부는 눈살을 찌푸린다. 그이유는 독자들에게는 감춰지면서 독자들의 궁금증을 유발한다.[38)

신랑과 신부는 결혼식을 못마땅하게 여기고 있는 시아버지에게 폐백을 드리라는 요구를 받았다. 그렇지만 시아버지는 신랑 신부의 폐백을 받지 않고 시골로 떠나버리고 만다. 그 이유는 명확하게 밝혀지지 않아 수수께끼로 남는다. 연이어서 신부는 손님들이 보낸 전보를 보다가 '영희의 일생에 잊지 못할 사람의 동생'인 홍수철의 축하전보에 가슴이 뜨끔해진다. 전보에는 "행복의 첫걸음을 튼튼히 디디시옵"이라고 적혀 있고, 이에 대해 영희는 "어쩐지 보고 볼수록 비웃는 것 같기도 하고 오금

36) 송하춘, 「염상섭의 리얼리즘」, 『탐구로서의 소설독법』, 고려대 출판부, 1996, 4쪽.
37) 천정환, 앞의 책, 106쪽.
38) 미케 발, 『서사란 무엇인가』, 한용환 역, 문예출판사, 1999, 208~209쪽.

을 박는 것 같기도 하"지만, 결국은 "주제넘은 소리 같"다는 결론에 이른다. 수철은 영희가 자기 형과의 사랑이 깨어진 뒤에 예술을 위해서 더 이상 결혼은 생각지 않겠다는 약속을 깬 것에 대해 우회적인 비판을 한 것이고, 영희는 자신이 그 약속을 깼다고 해서 자신의 신념까지 버린 것이 아니므로 부끄러울 것이 없다고 믿는다. 이처럼 시아버지의 폐백 거부와 홍수철의 전보는 이후의 이야기를 이해하는 데 있어서 복선의 역할을 할 뿐 아니라 독자들의 호기심을 끌어내는 사건이다.

　남편과 독자들에게 신혼여행에 대한 아무런 정보도 제공하지 않고, 신부는 새벽부터 일어나 화장을 하고, 시댁을 방문하고, 기차역에 도착하여 차표를 끊는 등 남편과 독자들을 놀래줄 준비를 하고 있다. 순택은 신혼여행지도 알지 못한 상태에서 어쩔 수 없이 신부의 요구에 이끌려 기차에 오르게 된다. '나도 참 악독한 짓'을 하고 있다고 진술하는 영희는 독자들의 호기심을 증폭시킬 뿐 아니라, 그녀 스스로 자신을 범죄자로 치부한다. 신부의 계획에 아무런 이의를 달지 않고 따라가는 신랑은, 우연하게 사건에 연루된 탐정과 같이, 아버지의 폐백 거부와 수철의 전보로 주어진 영희의 과거와 관련된 의문을 푸는 역할을 하게 된다.[39] 이처럼 「해바라기」는 범죄자와 탐정의 역할이 비교적 명확하게 구분되면서 전개되고 있다. 이들은 기차여행을 하면서 음식을 시켜먹고, 자녀를 낳을 계획에 대해 얘기를 나누기도 하면서, 영희는 순택이 이혼한 이유에 대해 집요하게 질문한다.

　　영희도 그렇다는듯이 고개를 끄떡끄떡하며 평상한 목소리로 고쳐서,
　　「실상 나부터 그래요. 그 따위 짓을 하니까 이혼을 하셨겠지만 내가 만일

39) Symons, Julian, *Bloody murder : from the detective story to the crime novel : a history*, [Harmondsworth, Eng.] : Penguin Books, 1975, p.182

남자로 태어났드면, 나는 공부한 여자하구 결혼은 아니 할테야. 낫을 보고도 기역 자인 줄 모르구 지게를 보구두 A자인 줄도 모르는 여자라두 나 아니면 사랑할 사람두 없고 내 말이라면 하느님 말처럼 절대로 복종하는 여자를 데려오는 게 결국은 행복이지, 나두 공부랍시구 하였지만 보통학교나 고등보통학교쯤 졸업하였다구 쥐꼬리만한 지식으로 코가 높아서 서두는 꼴이야 눈허리가 시어서 어떻게 보구 산담……그야 일반사회를 위하여는 공부도 시켜야 하겠지만 그렇다구 여자가 학문이 있다는 거을('것을'의 오기) 남자의 한 취미로 생각하고 덮어놓고 이혼 이혼하는 것은 꼴 사나와 못 볼 일이야!」

영희는 혼잣말처럼 말끝을 흐리고 순택이를 치어다보며 웃었다. 그러나 순택이는

「옳은 말이야 옳은 말이야」 하며 찬성은 하면서도, 속으로는 자기에게 들어보라고 일부러 그런 소리를 하는것가타야서 괴란쩍었다. 그는 영희의 이야기가 그치니까 슬그머니 드러누으며 눈을 감았다.

——「해바라기」, 145쪽.

영희는 학문 있는 여성과 결혼하기 위해 덮어놓고 이혼하는 남성들의 세태를 비판하고 있으나 사실은 그 내용이 순택을 향하고 있다. 「제야」의 정인이 재취로 시집을 간 것처럼 영희도 순택의 재취로 결혼을 한 것이고, 영희는 그런 순택을 은근히 비판하고 있다. 그렇지만 영희 자신도 순택의 신부로서 제3자의 객관적인 입장이 될 수는 없다는 것이 비판의 한계이다. 이렇듯 이들의 잡담과 대화로 이어지는 기차여행은 신부의 과거에 대한 정보를 지연시키기 위한 장치로 기능하는데, 이들이 기차 안에서 자유연애와 관련된 대화를 나눈 것 역시 이후의 사건들을 암시하는 복선이다.

해가 진 뒤에도 한 시간 이상 더 간 뒤에, 그녀가 피곤한 신랑을 재촉하여 내린 곳은 목포였다. 순택은 목포에 내린 뒤에도 자신의 의견은 한마디도 관철시키지 못한 채, 영희가 지정한 여관에 투숙하게 되고, 이 여관에서 일하던 '사끼짱'으로 인해, 이곳이 신부의 옛 애인과 관련 있

는 곳이라는 사실을 어렴풋하게 깨닫게 된다. 홍수삼은 이미 죽은 사람으로, '사끼짱'과 어울리기를 좋아했고, 조선인이면서도 일본말을 잘하는 미남자였다.

> 「그러치나 않은가?」하든 아침 안개같은 의심이 풀리는 동시에 놀라움과
> 노여움과 분기가 한꺼번에 뒤섞여서 순택이의 가슴속에 용천을 하며 치받쳐
> 올라오는 모양이나, 영희가 근심스럽게 방그레 웃고 치어다보는 그 눈을 볼
> 제 순택이는 모든 것을 용서하야주어도 아깝지 않다고 생각하였다.
>
> — 「해바라기」, 153쪽.

순택은 「제야」나 『이심』의 남편처럼 신부의 과거를 속단하지 않고, 그녀에 대한 사랑으로 인내하면서 아내에게 모든 권한을 내준 상태에서 탐구를 지속한다. 이처럼 진리는 미리 사유된 전제에서 나오는 것이 아니라 우연히 발견된 '기호'에 의해 탐구가 촉발되면서 주어지는 것이다.[40] 여성의 과거를 알려면 그녀에 대해 미리 판단된 정보가 아니라, 순택의 경우처럼 놀라움과 분노를 잠재우고 외부에서 주어지는 정보들을 겸손하게 받아들일 수 있어야 한다.

영희가 준비한 신혼여행의 일정은 옛 애인이 즐겨 찾던 여관에 투숙하는 것에서 그치지 않고, '무엇이든 원하는 대로 해주'겠다는 남편 순

---

40) G. 들뢰즈, 『프루스트와 기호들』, 서동욱 외 역, 민음사, 2004, 41쪽. 들뢰즈는 프루스트의 『잃어버린 시간을 찾아서』를 해석하면서 기존의 철학이 사유를 위한 전제, 예를 들면 "우리는 선을 추구하고, 진리를 찾고자 한다"라는 내용을 가진다면, 결론에서도 어떤 새로운 내용도 첨가되지 않는 동어반복만이 있을 것이라고 비판한다. 그러므로 진리를 찾고자 하는 자는 미리 사유의 전제를 가질 것이 아니라 외적으로 주어지는 어떤 폭력에 의해 사유를 시작하는 방식이 되어야 한다는 것이다. 연애의 시작에서 연인들의 만남은 사유를 촉발시키는 일종의 폭력이라는 것이다. 이들은 서로에게 일종의 기호로서 출현하여 서로를 해석해주기를 기다리는 것이다. 그래서 들뢰즈는 이렇게 말한다. "진리는 결코 미리 전제된 선 의지의 산물이 아니라, 사유 안에서 행사된 폭력의 결과이다."

택의 말에, 그녀의 본래 계획대로 H군에 있는 홍수삼의 산소에 찾아가는 것에 이른다. 그곳에서 영희는 수삼이 병이 심해져 죽는 데에 자기도 한몫했다는 사실을 알게 된다. 그녀는 '비에 썩은 검은 나뭇가지'로 된 수삼의 묘비를 붙잡고, 옛날을 회상하며 죽음의 허무함에 대해 생각한다. 순택은 그런 신부를 보면서 질투심에 사로잡힌다.

> 홍수삼이의 묘를 보고 영희가 금세로 풀이 죽어진 것을 보면 벌써부터 짐작은 한 일이지만, 별안간 질투심이 생기지 않을 수 없다. 더구나 홍수삼이라는 이름이 쓰인 묘표를 보고 반기면서 손에 꼭 쥐고 서 있는 양을 머리에 그려볼 제 허청대고 공연히 심사가 난다. ……이런 생각을 이어 가다가 순택이는 급작시리 머릿속이 띵하고 모든 생각이 흐트러져 버렸다. 기운이 쑥 빠지어 심한 피로가 전신에 확 퍼지고 다리가 휘청휘청하는 것 같았다. 마치 목을 매어 끌려가듯이 영희의 가는 발자국대로 따라 밟으면서 질질 끌려 나려간다.
>
> ─「해바라기」, 167쪽.

남편과 상의 없이 옛 애인의 고향을 신혼여행지로 택하고, 옛 애인이 즐겨 찾던 여관에 투숙할 뿐 아니라, 애인의 묘지를 찾아가는 신부의 상식을 뛰어넘는 행동으로 인해 순택은 '질투심'과 '심한 피로'를 느낀다. '심한 피로'와 '휘청거리는 다리'는 신랑의 심리적 불안감이 신체적 반응으로 나타난 것이면서[41] 동시에 신부의 실체를 발견한 주인공의 질투와 무력감을 보여준다.

영희의 신혼여행 일정은 신랑을 놀라움에서 당혹감으로 몰고 간다. 「해바라기」는 영희를 초점화자로 삼아서 전개되고 있으나, 독자들과 신랑 순택은 소설의 말미에 이르기까지 영희의 여행 계획에 대해서 알지 못한다. 또 후반부에 이르러 빠른 사건의 전개는 순택을 순식간에 고통

41) 오윤호, 『현대 소설의 서사 기법』, 예림, 2005, 73쪽.

에 빠뜨리고, 결혼 자체에 대한 회의를 품게 한다. 영희는 옛 애인의 묘비를 세워서 거기에 자신과 남편의 이름을 새겨넣고, 자신이 쓴 연애편지를 태운 재와 자기 사진 뒤에 "가신 님의 아직도 따뜻한 품에 안기고 저 임의 모든 것이요 나의 모든 것인 이 몸을 대신하야 바치나이다"라고 써서 그 묘비 밑에 묻는다. 옛 애인의 묘 앞에 술을 따르고 분향하면서 눈물을 흘리는 영희를 보면서 순택은 "별안간 자기 부친이 폐백도 아니 드리고, 다례도 지내랴 하지 않았다고, 화를 내이고 떠나든 혼일 날 밤의 광경"을 떠올린다.

순택의 머리에 떠오르는 것은 소설의 초반부에 제시된 아버지의 폐백 거부사건이다. 그의 아버지가 왜 아들 부부의 폐백을 거부했는가에 대한 대답이 여기에서 주어진다. 그러나 이것을 영희의 전통적 관습에 대한 편견과 자유연애사상의 허위성을 폭로하는 것으로 본다면,[42] 초기 3부작에서 제시된 '개성의 자각'과 '자아의 발견'이라는 작가의 사상을 송두리째 부정하게 된다. 신부 영희의 과거를 추적한 신랑 순택의 깨달음은 사후적으로 우연히 주어진 진리, 즉 자신과 신부 사이에 놓인 커다란 차이의 발견이라고 하겠다. 영희의 생각대로 "영희의 영혼은 순택이의 영혼 속에서 살수가 있어도, 영희의 영혼 속에 순택이의 영혼이 싸일 수는 없"는 것이다. 또한 학식 있는 여성을 아내로 얻겠다는 생각으로 쉽게 이혼을 결정한 순택의 허영에 대한 비판의식도 내재되어 있다.

「해바라기」는 신여성을 초점화자로 내세운 소설 가운데, 남자 주인공이 여자 주인공의 과거를 끝까지 탐색하는 유일한 작품이다. 그것은 사랑이라는 이름으로, 자기 내부가 아닌 외부에서 고통스럽게 주어진 것으로써, 여성의 과거와 내면이 마지막 순간에 완전히 폭로되고, 남자는

---

42) 위의 책, 75쪽.

베일을 벗은 메두사의 얼굴을 본 것처럼,[43] 신여성의 실체 앞에서 아무 말도 하지 못한 채 침묵한다. 영희가 옛 애인의 무덤을 찾아가 묘비를 세우고, 제를 올리는 것은 「제야」의 최정인의 자살이나 『이심』의 박춘경의 죽음처럼, 자유연애를 지속할 수 없는 조선의 현실을 역설적으로 보여주고 있다. 그녀는 애인의 묘비 아래에 자신의 사진과 편지를 묻으면서 과거와 결별하고 현실을 받아들이는 입사의식(initiation)을 치른다. 그녀의 입사의식은 남편의 시선으로 옮겨가면서 비판되고 있는 것처럼 보이지만, 남편의 시선에 과도한 의미를 부여하게 되면, 그녀를 초점화자로 이끌고 온 작가의 의도를 제대로 파악할 수 없다. 오히려 영희의 입사의식은 자유연애의 좌절이자, 자율적이고 개성적인 자아로 나아가지 못하고 현실에 주저앉을 수밖에 없는 신여성들의 절망을 보여주고 있다.[44]

5. 결론

염상섭 초기소설은 독자들의 호기심을 자극하고, 질문을 던진 뒤에 그 질문에 대한 답을 찾아가는 미스터리소설의 서사기법을 취하고 있다. 추리소설 중에서 미스터리소설은 일명 탐정소설로도 알려져 있다. 탐정소설은 사건이 발생한 뒤에 탐정이 등장하여 범인을 찾아내는 서사구조를 취한다. 신여성이 등장하는 염상섭의 초기소설에는 신여성의 과거가 하나의 사건으로 제시되고, 그 진실을 남자 주인공이 파헤치는 구

---

43) 권택영, 『욕망이론』, 문예출판사, 1994, 166쪽. 햄릿에게 욕망의 대상은 불가능한 대상이 되었을 경우에만 다시 욕망의 대상이 될 수 있다. 즉 대상의 실체가 완전히 드러난 이상 그 대상은 욕망의 대상이 되지 못하는 것이다.
44) 김미영, 앞의 글, 234쪽. 1920년대 신여성들의 자유연애 담론은 이기적이거나 현실을 몰각한 자들의 언행으로 비판된다.

조를 취한다. 이때 독자들도 남자 주인공들의 움직임을 따라 신여성의 비밀을 찾아내는 데 초대된다. 독자들은 신여성들의 비밀스런 과거에 호기심을 품었다가 서사가 진행되면서 소설의 서두에 제시된 질문에 대한 답을 얻게 된다. 이 질문에 대한 답변을 얻는 과정에서 작가의식이 드러난다.

염상섭 초기소설의 신여성들은 자유연애가 여전히 시기상조인 1920년대 조선의 현실에서 자유연애를 통해 '자아'와 '개인'을 발견하는 인물들이다. 자유연애는 개별자로서의 개인을 전제하고 있으며, 그런 점에서 자유연애의 성립은 근대적인 개인의 출현을 열망하는 작가의식을 드러내고 있다. 「제야」와 『이심』에서 신여성의 죽음은 이들을 범죄자로 규정하여 사회적인 타자로 삼으려는, 남성 중심적이고 전근대적인 가부장제 사회를 고발한다. 「해바라기」에서도 총독부 관리의 재취로 결혼하게 된 신여성이 자유연애에 실패하고, 현실에 순응하는 입사의식을 보여준다. 그녀의 좌절은 신랑의 시선에 의해 다소 비판적인 시선으로 묘사되고 있지만, 신랑의 이혼과 재혼 역시 신부에 의해 비판되고, 옛 애인의 묘비를 세워주는 과정에서 고통받는 신랑의 모습은 동정되기보다는 처벌되고 있는 인상을 준다. '자아의 각성'과 '개인의 발견'으로서의 자유연애는 자율적이고 독립적인 자아를 전제하지 않으면 안 된다. 따라서 「제야」와 『이심』에 등장하는 신여성의 죽음과 「해바라기」의 최영희의 신혼여행은 근대적인 개인이 탄생하기를 바라는 작가의식을 보여준다.

염상섭 초기 소설에 나타나는 신여성과 미스터리소설의 서사구조 • 김학균

149

김유정 소설의 추리서사적 기법

연 남 경

1. 들어가며

김유정의 소설은 재미있다. 이때 재미의 요소는 여러 가지에 기인할 것이다. 현재까지의 김유정 문학 연구 중에서 재미의 요인에 대한 것은 전통적인 골계미의 계승, 바보 인물이 갖는 해학성, 한국적 아이러니와 유머 등 전통적 유머 코드의 계승 측면에 초점이 맞추어져 왔다. 그러나 김유정 소설을 읽어보면 기왕의 요인 이외에도 그가 독자의 흥미를 위해 서사 운용에 관심이 있었고, 따라서 소설 창작에 근대적 서사기법을 적용했음을 짐작할 수 있다. 그중에서도 1930년대 당시 대중에게 인기를 끌었던 추리소설(당시:탐정소설[1]) 기법을 일정 부분 들여왔다는 점

---

1) '탐정소설'이란 말은 추리소설이 일본에 처음으로 도입되던 메이지(明治) 말기에 일본인이 만들어낸 용어이며, 이후 본격소설(detective story)과 변격소설(mystery story) 로 구분하여 불렀다. 1945년 이후 현재까지는 이들을 모두 통칭하여 '추리소설' 이라 부르고 있다. 송덕호, 「추리소설의 유형」, 대중문학연구회 편, 『추리소설이란 무엇인가』, 국학자료원, 1997, 33쪽.

에 주목해본다.

　우선 소설 창작에 대한 김유정의 일견해는 당시 잡지 『조광』의 독서설문란에 실린 대답을 통해 유추해볼 수 있다. 그는 흥미 있게 읽은 소설이 「홍길동전」과 「율리시즈」라 대답했으며,[2] 산문 「病床의 생각」에서는 당시 예술지상주의의 어려운 형식적 시도에 반발하며 새로운 방법을 시도해야 함을 역설한다. 그 방법은 "좀더 많은 大衆을 우의적으로 한끈에 꿸 수 있으면 있을수록 거기에 좀더 위대한 생명을 갖게 되는 것입니다."[3]라는 김유정의 작가의식에 비추어볼 때, 대중에게 가깝고 흥미를 줄 수 있는 문학을 지향했음을 알 수 있다. 또한 김유정이 「율리시즈」의 난해함을 지적하며 「홍길동전」의 가치를 더 높게 책정한 점[4]으로 미루어보자면 그는 대중성과 재미를 중시한 작가였음이 분명하다.

　다음으로 김유정이 등단하여 소설가로서 활동했던 1930년대 당시 문단상황을 살펴보자면, 추리서사의 대중적 인기를 실감할 수 있다. 1930년대는 신문의 상업화와 경쟁체제 돌입에 따라 많은 외국 추리소설이 번안되어 실리고, 이 시기 탐정소설에 대한 작가들의 각별한 관심[5]에 따라 작가들이 번역 작업에 직접 참여하기도 한다. 그에 따라 추리소설은 당대 작가들의 서술기법에 영향을 끼쳤다고 볼 수 있다.[6] 따라서 이 글은 김유정이 소설의 흥미진진함을 위해 당대 유행하던 탐정소설의

---

2) 讀書說問 1. 朝鮮文壇의文學書中에서 感銘깊게읽으신것. 洪吉童傳. 2. 外國文學中 感銘깊게읽으신것. 「제임스・죠이스의 「율리시-스」」, 『조광』, 1937.3, 259~261쪽. 「설문」, 전신재 편, 『원본 김유정 전집』, 강, 2007, 485쪽 재인용.

3) 김유정, 「病床의 생각」, 위의 책, 471쪽.

4) 위의 글, 470쪽.

5) 양문규, 「김유정 소설에 나타난 전통과 서구의 상호작용」, 김유정문학촌 편, 『김유정 문학의 재조명』, 소명출판, 2008, 156쪽.

6) 오혜진은 염상섭, 임노월, 김유정, 방인근이 추리기법을 작품 속에 삽입하여 작품의 풍성함을 더한 작가들이라 보고 있다(오혜진, 『1930년대 한국 추리소설 연구』, 어문학사, 2009, 140쪽).

'추리 서사기법'[7])에 관심을 가졌다는 점을 전제로, 김유정 소설의 재미 요소 중 하나는 추리소설에서 비롯된 서사기법—특히 해석적 코드 작동시키기—에 있음을 검증할 것이다.

김유정 문학의 대표적 서사 연구는 유인순[8]), 최병우[9]), 우한용[10])의 경우가 있으며, 그중 추리 서사기법을 적용한 경우는 최병우[11])와 김경애[12])의 논문을 주목해볼 수 있다.[13]) 유인순[14])은 일찍이 김유정의 여러 작품을 해석적 코드 중심으로 분석한 바 있으나 추리 서사기법으로 연결 짓지는 않았으며, 최병우는 최초로 「만무방」의 서술구조를 추리소설에서 사용되는 의문 해결방식에 초점을 맞추어 분석하고 있다는 점에서 이 글에 많은 시사점을 제공해주고 있으나, 예비적 작업으로 「만무방」 분석에 멈추고 있어 김유정 소설 전반의 미학과 연결되지 못한다. 김경애는 「만무방」의 추리 서사기법적 서술구조를 분석하고 이를 해학과 연결하고 있는데, 해학적이지 않은 「만무방」에 걸맞지 않은 의미 부여를 한

---

7) 물론 김유정의 작품이 본격적 추리소설(탐정소설)은 아니다. 추리소설 중 미스터리 서사에 활성화되어 있는 해석적 코드를 활용하고 있다는 점에서 '추리 서사기법'이 라는 용어를 사용하기로 한다.

8) 유인순, 「김유정 소설의 구조분석」, 이화여대 대학원 석사학위논문, 1980; 유인순, 「김유정의 소설공간」, 이화여대 대학원 박사학위논문, 1985.

9) 최병우, 「「만무방」의 서술구조」, 『선청어문』 vol 16, 서울대 국어교육과, 1988, 866 ~877쪽; 최병우, 「김유정 소설의 다중적 시점에 관한 연구」, 『현대소설연구』 23호, 한 국현대소설학회, 2004, 29~45쪽.

10) 우한용, 「「만무방」의 기호론적 구조와 해석」, 전신재 편, 『김유정문학의 전통성과 근대성』, 한림대 아시아문화연구소, 1997, 247~270쪽.

11) 최병우, 앞의 글.

12) 김경애, 「「만무방」의 서술 구조 연구」, 『비평문학』 31호, 한국비평문학회, 2009, 77~98쪽.

13) 송경석은 김유정 소설의 수수께끼 구조를 전통문학적 요소로 보고 민담과의 관련 성하에서 분석하고 있다는 점에서 본고와 시각을 달리하므로 논외로 한다(송경석, 「수수께끼 구조로 본 김유정 소설 연구」, 한양대 대학원 석사학위논문, 1999).

14) 유인순은 해석적 코드가 활성화된 작품으로 「산ㅅ골나그내」와 「만무방」을 선정하 여, 롤랑 바르트의 코드 읽기로 분석한 바 있다(유인순, 「김유정 소설의 구조분석」, 앞의 글).

점이 아쉽다. 그러나 무엇보다도 선행 연구는 추리 서사기법을 「만무방」의 특수성으로 국한시키고 있다는 게 가장 아쉬운 점이다.

이 글은 김유정의 많은 소설작품에 재미를 위한 추리 서사기법의 일정 부분이 적용되고 있다[15]는 전제하에, 특히 소설 전반에 걸쳐 해석적 코드가 활성화되어 있는 「산ㅅ골나그내」(1933), 「만무방」(1935), 「가을」(1936)[16]을 분석 대상으로 삼는다. 한편 추리 서사기법은 질문의 답을 찾는 미스터리 서사구조가 주제의식을 지시한다는 점에서 대중적 재미뿐 아니라 현실사회 문제를 예민하게 다루었던 김유정이 작품의 주제의식을 효과적으로 전달하는 데 기여하기도 한다. 소설 분석을 위한 서사의 해독은 바르트[17]의 코드 읽기를 참조하며, 그중 미스터리 서사에 활성화되어 있는 해석적 코드와 행동적 코드를 중심으로 작품의 구조를 탐색하고, 이에 더해 문화적 코드와의 관련성에서 작가의식을 규명해보려 한다. 이러한 취지에서 이 글은 추리 서사기법이 어떻게 독자에게 재미를 부여하는지를 살피고, 그 기법이 주제의식 전달에 어떻게 기여하는가를 밝히고자 한다.

2. 종결의 놀라움과 해석 코드의 활성화

서사는 작중인물의 행동의 연쇄로 전개된다. 인물이 설정되고, 일단 어떤 행동이 특정한 방식으로 시작되면, 우리는 그것이 전체적인 코드

---

15) 가령, 「두꺼비」는 왜 찾아오라고 하는지, 편지는 전달됐는지에 대한 대답을 찾고, 「야앵」은 정숙의 아이가 어떻게 됐는지에 대한 궁금증이 전 서사를 지배하는 등 해석적 코드가 활성화되며 시작하는 경우가 많다. 또한 「솟」의 경우 결말 부분에서 들병이 남편의 출현처럼 놀라움을 주는 반전이 일어나는 등 추리서사적 기법이 전 작품에 걸쳐 부분적으로 빈번하게 나타난다.
16) 작품 출처는 전신재 편, 『원본 김유정 전집』으로 삼는다.
17) Roland Barthes, 『S/Z』, 김웅권 옮김, 동문선, 2006.

를 통해 일관되게 흘러갈 것이라 기대한다.[18] 추리소설의 경우 희생자, 범인, 탐정의 세 요소가 반드시 존재하며, 마지막에는 탐정의 뛰어난 추리를 통해서 범인이 드러나게 되어 있다.[19] 응고개 논의 벼 도난사건을 다룬 「만무방」은 범죄 발생 후 탐정이 범인을 찾는 과정을 보여주는 전형적인 추리소설의 기법을 취하고 있다.[20] 이때 희생자는 벼를 도둑맞은 응오이며, 형 응칠이 아우네 논의 도둑을 잡는 탐정의 역할을 한다. 이에 독자들은 응칠이 주도하는 범인 추적의 서사를 따라가며, 범인이 밝혀지기를 기대한다. 그렇다면 탐정 역할을 하고 있는 응칠을 행동주로 삼고, 서사 전개를 살펴보도록 한다.

> S1 응칠은 우연히 성팔을 만나 응고개 논의 벼가 도둑맞았다는 얘기를 듣는다.
> S2 과거 농군이었던 응칠은 빚 때문에 집을 버리고 유랑인이 되었다.
> S3 올해 응오는 응고개 논의 추수를 하지 않았다.
> S4 응칠은 성팔을 범인으로 의심하고 위협, 탐문한다.
> S5 응칠은 주막할머니에게 송이를 주고, 성팔에 대한 정보를 수집한다.
> S6 응칠은 동생 응오 집에 들렀다가 병든 아내를 간호하는 동생을 보고 딱하게 여긴다.
> S7 며칠 전 응오는 형 응칠에게 아내를 치료할 돈을 빌리려 했으나 거절당했다.
> S8 응칠은 그날 밤 도둑을 잡으러 나섰다가 노름판에서 만난 재성을 의심하고 탐문한다.
> S9 마침내 응칠은 도둑을 잡았는데, 도둑은 바로 논의 주인 응오였다.
> S10 응칠은 응오에게 함께 소를 훔치자고 제안하나 응오는 거절한다.

---

18) H. Porter Abbott, 『서사학 강의』, 우찬제 외 옮김, 문학과지성사, 2010, 119쪽.
19) 송덕호, 앞의 글, 34쪽.
20) 특히 「만무방」은 『조선일보』(1935.7.17~30)에 연재된 신문연재소설이라는 지면의 특수성에서도 독자의 흥미를 염두에 둔 추리소설적 기법이 적극적으로 도입되고 있는 이유가 된다.

「만무방」의 서사는 동생 응오네 논에서 벼 절도사건이 발생하고, S1에서 이를 알게 된 형 응칠이 범인을 찾는 구성을 갖는다. 다시 말해 범죄가 발생한 후의 시점에서 조사 스토리로부터 이야기가 전개되기 시작한다는 점에서 미스터리 서사의 일반적 구성에 해당한다.[21]

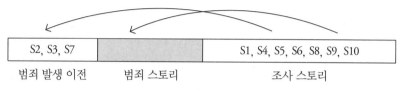

〈표1 「만무방」의 미스터리 서사구조〉

이야기 순서를 시간순으로 재구성하면 위의 표에서 보이는 나열 순서와 같다. 즉 과거 응칠이 유랑인이 된 이야기 다음에 올해 응오가 추수를 하지 않은 일과 며칠 전에는 응칠에게 돈을 빌리려 했던 일이 먼저일어나고, 절도사건이 발생한 후 조사 스토리가 전개된다. 텍스트는 조사 스토리부터 시작되며, 범죄 스토리는 생략되어 있다. 그리고 위의 표에서 화살표로 표시된 바와 같이 범죄 스토리 좌측의 S2, S3, S7은 실제적으로는 조사 스토리에 포함된다. 즉 조사 스토리는 시간상으로 거슬러 올라가며 범죄 스토리를 재구성하는 후퇴적 구조를 갖는다.[22]

조사 스토리에서 탐정 역할의 응칠은 성팔과 재성을 용의자로 염두에

---

21) 미스터리소설의 구조는 두 개의 이야기를 가정한다. 첫 번째 이야기는 범죄 이야기이며, 과거 시점의 이야기다. 이 이야기는 두 번째 이야기가 시작되기 전에 종료되며, 일반적으로 소설상에서는 그 사건의 전개가 직접 이야기되지는 않는다. 결과적으로 첫 번째 이야기를 재구성하기 위해서는 사건 조사과정인 두 번째 이야기를 통해서 독자에게 전달할 수밖에 없다. Yves Reuter, 『추리소설』, 김경현 옮김, 문학과지성사, 2000, 76쪽.

22) 위의 책, p.77.

두고, 증거를 수집해 나간다. 용의자에 대한 증거를 수집하는 과정에서도 과거 사실을 끌어오는 후퇴적 구성이 사용된다. 그러나 잠복해 있다가 마침내 범인을 잡은 응칠은 범인이 응오임을 알게 된다. 희생자와 범인이 일치하는 아이러니한 결말은 응칠과 응칠의 수사를 따라가던 독자들 모두에게 놀라움을 안겨준다. 사건의 종결이 독자의 기대와 전혀 다를 때 놀라움이 발생하며, 추리소설 중 미스터리소설은 이런 놀라움이 활성화되어 있는 장르다. 해답이 그럴듯하면 할수록 미스터리는 점점 더 줄어들기 때문이다.[23] 이렇게 「만무방」은 범죄사건의 발생과 범인을 추적하는 탐정소설의 미스터리 서사기법을 충실히 따르며 독자들에게 흥미진진함을 선사한다.

「가을」은 소장사에게 팔았던 복만의 아내가 사라지면서 이야기가 시작된다.

> S1 '나'는 (소장사와) 주재소에 가고 있다.
> S2 닷새 전 복만은 아내를 소장사에게 팔았다.
> S3 그동안 복만의 아내는 양식을 꾸어 남편을 공양해왔다.
> S4 '나'는 복만이 아내를 소장사에게 팔 때 계약서를 써줬다.
> S5 복만의 아내는 복만과 이별하고, 소장사를 따라갔다.
> S6 복만의 아내가 소장사를 따라간 지 나흘째 밤에 사라졌다.
> S7 복만도 같은 날 밤 사라졌다.
> S8 복만은 사라지기 전날 '나'에게 찾아와 대서료를 주고 갔다.
> S9 '나'는 소장사와 덕냉이에 있는 복만의 큰집에 가기로 한다.

「가을」 역시 범죄사건의 발생 후 조사 스토리가 전개되는 구성을 갖는다. 소장사는 자신이 사간 복만의 아내가 사라지자 '나'에게 찾아와

23) 위의 책, p.79.

행방을 묻고, 나를 의심한다. 이에 '나'는 복만이 아내를 팔고, 매매계약서를 작성했던 때로 돌아가 사건을 재구성하며 증거를 모으는 탐정의 역할을 하게 된다.

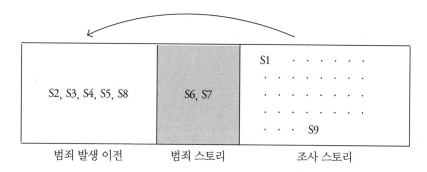

		S1 · · · · · ·
		· · · · · · ·
S2, S3, S4, S5, S8	S6, S7	· · · · · · ·
		· · · · · · ·
		· · · S9
범죄 발생 이전	범죄 스토리	조사 스토리

〈표2 「가을」의 미스터리 서사구조〉

이 소설 역시 후퇴적 구조를 가지며, 「만무방」보다 회상을 통한 사건의 재구성방식이 더 활성화되어 있다. 위의 표에서 보듯, 범죄 스토리 좌측에 위치하는 S2, S3, S4, S5, S8의 이야기는 조사 스토리에 해당하는 부분이자 시간 순서상으로는 범죄사건 이전에 발생한 일들이다. 복만의 아내를 산 소장사가 나흘째 밤에 홀연히 사라진 아내를 찾기 위해 매매계약서를 대필해준 '나'를 위협하고 함께 찾아 나선 이야기로, 복만 아내의 행방을 추적하기 위해 '나'는 범죄 발생 이전 상황을 재구성하고 있다. 그러나 「가을」은 열린 결말로서 사건이 해결되지 않은 채로 끝난다. 복만의 친구인 '나'조차도 행방을 알지 못하는 상태에서 서사는 종결되며, 이런 열린 결말구조는 독자를 생각하게 만든다.[24] 다시 말해 계속 추리하게 함으로써 해석적 코드를 활성화시킨다.

위의 두 작품과 달리 「산ㅅ골나그내」는 다음과 같은 서사 전개를

24) H. Porter Abbott, 앞의 책, p.129.

김유정 소설의 추리서사적 기법 · 연남경

157

갖는다.

S1 산골 술집에 젊은 아낙(나그네)이 찾아온다.
S2 젊은 갈보가 있다는 소문을 들은 술꾼들이 갑자기 몰려들고, 나그네는 술시중을 든다.
S3 술집 주인은 아들 덕돌과 나그네를 혼인시킨다.
S4 나그네가 덕돌의 옷을 갖고 사라진다.
S5 술집 주인과 덕돌이 며느리(나그네)를 찾아나선다.
S6 나그네는 마을 뒷산 물레방앗간에서 남편을 만나 밤도망을 친다.

「산ㅅ골나그내」는 이중의 탐색구조를 갖는다. 하나는 처음부터 발생한 수수께끼인 나그네의 정체를 탐색하는 것이고, 다른 하나는 이야기의 후반부에 발생한 인물 실종에 따른 조사 이야기다. 다음의 표를 보자.

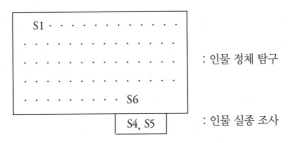

〈표3 「산ㅅ골나그내」의 이중 탐색구조〉

표에 나타나 있듯이 인물 정체 탐구가 이야기 전체에 걸쳐 활성화되어 있고, 조사 스토리는 이야기의 후반부에 소략되어 있다. 「산ㅅ골나그내」는 인물 정체의 미스터리가 발생한 이야기로서 인물 정체 탐구를 위해 시간 순행적 진행구조를 갖는다는 점에서 앞의 두 이야기와 다른 구성을 취한다. 전체 서사는 나그네가 누구인지 정체를 탐색하는 이야기로 인물 정보 수집이 이루어지고 있다. 그러다 스토리의 후반부인 S4에서 나그네가 사라지는 사건이 발생하고 S5에서 그녀를 찾는 조사가 시작된다. 덕돌이와 혼인한 나그네(며느리)가 밤중에 사라진 것이다. 그리고 S6에서 서술자는 덕돌이와 술집 주인을 외면한 채 산속 버려진 물레방앗간에서 술집 며느리가 원래 남편 있던 유부녀였음을 폭로함으로써 놀라움을 안겨준다. 이렇게 「산ㅅ골나그내」는 시간 순차적으로 인물의 정체를 탐구하고 종결에서 나그네의 정체가 밝혀지는 발견의 서사에 해당한다.

지금까지 살펴본 김유정의 세 작품을 서사 성격에 따라 분류해보자면, 「만무방」과 「가을」은 범죄 스토리 종결 후 조사 스토리로부터 시작되는 전형적인 추리소설의 구성을 취한다. 절도 혹은 도망이라는 범죄 사건이 발발한 후 범인과 인물의 행방을 추적하는 조사 스토리는 탐정의 역할을 하는 응칠과 '나'가 사건을 재구성하기 위해 범죄 발생 이전으로 시간을 거슬러 올라가는 후퇴적 구성을 갖는다. 이와는 달리 「산ㅅ골나그내」는 미스터리한 인물의 정체를 탐구하는 이야기로서 나그네가 사라지는 도망사건이 발발한 후 인물의 정체가 폭로되는 이중 구성으로 되어 있다.

다음으로 종결 여부에 따라 분류해보자면, 「만무방」과 「산ㅅ골나그내」의 경우 스토리는 종결을 맞이하고, 수수께끼는 풀린다. 그러나 「만무방」에서 잡힌 범인은 희생자와 동일인인 응오 자신이다. 이에 성팔이나 재성을 의심하는 응칠의 추적을 따라가고 있던 독자들의 기대는 위배되고, 놀라움이 발생한다. 「산ㅅ골나그내」의 나그네는 덕돌과 결혼까지 했음에도 사실은 남편이 있는 유부녀였다는 신분이 밝혀지며 놀라움이 발생한다. 앞의 두 소설과 달리 「가을」은 종결이 이루어지지 않는 열린 결말구조이며, 복만의 아내가 어디로 갔는지의 질문에 대한 답을 주지 않기에 서사 초두에 제시되었던 질문이 그대로 유지된다.

이와 같이 김유정의 이야기는 추리 서사기법의 전형적인 구성을 갖는다. 도둑이나 실종사건을 조사하거나 또는 인물의 정체를 탐색하면서 수수께끼를 설정한다. 미스터리 스토리는 질문 층위가 활성화되어 있는 가장 명확한 장르이다.[25] 그리고 기대되는 스토리 전개와 달리 놀라움을 가져다주는 종결과 열린 결말의 서사구조는 뒤이은 질문 층위를 활성화시켜 독자에게 적극적인 독서를 유도한다.

3. 지연의 방해과정과 긴장의 묘미

서사의 종결 또는 진행에서 독자가 가진 의문은 다양한 질문의 형태로 나타난다. 이렇게 해석적 코드의 목록은 어떤 수수께끼가 중심에 놓이고, 제기되며, 표명되고, 지연되어 마침내 정체를 드러내게 된다.[26] 해석적 표현들은 수수께끼에 대한 해결의 기대와 욕망에 따라 이 수수께끼를 구조화시킨다. 이때 담론의 흐름 속에 지연들을 배치하는데, 예컨대 진실을 의도적으로 이탈시키는 함정, 애매함, 부분적 해답, 해답의 정지와 같은 것들이다.[27] 이야기는 기대를 만족시키고자 하는 욕구와 기대를 저버리고자 하는 욕구의 위태로운 긴장 속에 진행된다. 이러한 독자의 기대에 생동감을 부여하는 중요한 요소는 기대를 위반하는 것으로서 종결에서 발생하는 '놀라움'이 있다. 또한 사람들은 종결이 오기 전에 경험하는 불안정과 긴장의 상태를 즐기는 경향이 있기에 '서스펜스(지연)'라 불리는 결핍이야말로 서사에 생동감을 부여하는 중요한 요소 중 하나이다.[28] 지금부터는 김유정의 세 소설에서 지연이 어떤 역할

---

25) 위의 책, 125쪽.
26) Roland Barthes, 앞의 책, 32쪽.
27) 위의 책, 109쪽.
28) H. Porter Abbott, 앞의 책, p.117.

을 하고 있는지 살펴볼 것이다.

「만무방」에서 수수께끼의 테마는 "응고개 논의 벼가 사라졌다. 범인
은 누구인가?"이다. 이 테마 질문에 대한 해답을 얻기까지 서사에는 지
연의 과정이 펼쳐진다. 다음을 살펴보자.

> 질문: 응고개 논의 벼가 사라졌다. 범인은 누구인가?(주제 테마)
> 지연: 사람들은 응칠을 의심한다. : 응칠은 전과사범이다. 모처럼 아우네
>   를 방문해서 논 근처를 돌아다닌 게 발견되었다.(오해1)
>   응칠은 성팔을 의심한다. : 성팔은 구장네 솟을 절도한 전과사범이
>   다. 외진 응고개 논에 갔었다. 응칠에게 이유 없이 권연 선심을 쓴
>   다. 응칠과 헤어진 후 두 번씩이나 뒤를 돌아보며 살핀다. 곧 마을을
>   떠날 예정이다. (오해2)
>   응칠은 재성을 의심한다. : 재성은 돈이 필요한 상황이다. 노름판에
>   서 노름을 하고 있었다.(노름판은 도적의 원인이 된다.)(오해3)
> 대답: 범인은 응고개 논의 주인인 응오로 밝혀진다. (놀라움)[29]

범인이 누구인가를 찾아야 하는 질문이 설정된 후, 갖가지 오해가 발
생하며 대답을 찾는 과정이 지연되고 있음을 알 수 있다. 우선 응칠은
예전에 집을 버리고 아내와 갈라선 후 여기저기 떠돌아다니는 유랑인이
자 전과 이력을 가진 자인데, 모처럼 동생 응오네를 방문한 것이 사람들
의 오해를 받게 된다. 그러나 독자는 탐색자이자 서술자인 응칠의 생각
을 기본적으로 따라가게 되어 있으므로 혹시 응칠이 범인이 아닐까 하
는 오해1은 금세 풀리고, 의심은 성팔이나 재성 쪽으로 향한다. 탐정 역
할을 하고 있는 서술자 응칠에 따르면, 성팔은 절도 경력이 있는 전과사
범인데다 인적이 드문 응고개 논에 갔던 것이며 괜시리 권연을 선뜻 권
하고 응칠의 눈치를 살피는 게 영 의심스럽다. 재성도 돈이 궁한데다 도

---

29) 롤랑 바르트의 도표에 따름. Roland Barthes, 앞의 책, p.121.

김유정 소설의 추리서사적 기법 • 연남경

161

적을 만들어내기 십상인 노름판에서 맞닥뜨린 것이다. 이렇게 미스터리 스토리에서는 문제를 풀어내기까지 모든 사람들에 대한 의혹이 발생하기 마련이다.[30] 범인이 성팔이나 재성으로 밝혀질 거라 기대하던 독자들은 범인이 논의 주인인 응오로 밝혀지면서 놀라움을 경험하게 된다. 이때 독자의 기대는 위배되고, 종결이 주는 놀라움이 가져다주는 생동감은 의도적으로 진실에서 멀어지게 만든 지연의 과정에서 발생한다.

종결에서 놀라움을 느끼게 될 때, 독자는 앞에서 미처 찾지 못했던 증거들까지 다시 찾아서 재구성하려 한다.[31] 다음을 보자.

> 정보(증거들): 응오는 진실한 농군이었다. 동리에서 쳐주는 모범청년이
> 었다.
> 올해는 논의 벼를 베지 않았다.
> 아내가 병에 걸려서 죽어간다.
> 산치성을 올리면 병이 낫는다는 말에 응칠에게 돈 십오 원을 빌리려
> 한다.

이렇게 진실한 농군이었던 응오가 논의 벼를 베지 않았던 사실, 아내의 병을 낫게 하기 위해 응칠에게 돈 십오 원을 빌리려 했던 사실을 다시 떠올리며 이 정보들을 비로소 진짜 증거로서 재수집하게 된다. 모범청년이었던 응오가 유독 올해만 수확을 하지 않은 점, 그 이유는 아내가 위중하기 때문이라는 점, 아내의 병을 고치려면 돈이 필요하다는 점이 사실은 중요한 정보에 해당한 것이다. 응칠의 시선을 통해 성팔과 재성에게 향했던 괜한 의혹은 사건 해결을 오히려 지연시켰을 뿐, 단서는 오히려 주목하지 않았던 응오의 행동에 숨겨져 있었던 것이다. 이제 진정한 증거는 오해를 통해 서사의 지연을 낳았던 성팔과 재성의 행동이 아

---

30) Yves Reuter, 앞의 책, p.18.
31) H. Porter Abbott, 앞의 책, p.124.

니라 응오의 행동에서 찾을 수 있음을 알게 된다. 결국 아내의 병중이라
는 위급한 상황에 처한 응오는 벼를 수확해봤자 빚을 갚고 나면 수중에
남는 것이 없는 현실에서 추수를 미룬 채 제 논의 벼를 도둑질해온 것이
다. 이렇게 지연의 장치는 단서를 숨기고 역정보를 활성화시켜 사건 해
결을 어렵게 하며 종결에 놀라움을 가져다주어 독자에게 흥미진진함을
선사한다.

다음으로 「산ㅅ골나그내」의 경우를 살펴보자. 앞장에서 밝힌 바대로
이중구조를 갖는 「산ㅅ골나그내」의 경우 "산골 술집에 젊은 나그네가
나타났다. 그 여인은 누구일까?"라는 인물 정체에 대한 질문과 "어느 날
밤 여인이 사라졌다. 어디로 갔을까?"라는 사건 조사를 위한 질문을 통
해 인물의 정체를 탐색하게 한다.

> (정체 탐색 서사)
> 질문: 산골 술집에 젊은 나그네가 나타났다. 그 여인은 누구일까?(주제 테마)
> 지연: 남편이 없다. 남편이 죽었다.(거짓 진술)
>   술집에 젊은 갈보가 들어왔다.(오해)
>   손님들의 술시중을 들어 달라는 등 술집 주인의 부탁을 늘 예사로이
>   승낙한다.(대답의 회피)
>   술집 주인이 며느리가 돼 달라고 했을 때, 치마끈을 깨물며, 두 볼이
>   발개진다.(애매함)
> 대답: 나그네는 유랑인 남편이 있는 유부녀였다.(놀라움)
>
> (후반부-사건 조사 서사)
> 질문: 어느 날 밤 여인이 사라졌다. 어디로 갔을까?(주제 연결 질문)
> 지연: 은비녀를 놓고 사라졌다. 변고가 생겼을 것이다.(오해)
> 대답: 유랑인 남편을 데리고 마을을 떠났다.(놀라움)

「산ㅅ골나그내」의 경우 나그네의 존재 자체에 대한 미스터리가 테마
질문에 해당한다. 미스터리 서사의 해석적 코드에는 비밀의 일반화(모

든 인물들은 무엇인가 감추는 것이 있다)도 구조상의 결정적 요소에 해당한다.[32] 이때 술집 주인은 나그네의 비밀을 캐내는 역할을 하는[33] 탐색자다. 그녀의 질문과 관찰을 통해 나그네에 대한 정보가 드러나게 된다. 그러나 나그네에 대한 특징적 묘사 없이 새로운 행위만 나열하기 때문에 수수께끼에 대한 궁금증이 짙어지게 되는 것이다.[34] 우선 여인이 나타나자 마을에는 술집 주인이 젊은 갈보를 데려왔다는 소문이 나는데 이는 남편이 죽었다는 진술로 인해 오해로 밝혀진다. 그리고 서사의 후반부에 나그네가 사라지고 그녀의 행방을 추적하는 사건 조사서사 이후에 궁극적으로는 정체가 폭로된다. 후반부의 추적서사에서는 덕돌의 옷과 버선을 갖고 사라졌으므로 도둑으로 의심받지만 바로 베게 밑에서 은비녀가 나옴으로써 오히려 무슨 변고가 생긴 것이란 오해가 발생하기도 한다. 그러나 결국 남편 있는 유랑인이라는 여인의 정체가 드러나면서 놀라움이 발생하는데, 그 이유는 두 차례나 "남편이 없다. 죽었다."라고 진술한 여인의 거짓 진술에 대한 배신감 때문이다. 그리고 그녀는 시종일관 애매한 태도와 대답을 회피하는 것으로 정체의 탄로를 지연시킨다. 이렇게 그녀의 거짓 진술과 대답의 회피, 애매한 태도 등으로 인해 진실 발견은 지연되고, 종결은 놀라움을 수반하게 되는 것이다.

「가을」은 종결이 놀라움을 불러오지는 않지만, 역시 수수께끼 풀이의 과정을 갖는다. 「가을」은 "소장사에게 팔려간 복만의 아내가 사라졌다. 같은 날 밤 복만도 마을에서 자취를 감추었다. 그들은 과연 어디로 갔을까?"를 질문하게 된다.

---

32) Yves Reuter, 앞의 책, p.18.
33) 유인순, 「김유정 소설의 구조분석」, 앞의 글, 107쪽.
34) 위의 글, 107쪽.

한국 소설의 추리 기법

질문: 소장사에게 팔려간 복만의 아내가 사라졌다. 같은 날 밤 복만도 마을에서 자취를 감추었다. 그들은 과연 어디로 갔을까?(그들은 함께 도망친 걸까?)(주제 테마)

지연: 매매계약서를 작성하다.(아내를 물러달라지 않기로 맹세하다.)(거짓 증거)

'나'는 소장사에게 복만이 큰집에 갔을 거라 말한다.(신뢰 못할 정보—역정보)

소장사가 의심하자 '나'는 사십 리씩 떨어져 있는 사람들이 짜고 말고 할 수 없다고 펄쩍 뛴다.(신뢰 못할 정보—역정보)

대답: 둘 부부는 함께 도망쳤을 것이다.(예상 결론)

매매계약서는 이 소설에서 가장 큰 증거의 역할을 한다. 심지어 계약서 내용 중 "어떠한 일이 있드라도 내 안해는 물러달라지 않기로 맹세합니다."라는 구절까지 못박은 다음에야 이러한 계약서에 의하면 복만은 다시는 아내를 되찾을 수 없다. 그럼에도 소장사가 둘 부부가 미리 짜고 도망갔을지 모르며, 거기에 복만의 친구이자 계약서를 대필해준 '나'도 연루되었을 것이라 의심하자, '나'는 복만이 큰집에 갔을 새로운 가능성을 제기하며 소장사의 추측에 반박한다. 그러나 소설의 끝에 이르기까지 소장사에게 전달된 '나'의 정보는 결국 "나는 아무리 생각하여도 복만이는 덕냉이 즈 큰집에 있을것 같지 않다."라는 마지막 문장을 통해 '신뢰 못할 정보'였음이 밝혀진다. 거짓 증거와 신뢰 못할 정보를 흘리는 화자로 인해 대답에 이르는 과정이 지연된 것이다.

한편 「가을」은 앞의 두 소설과 달리 종결에 놀라움을 주는 대신 열린 결말로 끝난다. 열린 결말임에도 불구하고 결론이 예상 가능하다. 우선 마지막 문장에 나온 '나'의 추측이 결정적 단서가 되며, 다음으로 수수께끼의 해답을 지연시키는 거짓 증거들 외에도 대답을 찾을 수 있게끔 하는 다음의 정보들이 있었음을 상기할 수 있다.

김유정 소설의 추리서사적 기법 • 염문정

정보(증거들): 복만과 아내는 헤어질 때 전혀 섭섭해 하지 않았다.

복만은 소장사한테 받은 돈으로 아내가 꾸었던 빚을 다 갚았다.

(소장사에게 팔려간) 아내가 사라진 날 밤 복만도 사라졌다.

열린 결말구조임에도 사실상 복만과 그의 아내가 함께 도망친 거라는 예상이 가능한 까닭은 위의 정보들이 소설 중간중간에 배치되어 있었던 까닭이다. 팔려가는 아내나 떠나가는 아내를 보고 서 있는 복만이나 서로 "마땅히 저 갈 길을 떠나는 듯이 서들며 조곰도 섭섭한 빛이 없다"는 것에 '나'는 놀라며 복만을 욕하는데, 결국 이들은 다시 만날 것을 계획했었기에 이렇게 무덤덤하게 헤어질 수 있었을 것이다. 또한 아내를 판 돈으로 그동안 아내가 마을에 진 빚을 다 갚았던 복만의 행동이나, 아내가 사라진 같은 날 복만도 사라졌다는 점은 이들이 서로 짜고 벌인 일임을 충분히 짐작하게 한다. 이 정보들은 '나'의 의도적 역정보들이 지연시키는 서사 진행과 대결하며 질문에 대한 진짜 대답을 가리킨다.

이와 같이 지연은 소설마다 각기 다른 양상으로 나타나고 있다. 「만무방」에서는 범인이 아닌 다른 사람을 용의자로 설정하여 품는 의혹으로 인한 오해, 「산ㅅ골나그내」에서는 거짓 진술과 대답의 회피 및 애매함으로 인한 지연, 「가을」에서는 거짓 증거와 서술자의 신뢰 못할 정보로 인한 지연이 나타난다. 테마 질문이 설정되고 해결하기까지 시간을 끄는 동안 의도적으로 진실로부터 멀어지게 하는 이러한 지연의 기법들은 김유정의 소설에서 여러 가지 방식으로 활성화되어 있으며 궁극적으로 독자들에게 불안정과 긴장을 경험하게 하고, 서사에 흥미와 생동감을 불어넣는 계기로 작동한다.

4. 서사의 재구성과 내적 진실의 탐구

미스터리소설은 진실과 겉으로 보이는 것 사이의 대립이라는 요소를 포함하며,[35] 진실은 기대의 끝에 있는 그 무엇이다[36]라는 말대로, 진실이 발견되지 못하도록 미루는 장치가 활성화되어 있음을 살핀 바 있다. 종결의 놀라움과 더불어 각종 트릭과 오해로 인한 지연과정은 소설의 내적 진실을 지시하므로, 이제 독자들은 그것이 지시하는 내적 진실에 관해 호기심이 생길 차례다. 이에 다음과 같은 질문이 이어진다. "응오는 왜 자기 것을 훔쳤을까?", "나그네는 굳이 왜 병든 남편에게로 돌아간 걸까?", "복만과 아내는 왜 인신매매극을 벌였으며, 어디로 갔을까?"와 같은 연이은 궁금증이 생기게 되며, 이에 대한 답변을 통해 김유정의 작품에 나타나는 작가의 세계관을 밝혀 볼 수 있다.

「산ㅅ골나그내」는 술집 며느리가 됐던 아낙이 사실은 병든 남편이 있는 유랑인이었다는 놀라운 결말을 맞게 된 후 "나그네는 왜 정착하지 않고 굳이 병든 남편에게 돌아간 걸까?" 하는 의문이 생긴다. 그리고 이 의문에 대한 대답이 바로 이 작품의 주제의식에 해당할 것이다.

> "아 얼는좀 오게유"
> 똥ㅅ끗이마르는듯이 게집은사내의손목을 접겁히잡아쓴다. 병들은몸이라 쓸리는대로뒤툭어리며 거지도으슥한산저편으로가치사라진다. 수은ㅅ빗갓 흔물ㅅ방울을품며 물ㅅ결은산벽에부다 쓰린다. 어데선지 지정치못할넉대 소리는 이산저산서와글와글굴러나린다.[37]

도망치듯 급히 떠나는 걸인 행색의 유랑인 부부의 모습을 보여주며

---

35) Yves Reuter, 앞의 책, p.18.
36) Roland Barthes, 앞의 책, p.109.
37) 김유정, 「산ㅅ골나그내」, 전신재 편, 앞의 책, 28쪽.

김유정 소설의 추리서사적 기법 · 연남경

소설은 끝을 맺는다. 분명 나그네는 병든 남편을 버리고 덕돌의 아내로 정착할 기회가 있었음에도 불구하고, 본 남편을 데리고 다시 유랑의 길로 오른다. 그러나 부부가 나선 곳은 늑대 소리가 이 산 저 산에서 들리는 밤의 산속이다. 이러한 시공간적 배경은 마치 「만무방」의 응칠네 가족이 결국 뿔뿔이 흩어지고 말았듯이 그리 밝지만은 않은 부부의 앞날을 암시한다.

병들고 힘없는 가장의 모습과 그를 배신하지 않는 생활력 있는 아내의 모티프는 「가을」에서도 반복되고 있으며, 김유정의 소설에 빈번이 나타난다.[38] 돈 없고 힘없는 가장의 모습은 토지조사 사업의 피해자인 실제 농민들의 모습을 그린 것이자 동시에 나라를 빼앗긴 식민지시대에 대한 은유적 형상화다.[39] 가부장의 몰락과 가족의 해체상은 「가을」에서 무능한 가장 복만이 아내를 팔면서 다섯 살 난 아들 영득이가 엄마와 생이별을 해야 하는 장면이나, 「만무방」의 응칠네 세 가족이 떠돌이 생활을 하다 결국엔 서로 갈라서게 된 모습으로 나타난다. 「산ㅅ골나그내」에서 자신의 신분을 감추고 매춘을 하면서까지 무능한 남편에게 일부종사하는 아내의 모습은 식민지 하의 조국을 배신하지 않으려는 작가 김유정의 바람이 투영된 결과로 해석할 수 있을 것이다.

---

38) 김유정의 소설 중 「소낙비」, 「솟」, 「가을」 등은 한국의 농촌사회에서 오랫동안 유지되어 온 인습적인 결혼제도 속에 갇혀 생활 능력을 상실한 가부장인 남편의 폭력이나 횡포에도 불구하고 그로부터의 탈출은 엄두도 내지 못한 채 한 남편의 아내로서 혹은 자식의 어머니로서 묵묵히 주어진 운명에 순응하며 삶의 고난을 참아나가며 끈질기게 살아가는 특유의 여성상을 제시하고 있다. 한상무, 「김유정 소설에 나타난 강원도 여성상」, 『강원문화연구』 제24집, 강원문화연구소, 2005, 116쪽.
39) 식민화로 인한 오이디푸스 구조의 권력 앞에서, 우리 소설의 인물들은 망국인이라는 은유적인 고아였을 뿐만 아니라, 가족의 해체로 인해 실제적으로도 고아상태를 경험하게 된다. 식민지 자본주의의 형성과정에서 몰락한 빈민층은 오이디푸스 구조에 적응하지 못한 채 비참하게 해체되어 갔다. 나병철, 『가족로맨스와 성장소설』, 문예출판사, 2007, 33~35쪽.

종결 이후에 발생하는 서사 재구성을 위한 질문에 대한 대답은 작품의 내적 주제에 해당하며, 이를 뒷받침하는 '문화적 코드'[40]를 참조할 수 있다. 「산ㅅ골나그내」의 내적 주제가 식민상황의 은유적 형상화였다면, 문화적 코드를 따라 읽었을 때 극도로 가난한 산골살림이 세밀하게 묘사되어 그 배경을 형성하고 있음을 알 수 있다.

> 나그내는 주춤주춤 방안으로들어와서 화로겨테 도사려안는다. 낡은치마ㅅ자락우로 쌔질려는속살을 암으리자허리를 지긋이튼다. 그러고는 묵묵하다. 주인은물끄럼이보고잇다가 밥을좀주랴느냐고물어보아도 잠잣고잇다. 그러나 먹든대궁을주서모아 짠지쪽하고갓다주니 감지덕지밧는다. 그러고 물한목음마심업시잠ㅅ간동안에 밥그릇의 밋바닥을긁는다.[41]

위의 인용문은 나그네가 처음 술집에 들었을 때의 모습이다. 의복이 남루하여 추운 날씨에 몸을 다 가릴 수도 없을 뿐더러 지독한 굶주림 때문에 목이 멜 틈도 없이 남은 음식을 허겁지겁 먹으면서도 체면을 차릴 줄 아는 나그네의 모습은 자신의 신분을 속여가면서까지 며칠이라도 쉬어가지 않을 수 없는 유랑인의 처절한 상황을 뒷받침한다.

> 밤이기퍼도 술ㅅ군은 역시들지안는다. 메주쓰는냄새와가티쾨쾨한냄새로 방안은 괴괴하다. 웃간에서는 쥐들이 찍찍어린다. 홀어머니는쪽쩌러진화로를 씨고안저서 쓸쓸한대로곰곰생각에젓는다. 갓득이나 침침한 반짝등ㅅ불이 북쪽지게문에 뚤린구멍으로 새드는바람에 반득이며 빗을일는다. 흔버선짝으로 구멍을틀어막는다.[42]

---

40) 문화적 코드는 익명의 집단적 목소리에 의해 표명되고 있다. 이 코드는 텍스트가 끊임없이 참조하는 많은 코드들, 즉 지식이나 지혜의 코드들 가운데 하나이다. Roland Barthes, 앞의 책, p.31.

41) 위의 책, p.18.

42) 김유정, 「산ㅅ골나그내」, 전신재 편, 앞의 책, 17쪽.

소설의 시작에 해당하는 이 부분은 궁상맞은 산골의 살림과 나그네에게 술시중을 어렵게 부탁할 만큼 "달포나 손님의 그림자가 드문" 산골의 술집상황을 보여준다. 술손님은 들지 않고, 술집의 모양새는 메주 뜨는 것 같은 냄새와 쥐가 내는 소리, 온전한 것 없는 살림살이의 모습을 통해 가난에 찌들고 몰락해가는 농촌살이를 보여주고 있다. 그리고 선채금을 마련하지 못해 나이가 들어도 장가를 가지 못한 술집 주인의 아들 덕돌의 모습에서 농촌경제의 몰락으로 가정을 꾸리기 어려운 가난한 농민들의 현실과 나아가 가부장적 질서의 몰락을 보여준다.

농촌경제의 몰락상은 김유정의 다른 소설에도 공통되는 시대적 배경이다. 「만무방」에서 응오가 자기 논의 벼를 훔쳤다는 아이러니한 상황을 불러온 시대상황도 이와 같다. "응오는 왜 자기 것을 훔쳤을까?"라는 필연적인 질문에 대한 대답이 이 소설에서의 내적 진실일 것이다. 앞서 미처 발견하지 못한 증거들을 찾아 재구성한 바에 의하면 진실한 농군이자 동리에서 쳐주는 모범청년이었던 응오가 이번에는 논의 벼를 수확하지 않은 직접적 이유로 아내의 병을 들 수 있다. 한편 그 기저에는 농사를 지을수록 빚이 느는 현실이 버티고 있다. 한 해 동안 공을 들여 농사를 지어봤자 "지주에게 도지를 제하고, 장리쌀을 제하고 색초를 제하고 보면 남는 것은 등줄기를 흐르는 식은땀이 있을 따름"이고 소작농에게 돌아오는 것은 빈 지게밖에 없다. 이는 응오가 이번 해에 수확을 하지 않는 근원적 이유일 뿐더러 응오의 형인 응칠이 만무방이 된 연유이기도 하다. 응칠도 처음부터 떠돌이는 아니었다. 그도 아내와 아들과 집이 있었다. 그때는 살림도 늘려볼까 궁리도 했지만, 농사를 아무리 열심히 지어봤자 남는 것은 남의 빚뿐이었고, 결국 살림살이와 집을 뒤로 하고 아내와도 갈라서 만무방 신세가 된 것이다. 이런 비슷한 이유로 빚더미에 깔린 농민들은 땅과 집을 버리고 떠돌기 시작한다. 거기에는 일제의 토지조사 사업이 종전의 수조권자를 그대로 지주로 만들고 그들에게 공납을 바치던 농민들을 자연스럽게 소작인이 되도록 만들어 농민을 수탈하고 몰락시킨[43] 시대적 배경이 자리한다.

부수적 서사로서 참조할 만한 문화적 코드를 검토해보자면, 우선 집과 고향을 버리고 떠도는 유랑인이 증가했음을 발견할 수 있다. 응칠뿐 아니라, 성팔도 외지인이며 이 마을도 곧 떠날 참이다. 재성도 고향을 떠나 장사를 하겠다고 집을 팔았고, 노름판에서 만난 기호도 아내와 헤어진 지 오래다. 가정의 해체와 유랑인의 증가는 응칠과 성팔 같은 전과범을 양산하고, 노름판은 도적을 양산해낸다. 한편 "낼갈지 모래갈지 내 모르는데/옥씨기 강낭이는 심어뭐하리/아리랑 아리랑 아라리요"라는 응칠은 부르는 아리랑의 노랫말에서는 미래에 대한 희망이 느껴지기는커녕 체념적 세계관이 엿보인다. 구슬픈 아리랑을 부르게 된 원인은 삼십 년 전과는 너무도 다른 현실감각 때문일 것이다.

> 삼십여년전 술을 빗어노코 쇠를울리고홍에 질리어 어께춤을 덩실거리고 이러든 가을과는 저 딴쪽이다. 가을이 오면 기쁨에 넘처야 될 시골이 점점 살기만 띠어옴은 웬일일고. 이럿게 보면 재작년 가을 어느 밤 산중에서 낫으로 사람을 찍어죽인 강도가 문득 머리에 떠오른다. 장을 보고오는 농군을 농군이 죽엿다. 그것두 만이나 되엇스면 모르되 빼앗은것이 한끗 동전 네닙에 수수 일곱되. 게다 흔적이 탈로 날가 하야 낫으로 그 얼골의 껍질을 벅기고 조깃대강이 이기듯 끔찍하게 남기고 조긴망난이다.[44]

인용문의 강도사건에서 보이듯이 과거 농촌의 온정주의적 인심은 사

43) 김영택·최종순, 「김유정 소설의 근대적 특성」, 『비교한국학』 16-2호, 국제비교 한국학회, 2008, 100~101쪽.
44) 김유정, 「만무방」, 전신재 편, 앞의 책, 111쪽.

김유정 소설의 추리서사적 기법 · 연남경

라지고, 돈에 대한 집착과 욕구만 커져 물신화된 가치관을 보여준다. 일제 식민지 치하에서의 농촌사회의 몰락은 경제적 측면과 동시에 윤리적 측면에서도 진행되고 있었던 것이다. 예전 풍성한 수확을 나누던 농촌의 인심은 사라지고, 몇 푼 때문에 농군이 농군을 살해하고 무자비하게 난자하는 범죄의 소굴로 변모한 농촌사회에서 자기 논의 벼를 훔친 응오의 좀도둑질은 약과다. 그러나 모범청년이던 응오조차도 곧 만무방이 될 것이며, 농민들 대다수가 만무방이 될 수밖에 없을 것이다. 이에 범인이 누구인지를 추적하던 서사는 왜 농민이 자기 논의 벼를 훔치는 범죄를 저지를 수밖에 없는지를 질문하며, 시대상황에 주목하게 된다. 결국 죄인은 만무방이 아니라 지주이며, 농촌사회를 몰락시킨 일본제국주의임을 우회적으로 말하고 있는 셈이다.

궁극적으로 「만무방」은 만무방이 생겨날 수밖에 없는 사회구조를 탐색하고 어떻게 새로운 만무방이 탄생하는지의 과정을 전개하는 서사이자 도적의 실상을 파악하게 하는 서사인 것이다. 김유정은 당대의 시대적 배경하에 농민이 몰락하여 하층 계급으로 변모해가는 과정을 주목하며, 독자에게도 서사를 재구성하게 함으로써 내적 진실을 함께 목도하도록 유도하고 있다.

「가을」은 "복만은 왜 아내를 팔았을까?"라는 궁금증을 불러일으킨다. 이 질문은 "복만은 왜 아내를 파는 사기극을 펼쳤을까?"라는 질문과 일맥상통한다. 독자에게 역정보로 지연을 유발시키는 답은 텍스트에 다음과 같이 나와 있다. 그 내용은 종결을 유예시킨다는 점에서는 역정보이지만, 문화적 코드를 적용시킬 경우 실제 어려운 농촌살이를 드러내 보여주는 경우가 된다. 복만이 아내를 돈 많은 소장사에게 파는 이유는 "맞붙잡고 굶느니 안해는 다른데 가서 잘먹고 또 남편은 남편대로 그 돈으로 잘먹고" 하려는 심산이고, 그 근저에는 한 해 농사를 지었으되 "털어서 빚도 다 못가린" 복만의 어려운 사정이 깔려 있다. 그리고 그것은 같은 마을에 사는 '나'도 별반 다를 바 없다. "기껏 한해동안 농사를 지었다는 것이 털어서 쪼기고보니까 나의 몫으로 겨우 벼 두말가웃이 남은" 것이다. 이런 사정에 놓인 '나'는 겨울에는 금점을 하거나 투전을 배워 노름판을 쫓아다닐까 궁리 중이던 차에 팔 아내가 있는 복만이 마냥 부럽기만 하다. 이렇게 어려운 농민들의 사정은 작품마다 계속 되풀이되고 있다.

일제를 통해 들어온 자본의 위력과 농촌경제의 몰락은 농민들의 의식을 물신화하는 데 결정적인 역할을 하였고, "소도 사고 게집도 사는" 소장사가 아내를 팔아야 하는 농민과는 대조적으로 매우 부자로 나오며, 아내를 산 이유도 술장사를 시켜보고자 함이었다는 점으로 볼 때, 당시 직업 면에서도 땅을 일구는 농민에서 술을 파는 상인으로[45] 직업관의 변동을 겪고 있음을 보여준다. 금점이나 노름, 그리고 술장사로 모아지는 당시 농민들의 직업관 변동은 농민이 근간을 이루었던 전통사회가 붕괴하면서 일확천금을 꿈꾸는 천박한 자본주의가 대체하고 있음을 지시한다. 그럼에도 결국 남편은 아내를 판 게 아니었으며 떠돌이가 될지언정 무능한 남편과 끝까지 함께하는 아내의 모습은 「산ㅅ골나그내」에서 보여준 바와 같이 작가의 바람이 투영된 것이다. 또한 마을 사람들의 빚을 일일이 갚고 떠나는 선량한 사기꾼 부부가 사기를 치는 대상은 돈 많은 장사꾼으로서 다음과 같이 묘사되고 있다. 소장사는 "살이 디룩디룩"하고 복만의 아내를 사 갖고 떠날 적에는 "뒤툭뒤툭 고개를 나리다가 돌부리에 채키어 뚱뚱한 몸뚱아리가 그대로 떼굴떼굴 굴러버린" 데다가 복만네 부부뿐 아니라 심지어 '나'한테도 역정보를 통해 사기를 당하는 인물로 형상화된다는 점에서 신흥 부자인 상인에 대한 작가 김유정의 비판적 시선을 감지할 수 있다.

---

45) 김영택·최종순, 앞의 논문, 105쪽.

이와 같이 진짜 대답을 찾기 위한 질문을 유도하는 서사구조와 종결 후 다시금 서사 재구성을 통해 소설의 내적 진실에 접근해가는 독서는 작가의 세계관을 면밀히 드러내준다. 세 작품 모두 당시 농민들이 고향을 등지고 나그네나 만무방 같은 떠돌이나 범죄자로 전락하고 있는 실상을 전달하고 있다. 「산ㅅ골나그내」는 김유정의 처녀작으로서 그 원인까지는 드러나지 않고 있으나, 「만무방」의 경우 만무방이 양산될 수밖에 없는 사회구조와 시대의 죄인은 일제라는 현실인식을 전달하고 있다. 「가을」에서도 자본주의의 침투로 인한 농촌의 경제와 가치관의 변동을 문화적 코드로 하여, 상인이 우위를 점하며 물질주의가 판치는 당시 실상을 비판하고 있다.

5. 맺는말

김유정은 추리소설에서 사용되는 수수께끼 해독의 서사기법을 통해 독자들의 흥미를 유도하고, 서사 진행의 묘미를 살리고 있다. 서사성격에 따라서는 범죄 발생 후 사건을 재구성하는 조사 스토리가 활성화되는 부류와 미스터리한 인물의 정체를 탐구하는 부류가 나타난다. 종결 유형에 따라서는 수수께끼가 풀리지 않는 열린 결말과 질문에 대한 해답을 찾지만 탐정 역할의 인물이 유도하는 전개를 위반하여 놀라움이 발생하는 종결로 나뉜다.

해석적 코드는 대답이 지연되는 과정을 통해 서사에 생동감을 부여한다. 김유정의 작품에도 오해, 거짓 진술, 대답의 회피나 애매함, 신뢰 못할 정보 제공 등으로 인한 지연이 발생하며, 이는 서사에 생동감을 부여할 뿐 아니라 진짜 정보를 통해 서사를 재구성하게 만든다. 종결의 놀라움과 다시 읽기 과정에서 발생한 질문은 문화적 코드의 뒷받침을 통해 소설의 내적 진실을 유도하고 독자들을 유의미한 결론으로 이끈다.

　결국 「산ㅅ골나그내」, 「만무방」, 「가을」은 나그네와 만무방이 발생하는 농촌사회의 몰락상을 전달하며, 해석적 코드에 의거한 연쇄적 질문 방식을 통해 유랑인과 범죄자를 양산하는 원인을 지목해내고 있다. 이와 같이 추리 서사기법을 도입한 구성의 재미를 통해 독자에게 접근하는 김유정 소설은 독서 이후 시대의 내적 진실이라는 무거운 주제를 전달하는 양가성을 갖는다.

■ 참고문헌

전신재 편, 『원본 김유정 전집』, 강, 2007.

김유정문학촌 편, 『김유정 문학의 재조명』, 소명출판, 2008.
김경애, 「「만무방」의 서술 구조 연구」, 『비평문학』 31호, 한국비평문학회, 2009.
김영택·최종순, 「김유정 소설의 근대적 특성」, 『비교한국학』 16-2호, 국제비교한국학회, 2008.
나병철, 『가족로망스와 성장소설』, 문예출판사, 2007.
대중문학연구회 편, 『추리소설이란 무엇인가』, 국학자료원, 1997.
박정규, 『김유정 소설과 시간』, 깊은샘, 1992.
송경석, 「수수께끼 구조로 본 김유정 소설 연구」, 한양대 대학원 석사학위논문, 1999.
오혜진, 『1930년대 한국 추리소설 연구』, 어문학사, 2009.
우한용, 「「만무방」의 기호론적 구조와 해석」, 전신재 편, 『김유정문학의 전통성과 근대성』, 한림대 아시아문화연구소, 1997.
유인순, 「김유정 소설의 구조분석」, 이화여대 대학원 석사학위논문, 1980.
＿＿＿, 「김유정의 소설공간」, 이화여대 대학원 박사학위논문, 1985.
최병우, 「「만무방」의 서술구조」, 『선청어문』 vol 16, 서울대 국어교육과, 1988.
＿＿＿, 「김유정 소설의 다중적 시점에 관한 연구」, 『현대소설연구』, 23호, 한국현대소설학회, 2004.
한상무, 「김유정 소설에 나타난 강원도 여성상」, 『강원문화연구』 제24집, 강원문화연구소, 2005.

H. Porter Abbott, 「서사학 강의」, 우찬제 외 옮김, 문학과지성사, 2010.

Roland Barthes, 「S/Z」, 김웅권 옮김, 동문선, 2006.

Yves Reuter, 「추리소설」, 김경현 옮김, 문학과지성사, 2000.

이청준 소설의 서사전략

— 탐구와 성찰의 격자구조

김 한 식

1. 이청준 소설의 스타일

소설사에서 1960년대는 특별히 '새로움'이 강조된다. 소설의 제재가 전쟁의 비참과 암울에서 벗어나기 시작했으며 개인과 시민의 발견이 본격적으로 시작되는 시기로 평가된다. 이 시기를 대표하는 작가들이 식민지 체험을 깊이 가지고 있지 않은 해방 전후 출생한 이들이라는 점도 시기의 구분을 용이하게 만드는 요소이다. 역사적으로 4 · 19와 5 · 16이라는 중요한 사건이 시대의 초입에 발생하기도 한다. 그러나 시기 구분이 늘 그렇듯이 이전 세대와의 차별성을 강조해야 할 필요성이 구분의 가장 큰 동력으로 작용하고 있는 것도 사실이다. 비평이나 매체 등 여러 문학제도들의 요구를 대표적인 예로 들 수 있겠다.

전후세대 혹은 전후소설과 구분되는 이 시기의 소설을 대표하는 작가로는 최인훈, 김승옥, 이청준을 들 수 있다. 이들의 소설에서 전쟁은 여전히 매우 중요한 의미를 가지고 있으며 소재로도 자주 사용된다. 따라서 이들이 소설을 이전의 그것과 구분할 수 있는 요소는 전쟁과 같은 소재가 아니라 개인의 감각이라는 다소 추상적인 개념이 될 수밖에 없다. 개인의 감각마저도 이전 소설이 보여준 시대성·역사성과 대비하고, 각각의 작가들이 가진 차이를 최소로 인정할 때 성립할 수 있는 공통점이다.

김승옥의 감각적 문체는 오랫동안 1960년대의 새로움을 대표했다. 그의 단편 「무진기행」이나 「서울, 1964년 겨울」을 통해 확인할 수 있는 현실에 대한 감수성과 감각적 표현은 이전 소설과 구분되는 이 시기의 독특함으로 내세우기에 부족함이 없다. 최인훈의 '관념' 역시 우리 소설사에서는 보기 드문 특별한 스타일을 만들어 낸다. 『광장』의 이명준이나 「그레이 구락부 전말기」에 나오는 '창 타입의 사람'은 의도의 좌절과 사고의 과잉으로 괴로워하는 새로운 유형의 인물들이다. 최인훈 소설에서 개인은 늘 현실에 섞이지 못한다. 거리를 두고 있거나 고립되어 있다. 이처럼 김승옥과 최인훈 소설의 인물들은 현실이나 억압에 직접 반응하는 인물들이 아니라 개인의 감각이나 관념이 승한 인물들이다.

그렇다면 이들과 함께 1960년대 소설을 대표한다고 할 수 있는 이청준의 소설은 어떠한가? 김승옥이나 최인훈이 그렇듯이 이청준 소설의 인물들 역시 현실이나 억압에 직접 반응하기보다는 개인의 감각이나 관념을 통한 간접적 반응을 보여준다. 세계와 자아에 대해 직접적이고 분명한 신념을 가지고 있기보다는 그것의 다양성 혹은 해석 불가능성에 대해 이야기한다. 이청준은 하나의 완전한 서사를 들려주기보다는 인물이 직접 겪게 되는 사건과 그를 통해 알게 된 다른 이야기를 함께 제시한다. 이러한 이청준 소설의 특징은 격자구조 또는 중층구조의 서사를 택하고 있는 소설에서 가장 잘 드러난다.

스타일은 소재나 주제의 공통점은 물론 작가의식이나 문체까지를 아우르는 포괄적인 개념이다. 격자구조는 서술기법 혹은 방법에 붙여진 이름이지만 이청준에게는 기법 이상을 의미한다. 격자구조는 두 개 이상의 이야기가 하나의 소설 안에 존재하며 이 둘 사이에 관계가 매우 긴밀하게 연결되어 있어 그것이 하나의 주제를 만들어내는 구조를 말한다. 그러면서도 격자소설의 안쪽 이야기와 바깥 이야기는 나름대로 완결된 서사를 가지고 있어야 한다. 결과적으로 격자소설에는 크게 세 개의 서사가 존재하는 셈이다. 안쪽 이야기와 바깥 이야기를 아우르는 큰 서사가 있고, 안쪽 이야기와 바깥 이야기라는 서사가 각각 존재하게 된다.

이 글은 이청준의 초기 작품들 중 격자구조를 가지고 있는 작품을 통해 이청준 소설의 서사적 특징에 대해 살펴보려 한다. 데뷔작인 「퇴원」(1965)을 시작으로 「병신과 머저리」(1966), 「줄」(1966, 이후 「줄광대」로 개명), 「매잡이」(1968) 등의 작품들을 살펴볼 것이다. 여느 작가들과 마찬가지로 이청준의 초기작들은 작가를 이해하는 데 매우 중요한 시사점을 가지고 있다. 이들 작품들은 작가 이청준을 문단에 알리게 된 출세작이자 대표작이기도 하다. 무엇보다도 다른 작가들과 구분되는 이청준 소설의 특징을 확인하기에 적당한 작품이라 할 수 있다.

다음 2, 3, 4장에서는 이 작품들을 대상으로 앞서 말한 세 가지 서사를 차례로 살펴본다.

2. 추리소설과 서사

이청준의 격자소설은 안쪽 이야기의 인물이 안쪽 이야기를 서술하는 형식을 취한다. 「줄광대」의 서사는 잡지사 기자인 '나'가 하늘로 '승천' 한 줄광대의 이야기를 취재하는 형식이고, 「매잡이」의 서사는 소설가인 '나'가 소설의 소재로 쓰인 매잡이의 삶과 친구 민태원의 행적을 서술하는 형식이다. 「병신과 머저리」의 동생 역시 자신의 그림이 그려지지 않는 이유와 '형'의 소설 안쪽 이야기가 어떻게 마무리될 것인지를 궁금하게 만들면서 서사를 진행한다.

격자소설에서 전체 서사는 추리소설의 서사와 매우 유사하다. 바깥 이야기가 안 이야기를 추적하고 탐색하는 형식이기 때문이다. 추리소설은 이미 발생한 사건을 추적하는 형식으로 결과가 먼저 제시되고 원인이 이후에 밝혀지는 구조이다. 추리소설의 장점은 무엇보다 독자의 궁금증을 유발하기에 적당하다는 데 있다. 흥미를 끌 만한 사건이 작품의 초반에 제시되기 때문에 독자들은 결론에 이르기까지 지루함을 느끼지 않는다. 추리소설은 사건을 중심으로 결과와 원인을 맞추어가기 때문에 완만한 진행보다는 변화와 우연의 서사를 중요하게 활용한다.

「병신과 머저리」는 "형이 소설을 쓴다는 기이한 일은, 달포 전 그의 칼끝이 열 살배기 소녀의 육신으로부터 그 영혼을 후벼내 버린 사건과 깊이 관계가 되고 있는 듯했다."[1]로 시작한다. 형이 소설을 쓰는 일이 범상한 것이 아님을 짐작하게 한다. 소설을 쓰는 이유 못지않게 소설의 내용 역시 흥미롭다. "그것은 형이 6·25사변 때 강계(江界) 근방에서 패잔병으로 낙오된 적이 있었다는 사실과, 나중에는 거기서 같이 낙오되었던 동료를(몇이었는지는 정확치 않지만) 죽이고 그때는 이미 38선 부근에서 격전을 벌이고 있는 우군 진지까지 무려 천 리 가까운 길을 탈출해 나온 일이 있었다는 사실에 대해서"(13쪽) 다룬 소설이다. 낙오되었던 동료를 죽인 사건이나 천 리 가까운 길을 홀로 탈출해 나온 일 모두 평범하지는 않다. 평범하기 않은 서두에 이어 흥미 있는 사건이 이어질 것이라 기대하게 된다. 이처럼 「병신과 머저리」는 작품 초반에서 소설에 대한 독자들의 궁금증을 최대로 높여놓는다.

「매잡이」의 서두 역시 호기심을 자극하는 표현으로 시작한다. 그대로 옮기면 "지난 봄 갑자기 세상을 등지고 만 민태준 형은, 그가 이승에 있었다는 흔적으로 단 한 가지 유물만을 남겨놓고 갔다. 아는 이는 다

1) 이청준, 「병신과 머저리」, 『한국소설문학대계』 53, 동아출판사, 1995, 11쪽.

알고 있는 일이지만 그것은 별로 값지지도 않은 몇 권의 대학 노트로 되어 있는 비망록이었다."[2]이다. 서술자는 죽은 이가 이승에 남겨놓은 단 하나의 유물에 대해 이야기한다. 아는 이는 다 알고 있다고 하지만 독자로서는 아무것도 알 수 없는 그런 유품이다. 유물이라는 말로 호기심을 끄는데, 게다가 그것이 비밀스러움을 담고 있는 노트라면 그 내용이 궁금해지지 않을 수 없다. 「줄광대」의 경우도 작품 초반에 전체 이야기를 암시해주는 서술이 나온다. "어디서 얻어들었는지, 부장은 C읍에 승천한 줄광대가 있다고 하더라면서, 꽤 근거가 있는 이야기로 재미있는 기사가 될 수 있을 테니 좀 자세히 취재를 해오라는 것이었다."[3]가 그것이다. 무엇보다 '승천'이라는 단어가 평범하지 않다. 누구라도 이 소설이 줄광대의 죽음을 다룰 것을 알 수 있지만 그것이 왜 승천이 되는지를 쉽게 알 수 없다.

그러나 이청준의 격자소설이 추리소설의 서사를 그대로 따르고 있다고 보기는 어렵다. 일반적인 추리소설의 서사는 이미 벌어진 사건을 시간을 거슬러 재구성하고 사건의 이유를 추적한다. 미처 알지 못했던 원인이나 여타 문제들이 새롭게 밝혀지기는 하지만 큰 틀에서 보면 서사는 이미 정해져 있는 결론을 향해 진행된다고 할 수 있다. 이에 비해 이청준의 격자소설에서 서사는 명확한 원인과 결과를 제시하고 있지 않다. 결과가 있고 결과의 원인을 추적하기는 하지만 결국 그 원인이 분명히 밝혀지지는 않는 서사이다. 따라서 이청준 소설에서 추리서사는 '나'(독자들이 소설가로 착각하기 쉬운)의 사고과정을 보여주고 독자가 그 사고과정을 따라오게끔 만드는 기능을 주로 수행한다.

추리소설의 독자는 서술자가 문제를 풀어가는 과정에 참여하는 데서

---

2) 이청준, 「매잡이」, 『한국소설문학대계』 53, 동아출판사, 1995, 73쪽.
3) 이청준, 「줄광대」, 『시간의 문』, 열림원, 2000, 13쪽.

이청준 소설의 서사전략 • 김한식

즐거움을 느끼지만 이청준 소설을 읽는 독자는 서술자가 가진 고민을 함께 나누어 가지게 된다. 이는 꼭 즐거운 일이라고만은 할 수 없는바, 소설을 읽는 재미는 안쪽 이야기에서 구해질 수밖에 없다. 실제로 그의 소설에서는 안쪽 이야기에 등장하는 인물이나 사건에 대한 관심이 바깥 이야기가 주는 서사의 재미보다 큰 경우가 많다. 게다가 안쪽 이야기는 평범한 일상에서 벗어난 '먼 곳'에서 벌어진 일들이다.

그렇다고 안쪽 이야기가 낯설고 기괴한 설득력 없는 에피소드로 이루어진 것은 아니다. 오히려 평범한 일상에서 느끼기 어려운 이야기 자체의 권위를 가지고 있다. 안쪽 이야기가 권위를 얻기 위해 자주 동원하는 것이 인물의 죽음이다. 격자소설 안쪽 이야기의 인물들은 모두 죽음을 맞이하게 된다. 「병신과 머저리」에서 안쪽 이야기에 해당하는 형이 쓴 소설에서는 김일병(혹은 관모)을 누가 죽였는지가 가장 흥미를 끄는 요소이다. 줄에서 떨어져 죽은 줄광대의 죽음, 사라져 가는 매잡이의 운명처럼 스스로 자신의 목숨을 놓아버린 곽씨의 죽음은 신비감마저 느끼게 한다. 또 이들은 자신의 죽음과 스스로의 생각에 대해 설명하지 않는다는, 설명할 기회를 갖지 않는다는, 공통점을 가지고 있다. 서술자가 열심히 뭔가를 밝혀내는 것 같지만 결국 많은 것이 가려진 채로 남는 셈이다.

이청준의 격자소설이 추리소설의 서사와 구분되는 가장 중요한 요소는 안쪽 이야기의 결론이 바깥 이야기에 큰 영향을 미치지 못한다는 데 있다. 이는 두 이야기 사이에 긴밀함이 떨어진다는 의미이기도 하지만 바깥 이야기의 인물이 가진 완강함이 영향을 허용하지 않는다는 의미가 더 강하다.[4] 또, 바깥 이야기의 인물과 안쪽 이야기의 인물이 가진 연관

---

4) 안쪽 이야기가 마무리되었을 때 바깥 이야기의 인물은 어떤 식으로든 영향을 받아야 하지만 그러한 영향관계가 분명치 못하다는 의미이다. 이미 알고 있던 자기 문제를 확인하는 데 그치는 경우가 대부분이다. 이는 이후에 발표되는 소설들에게도 크게 달라지지 않는다. 이청준 소설의 이러한 특징은 환원론이라고 비판받기도 한다.

성이 매우 적다는 데에서도 원인을 찾을 수 있다. 전쟁 당시의 '형'이 가진 경험과 여인을 잡지 못하고 다른 남자에게 떠나보낸 '나'의 경험이 어떻게 연관될 수 있는지 소설 안에서 그 근거를 찾기는 쉽지 않다. 오히려 둘은 환부의 유무로 구분되는 면이 더 크다.5) 「줄광대」에서 줄을 탈 수 없게 되어 '승천'한 광대의 경험은 소설을 쓸 수 없는 기자의 현재와 긴밀한 연관을 가지고 있다고 보기 어렵다. 「매잡이」의 죽음과 민태원의 죽음 그리고 소설가인 나의 경험을 연결하기 위해서는 여러 단계의 유추가 필요하다.

반대로 이러한 서사구조는 이청준의 소설을 단순히 서사가 주는 흥미 위주의 소설이 아닌 고민하는 개인이 부각되는 소설로 만들어준다. 추리의 서사를 중심으로 전개되는 것처럼 보이지만 실제로는 독자로 하여금 깊은 사색을 가능하게 해주는 고도의 긴장감을 갖춘 서사인 것이다. 열린 결말과 두 이야기 사이에 존재하는 간극은 독자의 상상력을 자유롭게 풀어주는 긍정적인 역할을 하게 된다. 대부분의 추리소설이 한 번 읽고 나면 흥미를 잃게 만드는 것과 달리 이청준 소설이 여러 번 독서를 요구하고 그때마다 새로운 발견의 기쁨을 주는 이유도 여기에 있다.

3. 안 이야기, 탐구의 서사

격자의 안쪽 이야기는 인물이나 사건에 대한 탐구의 형식을 취하고 있다. 격자 밖의 인물에 의해 추적되고 밝혀지는 이야기이다. 이야기라는 단어가 어울리게 인물의 삶이나 사건의 선후 등 시작과 중간과 끝을 분명하게 갖추고 있다. 자잘한 일상은 과감히 생략되고 중요한 내용들

---

5) 구분하자면 소설을 쓰는 형은 분명한 환부를 지니고 있는 인물이고 그림을 그리지 못하는 동생은 환부를 알 수 없는 인물이다.

만 압축적으로 소개된다. 독자의 입장에서는 바깥 이야기에 비해 이해하거나 공감하기가 훨씬 수월하다. 이청준 격자소설을 읽는 재미는 안쪽 이야기를 읽는 재미라고 해도 지나친 말이 아니다.

앞서 언급한 바와 같이 안쪽 이야기가 주로 죽음으로 마무리된다는 점은 기억해둘 만하다. "죽음은 이야기꾼이 보고할 수 있는 모든 것에 대한 인준을 뜻"하고 소설가는 "죽음으로부터 그의 권위를 빌려오는 것"[6]이기 때문이다. 죽음을 피해갈 수 있는 사람은 없고 죽음 앞에서 경건하지 않은 사람은 없다. 죽은 사람은 산 사람과 갈등을 일으키지 않으며 그들의 일에 간섭하지도 않는다. 현재는 많은 사람들의 죽음 위에 건설되었다는 사실도 우리는 모두 알고 있다. 또 서술자의 고민이 해결되는가의 문제와는 무관하게 죽음은 하나의 이야기가 마무리될 수 있는 가장 완벽한 형식이다.

「병신과 머저리」에서 김일병 혹은 관모의 죽음은, 누가 죽였는가라는 문제가 남기는 하지만, 형이 쓴 소설의 마무리이다. 「줄광대」나 「매잡이」의 죽음 역시 이야기를 마무리 짓는 데 효과적인 결말이다. 줄광대나 매잡이의 죽음은 스스로 선택한 것이라는 점 때문에 숙연한 분위기까지 연출한다. 현대소설은 과거 이야기에 비해 경험의 가치가 하락한 상태에서 창작될 수밖에 없다고 말한다. 근대 이후 공유되거나 이해할 수 있는 경험이 사라졌다는 의미이다. 그러나 죽음으로 마무리되는 이들의 경험은 매우 가치 있는 것으로 느껴진다. 이 역시 안쪽 이야기가 온전한 이야기에 가깝다는 인상을 주는 이유이다.

안쪽 이야기는 그 자체로 인간에 대한 탐구를 수반하고 있다. 인간성 혹은 인간정신의 지극한 지점을 다루고 있기 때문이다. 이는 안쪽 이야

6) 발터 벤야민, 「이야기꾼과 소설가」, 『발터벤야민의 문예이론』, 반성완 옮김, 민음사, 2005, 178쪽.

기가 격자소설 전체의 주제나 바깥 이야기와 어떤 연관을 갖는가와 무관한 문제이다. 인물들은 어쩔 수 없는 상황에 처해 있으며 상상할 수 있는 가장 극단적인, 하지만 어찌 보면 가장 평범한 선택을 한다. 전통적인 이야기가 그렇듯이 이들은 공감에서 비롯되는 감동을 준다. 「병신과 머저리」가 상황의 절실함이 강조되는 쪽이라면 「줄광대」나 「매잡이」는 공동의 기억을 자극하는 쪽이라 할 수 있다.

「줄광대」나 「매잡이」에 한정할 경우 과거의 사라져 가는 것에 대한 낭만적 향수도 중요한 관심거리가 된다(이는 이후 「과녁」이나 「서편제」 등 많은 소설에 등장한다). 또 이 이야기들은 시간적으로뿐만 아니라 공간적으로도 먼 곳의 이야기라는 특징을 가지고 있다. 집단의 기억 안쪽에 남아 있기는 하지만 구체적 경험과는 약간의 거리를 두고 있는 이야기는 흥미를 끌기에 적당하다. 이는 먼 곳에서 오래전에 벌어진 일이라는 과거 이야기의 존재방식과도 무관하지 않다.

물론 안쪽 이야기 자체도 이해하기 쉽지만은 않다. 인물들의 행동이나 서사의 마무리가 이야기의 모든 문제를 해결해주지는 않기 때문이다. 인물의 죽음으로 사건에 대한 자세한 증언을 들을 수 없다는 점도 완전한 해결을 방해한다. 결국 이야기는 신비를 간직한 채로 남게 되는 것이다. 「병신과 머저리」의 경우 소설 속 인물을 누가(누구까지) 죽였는지는 끝내 밝혀지지 않는다. 성실한 독자들조차 다른 결론에 이를 수 있다. 줄광대나 매잡이가 죽은 이유도 생각하기에 따라 다양하게 해석될 수 있다. 사랑과 줄타기 등 하나를 선택해야 하는 것이 줄광대였다면 매잡이는 자신의 일이 사라지는 것과 함께 사라져야 할 운명이었거나, 거기에 저항하기 위해 죽음을 선택한 인물이 된다.

안쪽 이야기에 등장하는 장인은 자주 소설가와 비교된다. 이는 안쪽 이야기를 찾아가는 인물의 직업이 글쓰기와 관계된 경우가 많기 때문이다. 소설의 안쪽 이야기는 경험을 주고받을 수 있던 시대가 사라져 가는 세상의 인심을 그리고 있다고 볼 수 있다. 장인으로서의 소설가 역시 사라져 가는 부류에 속한다고 볼 때 이청준 소설에 자주 등장하는 글을 쓰지 못하는 소설가는 장인으로서의 소설가에 해당하는 셈이다.

부정적으로 말해 소설은 의사소통의 수단으로서는 그 효율이 매우 떨어지는 매체에 속한다. 벤야민의 말대로 얘기의 예술은 그 종국을 치닫고 있고, 이 이유는 진리의 서사적인 면, 즉 지혜가 사멸되어 가고 있기 때문인지도 모른다.[7] 굳이 진리라고까지 말할 수는 없지만 줄광대와 매집이가 사라져 가고 있는 현실도 괴기의 무엇이 사라져 가는 현대의 풍속을 보여주는 데는 부족함이 없다. 「매잡이」에서 서술자는 매잡이가 되려는 버버리 소년에 대해 "풍속이 사라진 시대─사라져 간 풍속의 유민으로서의 소년은 내게 더 이상 아무런 의미도 없는 것이다."[8]라고 말한다. 소년이 서술자에게 의미가 없는 것이 작가들이 소설을 쓰지 못하는 이유와 어떻게든 관계되리라는 것을 짐작할 수 있다. 이렇듯 장인과 소설과의 비유는 안쪽 이야기가 바깥 이야기와 관계 맺는 방식의 하나라고 보아도 크게 무리가 없다.

4. 바깥 이야기, 성찰의 서사

이야기의 흥미와는 무관하게 이청준 격자소설의 주제는 주로 '나'를 주인공이자 서술자로 하는 바깥 이야기에 담겨 있다. 바깥 이야기의 '나'는 우연한 기회에 안쪽 이야기를 '탐구'하게 되고 그 과정을 통해 자신을 '성찰'한다. 성찰의 핵심은 자기를 돌아봄이라고 할 수 있을 터인데, 소설에서의 성찰은 뚜렷한 성과 없이 결과의 반복으로 맺어지곤

7) 위의 글, 169쪽.
8) 이청준, 「매잡이」, 앞의 책, 130쪽.

한다. 앞서 말한 대로 '나'는 현재를 사는 평범한 시민이지만 좁혀보면 화가, 기자, 소설가 등 모종의 표현활동에 관계된 일을 하는 사람이다.

바깥 이야기는 서술자의 현재 고민과 밀접한 관련을 가지고 있는데 고민의 내용은 자신의 천분을 수행할 수 없는 형편과 관련된다. 어떤 형편이라고 한 이유는 당사자 역시 일을 하지 못하는 이유를 정확히 알지 못하기 때문이다. 비록 이유는 모르지만 서술자는 그것을 알기 위한 방법으로 충실하게 다른 이야기를 탐구한다. 그러나 작품이 마무리될 때까지 일을 할 수 없는 이유는 밝혀지지 않는다. 여기에는 서술자의 문제와 안쪽 이야기의 문제가 동시에 존재한다. 서술자의 자아가 지나치게 완강하거나 안쪽 이야기의 메시지가 분명하지 않다. 어느 쪽이든 서술자는 안쪽 이야기를 통해서도 자신의 문제에 대한 이유를 알아내지 못한다.

여기서 이청준 초기 소설의 일관된 주제인 '알 수 없는 환부'의 문제가 드러난다. 알 수 없는 환부란 증상은 있으나 이유를 찾을 수 없는 개인의 병을 의미한다. 원인을 알 수 없다는 말은 곧 치료가 불가능하다는 의미이기도 하다. 「매잡이」에서 서술자는 자신의 '알 수 없는 환부'에 대해 "그나마 민 형의 경우처럼 자신의 삶에 대한 어떤 치열한 인내와 결단성, 심지어는 그 풍속의 미학에 대한 나름대로의 꿈마저도 깊이 지녀보질 못해온 터"[9]라고 하여 자신의 환부가 민 형의 그것보다 깊은 것임을 자인한다. 「병신과 머저리」에서 동생을 떠나 다른 이와 결혼하게 되는 혜인은 편지에서 "이유를 알 수 없는 환부를 지닌, 어쩌면 처음부터 환부다운 환부가 없는 선생님은 도대체 무슨 환부일까"[10]라고 말한다. 이 병은 소통의 문제와도 관련되어 있다. 대표적인 증상이 소설을

---

9) 위의 글, 131쪽.
10) 이청준, 「병신과 머저리」, 앞의 책, 35쪽.

쓰지 못하거나 그림을 그릴 수 없는 것이고, 병은 그 이유이기 때문이다. 바깥 이야기를 기준으로 볼 때 탐구를 통한 성찰은 자기 환부를 돌아보기 이상도 이하도 아니다.

'알 수 없는 환부'는 이청준 첫 소설 「退院」에서부터 등장하는 주제이다. 이청준의 데뷔작 「퇴원」의 주인공은 군에서 제대한 이후 '알 수 없는 병' 때문에 친구가 운영하는 병원에 입원한다. 그가 병원에서 하는 일은 병실의 창문을 통해 밖을 내다보는 것이 전부이다. 소설의 주인공은 외부와의 접촉 없이 고립되어 생활한다. 독방의 문이 열릴 때는 간호사가 체온을 재거나 무슨 이름도 알 수 없는 주사약을 놓으러 올 때, 거리의 식당에서 자극성 없는 음식으로 배달해오도록 조처해준 세 끼의 배달을 받을 때뿐이다. 증상이 있건 없건 '나'는 환자이다. 병원에서도 충분히 무기력한 시간을 보내던 주인공이 이제는 세상으로 나가야 하겠다는 의지를 되찾는 것이 소설의 결말이다.[11]

실제 무슨 이유로 주인공이 퇴원을 결심하게 되는지는 분명치 않다. 다시 돌아가게 된 창밖의 시계를 원인으로 드는 것이 보통이다. 그러나 병원 사내의 죽음을 원인으로 보는 것도 가능하다. 한 방에 누워 있던 사내의 병은 사실 내가 앓고 있는 병과 같은 성질의 병이었다. 이들은 병을 통해 세상과 단절되어 있었고, 사내의 죽음을 통해 주인공은 자신의 증상을 깊이 깨닫게 되는 듯하다. 비록 증상은 다르지만 질병으로 인해 처해 있는 환자들의 정신을 동일하게 읽어내야 '퇴원'이라는 말의 의미가 드러난다고 할 수 있다. 그렇다고 해서 「퇴원」에서 어떤 병이 문제가 되는지, 주인공이 어떤 해결책을 가지고 밖으로 나가는지를 확실히

---

11) 환부 없는 상처로 표현되기도 하는 어린 시절의 경험은 이후 지속적으로 이청준이 다루게 되는 '화두'이다. 그러나 소설에서는 그 경험이 증상의 원인이 되었다고 주장하기보다 증상의 원인을 알 수 없음이 더 많이 강조된다.

알 수는 없다.[12]

「퇴원」에서 주인공이 앓고 있는 병은 이후 소설에서 다양한 방식으로 변주된다. 음악이 그렇듯 변주는 발전이나 반복을 포함한다. 이후 소설에서도 환부는 증상의 원인을 밝히는 방식이 아니라 결론을 드러내는 방식으로 표현되는 경우가 많다. 구체적으로는 '소설을 쓸 수 없음', '매잡이를 할 수 없음', '줄을 탈 수 없음', '말을 전달할 수 없음'을 예로 들 수 있다. 비약해서 말한다면 환부 없는 증상은 어떤 방식으로든 소통이 이루어질 수 없음으로까지 나아가게 된다.

이청준의 격자소설은 이러한 환부를 찾아가는 길로 우리를 이끌어간다. 여전히 구체적인 환부의 내용을 보여주지는 않으면서 그럼에도 존재하는 환부의 실체를 찾기 위해 노력하는 서술자를 따라가게 만든다. 바깥 이야기는 '나'가 만난 사람들의 모습을 통해 환부의 치료 불가능성을 보여준다. 여기서 치료 불가능성은 개인이 해결할 수 없는 현실 그대로를 보여주는 것이라는 평가와 현실에 대한 개인의 완강한 저항을 보여주는 것이라는 평가가 모두 가능하기 때문이다.

소통의 문제는 이청준 소설을 보는 매우 중요한 관점이 된다. 여기서는 격자구조와 관계된 이야기만을 할 수밖에 없다. 언어를 통해 아무것도 소통할 수 없음은 근대예술인 소설이 맞이하게 된 피하기 어려운 운명이다. 이야기꾼과 달리 소설가는 자신을 남으로부터 고립시킨다. 소설가는 고독한 개인을 다룰 수밖에 없고, 자신이 주요한 관심사를 더 이상 표현할 수 없는 직업이다. 남에게 조언을 받을 수 없기에 남에게도 아무런 조언을 해줄 수 없는 고독한 개인이 소설가의

---

12) '환부 없는 질병'은 동시대 다른 작가들의 작품에서도 확인할 수 있다. 서정인의 「후송」은 실제로 증상이 존재하지만 객관적으로 증명되지 않는 이명 현상을 앓고 있는 장교가 주인공인 소설이다. 최인훈의 「그레이 구락부 전말기」에 등장하는 주인공 역시 무기력증에 시달리고 있지만 그 원인에 대해서는 자세한 설명이 없다.

모습인 것이다.[13] 소설가가 근대인을 대표하는 것은 아니지만 소설가의 운명은 근대인 모두의 운명을 상징하기도 한다. 이청준 소설의 바깥 이야기와 안쪽 이야기가 갖는 관계도 소설가와 타인의 관계와 크게 다르지 않다. 안쪽 이야기를 중심으로 바깥 이야기가 둘러싸고 있지만 처음과 끝이 근본적으로 달라지지 않는 것이 이청준 격자소설의 특징이기 때문이다. 마치 소설가가 아무런 조언을 받을 수 없는 운명을 타고난 것과 같이 안쪽 이야기의 탐구를 통해서도 바깥 이야기는 크게 달라지지 않는다.

5. 격자구조의 의미

비록 초기 소설에 한정했지만 격자소설은 이청준 소설의 특징을 가장 잘 보여주는 서사이다. 이청준은 이야기의 탐구와 자기 성찰이라는 문제를 안팎의 서사로 엮어 소통 불가능성이라는 근대적인 주제를 다루고 있다. 격자소설의 서술자는 자기 이야기를 들려주는 사람이며 동시에 이야기를 찾아 헤매는 사람이다. 두 이야기를 묶어주는 추리소설적 서사는 독자들에게 단순한 흥미 이상을 전달해준다. 안팎의 이야기는 각각 독립된 의미를 가지고 있기도 하다. 안쪽 이야기가 비교적 완결된 구조를 가진 서사형식이라면 바깥의 이야기는 안쪽 이야기의 탐구 자체를 서사의 주요 골격으로 삼는다.

격자소설은 이청준의 작가의식을 잘 보여주기도 한다. 전통적인 이야기 형식을 따르면서도 그것에 근대적인 성찰의 형식을 담아내려는 시도가 격자구조로 나타난 것이라 볼 수 있기 때문이다. 소설에 자주 등장하는 '장인'을 소설을 창작하고 있는 이청준의 모습과 비교하게 되는 이유

13) 발터 벤야민, 앞의 글, 17쪽.

가 여기에 있다.

또, 개인에 대한 작가의 관심을 읽을 수 있다. 문제 발생과 해결과정에서 가장 중요한 의미를 갖는 것은 개인이다. 실제로 이청준 소설에서 개인과 대비될 수 있는 타자가 구체적으로 등장하는 경우는 그리 많지 않다. 물론 작가가 보는 외부요인으로 사회와 집단, 역사와 현실, 신념과 당위의 이름으로 개인의 자유를 억압하고 간섭하는 것들을 상상할 수는 있다.[14] 그렇더라도 직접적으로 거론되는 경우는 많지 않으며 개인의 존재론적인 문제보다 중요하게 보이지는 않는다.

표현과 소통의 대상이 되는 진실 역시 개인적 의미에 한정되는 경우가 많다. 이를 통해 이청준은 개인이 스스로를 분명하고 확실하게 주장하는 것이 어렵다는 생각, 개인의 상처를 공유하는 일이 근본적으로 불가능하다는 생각을 드러낸다. 개인이 처한 이러한 상황은 비극적이기는 하지만 인정하지 않을 수 없는 현실이기도 하다. 현실을 이렇게 본다면 이청준 소설이 "자신의 음성을 짐짓 낮추어 기법과 주제상의 겸손함을 보여주는 열린 구조"[15]를 택하게 되었다는 평가는 일면의 타당성을 갖게 된다. 결론을 짓기보다는 개방적으로 열어두는 것이 훨씬 진실에 가깝다는 생각이 가능하기 때문이다.

이러한 구조가 가진 문제점 또한 분명하다. 결론을 지연시키고 열어놓은 것은 그 자체로 이미 개인의 진실은 사회적인 맥락에서 자리 매겨지거나 인과적인 논리로 혹은 하나의 의미로 규정할 수 없다는 전제에서 출발하는 것이라는 비판이 가능하다. 이런 생각의 연장에서 개인 주체의 배타적인 옹호와 자기 주장이야말로 이청준 격자소설의 이면에 숨

---

14) 장편 『당신들의 천국』 정도가 이를 구체적으로 드러낸 경우라 할 수 있다. 이 소설 역시 각 장마다 다른 서술자를 등장시키고 있다.
15) 권택영, 「이청준 소설의 중층구조」, 권오룡 엮음, 『이청준 깊이 읽기』, 문학과지성사, 1999, 166쪽.

어 있는 정치적 핵심[16]이라고 보는 견해도 있다.

  이상의 긍정과 비판은 모두 이청준의 소설만이 아닌 1960년대 우리 소설이 가진 특성을 설명한 것이라 볼 수 있다. 개인이 소설의 주제로 들어오고 그들이 가진 존재론적인 고민이 소설의 주제가 되는 시대의 한복판에 이청준이 존재했다고 볼 수 있다. 그 시대가 만들어낸 새로움에 대해서는 어떤 쪽도 인정하지 않을 수 없다. 격자소설은 이를 표현하기 위해 고안해낸 이청준 고유의 스타일이었다고 평가할 수 있다.

■ 참고문헌

권택영, 「이청준 소설의 중층구조」, 『이청준 깊이읽기』, 문학과지성사, 1999.
김영찬, 「이청준 격자소설의 정치적 (무)의식」, 『한국근대문학연구』 통권 제12호, 근대
　　　문학회, 2005.
이청준, 「매잡이」, 『한국소설문학대계 53』, 동아출판사, 1995.
＿＿＿, 「줄광대」, 『시간의 문』, 열림원, 2000.
＿＿＿, 「병신과 머저리」, 『한국소설문학대계 53』, 동아출판사, 1995.
발터 벤야민, 「이야기꾼과 소설가」, 『발터 벤야민의 문예이론』, 민음사, 2005.

16) 김영찬, 「이청준 격자소설의 정치적 (무)의식」, 『한국근대문학연구』 통권 제12호, 근
　　대문학회, 2005.10, 349쪽.

박경리 문학의 추리소설적 성격 연구

— 『가을에 온 여인』, 『타인들』, 『겨울비』를 중심으로

최 경 희

1. 서론

1960년대 박경리 문학에 대한 논의들은 지금까지 『김약국의 딸들』 (1962), 『시장과 전장』(1964)』, 『파시』(1964~1965) 등의 작품들에 집중되어 왔다. 이들 작품들은 낭만적 사랑에 실패한 여성들의 지배담론과 관습에 대한 혐오, 그것으로 인한 소외와 고립의 자처, 그리고 사회와 가정 안에서의 여성의 정체성 등에 집중되어 논의되었다. 이후 이러한 특징들은 여성 정체성 탐구와 사회 · 역사적 관계를 다룬 박경리 소설의 키워드로 자리 잡았다. 반면 박경리 소설에서 큰 비중을 차지하고 있는 대중문학[1]

---

1) 천이두, 「대중문학의 성격과 기능」, 대중문학연구회 편, 『대중문학이란 무엇인가』, 국학자료원, 1995, 32쪽. "대중문학이 무엇인지 명쾌하게 규정하는 것은 사실상 불가능하다. 대중문학의 개념은 끝없이 이를 문제화하고 재구성해야 하는 장구한 논의의 여정 속에 있다." (…중략…) "대중문학은 대중적인 시들을 포함해서 판타지소설 · 과학소설 · 무협소설 · 연애소설 · 역사소설 · 추리소설(탐정소설) · 인터넷소설

적 특징이 강한 다수의 장편들[2]에 대한 연구들은 작가가 생계를 위해 쓴 상업적인 대중소설이라는 이유로 그동안 논의에서 제외되어 왔다. 다시 말해 이러한 암묵적 봉인을 우려하는 논자들의 지적[3]과 극소수의 소논문[4]을 제외하면 박경리 문학에 나타난 대중문학의 특징을 밝혀냄으로써 얻을 수 있는 다양한 논의들은 열악한 상태이다.

박경리가 대중소설적 특징이 강한 작품들을 발표했던 1960년대는 박정희 정권의 근대화 정책에 따른 언론장악의 일환인 언론·출판의 엄격한 통제와 기업화가 동시에 이루어졌던 시기였다. 언론은 검열의 대상이 되었고, 대중의 비판의식은 가시화되지 못한 상태에서 대중문화는 확장되었다.[5] 대중매체의 성장에 힘입어 발전한 1960년대 대중문학은 물질적으로는 성장과 개발의 논리를, 정신적으로는 공동체적이며 금욕적인 가치관을 내세우는 근대화 담론의 모순에 순응 혹은 저항하면서 광범위한 독자층을 형성했다. 주목할 것은 누구보다 현실감각에 민감했

등 수많은 하위 장르들을 포괄하고 있는 장르문학이다. 장르문학이란 각 장르별로 고유한 서사규칙과 관습화한 특징들이 있어서 독자들에게 별다른 정보가 제시되지 않고 특별한 노력을 쏟지 않아도 누구든지 책을 펼쳐드는 순간 그것이 어떤 장르에 해당되는지 알게 되는 일련의 작품들을 가리킨다." 조성면, 『한국문학 대중문학 문화콘텐츠』, 소명, 2006, 18~19쪽. "대중문학이란 개인주의 문학 내지 자아중심적 문학의 대립적 개념으로서의 문학이라는 것과 순수문학 혹은 본격문학의 대립 개념으로서의 문학이 그것이다.

2) 박경리의 1960년대 작품으로는 『성녀와 마녀』(『여원』 1960), 『암흑의 사자』(『가정생활』 1962), 『가을에 온 여인』(『한국일보』 1962), 『재혼의 조건』(『여상』 1963), 『타인들』(『주부생활』 1965), 『겨울비』(『여성동아』 1967)) 등이 있다.

3) 조남현, 「박경리 연구의 오늘과 내일」, 조남현 편, 『박경리』, 서강대 출판부, 1996, 7~8쪽; 김양선, 「전후 여성 지식인의 표상과 존재방식-박경리의 『표류도』론」, 『한국문학이론과 비평』 제45집 3권 4호, 한국문학이론과비평학회, 2009, 235~255쪽.

4) 이상진, 「탕녀의 운명과 저항-박경리의 『성녀와 마녀』에 나타난 성 담론 수정양상 읽기」, 『여성문학연구』 제17호, 한국여성문학학회, 2007, 289~324쪽.

5) 강상현, 「1960년대 한국 언론의 특성과 그 변화」, 한국정신문화연구회 엮음, 『1960년대 사회변화연구:1963~1970』, 백산서당, 1999, 155~157쪽 참조.

한국 소설의 추리 기법

던 박경리 또한 대중적 특징이 강한 작품들을 통해 순응과 저항의 이중적 서사로서 근대화 담론의 모순을 드러내고 있다는 점이다. 그러므로 이 시기 작품들을 분석하는 것은 그동안 소외되어 온 박경리 문학의 대중서사의 특징을 새롭게 분석하는 일이 될 것이다.

이 글에서 박경리 문학의 대중적 특징을 밝혀낼 분석의 틀은 대중문학의 하위 장르 중 하나인 '추리소설적 기법'을 통해서이다. 여기에 해당하는 작품들로는 『가을에 온 여인』, 『타인들』, 『겨울비』[6] 등을 들 수 있다. 이 작품들을 대상으로 '추리소설'로서의 박경리 문학의 대중서사적 특징과 작가의식을 살펴보고자 한다. 그리고 그것이 박경리 문학 전체에서 차지하는 의미와 위치를 밝혀내고자 한다.

먼저 그에 앞서 박경리 문학의 추리소설적 성격을 규정하는 데 필요한 추리소설의 이론들과 우리 문학에서의 추리소설의 의미를 간략하게 살펴보면 다음과 같다.

토도로프는 형식주의적인 입장에서 고전적 추리소설의 플롯이나 전체적인 구조를 언급한다. 그에 의하면 추리소설에는 범죄(범인), 희생자, 탐정의 세 요소가 존재하며, 탐정은 뛰어난 추리력으로 미스터리한 사건을 풀어내 범인이 누구인지를 밝혀낸다. 추리소설은 두 가지의 서사구조를 가지고 있는데 '범죄'와 '수사'가 그것이다. '범죄'는 독자에게 직접적으로 제시되는 게 아니라 등장인물들이 들은 이야기나 목격한 행위들을 통해 간접적으로 전해진다. '수사'는 탐정을 중심으로 한 사건의 전말이 느린 속도로 차근차근 진행된다.[7]

· 또한 뢰테르는 추리소설을 주인공들의 행위나 성격적 특색에 초점을

---

6) 『가을에 온 여인』은 『한국일보』(1962.8~1963.5)에 연재되었고, 『타인들』은 『주부생활』(1965)에, 『겨울비』는 『여성동아』(1967)에 연재되었다. 본고는 1980년에 지식산업사에서 출간된 『朴景利文學全集』을 기본 텍스트로 삼겠다.

7) Tzvetan Todorov., 『산문의 시학』, 신동욱 역, 문예, 1992, 47~60쪽 참조.

두고 'mystery', 'crime novel', 'suspense' 등의 세 가지로 나눈다.[8] 미스터리 추리소설은 범인이 누구인지 밝히는 것에 중심을 두고 퍼즐 또는 수수께끼를 푸는 형식으로 고전적 추리소설이 여기에 해당된다. 이것은 범죄, 희생자, 탐정의 세 요소가 존재하며, '사건 조사의 의뢰-범죄와 단서들의 발견-심문과 토론, 고백-사건 공표와 폭로' 등이 서사의 중심이다. 그리고 탐정은 사건을 해결하는 영웅으로 등장한다. 그에 반해 범죄 추리소설은 구조적으로 미스터리소설보다는 유연하다. 또한 범죄 자체보다는 범인이 왜 범죄를 저질렀는가, 즉 범죄의 발생 원인에 초점을 두어서 독자들이 쉽게 범인과 동일시를 느낄 만큼 범인의 내면심리가 구체적으로 묘사되어 있다. 서스펜스소설은 희생자를 중심으로 한 위협, 기다림, 추적 등의 세 가지 요소가 들어 있고 사건의 원인과 결과가 선명하다.[9]

이러한 추리소설의 효시는 1841년 발표된 애드가 앨런 포(Edgar Allan Poe)의 『모르그가의 살인사건(The Murder in the Rue Morgue)』이고, 추리소설이라는 용어는 일본에 처음으로 추리소설이 도입되던 메이지 말기에 일본인이 만들어낸 용어이다. 또한 소화 초기에는 '본격'과 '변격'이라는 말로 탐정소설(Detective story)과 미스터리소설(Mystery story)을 구분하였다. '본격'은 포에서 시작된 퍼즐 또는 수수께끼를 푸는 형식인 고전적 추리소설을 지칭한 것이고, '변격'은 고전적 추리소설의 비예술성을 극복하기 위해 일반소설에 범죄의 장면이나 연애서사를 가미한 소설을 일컫는다.[10]

한편 추리소설이 우리 문학에 처음 등장한 것은 1930년대 김래성을

---

8) Reuter, Yve, 『추리소설』, 김경현 역, 문학과지성사, 2000, 17쪽.

9) 위의 책, 120~140쪽 참조.

10) 송덕호, 「추리소설의 유형」, 대중문학연구회 편, 『추리소설이란 무엇인가』, 국학자료원, 1997, 30~34쪽 참조.

중심으로 한 채만식, 김동인, 김유정 등의 번역·창작물을 통해서였다. 이 시기 추리소설은 고전적인 추리소설의 서사구조를 철저하게 구현하면서 식민지 민중의 취향과 새로운 문학적 진로를 모색했던 문단 분위기와 맞물려지면서 대표적인 대중문학의 아이콘으로 자리 잡았다.[11] 그러나 추리소설의 위상은 1950~60년대부터 다소 위축되었다. 그 이유로는 추리작가와 일반소설가의 분리가 엄격해진 것, 추리소설이 전쟁과 분단이라는 역사적이고 현실적인 문제와 직결되지 않는다는 것 등을 들수 있다. 그리고 이러한 추리소설의 단점을 극복하고 등장한 것이 '변용 추리소설'이다. '변용 추리소설'은 탐정과 범인이 벌이는 미스터리적인게임보다는 인물들의 내면세계가 부각되기 때문에 탐정과 범인은 공식화된 고정적인 역할에서 벗어나서 생생하게 살아 움직이는 인물이거나 개성적인 인물이 될 수 있다.[12]

지금까지 간략하게 살펴본 것을 참고로 할 때, 『가을에 온 여인』, 『타인들』, 『겨울비』의 서사구조는 역진적 구성, 정보의 지연, 추리의 오류, 오해의 전략 등의 추리소설적 기법이 돋보이는 작품들로서, 고전적 추리소설에서 벗어난 '범죄 추리소설'과 '변격 추리소설' 혹은 '변용 추리소설'에 가깝다. 다시 말해 이 세 작품들의 서사는 현재시점을 시작으로 미스터리한 사건의 전말을 풀어내는 과정에서 드러난 주인공들의 감춰진 과거와 대면하는 역추적의 구조로 전개된다. 그리고 사건의 전모가 밝혀지기까지 범죄에 얽힌 정보들은 범죄를 은폐하려는 범죄자의 전략때문에 오해가 생겨 정보는 지연되고 스릴과 서스펜스는 고조된다. 그런데 이러한 특징을 갖고 있는 이 세 작품들의 분석에 있어서 주목해야

---

11) 오혜진, 『1930년대 한국추리소설 연구』, 어문학사, 2009, 12~16쪽 참조.
12) 이정옥·임성례, 「1950, 60년대 추리소설의 구조 분석」, 『현대문학이론연구』 제15 집, 현대문학이론학회, 2001, 183~202쪽 참조.

할 점은 범죄와 범죄자에 대한 박경리의 시선이다. 박경리는 범죄 자체에 대한 윤리적 재단보다는 범죄에 근저가 되는 인간의 무의식적 욕망과 사회·역사적 배경에 관심을 돌림으로써 인간의 폭력성과 사회·역사적 이데올로기의 폭력성을 깊이 있게 성찰한다. 즉 『가을에 온 여인』, 『타인들』, 『겨울비』는 여성의 사랑과 결혼이라는 대중적 소재를 중심으로 여성의 욕망과 정체성에 깊이 연루된 사회·역사적 이데올로기의 문제를 추리소설적 기법으로 형상화한다. 또한 '범죄'에 대한 기존의 관습적인 윤리의식에 저항함으로써 새로운 윤리의식의 모색을 제시한다.

한편 이 글의 분석의 대상이 아닌 『암흑의 사자』(1962), 『재혼의 조건』(1963) 등의 연애문법이 중심을 이루는 대중서사에서도 여성의 정체성과 사회·역사적 이데올로기의 문제는 변주되고 있다. 또한 이것은 대중적 연애서사로써 1950년대 남성 중심의 성담론의 모순과 여성 인물의 자기 성찰과정을 다룬 첫 장편 『애가』(1958)를 비롯한 『재귀열』(1959), 『성녀와 마녀』(1960) 등의 장편들과도 맥을 같이하고 있는 부분이다. 이처럼 박경리에게 대중서사적 모티프는 작가의식을 드러내는 중요한 도구로 사용되었다. 그러한 점에서 미루어볼 때도 대중성이 짙은 추리적 기법이 두드러진 작품들을 선별해 분석하는 일은 의미 있는 작업이 될 것이다.

2. '집'의 수수께끼

1) 가면의 미혹

『가을에 온 여인』, 『타인들』, 『겨울비』에서 '집'은 행복한 안식처로서의 사적 공간이 아니다. '집'은 가정 이데올로기의 허위, 폭력, 불구적인 모습을 상징적으로 드러내는 공간이다. 또한 '집'은 의문투성이고 불미스러운 사건이 벌어지고 있는 비밀스러운 장소이자, 범인의 은폐된 욕망을 감추는 은신처이다. 범인들은 스스로 사회와의 고립을 자처하면서 '집'에서 자폐적인 생활을 한다. 그리고 이러한 낯선 '집'에 우연히 머물거나 방문하는 것을 계기로 주인공들은 미스터리한 사건과 대면한다.

'아악!'
성표는 얼른 두 손으로 입을 틀어쥐었다. 숨이 콱 박히는 듯했다. 방안에서 살인극이 벌어지고 있는 만큼 성표는 놀랐던 것이다.
'이게 어찌 된 일이야?'
꿈에도 상상할 수 없는 일이었다. 밤마다 들려오곤 했던 그 발소리의 임자는 바로 강사장 그 사람이었던 것이다.
강사장, 그는 지금 파자마 바람으로 침대에 걸터 앉아 담배를 피우고 있었다. 그에게 등을 보이고 서 있는 여자는 물론 영희였다. 엷은 시미즈를 입은 영희의 둥그스름한 양어깨와 두 팔, 성표의 눈에 따갑게 들어온다.[13]

『가을에 온 여인』은 사랑에 대한 여성 인물의 욕망과 좌절이 가져온 비극성을 추리적 기법으로 형상화한 작품이다. 이 작품은 '푸른 저택'이라는 기괴한 집의 묘사와 안주인 오세정의 내면을 추리소설적 형용사들[14]로 빈번하게 묘사함으로써 서사에 대한 독자층의 호기심을 자극시킨다. '미로'와 '요지경' 같은 '푸른 저택'에 사는 오세정은 '모두 그분을 두려워한다.', '부인은 정말 신비스러운 분', '얼굴을 확 덮치는 듯한 괴기한

---

13) 박경리, 『박경리문학전집8-가을에 온 女人』, 지식산업사, 1980, 139~140쪽. 이하 작품 인용은 이 책의 쪽수를 따를 것이다.
14) Slavoj Zizek, 『삐딱하게 보기』, 김소연 · 우재희 역, 시간과 언어, 1995, 113~114쪽. "탐정의 서술에 쓰이는 어휘는 세부를 근거로 한 기술적 출발점, 즉 단서를 포함하는데 이 단서를 나타내는 것은 일련의 형용사들이다. '묘한', '수상한', '나쁜', '낯선', '의심스러운', '이치에 닿지 않는' 같은 형용사들은 물론이고 '기괴한', '실재하지 않는', '믿기 어려운' 과 같이 더 강력한 표현들이 나타난다."

분위기', '처절한 분위기', '무서운 살기가 느껴지는 여자', '통곡하는 얼굴을 보고 있으면 까닭없이 애처로워지는 여자' 등으로 묘사된다. 이처럼 신비스러운 분위기를 가진 오세정을 더욱 미스터리한 인물로 각인시키는 것은 남편 강명하와 비서 영희의 '불륜'을 그녀가 조장하고 방관한다는 사실이다. 또한 가정교사 신성표는 규칙적적으로 들리는 '심야의 발소리'로 인해 '푸른 저택'에 대한 의혹을 갖고 있던 중 위의 인용문처럼 '불륜' 현장을 목격하고 경악한다. 그리고 신성표는 남편 강명하와 비서 영희의 불륜을 묵인하는 오세정의 저의를 파악하지 못한 채 고립과 고독을 자처하며 범죄를 은닉하고 사는 오세정의 가면적 모습에 의혹과 애정을 동시에 느끼면서 그녀의 자폐적 기질과 자학적 태도에 매료된다. 범인에 대한 알 수 없는 끌림은 『타인들』에서 남편 하진에 대한 문희의 모순된 감정에서도 드러난다.

> '잠꼬대를 하는구먼. 깨우면 잠 못 주무신다.'
> 문희는 살그머니 일어나서 밀려내려간 이불자락을 걷어서 하진의 어깨 위에 끌어올려 준다.
> '사람이 아니다! 이건 짐승들이다! 숨을 쉬는데 눈을 빼어먹었구나! 팔이 허공을 지, 짚는데 눈을 빼어먹었구나!'
> '무서운 꿈을 꾸고 있다.'
> 하진의 잠꼬대는 멎었다. 그는 돌아누우며 입맛을 다시다가 다시 고르고 낮은 숨소리를 낸다.
> '언제던가? 음, 언제던가. 그때도 이이는 까마귀가 몰려온다고 한 일이 있었지. 밤낮 까마귀 꿈만 꾸는가봐.' (…중략…) 하진은 이내 길 모퉁이에서 사라졌다. 그가 사라지는 순간 문희는 그를 영원히 잃어버릴 것 같은 절망에 사로잡힌다. 코우트 깃을 세우는 뒷모습에서 느낀 충동적인 애정의 감동이 아직 전신에 일렁이고 있는데 숨이 막히게 엄습해 오는 절망, 너무 절박하여 눈앞이 캄캄해 지는 것만 같이 느껴지는 것이었다.
> '뒷모습까지도 신경질적이야.'
> 중얼거리며 문희는 가까스로 뜰안에 들어온다. 문을 닫아걸고 뜰안을 지

나온다.[15)]

『타인들』의 문희와 하진은 '타인'처럼 지내는 결혼 십 년차 부부다. 천재화가에서 마약 중독자로 전락한 하진은 결혼생활에 무관심하다. 문희 또한 결혼생활에 대해 회의적이다. 그러던 중 문희는 가정에 무관심한 남편의 태도와 의심쩍은 잠꼬대가 관련이 있다고 추측하고 남편의 알리바이를 흥신소에 의뢰한다. 그런데 흥미로운 것은 『가을에 온 여인』에서 신성표가 가면을 쓴 듯한 오세정의 비밀스런 분위기에 애정과 불안을 동시에 느끼듯이 문희도 하진을 미행하면서 '영원히 잃어버릴 것 같은 절망'으로 불안하면서도 '충동적인 애정의 감동'을 경험한다는 것이다. 아이러니컬하게도 문희는 수수께끼 같은 하진을 남편으로서 신뢰하지 못해 불안해하면서도, 같은 이유로 그에게 무한한 애정을 느낀다.

> 그 소녀는 아마 일 년 가까이, 내가 처음 그 소녀를 만난 것은 이맘때쯤이었으니까. 소녀는 비둘기장같이 작은 집에 어떤 노파하고 살고 있는 모양이었어. 소녀를 못 만나는 날에도 나는 매일같이 그 비둘기장같은 집을 지나쳐서 집에 가고 또 밖에 나오곤 했었지. 그런데 그 소녀에 대한 궁금증이 늘 있었거든. (…중략…) 그랬는데 얼마 전에 그 비둘기장 같은 집에서 그 화가의 동생이 나오더란 말이야. (…중략…) 다만 그는 그의 직감 같은 것을 믿고 있을 뿐이다. (…중략…) 어쩌면 그는 그들에게 미칠 불길한 일을 막아주고도 싶은 기분이었을지도 모른다.(137쪽)

흥신소 직원 김주원은 수상한 '집'을 정기적으로 방문하는 하진과 하영 형제의 알리바이를 문희에게 보고한다. 그런데 정작 문희는 하진의 '진짜' 얼굴과 대면하려는 순간, 수사 의뢰를 철회한다. 남편의 실체와

---

15) 박경리, 『박경리문학전집9-타인들』, 지식산업사, 1980, 41~46쪽. 이하 작품 인용은 이 책의 쪽수를 따를 것이다.

마주하기를 회피하는 문희의 두려움 때문에 사건의 정보는 지연된다. 문희는 소녀 정애의 존재가 하진의 과거와 깊이 연루되어 있다는 추리 대신 남녀관계로 오해하면서 질투한다. 이것은 하진에 대한 문희의 의혹이 자신에 대한 하진의 사랑을 확신할 수 없다는 것에서 기인한 것임을 의미한다. 하진의 알리바이를 추적하는 과정에서 문희는 과거의 범죄로 인한 하진의 내적 갈등을 감지하지 못한다. 대신 황폐한 내면을 감추기 위한 '가면'적 포즈에 매료될 뿐이다.

이처럼 『가을에 온 여인』과 『타인들』에서 범인에 대한 주인공들의 시선은 고전적인 추리소설에서 탐정이 범죄자를 조사하는 논리적 과정과는 다르다. 이들 작품에서 범인의 '가면'은 연애서사에서 흔히 볼 수 있는 사랑을 방해하는 요소[16]로 작용해 연인에 대한 신비스러운 이미지를 배가시킨다. 범인에 대한 주인공들의 이와 같은 애정은 박경리식의 추리소설적 기법의 특징이라고 할 수 있다. 이 작품들에서 범죄 모티프는 단순히 윤리의식을 환기하기 위한 교양소설로서의 장치가 아닌, 인간의 무의식에 내재된 보편적인 '악'을 형상화하기 위한 도구일 뿐이다. 다시 말해 박경리는 범인의 편에서 범죄서사에 내재된 인간의 폭력성의 근원을 다루고 있다. 이러한 잠재된 폭력성은 좌절된 욕망으로 인한 파괴된 내면으로 인해 불구적으로 드러난다.

2) 낭만적 사랑의 실패와 '절름발이' 가족

『가을에 온 여인』과 『겨울비』에서 공통적으로 등장하는 소아마비를 앓고 있는 소년들은 가족의 불구성, 불화, 비극적인 인연 등을 상징적으

---

16) 김창식, 「연애소설의 개념」, 대중문학연구회 편, 『연애소설이란 무엇인가?』, 국학자료원, 1998, 15쪽.

로 드러내고 있는 존재들이다. 또한 이 소년들의 '출생의 비밀'은 주인
공들의 은폐된 과거와 깊이 연루되어 있다. 먼저 『가을에 온 여인』의 찬
이는 오세정이 살해한 옛 애인의 아들이다. 오세정은 사랑에 대한 병적
인 집착으로 자신을 배신한 애인을 살해한다. 그러고는 애인의 형과 결
혼하고 애인의 유복자까지 키우는 극단적인 자학으로 자신의 인생을 학
대한다. 또한 『겨울비』의 실이는 윤순임의 사생아로서 최한섭의 아들이
다. 윤순임은 자신을 배신한 최한섭에 대한 '저주'와 '복수'의 심정으로
실이가 최한섭의 아들임을 숨긴 채 은둔생활을 한다. 최한섭 또한 윤순
임을 버렸다는 무의식에 내재된 죄책감으로 인해 아내 남미의 '방종'에
대해서조차 무감각할 정도로 무기력한 생활을 보낸다.

　이처럼 박경리는 낭만적 사랑에 실패한 여성 인물들의 내적 분열을
보여줌으로써 열정적인 사랑과 '스위트 홈'이라는 연애서사의 패턴을
파괴한다. 박경리는 이들 작품에서 이상적인 사랑과 결혼의 추구가 '허
명'일 뿐이라고 냉소한다. 박경리에게 '연애'란 '갈구하면서도 좀처럼
얻어질 수 없고', '세상에 오직 하나 뿐이며, 일생에서 한 번만 찾아오는
유일한 것'[17]이라는 점에서 비극일 뿐이다.

> 무서웠던 것은 세상도 아니었고, 고난도 아니었어요. 형벌도, 그렇다고 강
> 사장도 아니었어요. 무서워한 것은 바로 당신, 성표 당신이었어요. 할말이,
> 할말이 너무나……할 수만 있었다면 당신을 어느 빙산(氷山)속에 묻어두고
> 싶었어요. 여자가 없는 곳, 사람이 없는 그런 곳에……(192쪽)

『가을에 온 여인』의 오세정은 '남자를 파멸시키는 힘이 있는 무서운
여자'로 스스로를 객관적으로 냉철하게 인지하는 이성적인 인물이다. 그
러면서도 '동반자살'로 위장해 변심한 애인을 살해할 만큼 이성에 반하

---

17) 박경리, 「참다운 연애의 의미」, 『Q씨에게』, 지식산업사, 1981, 329~330쪽.

는 행동도 서슴지 않는 인물이기도 하다. 오세정의 살해 동기는 배신에 대한 복수이자, 영원히 애인을 소유하고자 하는 병적인 소유욕이라고 할 수 있다. 이러한 오세정의 욕망은 자신이 살해한 애인과 닮은 조카 찬이의 가정교사 신성표에 대한 사랑으로 전이되어서도 마찬가지다. '빙산속에 묻어두고 싶다.', '머리카락 한 오라기도 빼앗기기 싫다.'는 표현에서 드러나듯이 오세정의 욕망은 극대화된다. 이것은 신성표에게 그녀가 자신을 해칠지도 모른다는 생명에 대한 위협으로 감지될 정도로 강력하다.

한편 오세정의 '불륜'에 대해 남편 강명하는 냉담하다. 오세정이 비서 영희와 그의 '불륜'을 묵인했던 것처럼 말이다. 이러한 두 사람의 불구적인 결혼생활을 박경리는 '사디즘과 매저키즘'적인 결합으로 묘사한다. 박경리는 각자의 '불륜'을 묵인하면서 가정의 파멸을 자초하는 위악적인 행동도 서슴지 않는 '푸른 저택'의 부부가 사는 모습을 통해 애정 없는 결혼생활의 비극성을 보여주고 있다. 이러한 불행한 결혼생활에 대한 자학의 포즈는 『겨울비』의 최한섭과 남미 부부를 통해서도 드러난다.

> "당신 신문 보았소?"
> 한참 만에 최한섭씨는 입을 뗴었다.
> "아뇨."
> "끔찍한 사건이 났더구먼."
> "끔찍한 사건이라뇨?"
> 반문했으나 별로 흥미가 있는 것 같지 않았다.
> "부정한 아내를 무시무시한 방법으로 살해했어."
> 남미의 얼굴빛이 변했다. 최한섭씨는 그 얼굴을 가만히 바라본다.[18]

최한섭은 불륜을 저지른 아내를 살해한 살인사건을 다룬 신문기사를

18) 박경리, 『박경리문학전집10 ─ 환상의 시기/겨울비』, 지식산업사, 1980, 209~210쪽.
　　이하 작품 인용은 이 책의 쪽수를 따를 것이다.

들먹이면서 남미에 대한 살인충동을 은유적으로 표현한다. 또한 그는 곧 자신의 '잔인함'에 대해 '스스로 후회'하고 아내의 방황을 조장한 '공범자'라는 죄의식에 시달리면서도 남미의 이혼 요구를 받아들이지 못하는 자신의 심리상태에 대해 자학한다. 그리고는 가정의 불화를 외면하고 최한섭은 집필을 핑계로 집을 떠난다. 그리고 우연히 머물게 된 낯선 '산장'에서 과거의 '상흔'과 만나면서, 삶에 대한 그의 무기력증이 무의식 안에 잠재해 있던 과거의 연인 때문임이 밝혀진다.

> 어머니는 근본적으로 사람을 사랑하는 것을 부정하고 있습니다. 어머니는 저마저 사랑하고 있지 않죠. 그러면서도 저를 사람 속으로 내보내려고 안하 거든요. 처음 저는 제가 불구자기 때문에 어머니가 부끄럽게 생각하시는 거 라고 짐작했습니다. 하지만 그것도 아니었습니다. 제가 어머니를 무서운 사 람으로 생각한 것은 안선생님이 자살했을 때죠." (…중략…) 최한섭씨는 순 간 자살했다는 그 안선생이야말로 실이의 부친이 아닐까 하는 생각이 퍼뜩 들었다. (…중략…) "아무리 오랜 세월을 두고 만나고 또 만나도 심지어 같은 지붕 밑에 사는 사람에게도 타인을 느끼는데 타인같이 느껴지지 않는 것 은…… 사실은 인간의 관계란 그런 게 아닐까. 우연히 느낌이 부딪쳐서 합쳐 지는 경우가 드물게 있을 수가 있어.(94~95쪽)

최한섭은 산장 여주인이 된 과거의 연인 윤순임을 알아보지 못한다. 미혼모로서 소아마비를 앓고 있는 아들과 살고 있는 그녀는 '보는 순간 등골이 오싹한' 여자라는 소문이 돌 정도로 철저하게 외부와 차단된 미스터리한 삶을 살고 있다. 또한 안 선생의 자살 원인이 어머니에게 있다고 믿고 있는 아들 실이에게 그녀는 '사람을 사랑하는 것을 부정'하며 사는 냉혹한 여자다. 두 모자의 불행한 삶의 근원이 자신에게 있다는 것을 짐작조차 못하는 최한섭은 아버지가 누구인지 모르는 실이의 상황을 애처로워하면서, '모래속에서 보석을 발견'한 듯이 실이에게 호감을 갖고 그의 후원자가 되기로 한다. 이 같은 최한섭의 본능적 애정에 대해 윤순임은 냉담할 수밖에 없다. 윤순임의 복수는 부자간의 인연을 단절시키는 것이다.

이와 같이 『겨울비』의 인물들은 과거의 좌절된 욕망으로 인한 상처받은 내면을 위악적인 행동으로 덧씌우며 불행한 삶을 살고 있다. 한편 『타인들』에서 하진의 위악적인 행동은 과거에 저지른 범죄에 대한 '죄의식' 때문이다.

> "난 경옥이하고 동침했어! 다이아몬드 반지도 선사 했지!"
> "네?"
> "당신 올케처럼 질투하겠소?"
> 문희는 숨을 마신다. 심술이 잔뜩 오른 하진의 눈이 잔인하게 문희의 눈을 주시한다.
> "시시한 얘기야. 사랑이 어디 있어? 모두가 타인들이면서……"
> (…중략…)
> '사람을 죽이는 것이다! 이 안개가 사람을 죽이는 것이다! 나는 언니처럼, 그, 그러지도 못하는 사람하고 한지붕 밑에서……타인, 타인들!' (89쪽)

죄책감으로 인한 하진의 자학은 화가로서의 정체성을 잃고, 마약 중독자로 전락한 것도 모자라 스스로 아내에게 자신의 '불륜'을 폭로하는 위악으로 나타난다. 문희는 경옥과의 '동침'을 실토한 하진 때문에 결혼생활에 대해 환멸감을 갖는다. 주목할 것은 문희의 환멸이 자신에게 애정이 없는 하진에 대한 원망이라는 사실이다. 그녀는 '부부가 타인이라면 인간은 절망밖에 없지 않느냐.'면서 결혼생활을 부정적으로 인지하면서도 '이혼한 후라도 하진을 잊지는 못할 것'을 인식한다.

이렇듯 박경리의 인물들은 욕망의 좌절로 인한 결핍과 죄의식을 자폐적이고 위악적인 태도로써 무장한 채 살고 있는 불행한 인물들이다. 그런 점에서 이들은 비극적 운명의 피해자이자, 동시에 범죄를 저지른 가해자이다. 이러한 모순된 설정을 통해 박경리가 말하고자 하는 것은 무엇일까? 그것에 대한 해답을 다음 장에서 구체적으로 모색해보기로 하겠다.

3. 과거의 은폐에서 드러난 욕망의 좌절과 극복

1) '위험한' 여성의 저항

박경리는 '선'과 '악'이라는 이분법적인 추리서사의 구조에서 벗어나 보편적인 인간의 '악'을 그림으로써 '죄'에 대한 고정관념을 깨뜨린다. 즉 범죄 자체에 대한 윤리적 판단에 앞서 범죄의 동기를 비중 있게 다룬다. 다시 말해 박경리는 독자로 하여금 범인에 대한 충분한 동일시를 통해 '악'에 대해 새로운 관점을 갖도록 유도한다. 이러한 박경리의 기존의 윤리의식에 대한 도전은 작품에서 일관되게 드러나고 있다. 먼저 '살인자'에 대한 박경리의 시선을 살펴보자.

> "오세정은 내 동생을 죽였습니다. 찬이 애비를 말입니다. 죽도록, 죽도록 사랑한 나머지 죽였다는군요. 하기는 세정이도 같이 죽으려고 약을 먹었다죠, 아마? 그러나 내 동생의 죽음을 확인하고 싶어서 약을 조금만 먹었다지 않습니까. 무서운 여자 아니오. 내가 그 복수를 하기 위하여 오세정하구 결혼했다구요? 아, 아닙니다. (…중략…) 내가 오세정한테 애정을 요구하는 줄 아시오? 나는 그 여자가 나를 증오하는 것을 원하고 있소. (…중략…) 약은 동생놈이 오세정에게 먹이구, 또오 저 자신도 먹은 걸로 돼 있었거든요. 오세정은 몰랐다는, 마 그런 결론이 내려졌다 이 말씀이오. 으하하핫……." (…중략…) 그럼 왜 오세정은 나하구 결혼했나 그 말씀인데 그의 말을 빌리자면 자기의 죽음은 일단 숙제로 남겨두기로 하고, 형인 나에게 학대받을 각오를 했을 것이오. 내가 학대하지 않더라도 죽여버린 애인의 형을 보고 자기 학대를 할 참이던 모양이죠? 그러니 결국 오세정은 마조히즘이고 나는 사디즘이란 말이오. 이러한 해후가 흔한 일 같소? 지극히 희귀한 일이 아니요? 악마주의자에게 걸려들었다는 건 말이오. (252~253쪽)

『가을에 온 여인』에서 오세정이 범죄와 연루되어 있다는 사실은 작품 곳곳에서 드러나 있지만, 그녀가 살인자라는 것은 작품의 말미에 가서야 밝혀지면서 서사는 급반전한다. 인용문에서 드러나듯이, 오세정은 애인을 죽이고, 죽은 애인의 형인 강명하와 결혼한 '악마주의자'다. 강명하는 동생을 죽인 살인자와 살고 있다는 죄의식과 죽은 동생을 닮은 신성표를 오세정이 사랑하고 있다는 것 때문에 그녀에게 '살의'를 느낀다. 한편 오세정은 나인화에게 애인을 빼앗길 수 없다는 사랑에 대한 절대적 욕망으로 '동반자살'로 위장해 애인을 살해하고 자학하는 심정으로 죽은 애인의 형 강명하와 결혼했다. 그리고 오세정의 좌절된 욕망은 죽은 애인과 닮은 신성표에게로 전이되지만, 신성표 역시 나인화에게 빼앗길 위기에 닥치자, 두 번째 살인 계획을 세운다.

> 이때 밖에서 클랙슨이 울렸다. 오부인은 자리에서 일어섰다. 그리고 재빨리 핸드백을 열었다. 그는 침착하게 권총을 꺼내었다. 강사장의 등을 겨누었다. 총성과 함께 강사장이 쓰러졌다. 쓰러진 위에서 다시 총성이 지나갔다. 오부인은 권총을 쥔 채 강사장의 시체를 내려다보았다. (…중략…)
>
> "가까이 오지 마세요. 쏠 테니까!"
>
> 오부인은 성표를 노려보았다.
>
> "시간이 좀 빨랐구먼. 신성표씨가 이곳에 도착하는 순간이 이 총성이 났어야 했을걸. 살인범 신성표! 연극의 차질이요. 그것은 내 두뇌의 실수가 아니구 심장의 잘못인 것 같구먼. 악마의 동반자는 신성표가 아니고 오세정이었던 모양이요."
>
> 말이 끝나기도 전에 오부인은 자기 미간에다 대고 권총을 쏘았다. 눈 깜빡할 사이였다. 두 사람은 동시에 오부인에게 덤벼들었으나 모든 일은 끝나고 말았다. (341~342쪽)

인용문에서 두 번째 살인 계획이 실패한 것은 '내 두뇌의 실수가 아니구 심장의 잘못'이라는 오세정의 말에서 드러나듯이, 신성표에 대한 사랑 때문이자, 이상적인 사랑은 현실에서 이룰 수 없다는 것을 깨달은 허무의식에서 나온 결과이다. 그런데 이러한 오세정의 병적인 사랑, 살인이라는 극단적인 폭력을 박경리는 부정적으로 그리지 않는다. 오히려 '사랑한다는 것이 좌절되었을 때 사람은 누구나 다 잔인해질 수 있을 것' 같다는 것에서 알 수 있듯이, 작가는 살인에 대한 윤리적인 판단보다는 사랑의 좌절로 인한 오세정의 찢겨진 내면에 주목한다. 오세정의 은폐된 과거의 추적과정에서 드러난 것은 범죄 자체가 아니라 사랑을 잃은 불행한 여인의 상처받은 불구적인 내면이다. 다시 말해서 박경리는 욕망의 좌절이 가져온 인간의 폭력성을 보편적인 인간의 모습으로 끌어올려 한 여인의 불운한 운명을 극대화시키고 있다.

> "윤순임……순임"
> 하고 중얼거렸다. 최한섭씨가 기억속에서 완전히 사라진 여자의 이름이었다. (…중략…)
> "그, 그렇다면 실이는!"
> "윤순임의 외아들이죠." (…중략…)
> "오해하시면 곤란하죠. 그애 아버지는 이북서 해방되던 해 죽었습니다. 그리고 하나 부탁드리고 싶은 것은 우리가 옛날 알던 사이라는 것을 실이가 눈치채지 않도록 해주세요."(123~124쪽)

『겨울비』의 윤순임 또한 연인의 배신으로 스스로 사회와의 소통을 단절하고 자존감과 결벽증으로 무장한 채 고독하게 살다가 자살한 비운의 여인이라는 점에서 『가을에 온 여인』의 오세정과 비슷한 인물유형이다. 또한 전쟁 후 사생아를 낳은 여자라는 점에서 전후의 문제적인 여성이었던 '미망인'과 같은 유형19)의 인물로 볼 수 있다. 좌절된 욕망으로 인한 윤순임의 자폐적이고 자존심 강한 태도는 전쟁으로 인한 최한섭과의

---

19) 그 외 미망인을 주인공으로 한 애정의 갈등을 통해 사회적 지배담론의 허상을 폭로한 박경리의 작품으로는 『표류도』(1959), 『재혼의 조건』(1963) 등이 있다.

이별이 직접적인 원인이지만, 그의 무관심이 그녀에게는 더욱 깊은 상처가 되었다고 볼 수 있다. 학병으로 입대하기 전날, 윤순임과 사랑을 나눈 최한섭은 지주의 아들이라는 출신 성분 때문에 남하 후, '잊지 말아달라고 애원' 했던 윤순임을 까맣게 잊는다. 그 후 수소문 끝에 최한섭을 찾은 윤순임은 이미 가정을 가진 최한섭에 대한 배신감으로 '저주'와 '설움'의 세월을 보낸다. 사랑에 대한 윤순임의 환멸의식은 생을 마감하는 마지막까지 위악적인 태도로써 유지된다. 실이의 아버지가 누구인지, 안 선생 자살의 원인 제공자가 자신이지 등에 대한 '아무런 유서도 남기지 않고 입을 다문 채' 자살한다. 이렇듯 이 작품은 불운한 '미혼모' 윤순임과 아내의 외도조차도 무관심할 정도로 생활에 무기력한 최한섭을 비극적 인연으로 그려낸다.

『가을에 온 여인』과 『겨울비』에서 '자살'은 사랑의 좌절로 인한 여성 인물의 불구적인 내면과 삶의 부정의식을 드러내는 장치이다. 동시에 사랑을 둘러싼 보편적 윤리의식과 개인의 욕망 충돌 사이에서 방황할 수밖에 없는 여성 인물의 내적 갈등, 순응 그리고 저항을 함축적으로 보여준 것이다. 그런 점에서 이들 작품에서 여성 인물의 죽음은 단순한 비극적 결말이기에 앞서 개인의 욕망이 사회규범 안에서 자유로울 수 없음을 말해준다.

2) '공범자 의식'의 극복

『가을에 온 女人』의 오세정과 『겨울비』의 윤순임은 '자살'로써 사회·도덕적 규범에 대한 죗값을 치른다. 죄에 대한 처벌은 전통적인 추리소설에서 흔히 볼 수 있는 전통질서에 순응하는 권선징악적 서사구조이다. 그런데 선·악의 구분이 뚜렷한 외연서사에 반하는 내적 서사 또한 간과해서는 안 될 것이다. 여성 인물의 '자살'은 단순한 권선징악적

응징에 앞서 가부장제 이데올로기의 '허명'을 폭로한 것으로 볼 수 있다. 이것은 『겨울비』에서 윤순임의 죽음을 '애도'하는 최한섭의 고백에서 드러난다.

"우리가 지금 서로 대하고 있으면서 누구의 증언이 없어도 이미 부자지간이라는 것은 확실한 것 같다. 어머니가 내게 부정적인 얘기를 한 것은 원망과 보복심리 때문이었는지도 모르겠다. 그러나 나는, 나는 모르고 있었다. 이 말이 용서받을 수 있는 성질인지 나는 그것을 요즘 늘 생각하고 있었어. 구태여 원인을 따진다면 일제 말기 나라도 없는 젊은 놈이 남의 전쟁을 위해 끌려나가지 않으면 안되었던 전야의 자포적인 심리에 원인이 있었을 것이고 다음엔 삼팔선이라는 경계선 탓이었다고도 할 수 있겠지. 하지만 그것에다 잘못을 모두 미루는 건 아니야. 실이 있었다는 것, 그리고 실의 엄마가 이 남한땅에 있었다는 것, 몰랐다기보다 생각해 본 일조차 없었던 것에 무슨 합리적인 변명이 필요하겠는가. 난 지금 이혼한 사람으로서 홀몸이고 자식도 없다. 그러나 이 우연한 경우가 사실은 실이나 실이 엄마에게 무슨 보상이 되는지 사실 나는 그 문제에 대해서는 구체적으로 생각해 본 일이 없고 그저 막막하고, 아무튼 사실이 사실로서 증명되기를 바라면서도 한편 두려운 생각이 드는 것은 무슨 탓인지…… 아마 어떤 조화, 운명 같은 것에 내가 굴복하는 게 무서운 탓인지……"

(…중략…)

그는 눈물을 줄줄 흘리며 소리없이 울었다. 어둠속에서 최한섭씨도 실이도 서로 주고받는 말이 없었다.(155쪽)

최한섭은 윤순임이 '원망'과 '보복심리'로 실이가 자신의 아들임을 밝히지 않았음에도 불구하고, '누구의 증언이 없어도 부자지간'임을 본능적으로 확신한다. 그러면서 전쟁 탓으로 윤순임의 비극적 운명을 돌리기에는 '합리적인 변명'이 되지 못함을 인정한다. 사랑하는 여인에 대한 존재를 까맣게 잊고 '결혼'이라는 제도권 안에 쉽게 진입한 무정한 남자로서의 죄값을 불행했던 결혼생활로 '용서받을 수 있는 성질인지'

에 대해 토로한다. 그리고 이러한 윤순임의 죽음에 대한 최한섭의 진심 어린 '애도'에 대해 실리는 '눈물'로서 혈연관계의 회복이 가능함을 보여준다.

이렇듯 한 여인의 비극적 운명의 원인제공자라는 최한섭의 죄의식은 '애도'를 통해 극복의 가능성을 보여준다. 인간의 죄는 인간이 만든 윤리적 잣대로서가 아닌 스스로의 구원을 통해 가능할 수 있음을 시사한 것이다. 이것은 『타인들』에서 '공범자'라는 죄의식에 사로잡힌 하진의 내적 갈등을 위로하는 문희의 태도를 통해서도 드러난다.

하진에 대한 미심쩍은 행동을 의심했던 문희는 흥신소에 남편의 알리바이를 의뢰한 자신의 행동이 남편에 대한 사랑이었음을 깨닫는다. 남편에 대한 사랑과 의혹으로 인한 문희의 내적 갈등은 작품의 긴장과 스릴을 고조시키면서 로맨스 서사로서의 대중성을 보여준다. 그리고 이러한 서사적 긴장은 하진이 '공범자'라는 죄의식을 아내에게 고백하면서 이완된다.

> 나는 지리산 토벌대에 있었어. 그 까마귀, 무수히 많은 까마귀, 괴뢰군이 있는 곳에서도 언제나 까마귀떼들이 몰려 있었거든. 이쪽에선 그 몰려 있는 까마귀만 보면 그곳에 괴뢰군이 틀림없이 있는 걸 알아차렸지. 까마귀는 맨 먼저 죽음의 냄새를 맡은 거야. (…중략…) 어느날 밤 우리 몇 사람은 여자 하나를 끌고 가서…… 윤간하고, 주, 죽였소. 그 여자가 바로 정애 고모였소. 나중에 알았지. 내가 죽인 건 아니지만……" (…중략…) "얼마나 많은 세월이 지나갔어요? 그건 전쟁이 빚은 악몽이에요. 우리들, 이 땅에 사는 우리들 어느 누구 한 사람 전쟁의 상처를 안 가진 사람이 있을까요? 많건 적건. 그건 다 우리의 죄가 아니에요. (…중략…) 당신은 죄를 진 게 아니에요." (194~195쪽)

하진이 가장으로서의 의무와 화가로서의 정체성에 혼란을 겪은 것은 한국전쟁으로 인한 트라우마 때문이다. 그의 '공범자 의식'은 자신이 민간인 여성에게 집단 성폭행을 자행한 국군들 중 한 사람이었다는 사실 때문이다. 윤간과 살인을 자행한 집단에 속해 있었다는 하진의 '공범자 의식'은 가해자로서의 죄의식을 심어주기에 충분한 트라우마이다. 집단 성폭행에 희생당한 여성의 조카인 정애를 후원하는 것으로는 그의 '공범자 의식'은 사라지지 않는다.

'공범자 의식'에 대한 박경리의 사유는 문희의 입을 통해서도 드러난다. 문희는 하진에게 '우리 민족 모두 억울하게 형벌을 받았을 뿐'이라면서, 하진의 죄의식을 '이 땅에서 전쟁의 상처를 갖지 않은 자는 없을 것'이라고 위로한다. '모두 한 시절 진통을 겪듯 괴로워한 일들은 꿈'처럼 흘러가고, '상처를 아주 잊을 수야 없지만 세월은 그 흔적을 엷게는 해줄 것'이라는 삶에 대한 긍정의식을 말한다.

이렇듯 박경리는 범죄에 대한 죄의식은 스스로의 구원으로 이루어지는 것임을 말하면서 동시에 범죄 자체에 대한 법적 단죄보다는 인간의 폭력성을 추동시킨 전쟁의 폭력성을 고발하는 것으로 사회·역사적 이데올로기를 비판한다.

4. 결론

『가을에 온 여인』, 『타인들』, 『겨울비』는 추리서사로써 1960년대 박경리 소설의 대중적 특징을 보여준 작품들이다. 이 작품들은 범죄의 원인과 결말이 명쾌한 전통적인 추리소설의 서사구조와는 다르게 범죄 자체가 아니라 범죄의 과정에서 드러난 범죄 동기, 즉 범인의 내면의식과 사회적인 배경에 주목한다. 이 작품들은 '변용 추리소설'의 서사구조이다. 범죄의 원인과 사건의 결말이 명쾌한 고전적인 추리소설의 서사구조와는 달리, 범죄 자체가 아니라 범죄의 과정에서 드러난 범인의 내면의식과 사회적인 배경에 주목한다. 여기서 범죄 모티프는 개인의 욕망을 배제시킨 채 공동체의 질서와 규범을 우선시한 근대화 시기의 억압적 분위기를 폭로하기 위한 장치로 볼 수 있다. 다시 말해 범인의 폭력성은 물질적으로는 성장과 개발의 논리를, 정신적으로는 공동체적이며 금욕적인 가치관을 내세운 근대화의 사회적 분위기에서 사람들에게 일어난 내적 혼란의 극적 표현으로 볼 수 있다. 동시에 이 같은 개인의 폭력성을 통해 박경리는 역설적으로 사회규범의 윤리의식을 넘어선 인간 중심의 새로운 윤리의식의 모색을 추구한다.

■ 참고문헌

1. 자료

박경리, 『박경리문학전집8 – 가을에 온 여인』, 지식산업사, 1980.
_____, 『박경리문학전집9 – 타인들』, 지식산업사, 1980.
_____, 『박경리문학전집10 – 幻想의 시기/겨울비』, 지식산업사, 1980.

2. 논저

강상현, 「1960년대 한국 언론의 특성과 그 변화」, 한국정신문화연구회 엮음, 『1960년대 사회변화연구:1963~ 1970』, 백산서당, 1999.
구재진, 「1960년대 박경리 소설에 나타난 '생활'의 의미 – 박경리론」, 『1960년대 문학연구』, 깊은샘, 1998.
김만수, 「자신의 운명을 찾아가기 – 『김약국의 딸들』을 읽고」, 최유찬 외, 『박경리』, 새미, 1998.
김복순, 「『시장과 전장』에 나타난 사랑과 이념의 두 구원」, 한국문학연구회 편, 『『토지』와 박경리 문학』, 솔, 1996.
김양선, 「전후 여성 지식인의 표상과 존재방식 – 박경리의 『표류도』론」, 『한국문학이론과 비평』 제45집 3권4호, 한국문학이론과비평학회, 2009.
김은경, 「박경리 문학 연구 – '가치'의 문제를 중심으로」, 서울대 대학원 박사학위논문, 2008.

김창식, 「연애소설의 개념」, 대중문학연구회 편, 『연애소설이란 무엇인가?』, 국학자료
　　원, 1998.

김치수, 「비극의 미학과 개인의 한」, 조남현 편, 『박경리』, 서강대 출판부, 1996.

방은주, 「박경리 장편소설에 나타난 사랑의 의미 연구」, 서울대 대학원 석사학위논문, 2003.

백낙청, 「피상적기록에 그친 6·25수난－박경리 작 시장과 전장」, 『신동아』 1965. 4.

백지연, 「박경리 초기 소설 연구－가족관계의 양상에 따른 여성인물의 정체성 탐색을
　　중심으로」, 경희대 대학원 석사학위논문, 1995.

송덕호, 「추리소설의 유형」, 대중문학연구회 편, 『추리소설이란 무엇인가』, 국학자료원,
　　1997.

송인화, 「1960년대 연애소설연구」, 한국여성문학회 『여원』연구모임, 『여원연구』, 국학
　　자료원, 2008.

오혜진, 『1930년대 한국추리소설 연구』, 어문학사, 2009.

유종호, 「작가와 비평가－『시장과 전장』의 경우」, 『신동아』 1965. 8.

이상진, 「탕녀의 운명과 저항－박경리의 『성녀와 마녀』에 나타난 성 담론 수정양상 읽
　　기」, 『여성문학연구』 제17호, 한국여성문학회, 2007.

이정옥·임성례, 「1950, 60년대 추리소설의 구조 분석」, 『현대문학이론연구』 제15집, 현
　　대문학이론학회, 2001.

조남현, 「『시장과 전장』론」, 조남현 편, 『박경리』, 서강대 출판부, 1996.

_____, 「박경리 연구의 오늘과 내일」, 조남현 편, 『박경리』, 서강대 출판부, 1996.

천이두, 「대중문학의 성격과 기능」, 대중문학연구회 엮음, 『대중문학이란 무엇인가』,
　　1995.

Reuter, Yves, 『추리소설』, 김경현 역, 문학과지성사, 2000.

Felsky, Rita, 『근대성과 페미니즘』, 김영찬·심진경 역, 거름, 1999.

Slavoj Zizek, 『삐딱하게 보기』, 김소연·우재희 역, 시간과 언어, 1995.

Tzvetan Todorov, 『산문의 시학』, 신동욱 역, 문예, 1992.

우리 문학과 추리소설

김 윤 식

1. 상용품—담배 · 술 · 추리소설

불행히도 나는 추리소설 또는 탐정소설에 관해 별로 아는 것이 없다. 알고자 노력하지 않았다고 말하는 쪽이 정직할 것이다. 게으른 탓이었다. 영문학 전공의 외우 문용 교수가 만날 적마다 나의 무식함을 탓했지만 번번이 마음 내키지가 않았다. 그렇지만 언젠가는 이 방면에 관해 좀 읽어볼 때가 올 것이라는 생각은 품고 있었다. 그것은 문용 교수 때문도 아니고, 또한 추리문학을 담배나 술과 같은 상용품으로 즐긴다고 주장하는 W. H. 오든 때문도 아니다. 영국 태생이고, 옥스퍼드 시학 교수를 역임한 오든 및 C. D. 루이스를 비롯 정신적인 일에 종사하는 사람들이 더러 추리소설에 흥미를 갖고, 마치 담배나 술처럼 기호품으로 즐기는 일은 그만한 이유가 있을 것이라고 생각되긴 했지만 우리 소설에 관심을 가진 나로서는 우리 문학으로서의 추리소설이 문단 일각에서 쓰이지 않고는 흥미를 가질 필요가 없었다. 그러한 때가 이제는 온 것처럼 보인다.

오든을 비롯, 고도의 지적인 직업에 종사하는 일부의 사람들이 추리소설을 즐기거나 직접 쓰기도 한다는 사실은 한번쯤 음미될 만한 일이다. 오든의 주장에 기대면 **(1) 욕구의 강렬함, (2) 욕구의 독특함, (3) 욕구의 즉시성** 등이 추리소설의 매력이자 특징이다. 추리소설을 손에 쥐면 끝날 때까지 다른 일을 전혀 할 수 없을 만큼 그 욕구는 강렬하며, 그것은 또한 독특한 몇 가지 유형을 이루고 있고, 그리고 마침내 다 읽고 나면 즉시 까맣게 잊어버릴 뿐만 아니라 후에 다시 읽어보고 싶다는 생각 따위를 아예 갖지 않게 하는 것이다. 오든의 이러한 주장 중 특히 (3)의 항목은 흥미로운 터이다. 만일 추리소설이 오든의 말대로 읽고 나면 금방 잊어버릴 수 있는 것이며, 되풀이해서 읽을 생각이 아예 없는 것이며, 또한 처음 몇 페이지 읽다가 언젠가 읽은 적이 있다든가 비슷한 것이라면, 더 읽을 수 없는 물건이라면, 그것은 예술작품이라 할 수 있을까. 이런 물음에 대한 답변은 적어도 오든에게는 명백하다. '적어도 나의 경우, 추리소설과 예술작품 사이에는 아무런 관계도 없다'는 것이다. 그렇다고 그것이 예술의 기능상에서 어떤 빛을 던져주지 않는 것은 아니라고 토를 달고 있기는 하나, 요약컨대 오든의 이러한 주장 속에는 추리소설을 매우 좁은 의미로 규정한다는 생각이 들어 있어 보인다. 두루 아는 바와 같이 '누가 그런 짓(살인)을 했는가'는 추리소설의 기본적 공식이다. 살인사건이 일어난다. 여러 용의자들이 떠오른다. 진범일 한 사람의 용의자 이외는 하나하나 제거되어 간다. 마침내 진범이 잡히거나 죽는다. 이러한 추리소설의 개념 규정이 만일 타당하다면 이 정의가 배제하고자 하는 것은 **(A) 살인자의 유죄가 당초부터 명백한 경우**(가령 모살의 연구 즉 살인의 음모부터 쓴 것. 이런 것은 추리소설 축에 들지 못한다). **(B)** (스릴러적인 것, 스파이물이라든가 폭력물같이) **범인 찾기보다 범죄 계획에 중점을 둔 것.** 스릴러물의 흥미의 대상이 선과 악 즉, '우리'와 '저들' 사이의 2자 대립하는 윤리적 투쟁이라면 살인자를 그린 소설의 흥미의 중심은 죄 없는 다수자가 죄 있는 자의 괴로움을 관찰하는 곳에 있다. 그러나 추리소설의 흥미의 중심은 죄 없음과 죄 있음의 논증에 있는 것이다.

오든의 이러한 생각들은 정신적인 일에 종사하는 사람들이 추리소설에 흥미를 갖는 이유의 하나를 설명한 것이라 보아질 수 있다. 평소 백일몽 같은 일과는 거리가 먼 일에 종사하는 사람들 가령 의사, 목사, 과학자, 교수, 예술가 등이 추리소설을 예술과 관계 없는 오락물로 즐긴다는 것은 오든의 말대로일지 모른다. 그런데 오든을 포함한 이러한 생각들은 영국 및 그와 유사한 문화적 풍토와 깊은 관련이 없는가를 의심해 볼 수는 없을 것인가. 대체로 추리소설은 미국 및 프랑스에서 생겨나 주로 영국에서 꽃피었다고 말해지고 있다. 국민성에도 그 원인이 있지만 각국의 경찰제도, 경찰에 대한 민중의 태도 등에도 원인이 있을 것이다. 영국의 경우 경찰은 주민과 친근하고 지지를 얻고 있고 또 전문가들이라서 경찰이 사건 해결의 주축이라면, 미국은 지방 검찰 및 경찰의 전문성이 인정됨에도 불구하고 아마추어 탐정 쪽이 사건 해결에 앞서는 경우가 많다. 경찰이나 지방 검찰은 범인을 신속히 처리하지 않으면 그들이 소속된 정당의 표를 잃게 된다. 이 강요 사항이 사건 처리의 신속성 및 졸속성을 낳는다. 시민의식이 높고 반대당의 활동이 합법적으로 행해지는 풍토인 만큼 문제의 해결이 정치적으로 될 공산이 크다. 따라서 아마추어 탐정이 프로를 능가할 수도 있고 프로 쪽이 반드시 박식하고 고상할 필요도 없다. 프랑스의 경우는 탐정은 죠르쥬 심농에서 잘 드러나듯 심사숙고가 요구되는 교양과 재능을 겸비한 걸출한 전문가로 되어 있다.

이러한 일들로 미루어보면 정신적인 일에 종사하는 사람들이 추리소설을 즐긴다는 것은 그들이 소속된 문화적 풍토에도 많이 관련되었음을 알아차릴 수 있다. 흔히 세계는 하나의 문화권으로 동질화되는 듯이 말해지고 있고 또 그러한 일이 사실이기도 한 만큼 받아들이지 않을 수는 없지만, 동시에 문화의 지방성이랄까 개별성도 엄연한 사실로 강조되고 있는 형편이다. 우리에게 추리소설이란 무엇인가를 묻는 일도 이러한 문맥에서 벗어나지 않는다.

2. 10년의 거리 - 『최후의 증인』에서 『5시간 30분』까지

우리가 추리문학에 관심을 갖는 것은 우리 문학 속에 추리문학이 놓여 있을 경우에 국한된다. 그러한 한 가지 단서를 김성종의 『최후의 증인』에서 이끌어낼 수 있다. 이 작품은 1974년도 한국일보 2백만 원 현상 모집 당선작이었다. 이 작품을 심사하는 일의 말석에 있었던 내 개인적인 의견을 이 자리에 적어도 괜찮을지 모르겠다. 그때의 내 느낌으로는 이 작품을 본격문학으로 보기에는 조금 난처하였다. 본격문학이라면, 적어도 장편이라면, 그 시대와 사회의 흐름 중 주류적인 것과 우연적인 것을 구별하여 그려야 하고, 새로운 인간성을 발견하거나 새로운 감각적 문체를 만들어내야 한다. 『최후의 증인』은 그러한 점에서 미흡하게 보였다. 그렇지만 이 작품엔 도저히 버릴 수 없는 독특한 긴장감이 감돌고 있었다. 한번 읽기 시작하자 중단할 수가 없었다.

이 작품의 서두는 감옥에서 늙은 죄수 황바우가 20년의 형기를 마치고 출옥하는 장면에서 시작된다. 그러나 작가는 이 황바우가 출옥하여 주막에서 요기를 하는 대목만을 그려놓고는 장면을 바꾸어 살인사건을 제시해놓았던 것이다. 그것도 두 개씩이나 내놓고 있다. 하나는 황바우가 출옥한 지 1년 뒤에 벌어진 서울의 이름난 변호사 김중업의 죽음이고 다른 하나는 전라남도 문창에서 발생한 살인사건이다. 문창에서 크게 양조장을 하고 있는 양달수라는 50대의 사내가 읍으로부터 30리쯤 떨어져 있는 용왕리 저수지에서 익사체로 발견됨으로써 표면화된 것인데 조사 결과에 따르면 전신을 예리한 칼로 난자당한 끝에 물에 던져진 것이었다. 이 두 사건이 작품의 서두에 비석모양 가로 놓여 있다는 사실은 이 작품을 추리소설적 성격을 띠지 않을 수 없게끔 만들었다. 이 두 살인사건을 해결하여 죄 없는 자와 살인자를 가려내는 일이 이 작품의 일차적인 흥미를 이루고 있다. 민완형사 오병호가 등장함으로써 바야흐로 이 작품은 추리소설의 정석을 밟고 있었다. 독자로 하여금 끝까지 읽지 않고는 견디지 못하게 하는 장치를 갖고 있다는 측면에서만 볼 때 이 작품은 영락없는 추리소설이다. 만일 『최후의 증인』을 이 관점에서만 본다면 당선작으로 낼 수가 없었다. 본격문학 현상 모집이었기 때문이다. 그렇지만 다른 한편에서 보면 이 작품은 추리소설 쪽이라기보다는 본격소설이라 할 수도 있었다. 즉, 이 작품엔 6·25라는 민족적 비극과 그것으로 말미암아 빚어진 원한과 갈등 그리고 그것을 넘어서는 인간성의 발견이라는 주제가 큰 얼굴을 내밀고 있었던 탓이다. 말하자면 이 작품에는 추리소설적 성격과 본격소설적 성격이 섞여 있지만 어느 편이냐 하면, 본격소설적 요소의 비중이 크고 무거웠다.

『최후의 증인』으로부터 꼭 10년 만에 한 신인에 의해 본격적인 추리소설인 『5시간 30분』(소설문학사)이 씌어졌다. 『덫』(1983)으로 제1회 한국 추리문학상을 수상하기도 한 점으로 보면 그가 이 방면에 많은 공을 들여왔음을 알 수가 있다. 그가 『덫』에서 보여준 것은 토곡리 토막살인사건이었다. 문이 안으로 잠겨 있고 그 안에서 화재가 났다. 사람들이 문을 부수고 들어가 보니 손목 없는 시체가 있었다. 그런데 그 손목은 밖에서 발견되었다. 범인 찾기는 일종의 게임이다. 무엇이 보통사람들의 머릿속에 함정을 만들었는가를 추적하는 일은 살인사건에서 제일 집약적으로 나타낼 수 있다. 정건섭은 『덫』을 쓰면서 이렇게 말해놓았는데, 그 말 중 한 구절은 인상적이라 할 만하다. 즉 추리소설은 고도의 지능과 명확한 논리, 정밀한 구성, 농축된 스토리, 그리고 긴장감 도는 두뇌 싸움과 의표를 찌르는 종장 해결기법 등 고차원적인 양식을 요구하는 추리소설을 우리나라 독자들은 마치 '삼류극' 쯤으로 이해하고 있는 사람이 의외로 많다는 것이다. 어째서 우리나라 사람들은 그토록 고차원적인 대단한 추리소설을 '삼류극' 쯤으로 보는 것일까. 거기에는 반드시 그럴 만한 이유가 있을 것이다. 그 이유를 작가 정건섭은 오직 다음한 가지에 두고 있다.

> 몇몇 뜻있는 '추리문학' 애호가 그룹에서 정통 추리소설 보급을 위해 지금까지 꾸준히 노력해왔지만 아직 국내에서는 그 뿌리를 내리지 못하고 있는 실정이다. 그 이유는 단 한 가지, 작가의 빈곤에 있었다. 한두 명의 '개척 시도자' 들이 고군분투하고 있지만 그것을 꽃피우기에는 너무나 벅찬 짐이었다.

이러한 주장은 자칫 잘못하면 한국엔 고차원적 두뇌 싸움을 할 만한 작가가 없다는, 따라서 범속한 작가들만 있다는 것으로 오해될 공산이 아주 없지가 않다. 한갓 '삼류 활극' 쯤 되는 것을 가지고 고차원적 양식이니 긴장감 도는 두뇌 싸움이니 뭐니 단정하는지도 모르지 않는가. 추리소설을 삼류 활극쯤이라고 생각하는 사람은 결코 추리소설을 쓰고자 하지 않거나 설사 어떤 이유로 쓰더라도 결코 심혈을 기울이지 않을 것이다. 삼류 활극이냐 아니냐를 판가름하는 기준은 과연 무엇일까. 여러 가지가 거론되겠지만 그중에서도 그 나라의 문화적 풍토를 내세울 수 있겠다. 영국에서 고차원적 양식이라 해서 우리도 그래야 될 이유는 없다. 요컨대 추리문학이 우리 독서계에서 불모상태냐 아니냐를 판가름하는 일은 우리의 문화 풍토의 변이와 상관관계에 있다고 보아도 좋을 것이다. 이러한 문화 풍토의 변이를 통해 추리작가가 생겨나는 것이지 걸출한 추리문학가가 돌연 튀어나올 이치는 없다. 작가 정건섭이 『덫』을 쓰고 잇달아 『5시간 30분』을 쓴 것도 이러한 문화 풍토의 변이의 일환으로 보아질 수 있다. 불과 5개월 전엔 '고군분투' 하던 이 작가가 '이제는 외롭지 않다'고 주장하고 있음도 인상적이다. 그는 이젠 "이름도 얼굴도 모르는 수많은 나의 독자와 추리문학 애호가들이 튼튼하게 뒤를 보살펴 주고 있다."(「글을 쓰고 나서」)라고 말하고 있지 않은가. 이러한 주장을 믿는다면 추리소설을 삼류 활극쯤으로 보는 사람들이 조금 줄었다는 뜻으로 풀이해 봄직도 한 일이다. 그것은 『덫』이라는 수준급 추리소설이 있었다는 사실과 함께 우리 문화의 풍토도 다른 여러 가지 이유로 어느 면에서 조금 변이되었다는 것을 말해주는 것이 아니겠는가.

만일 이러한 견해가 타당하다면 두 가지 검토가 불가피해진다. 문화풍토의 변이를 따져보는 일이 그 하나이고, 작가 정건섭을 분석해보는 일이 그 다른 하나이다. 앞에 것은 80년대 한국 사회와 그 문화구조를 분석하는 일이어서 간단한 문제일 수 없다. 다만 표층적인 것으로는 잡지 전문화, 전자매체의 홍수, 도시의 기능적 집중화 등등 이른바 '뫼비우스의 띠' 또는 '클라인씨의 병'으로 표상되는 차원의 변화들을 지적할 수는 있다. 이에 관한 과제는 전문적인 것이어서 이 자리에서 논의될 성질이 못 된다. 여기서 우리가 분석해 볼 수 있는 것은 겨우 정건섭의 작품 『5시간 30분』이다.

3. 『덫』에서 『5시간 30분』까지

작품 『5시간 30분』은 숫자로 표시된 시간이다. 『덫』의 경우보다 현저히 낯설다. 『5시간 30분』은 이 작품에서만 의미를 띨 뿐이고, 여기를 떠나면 한갓 임의의 숫자일 뿐이다. 혹 이 숫자가 경부선 특급 열차의 소요시간이라고 생각할 수도 있지만 그럴 경우에도 이 표제는 당돌하고도 낯설다. 세계 추리문학의 고전적 작품인 아가사 크리스티의 『오리엔트 특급살인』(등장인물 모두가 저마다의 동기에 의해 한 사람을 죽이는 일에 각각 가담하는 살인방식)이라든가 일본 작가 모리무라 세이치의 『신간선 살인사건』(열차를 옮겨 타면서 저지른 살인 행위의 방식)처럼 열차 추리 계통에 속하는 작품의 표제와 『5시간 30분』이라는 표제를 비교해 볼 경우에도 역시 『5시간 30분』은 낯선 폭이다. 이러한 낯설음이 일층 지적 호기심을 돋구는 구실을 할 것인지 아니면 너무 동떨어진 것이어서 대중적 접근을 방해할 것인지를 속단할 수는 없다. 좌우간 표제상에서부터 문제가 있다.

『5시간 30분』은 범인 진남포가 인기 탤런트인 고광진을 죽여서 가방에 넣어 경부서 특급 열차에 싣고 천안까지 갔다가 거기서 서울로 되돌아와 자해 행위를 할 때까지를 추적한 것이다. 범죄에 걸린 시간이 5시간 30분이었다. 이 살인사건을 추적함에 있어 작가는 이미 매우 안정된 '서술자의 틀'을 확보하고 있다. 이 점부터 먼저 지적해둘 필요가 있다. 그것은 민완형사 박문호와 Q신문사 사회부 기자인 민형규로 되어 있다. 그들은 중학 동기이며 친밀한 관계에 있는 미혼 청년들이다. E. A. 포에 있어서의 듀팡과 '나', 코난 도일에 있어서의 홈스와 왓슨의 관계에 엄밀히 대응된다. 그러나 또한 다른 점도 있다. 천재 탐정인 박문호가 아니라 그는 한갓 형사이며 그 상대역 민형규도 직업적 신문기자이다. 아직도 낯익지 않은 우리의 풍토에서는 그 형사나 신문기자라는 존재가 우리와 친근하거나, 적어도 가까이 갈 수 있다는 인상을 줄 수 있어야 한다. 즉 무엇보다도 추리소설을 일층 추리소설이게끔 하는 일에 공헌하기보다는 추리소설을 우리의 대중소설적 성격으로 접근시키는 데 도움이 될 수 있어야 한다. 『덫』에서 확고히 구축된 이 콤비는 그대로 『5시간 30분』에 연결된 셈이다. 제3작에서도 이런 콤비가 등장될 것이다. 그럴 때 『덫』의 독자는 낯익을 것이며 『5시간 30분』의 독자도 서서히 낯익을 것이다. 말하자면 정건섭 추리소설은 이를 주축으로 하여 하나의 규칙으로 이룩된 시리즈를 형성될 것이고 정건섭은 그의 스타일을 갖게 될 것이다. 그만큼 형사 박문호와 기자 민형규를 매력적 인물로 만들어야 할 것이다. 낯익되 계속 매력적이기 위해 그들은 과연 어떻게 행동해야 하는 가를 연구하는 일이 이 작가의 피할 수 없는 과제일 터이다.

두루 아는 바와 같이 추리소설의 창작방법이란 매우 한정되어 있다. 추리소설이란 선정소설이라든가 스파이소설 또는 폭력소설과는 다른 물건이다. 추리소설이란 흥미의 중심이 수수께끼를 푸는 일에 놓여 있 는 것만을 지칭한다. 그 수수께끼가 예기의 앞부분에 반드시 제시되어 야 하고, 그 수수께끼는 본질적으로 호기심을 끄는 것이 아니면 안 된 다. 그것은 독자와 작가 사이의 지적인 게임이다. 게임인 이상 규칙이 설정된다. 어떤 사람은 그 규칙을 20개를 만들어놓았고 또 어떤 사람은 10개를 제시해놓고 있다. **(1) 범인은 소설 앞부분에 등장할 것, (2) 초자 연적 요인을 끌고 들어오지 말 것, (3) 두 개 이상의 비밀 장소나 통로를 도입하지 말 것, (4) 오늘날의 과학이나 의학의 수준에서 볼 때 아직 미 발견된 독물이나 아주 전문적인 지식을 요구하는 장치를 피할 것, (5) 선입견을 줄 수 있는 인물을 피할 것, (6) 탐정(현상)은 우연의 힘이나 초인적 직관을 가져서는 안 됨, (7) 탐정 자신이 범인이어서는 안 됨, (8) 그 자리에서 즉시 제시될 수 있는 단서를 가져야 함, (9) 탐정의 친구 또는 보조 인물의 지능은 독자의 평균적 지능보다 약간 낮을 것, (10) 쌍 생아 및 범인과 닮은 인물의 등장은 삼갈 것. 즉, 범인이 무대 분장의 숙 련자임을 미리 알려준 경우를 빼면 범인에게 보통 사람 이상의 변장 능 력을 보여주지 말 것** 등등. 이른바 추리소설의 10계명이라 불린 이것은 영국의 고명한 성공회 주교이자 추리작가인 녹스가 1929년에 제시한 것 이다. 얼마나 단순하고 유치한 것인가. 다만 놀랄 따름이다. 이런 규칙 은 추리작가들이 면밀히 연구하여 발전시킬 일이겠지만 동시에 독자들 도 이 점을 분명히 외고 있어야 할 사항이 아니겠는가. 본격소설과는 달 리 추리소설은 작가와 독자가 공평한 자리에서 벌이는 게임인 탓이기 때문이다. 게임은 게임하는 당사자들이 똑같이 규칙을 알 적에 비로소 성립된다. 어떤 작가가 게임의 규칙에서 몇 각도 벗어났는가를 따지는 일이 독자의 능력이자 흥미의 원천 중의 하나라는 점은 음미될 사항이다. 물론 본격소설에도 소설로서의 규칙이 없을 수 없다. 그러나 이 경우 규칙이란 인간성의 발견이라는, 매우 폭넓고 또 미묘한 것(애매성)이어서 작가도 독자도 그것을 규칙화하지 못한다. 그것은 겉으로 드러나는 것이 아니고 내면화된다. 이 내면화는 의미의 계층을 이루기 때문에 다만 사상의 형태로만 머물게 된다. 사람들은 그 내면화된 사상을 모랄이라든가 윤리 감각이라고 부르길 좋아한다. 이청준의 장편 『제3의 현장』(1984)은 가수 백남희가 살인 혐의로 검사의 시달림을 받는 내용이어서 표면상 추리소설적 조건을 갖추고 있는 것처럼 보이지만 거기에는 삶의 아픔과 소망 즉, 절망의 바른 뜻과 거기에서 벗어나고자 하는(자살 충동) 인간의 깊은 내면적 문제가 추구되어 있다. 그것은 윤리적 감각이지 지적인 트릭이란 스며들 틈조차 없다. 이에 비하면 박범신의 『형장의 신』(1982)은 좀 더 추리소설적 성격에 가까이 간 것이다.

　이러한 자리에까지 왔을 때 우리는 정건섭의 『5시간 30분』을 되돌아볼 수 있겠다. 이 작품은 앞에서 잠깐 엿본 추리소설의 게임 규칙을 정통적인 의미에서 지키고 있다. 그토록 단순 명백한 이른바 지적 트릭이 갖추어져 있는 만큼 이 작품은 현재 단계로서는 본격적인 추리소설이라 불러도 될 것이다. 모랄 감각의 차단이야말로 단순성·지적인 것의 대명사이다. 이런 뜻에서도 이 작품은 하나의 시범적 성격을 띤다. 이 작가의 특징을 찾는다면 추리소설의 정석을 지키되, 두 가지 줄기의 사건을 내세우고 그 두 사건의 통합을 노리는 곳에 있다. 『5시간 30분』에는 **(1) 고강진의 시체가 열차 속에서 발견되고, (2) 같은 시간에 고강진과 같은 프로인 '홍남 철수'에 출연하는 진남포가 서울에서 괴한에 습격되어 피투성이로 발견된다.** (1), (2)는 서로 연관이 없는 일인가 아닌가에서 소설의 긴장이 고조된다. 이와 꼭 마찬가지로 **(A) 고강진의 시체를**

버린 열차 속의 범인을 찾는 일과, **(B)** 서울에서 상처 입은 진남포를 둘러싼 상황이 대립된다. 이 두 쌍의 문제를 추적하는 사람도 **(가) 형사**와 **(나) 신문기자** 두 사람이다. 그리고 더욱 분명한 것은 이 작품 속의 수수께끼를 푸는 열쇠가 두 가지로 되어 있다는 사실이다. 즉 ⊙ **콜라병 속에서 흘러나온 담배연기**와 ⓛ **허치슨 이빨**이 그것. ⊙은 목격자들의 증언이 얼마나 허망한 것인가를 보여준다는 점에서 추리소설의 정석에 속하는 것이다. 인간의 감각적 능력이란 위기상황에서는 의외로 믿을 물건이 못 되고 허점이 많다. 이 점을 범인이 역이용하는 일은, 극히 유치하고도 단순한 트릭이다. 콜라병 속에 연기를 담아두었다가 뚜껑을 열어놓고 범인이 도망치면, 목격자는 담배 연기를 보고 범인이 거기 숨어 있다고 착각한다. ⓛ 허치슨 이빨을 도입한 것은 이 작가가 의학적 지식을 동원한 탓이다. 허치슨 이빨은 매독 음성자의 이빨로서 특수하게 날카롭다. 죽은 고강진의 목에는 그 이빨 자국이 있었다. 그 이빨의 주인공은 진남포였다. 이 두 실마리가 사건 해결의 열쇠였다. 진남포는 고강진을 죽이고 이를 열차에 싣고 가다가, 천안에서 내려 서울로 되돌아와 자해 소동을 벌였다. 그동안의 시간이 5시간 30분 걸렸다. 천안에서 내릴 때 콜라병의 트릭을 썼다. 그러니까 ⊙은 간단한 트릭이고 ⓛ은 조금 전문적인 의학지식이다. ⊙과 ⓛ이 과연 사람들이 속을 만한 트릭일 수 있으며 또 ⊙과 ⓛ이 얼마나 자연스럽게 결합했는가를 검토하는 일은 작가 정건섭의 역량을 묻는 일에 해당된다. 이 작가의 덜 세련된 문체라든가(본격문학에 비할 때) 인물 간 대화의 어색한 점 등을 지적하는 일보다 이 문제는 훨씬 본질적이다. 이에 관해서는 매우 서툴다고 평할 사람도 있을 수 있고, 그만하면 수준급이라고 할 사람도 있을 것이다. 트릭에 주로 의존하는 경우란 그만큼 보편성을 갖기 때문에 사회 조직과 결부된 사건물을 다루는 경우보다 일층 어려울 것이다. 정건섭의 추리소설은 이런 점에서 벅찬 작업인 것처럼 보인다. 소설의 중간중간에 그

동안 경과된 수사 내용을 요약하여 제시해놓는 일도 이 작가가 독자를 향해 품고 있는 초조감이 아니었을까. 진남포가 고강진의 몸에다 이빨 자국을 남기게 만든 것도 트릭의 미숙성에서 취해진 것이기보다는 역시 어떤 초조감이 아니었을까.

이러한 일들은 아마도 이 작가가 겪어나가야 될 필연적인 과정의 하나인지 모른다. 그런 뜻에서 그가 이 소설에서 제시해놓은 미덕 몇 가지를 말해도 좋을 듯하다. 아마도 이 미덕은 게임을 즐기기 위한 독자에겐 오히려 훼방 놓는 일인지도 모르긴 하지만. 다른 말로 하면 추리소설에 덜 익숙한 독자에겐 친근감을 줄 수 있을 것처럼 보이는 점으로 첫째, TV 연예인들의 세계와 그들의 갈등을 문제 삼았다는 점을 들 수 있고, 둘째는 경부선 열차를 들 수 있다. 이 둘은 대중적 흥미의 바탕일 수도 있겠다. 독자를 교묘하게 놀라게 하는 일도 중요하나 독자를 편하게 하는 일도 현 단계로는 소중한 일이 아니겠는가. 여기까지 마음을 쓸 때 비로소 작가의 초조감도 치유되지 않을 것인가.

4. 즐거움 주기와 그 한계

왜 우리는 추리소설을 읽는가. 그것이 예술이냐 아니냐를 묻는 일보다 이런 물음이 일단 필요하다. 그 답변을 어떤 사람은 말한다. 품행방정하고 법에 잘 순종하는 시민이 품고 있는 범법코자 하는 잠재적 욕망 때문이라고. 따라서 안정되고 도덕적으로 엄격한 사회일수록 그런 욕망이 간절하다고. 또 어떤 사람은 에덴의 낙원이나 극락정토에 이르고자 하는 사람의 근원적 욕망이라고 말한다. 사람은 누구나 죄인이며 그 죄의식에서 도피하여, 죄 없는 세계를 그리는 일과 추리소설에서 범인의 모든 것이 밝혀지는 과정은 심리적으로 등가를 이룬다는 것이다. 즉 동전의 앞과 뒤의 관계이다. 앞엣것은 사회학적 설명이고 뒤엣것은 심층심리학적 설명이다. 어느 쪽이나 예술적인 논의에는 아직 미흡한 주장들이다.

추리문학과 예술과의 논의방식은 어떠할까. 살인사건과 그것을 추적하는 형사의 등장을 기본 도식으로 하는 소설 중 도스토옙스키의 『죄와 벌』만큼 고전적인 것은 없다. 그러나 『죄와 벌』을 두고 아무도 추리소설이라 하지 않으며 또 단순한 범죄심리학의 연구서라고 하지도 않는다. 예술작품인 까닭이다. 작가 쪽에서 볼 때 이 작품은 살인 동기의 독창성에 그 예술적 의의가 있다. 말하자면 사상(관념)이 살인을 한 것이었다. 관념과 현실이 균형 감각을 이루는 문명권에서는 결코 그런 일이 일어날 수 없다. 그러나 당시 러시아 같은 후진국에서는 관념이 현실과 균형을 이루지 못하고 분리되었을 뿐 아니라 관념이 현실 위를 미친 듯이 휩쓸고 다니는 형국이었다. 관념이 도끼를 들고 다니며 전당포 노파와 그 조카를 쳐죽이는 것이었다. 그렇지만 독자 쪽에서 보면 『죄와 벌』은 어떠할까. 독자는 살인자를 물론 용납할 수 없지만 결국 특수한 살인자인 라스콜리니코프만은 용납하지 않을 수 없게 된다. 말하자면 다른 사람의 괴로움을 함께 나누고자 함에 있다. 이러한 공감을 불러일으킴으로써 독자는 스스로를 이끌어 올린다. 예술은 사람을 즐겁게 하면서도 마침내 사람을 고양(高揚)케 하는 물건이다. 그것은 군데군데 불순물이 낀 바위 위를 흐르는 물이 장구한 시간을 두고 바위를 닳게 함으로써 그 바위를 보다 투명하게, 보다 가볍게 만드는 것과 흡사하다. 이에 비할 때 추리소설의 독자는 범죄자에게 조금도 마음을 주지 않는 방식으로 남아 있다. 그는 범죄자와 아무런 관련이 없다. 그는 자기의 의식의 깊은 곳에 감추어진 죄 있음의 의식에서 벗어나는 한 가지 방법으로 소설 속에서 밝혀진 범인을 본다. 자기가 범인이 아니라는 사실을 거기서 확인하고 안도의 한숨을 쉰다. 이 안도의 한숨이 기실은 즐거움의 한 가지 모습이 아니겠는가. 이럴 경우 추리소설의 독자는 문득 본격소설에 접근된다. 즉 추리소설을 읽는 독자의 내면 깊은 곳에는 본격소설을 읽는 사람들의 그것과 같은 근원적 죄의식이 확인되는 것이다. 추리소설이 문학적 향기를 갖게 되는 것은 여기에 있다.

물론 우리는 다음과 같은 사실을 잘 알고 있다. 즉 추리소설을 다만 한갓 지적인 '게임'이라고 하고, 트릭을 설정하고 그것을 알아차리는 일에 국한시키고 그것을 경쟁적으로 풀면서 보물찾기의 오락으로 간주하고, 그 순간이 지나면 깡그리 잊어버리는 일이라고 규정하는 것이 이른바 전문적 독자들의 근본 태도이다. 오든을 비롯한, 이른바 정신적 직업에 종사하는 추리소설의 고급 독자들이 이 부류에 든다. 그들은 자기들의 직업 자체가 하도 골치 아픈 것이어서 자기 내면의 죄의식에서 틈만 있으면 도망치고 싶은 생각을 품고 있는 것이다. 추리소설을 읽는 순간은 그 죄의식(삶의 괴로움)에서 벗어날 수 있고, 그 소설을 다 읽고 나면 깡그리, 줄거리까지도 잊어버리고자 한다. 적어도 그러한 읽을거리를 그들은 바라는 것이 아니었을까. 그렇게 함으로써 그들은 그들이 괴로워하고 있는 현실의 직업에 일층 충실해질 수 있을지도 모를 일이다. 그런 부류의 사람들이 많아진다면 본격 추리소설의 영역은 확대되고 또한 훌륭한 추리작가도 등장될 것이다. 그렇지만, 이러한 본격 추리소설 독자와 본격소설 독자의 중간층 독자도 우리는 마땅히 생각해 볼 수 있겠다. 자기의 유죄의식에서 벗어나고자 하는 잠재적 욕망을 충족시키고자 하는 생각을 어렴풋이나마 느끼는 독자층이 그들이다. 그들에겐 변격 추리물(이런 말을 쓸 수 있을지 모르나)이 필요할 것이다. 말하자면 추리소설적 골격을 띠면서도 그 속에 사회 조직의 암흑면이라든가 인간성의 약점이라든가 뜻밖의 아름다움 같은 것이 스며 있는 이야기들이 그것이다. 이러한 여러 가지 종류의 이야기들이라든가 독자들이라든가 작가들은 각각 존중될 필요가 있다. 그것은 사람들이 저마다 갖추어야 될 예의일 것이다. 우리 주변엔 이런 예의를 잊는 수가 종종 있는 것 같다. 혹시 이 글이 예의에 어긋났는지 저어할 다름이다.

자본주의의 미궁을 헤쳐가는 모험과
지혜와 질문의 드라마
─ 우리 시대를 위한 새로운 추리소설을 기다리며

박 덕 규

1.

나는 오늘 추리소설(mystery story)에 대해 말하고자 한다. 과문하기 이를 데 없는 내가 내 전공 분야를 넘어서서 이제 추리소설을 말하는 사연은 어떤 것인가? 주지하다시피 추리소설이란 세계적으로 인류가 발견한 가장 재미있는 소설양식으로 평가되고 있으며, 그 평가에 걸맞게 내로라하는 추리작가들이 누리고 있는 인기와 명성은 그야말로 '세계적'인 것이다. 그리고 이 추리소설의 패턴은 고스란히 영상 무대로 옮겨져 세계 어느 곳이거나 어느 한때라도 추리영화가 상영되지 않은 적은 없다고 말해도 무방할 지경에 이르렀다. 우리나라에서도 그 현상은 예외가 아니다. 어린 시절 밤잠 못 자게 만들었던 '셜록 홈스'의 이야기(코난 도일)이며 괴도 '루팡' 이야기(모리스 르블랑) 등에서부터, 살인 용의자를 한자리에 다 모아두고 명쾌한 논리로 범인을 밝혀내곤 하던 명탐정 '포와르' 이야기(아가사 크리스티)들에다, 최근 들어 자본주의의 거대한 욕망체계 내의 범죄심리를 파헤치는 시드니 셸던, 동서 냉전 구도를 가상의 세계전쟁의 인과관계로 설정한 톰 클랜시 등이 꾸미는 추리소설 세계에 대해 모르긴 해도 누구나 한 번쯤은 빠져들어 그 재미와 추리와 긴장에 젖은 경험을 갖고 있을 것이다. 아니면, 적어도 '007 시리즈'(이언 플레밍 원작)나 히치콕(영화감독)의 영화들, '형사 콜롬보'로 상징되는 숱한 추리영화들 중 어느 한 편이라도 보지 않은 사람은 없을 것이다.

그것도 아니라면, 우리가 추리양식이라고 인식하지 못하는 가운데 읽거나 보곤 했던 영화나 소설들이 사실은 온전한 추리소설 구조(쉽게 말해서 범인이 있고, 탐정이 있으며, 탐정의 추리로 범인이 잡히는 스토리)를 가지고 있음을 지적해둘 수도 있겠다. 이를테면 연전에 엄청난 관객 동원에 성공한 바 있는 〈원초적 본능〉은 연쇄적으로 발생되는 살인사건을 풀어가는 형사(탐정)의 추적(추리)과정과 그 범인이 밝혀지는 구도로 설정되어 있는 대표적인 추리영화이다. 그 바로 전에 세계의 뭇 영화팬들의 심금을 울린 바 있는 〈사랑과 영혼〉도 어떤가 하면, 자신의 피살을 죽은 영혼 스스로(추리소설에서의 탐정의 역할을 이 죽은 영혼이 대신하고 있는 셈이다)가 추리하여 살인자를 밝혀가는 과정이 줄거리를 이루고 있다는 사실도 되새겨봄직하다. 물론 그 영화들이 모두 그 추리소설 구조만으로 흥행에 성공했다는 것은 아니겠으나 그 영화에서 추리소설 구조를 제거했다고 가정해본다면, 아마도 역으로 추리소설 구조의 위력이 어느 정도인지 짐작할 수 있을 것이다.

이 모든 추리소설의 보편성 또는 그 구조의 보편성을 인정하지 못하는 사람의 경우에도, 오늘날 세계 명작이라 할 만한 소설의 상당수가 추리소설 구조를 가지고 있다는 사실을 알면 늦게나마 고개를 끄덕여줄지도 모르겠다. 한 예로 움베르토 에코의 『장미의 이름』 같은 소설은 역시 쉽게 얘기해서 수도원에서 일어난 살인사건을 한 수도사가 추리해나가는 줄거리가 아닌가. 이도 싫다면 도스토옙스키의 『죄와 벌』은 어떨까? 적어도 이 소설은 주인공 라스콜리니코프의 살인 동기와 추이를 추적하고 있는(물론 이 경우는 그 추적자가 살인자인 주인공 자신이지만) 소설로, 추리소설 구조의 변형이라고 해도 무방하다. 『죄와 벌』의 예가 부적절했다면 우리의 소설, 이문열의 출세작 『사람의 아들』을 예로 들어볼까? 이 소설이야말로 온전한 추리소설 구도 위에 존재한다. 형사(남 경사)가 우연한 살인사건(민요섭의 피살)을 추적하여 그 범인(조동팔)을 밝혀내고 있는 것이다. 물론 사건 자체가 추리소설이 자랑하는 권선징악적 교훈을 주고 있는 것은 아니라 해도, 그러니까 남 경사가 조동팔이라는 살인자를 찾아낸 일로써 범죄에 대한 경각심을 불러일으키는 것과 같은 일반 추리소설의 주제적인 결과를 낳고 있는 것은 아니라 해도, 이 범인 체포의 추리소설 줄기가 문제의 핵심(신의 아들과 사람의 아들 사이, 또는 예수와 아하츠페르츠 사이, 또는 민요섭과 조동팔 사이의 차별성과 갈등)을 점층적으로 부각시키는 가장 중요한 매개가 되고 있는 것만은 분명하다 하겠다.

추리작가 이상우의 재미있는 저서 『이상우의 추리소설 탐험』에 따르면 우리나라의 추리소설 역사도 만만찮은 것으로 지적되는바, 고소설 「박수문전」이나 「장화홍련전」 등 공안소설(公案小說) 유형으로부터 이해조의 신소설 『구의산』을 지나 정통작가 채만식의 신문연재 탐정소설 『염마』, 한국 추리소설의 아버지라 불리는 김내성의 『마인』 등이 설명되고 있다.

이어 최근 추리소설의 대명사로 군림하고 있는 김성종의 데뷔작 『최후의 증인』이나 추리계의 중견 이상우의 인기작 『악녀 두 번 살다』 등 추리소설로 아예 앞세워져 있는 경우는 말할 것도 없고, 황석영 중편 「심판의 집」이나 잘 알려진 베트남 전쟁 체험소설 『무기의 그늘』, 고원정의 대하소설 『빙벽』, 이청준의 「소문의 벽」, 『제3의 현장』, 『자유의

문」, 『인간인』, 양귀자의 『나는 소망한다, 내게 금지된 것을』 등등의 유명 작가 작품들이 추리소설이라 명명되지는 않지만 『사람의 아들』과 같은 추리소설 유형의 좌우에 놓여 있다고 볼 수 있겠으며, 아시다시피 그 작가 또는 그 작품들이 누린 인기는 우리나라의 소설계 현상으로 보면 아주 상당한 것으로 확인되고 있다. 그리하여 최근 어느 일각에서는 소위 순수작가들이 추리소설에 대한 관심을 직접적인 창작 작업으로 잇겠다는 공시를 이승우의 『황금가면』으로, 익명의 공동 필명 하길상 추리소설 『존재의 위협』으로 가시화해 놓기도 했다. 우리는 추리소설을 중심으로 한 문화 장르 속에서 살아왔고, 살고 있으며, 날이 갈수록 추리소설의 인기를 필요로 하는 시절에 이르러 있다고 할 수 있다.

처음부터 추리소설이 누리는 인기를 중심으로 그 유용성을 너무 장황하게 말한 것 같다. 그렇다. 추리소설의 유용성이라면 그 인기에 대해서부터 말함이 옳고 소설에서의 인기는 아무리 강조해도 지나치지 않다고 나는 말한다. 그렇다면 나는 지금 그 전한국적으로, 전세계적으로 인기 있는 추리소설을 이제 모두 함께 쓰자고 말하려 하고 있는 셈인가? 다시 말하거니와 나는 문학작품이 같은 값이면 많이 읽히는 편이 낫다고 생각하는 많은 사람 중의 한 사람이다. 더욱이, 많이 읽히게 하는 힘이 특히 소설과 같은 대중취향 짙은 장르 안에서는 보다 적극적으로 궁구되고 모색되고 실험되어야 한다고 나는 생각한다. 말할 것도 없이 대중문화시대에 이르러 점점 소외의 길을 치닫고 있는 우리 문학의 현상으로 보면 소설의 대중화 운동을 대중성 확보의 최상 장르인 추리소설을 중심으로 벌여나가야 할 실정이라는 게 솔직한 진단이다. 나는 이처럼 한국의 소설이 왜 많은 독자들을 확보하지 못하고 있는가에 대해 고심하고 있는 독자 중 한 사람이며, 한국소설을 주로 상품화하는 많은 출판사와 그 생산자인 작가들이 왜 그 생산품을 통해서 생존과 재생

한국 소설의 추리 기법

산의 물질적 근거를 마련하지 못하고 있는가에 대해 안타까워하면서, 한국소설이 대중성을 확보하자면 특히 창작방법 면에서 어떤 방법이 유효할 것인가를 제법 생각해본 축에 속하는 문필가의 한 사람이다. 나는 "한국의 그 자랑할 만한 작가들이여, 독자들이 소설을 안 읽는다고 말하지 말고, 출판 상업주의가 좋은 소설 시장을 망치고 있다고 개탄하지 말고, 어떤 형태로 쓰면 잘 읽히겠느냐 공부 좀 하면서 자존심 버리고 세계가 인정하는 대중적 양식인 추리소설에서 그 돌파구를 마련하라"고 소리치고 싶은 때가 한두 번이 아니었다. 그러나, 그러나 나는 그렇게 소리치지는 않았으며, 더욱이 그 추리소설에 대해 말하고 있는 지금 이 순간에도, "우리 함께 추리소설을 쓰자"라고 결코 말하지 않는다. 뿐더러 나는 "우리 함께 추리소설을 쓰다간 다 망한다"라고 말하고 싶은 사람이다. 이 같은 역설이 또 어디 있을까? 나는 처음에 추리소설이 얻는 대중성을 인정했고 강조했으며 그 유효성을 중시한다고 했다. 그리고는 방금 "그 추리소설을 쓰다간 망한다"라고 쓴 것이다. "추리소설은 매우 유효하다. 그러나 추리소설을 써서는 안 된다." 나는 이런 이상한 말을 하고 있다.

2.

"추리소설은 매우 유효하다. 그러나 추리소설을 써서는 안 된다." 사실 이 역설 위에서 이 글은 시작되었어야 했고 시작되고 있는 셈이다. 도대체 왜?라고 묻고 싶을 것이다. 나는 다시 말한다. "추리소설은 유효하다. 그러나 추리소설을 써서는 안 된다." 그리고, 다음의 글을 함께 봐 두자.

(1) 이 소설을 쓰는 동안 내 머릿속에서 끊임없이 어른거린 것은 화성의

연쇄살인사건과 오대양 사건이었다. 이 사건이 나로 하여금 문명사회의 현란한 포장지 뒤에 감춰진 어둡고 깊은 '배꼽'을 직시하게 했다. 그것은 광기이다. 성과 속의 세계에 동시에 작용하는 이 광기의 현상은 나의 문학적 상상력에 충격을 가해왔다. 그리고 그 충격이 독자 대중과의 소통을 희망하고 있는 이 위기의 작가를 추리소설의 영역으로 밀어붙였다.

사실 나는 조금 불안하다. 산문은 추리와 논리의 영역이라는 믿음에도 불구하고, 그리고 그동안 내 소설의 외양에 추리적 구성을 즐겨 사용해온 것이 사실임에도 불구하고, 이번 작업은 내게는 퍽 낯선 경험이었다. 이 소설에 대해 이러저러한 판단이 서지 않는 것도 그 때문이다.

나의 문학에 대한 대중적 친화력의 가능성이 존재하는 것일까? 그 점에 관하여 나는 오랫동안 회의를 품어왔고, 『황금가면』은 그러한 회의로부터 자유로워지고자 하는 나의 전략의, 안간힘이 산물이다.

(2) 우리는 먼저, 상업주의의 범람 속에서 갈수록 대중들로부터 소외되고 있는 한국의 소위 정통 소설문학을 주목하였다. 어쩌면 하길상 시리즈에 동참한 작가들을 포함하여 한국의 유수한 작가들이 '순수'라는 독방에 갇혀 독자들을 외면해온 사이 문학 상업주의가 너무나 손쉽게 독자들의 손을 굳게 잡아버렸는지도 모른다. 이럴 때 보다 능동적으로 '독자와 함께하는 광장'으로 나아가는 길을 추리소설 양식에서 찾을 수 있으리라는 생각이었다.

한데, 추리소설의 현황은 또 어떤가? 추리소설은 재미있다고들 하지만, 우리의 현 추리소설의 경우 그 재미 위에 과연 문학작품이 결코 놓치지 말아야 할 지성적이며 계도적인 어떤 면이 얹어져 있는가, 라는 질문 앞에서 할 말이 없는 처지가 아닌가.

바로 이 지점에서, 순수소설의 의미 있고 아름다운 문체와, 추리소설이 가진 긴장감과 재미를 한곳에다 샐러드처럼 섞는다면, '수준 높은 대중문화 장르'로서의 추리소설이 탄생되어 독자들 앞에 당당히 내세워질 수 있지 않을까 하는 판단이 이루어졌다. 우리의 '하길상 추리소설'은 이렇게 탄생된 것이며 『존재의 위협』은 그 첫 작품에 해당된다.

앞으로 하나둘 연이어 발표될 이 '하길상 추리소설'들이, 대중의 다양한 삶의 변화와 욕구를 수용하지 못하고 구태의연한 책상물림식 미학에 집착하

한국 소설의 추리 기법

고 있는 듯한 순수문학이며, 과다한 섹스와 폭력을 내세워 독자들을 자극하려는 듯한 상당수의 추리소설들, 또는 순수문학적인 것과 대중문학적인 것을 서로 화해되지 않는 것으로 양분시켜 이해하는 편협한 문화인식 등등의 모순을 불식시키는 좋은 계기를 만들 수 있을 것이라 자부하고 싶다.

위의 글 (1)은 이승우 장편추리소설 『황금가면』(고려원, 1992)의 「작가의 말」 전문이며, (2)는 하길상 추리소설 『존재의 위협』(잎새, 1993)을 기획 출간한 기획자 김수경이 신문 지상(『스포츠 서울』, 1993.3.11)에 논쟁적 성격(같은 지면 1993.3.1자에 실린 추리작가 한대회의 글 「독자와 떳떳이 만나라」에 대한 반박문 「순수 상업 함께 끌어안는 기획」이다)으로 발표한 글의 일부분이다. (1)은 그 소설의 근본 작의, 특히 추리소설이라는 양식을 취하게 된 경위를 밝히는 내용인 셈이고, (2)는 문학과 출판의 전략상 하길상이라는 이름의 공동 필명을 작가로 한 추리소설을 기획 출간한 이유를 밝히는 내용이 되겠다.

(1)에서 작가는 자신이 이 소설을 쓰게 된 이유를 첫째, 우리 시대의 대표적인 미제 살인사건들이 '성과 속의 세계에 동시에 작용하는 광기현상'으로 판단되었으며, 그렇게 진단된 광기의 현상이 자신의 문학적 상상력을 자극했다. 둘째, '대중과의 교통' 또는 '대중과의 친화력' 문제에 시달려온 자신이 추리소설 형태(사실은 자신의 소설이 추리적 구성을 즐겨 취해왔음에도)를 취해 창작했는데 그 성공 여부는 미지수이다라고 적고 있는 셈이다.

(2)에서 기획자는 이 소설을 기획 출간한 의도를 첫째, 소위 '순수 정통소설'의 비대중성과 둘째, 한국 추리소설이 지닌 비문학성과 셋째, 순수소설과 대중문학을 비화해적인 것으로 양분하는 편협한 문화인식 등을 함께 반성하려는 데 있다고 적고 있는 셈이다.

위 두 사실은, 일단 추리소설이 대중을 확보함에 있어서는 매우 유효한 장르이며, 그럼에도 불구하고 그 추리소설을 직접 쓰는 것이 망설여

졌는데 이번에 어떤 의도로 쓰게 되었다는 점에서 서로 공통점이 있다. 그 점을 뒤집어 생각하면, 독자층을 확보해야 한다는 명제를 수긍하며 그것을 위해서는 추리소설이 아주 유효하다는 것을 인지하면서도 그들은 그동안 망설이고 있었다는 얘기가 되며, 망설인 이유는 암시적으로든 직접적으로든 추리소설을 필시 소위 기존 순수소설 형태에 비하면 저급한 소설이라 생각하는 문화인식 속에서 그들이 속해 있었던 탓이라는 사실이 밝혀지고 있다. 더욱이나 (2)의 경우에서는 그 작가 이름조차 이번에 추리소설을 쓰게 돼 아무개라고 밝히지 않은 심정이 아닌가. 그리고 그들은 어쨌거나 추리소설의 현장에 뛰어들었고, 그들이 생각한 "수준 높은 대중문화 장르"로서의 추리소설이 얻어졌는지는 아직 미지수로 남아 있다.

문제는 무엇인가. 나는 왜 또 추리소설을 말하지 않고 그 서문이며 기획 의도 따위를 장황하게 붙잡고 있는가. 추리소설을 써서는 안 된다 했으니 위의 두 편 소설이 잘못 씌어졌음을 말하고자 하는가. 그게 아니다. 참으로 문제는, 추리소설로써 많은 대중과 만나보자는 그 의도들이 자신들의 그 작업이 아직은 지극히 부분적이며 미온적이며 임시방편적일 수밖에 없다는 뜻을 내포하고 있다는 사실이다. 말을 바꾸면 추리소설쯤이야라고 생각하는 상당수의 문필가들의 문화인식 속에 그들이 속해 있다는 말이다. 다시 말을 바꾸면 추리소설쯤이야라고 말해도 맞설 말이 궁한 것이 실제 우리 추리 작단의 현실이며 우리의 문화 현실이라는 얘기이다. 또 한 번 말을 바꾸면 우리의 창작문화는 아직 대중을 염두에 두고 있지 않다는 것이다.

물론 일부 추리소설이 많은 대중과 만나는 데 성공하고 그 대중들에게 재미 이상의 어떤 인식적·정서적 감흥을 불러일으키는 데 성공했다. 위의 두 소설이 그런 예에 속하고 있는지도 모른다. 그러나 많은 경우의 추리소설들은 어쩌다가 대중에게 눈요깃감으로 다가가기는 했을 망정 결 높은 감흥을 불러일으키는 데는 실패했다. 그런데도 대충, 적당히, 재미를 만들기 위해서, 어쩌다가 한번쯤, 추리소설을 써서 많은 대중과 만나보겠다고 하고 있고 그 사실을 우리 문화 전체가 방조하고 있는 것이다. 대중은 우중이기도 하고 아니기도 하다. 대중은 선하기도 하고 그렇지 않기도 하다. 대중은 눈요깃감을 좋아하기도 하고 고도의 정신 경지의 어떤 것을 선호하기도 한다. 그 대중을 보다 폭넓게 만나겠다는 사람이, 대중을 휘어잡겠다고 나선 추리소설 작가들이 무엇보다 고도의 계산을 전제로 해야 할 추리소설을 잠시 잠깐의 전략으로, 아니면 물량주의적 발상으로 쓰고 있고 그 문화는 그것을 방조해 버린다. "독자와 함께하는 광장"으로 나아가면서 그 독자와 벌일 게임에 대해 연습도 계획도 제대로 해보지 않고 나아가는 이 어불성설 위에 우리 문화가 서 있는 것이다.

3.

위 (1)의 작가는 "나의 문학에 대한 대중적 친화력의 가능성이 존재하는 것일까?"라고 썼다. 이 말이 우리에게는 "우리의 문학에 대한 대중적 친화력의 가능성이 존재하는 것일까?"라고 들려오고 있지 않은가. 그렇다면 왜 우리의 문학에는 대중적 친화력이 부족했던 것일까. 이 점에 대해 위 (2)의 글에서 내리는 "대중의 다양한 삶의 변화와 욕구를 충족시키지 못하고 구태의연한 책상물림식 미학에만 집착하고 있는 듯"하다는 진단은 매우 그럴듯하다. "대중의 다양한 삶의 변화"라는 것, 좀 더 구체적인 한 예로 (1)에서 말하는 '문명사회 내의 광기'라는 것을 말하고 있는 것이리라. 그리고 '대중의 욕구'라는 것, 좀 더 직접적으로 말해서 재미와 새로움을 느낄 수 있는 어떤 문화형태, 한 예로 이 시대에서 흥미와 관심이 유도되는 이야기를 담은 추리소설 같은 것을 말하는 것이리라. 기존의 문학이 바로 이 같은 점을 외면함으로써 독자로부터 소외되어 오고 있지 않았는가.

무엇보다 우리 소설은 삶의 다양한 변화를 반영하고 있지 못하다는 점을 반성해두지 않으면 안 되겠다. 분업을 가속하여 업무를 전문화하고 그리하여 생산성을 높여온 자본주의 산업구조의 복잡다단한 삶의 양태를 우리 소설은 세세하게 따라잡지 못해왔다. 물론 얻은 것은 있다. 이를테면 분단에 대한 각성이나, 자유에 대한 신성시 따위의 민족주의적이거나 자유주의적인 자긍심을 고양시켜준 점, 소통 불가능한 인간 개개인의 미세한 심리세계를 미학의 차원으로 끌어올린 점 등등이 그 성과일 것이며, 우리는 그 성과에 대해서 설사 그것이 보다 많은 대중을 참여시키지 못한 아쉬움이 있다 해도 결코 간과해서는 안 된다. 그러나 상당 부분 그 좋은 문화경험은 되풀이되고 관습화되고 정체되기 시작했다. 정체된 문화가 대중을 선도하는 능력을 잃는다는 것은 불을 보듯 빤한 일이다. 우리 소설은 그 목소리는 크지만 그것이 점점 공허해지고 있다는 사실을 간과하고 있었던 것이다. 지금 이 글을 쓰고 있는 사무실만 해도, 이 글을 보고 있는 당신의 주변만 해도, 얼마나 다양한 직업인이 함께 살고 있으며 얼마나 다양한 직업인이 드나들고 있는가. 그리고 그 직업인들은 모두 제 삶들에 시달린다. 그 삶을 그들의 자리에서 반영하라. 오늘날의 근대소설 양식이 바로 다양해지기 시작한 자본주의의 삶의 층위를 반영하면서 하나의 장르로 굳어졌다는 사실을 상기하면 우리 소설이 무엇을 잃고 있었는지 자명해진다. 자본주의의 다양한 경험들을 내면화하라. 그 위에 어떤 정신을 얹든 그것은 자유다. 이데올로기든 세태 비판이든 여성 해방이든, 심지어 현실의 반영 자체를 거부하는 메타 픽션적 구도나 포스트모더니즘 정신이든 모두 이 내면화된 다양한 경험 층 위에서만 비로소 제값을 발할 수 있다. 그 반성 없이는 추리소설 아니라 어떤 재미있는 소설양식과도 결코 행복하게 조우할 수 없다. 안타

깝게도 우리나라에서 추리소설을 쓰는 사람의 상당수가 이 반성에 대해서는 무지한 게 아닐까. 내가 이 글의 처음에 추리소설 쓰다가는 다 망한다고 한 이유의 하나가 바로 여기에 있다.

게다가 추리소설이야말로 그 내면화된 경험층이 없으면 절대로 발휘될 수 없는 양식이다. 한 남자가 어떤 범죄를 저질렀다고 가정하자. 탐정(또는 그와 같은 역할을 하는 주인공)이 범죄와 관련된 범인의 내적·외적 흔적을 추슬러 내면화하지 않고 그 사건을 추리하여 범인을 밝힐수 있을까. 삶의 다양성만큼이나 다양한 범죄의 세상 아닌가. 그리고 그 범죄들은 대부분 이 자본주의 사회와 인간 본성 간의 가장 근원적인 묵계인 '부를 추구하는 욕망의 정당성'에서 비롯되고 변형된 어떤 결과물이다. 이 자본주의 사회 내에 일어나는 거의 모든 범죄는 자본주의가 그 스스로를 모순의 세계로, 미궁으로 만들고 있음을 증좌해주는 것이기도 하다. 그리하여 소설에 범인 이야기로 내면화된 자본주의적 경험은 고스란히 자본주의의 본질을 대변해주기도 하고 나아가 인간 본성을 상징해줄 수 있는 것이다.

추리소설에서는 경험의 내면화에 있어 더욱 적극적으로 경험 내용이 풍성해지도록 애써야 한다. 나날이 세분화되고 전문화되고 첨단화되는 자본주의의 일상들이 잘 반영되도록 세세한 관찰과 묘사가 이루어져야 한다. 이 점의 연장선에서 보면 추리소설은 자본주의 사회의 모순을 직시하고 고발해 보이며 나아가 그것을 극복하는 정신을 표출하는 훌륭한 리얼리즘문학이 될 가능성마저 있는 것이다.

그리고 그 다양한 삶들의 어느 자리에서 독자들이 이 소설을 본다는 사실을 명심해야 한다. 그러니까 전혀 예측할 수 없는 곳에 있는 독자가 작가보다 더 정확하게 그 범죄를 추리해 버린다면 이 추리소설은 수준 미달이 되고 만다. 하나의 문제에 있어 추출될 수 있는 여러 실마리의 어떤 것도 다 확인시켜 주는 세세함이 없어서는 안 된다. 작가는 독자보다 철저하게 우위에 서서 그 세세함으로써 제법 지능적이거나 아니면 우매한 독자들을 참여시켜야 하고 끝내 지적 카타르시스를 제공해주어야만 한다. 따라서 추리소설은 철저한 논리의 세계로 표면화된다는 점을 중시해야 한다. 당연히 추리소설은 저질러진 범죄를 은폐하려는 지능이 존재하고 그 범죄를 캐는 탐정의 더 높은 지능(그러니까 작가가 탐정의 성품을 고려해 투사시키고 있는 지능)이 존재하며, 그 지능 간에 생기는 긴장이 곧 재미로 이어지는 것이거니와, 그런 만큼 작가는 그 낮고 높은 지능을 적절히 갈등케 하고 마침내 그 갈등을 해소시켜 가는 고도의 지능을 견지해야 한다. 게다가 설정된 범죄가 자본주의의 문명 발달과 관련된 고도로 지능적인 범죄유형이라면 이때의 추리소설은 우리 문학 전반의 취약 지점인 과학소설 유형으로 확대될 수도 있다. 추리소설과 과학소설이 만나는 이 범주 안에서 우리는 공상과학 위에 추리를 얹는 로버트 하인라인, 의학에 추리를 얹는 토마스 해리스 · 다니엘 키스 · 로빈 쿡, 생물학 · 지질학에 추리를 얹는 마이클 크라튼, 환상과 공포에 추리를 얹는 스티븐 킹 등과 같은 작가유형을 얻을 수 있지 않을까.

아울러 추리소설은 무엇보다 인과관계가 명백한 유형(당연히 이 인과관계의 대부분은 결과가 먼저 제시되고 원인이 추리되어 드러나는 형태가 될 것이다)이라는 사실을 염두에 두자. 이 점, 인과관계를 중시해야 할 우리의 리얼리즘소설들 또한 아쉬운 대목이 많다는 사실에 대한 지적도 될 수 있겠다. 사람의 처지에서 보면 현실은 우연의 연속이지만 소설 속의 모든 일은 필연이라는 사실을 잊어서는 안 되겠는데, 그것은 바로 작가가 그것을 창조한 신이기 때문이다. 진정한 신은 전혀 그 모습을 드러내지 않으면서도 자신이 창조한 생명들이 자신의 존재가치를 분명히 느끼게 규제한다. 풀 한 포기에 머무는 바람 한 점도 그때 그곳에 머물러 있어야 할 당위성을 설명할 수 있어야 한다. 그런데 우리 소설은 너무 쉽게 생명을 탄생시키고는 그 생명의 본분을 제대로 알려주지 않는가 하면 뒤늦게 나타나 전혀 예측하지 못하는 본분을 지시하곤 한다. 작가가 책임 못 지는 인물이나 상황을 독자가 어떻게 책임지겠는가.

추리소설이 이처럼 자본주의의 미궁을 설정해 보이고 그것을 지적으로 해명해가는 모험과 지혜의 세계가 되어야 한다는 것은 욕심이나 기대가 아니라 일차원적인 당연한 귀결이다. 그것은 자본주의의 난제를 반영하고 싸운다는 점에서 리얼리즘문학에 맥을 댈 수도 있으며, 범죄와 모험이라는 대중적인 이야기들이 서로 뒤얽히고 거기서의 죄악들을 징벌하고 완전한 평화와 번영을 이루게 되는 행동소설(novel of action)의 전통에 맞닿아 있을 수도 있다. 그러나 나는 여기서 현실, 특히 자본주의의 미궁을 헤쳐가는 모험과 지혜의 이야기 세계에만 추리소설이 머물러서는 안 된다고 말하고자 한다. 만약 어떤 문학이고 그 정도에만 그친다면 그것은 대개 현세적이고 따라서 전근대적인 문학에 머물고 만다. 추리소설 양식이 어떤 문학유형 못잖은 높이를 지니자면 나는 그것이 범죄사건을 추리하는 이야기이면서 인간을 추리하는 형이상학적 형태를 유지해야 한다고 믿는다. 이 지점에서 다음의 말에 귀 기울여봄은 어떨까?

> 독자들로 하여금, 우리를 전율하게 할 만한 일(말하자면 형이상학적인 전율을 느끼게 할 만한 일)을 기쁨으로 받아들일 수 있게 하고 싶었기 때문에 나는 (무수한 플롯 중에서) 가장 형이상학적이고 철학적인 구조, 즉 탐정소설의 구조를 선택하지 않을 수 없었다.

이 글은 움베르토 에코가 『장미의 이름』의 창작 의도를 밝힌 『나는 장미의 이름을 이렇게 썼다』(이윤기 역, 열린책들)의 한 대목이다. 같은 책에서 에코는 또 이런 말을 하고 있다. "결국 철학(가령 분석 심리의 철학 같은)의 기본적인 문제는 탐정소설의 기본적인 문제와 같다." 여기서 말하는 탐정소설이 추리소설의 다른 이름임은 말할 것도 없다. 덧붙일 것도 없이 독자들을 형이상학적으로 전율시킬 수 있는 최상의 장르가 추리소설이라는 것, 『장미의 이름』에서 그 형이상학은 범인이 밝혀지지만 그 범죄에 탐정도 공범이었다는 사실, 탐정도 함께 패배하는 양식이었다. 에코가 말하는 철학의 경지는 거의 학문적인 의미를 띠기도 하겠지만, 중요한 것은 추리소설을 형이상학을 담는 더할 나위 없이 좋은 그릇으로 이해하고 있다는 점이다. 우리는 이제 우리 시대에 필요한, 그러니까 대중을 만나러 가면서 더욱 높은 품격, 더욱 형이상학적인 주제를 유지하고 추구하는 소설양식으로 추리소설을 내세울 수 있지 않을까에 대해 깊이 궁구해야 할 차례이며 내가 처음에 "추리소설 쓰지 말자"고 엄포를 놓은 이유도 바로 이런 데 있었던 것이다.

추리소설이 형이상학을 유지하자면 무엇보다 먼저 탐정이 범인을 색출하고 평정을 얻는다는 귀결점이 귀결로 마감되지 않고 진정한 범죄자가 누구인가에 대해 섬뜩하게 질문하는 지점까지 나아가야 한다. 과도한 섹스니 엽기적인 폭력이니 하는 한국 추리소설이 가지는 병폐쯤은 아무것도 아니다. 인간이 원한 자본주의가 결국 인간의 범죄적 욕망을 부추기는 거대한 미궁의 인간세계를 축조하고 있는 마당에 우리의 의식 있는 추리소설이 그 미궁의 밑바닥을 드러내는 질문을 만들지 않고 어떻게 삶을 반영했다고 볼 수 있을까. 탐정으로 대표되는 선과 범인으로 대표되는 악의 흑백논리식 이분법과 권선징악의 관계에서 나아가 서로 똑같이, 탐정이나 범인이나, 작가나 독자나 함께 범인일 수 있음을 자문하게 하는 양식이 필요한 때이다. 그리하여 우리 시대에 필요한 추리소설은 단순히 독자들을 부르는 모험의 재미에 그쳐서도 안 되고, 사건을 파헤치는 지적 추리의 재미에 머물러서도 안 되며, 좀 더 나아가서는 자본주의의 미궁을 파헤치고, 인간의 욕망과 비밀의 참과 거짓이 어디에 있으며 끝내 신은 어디에 존재하는가를 심각하게 질문해주어야만 한다.

이 질문의 유형에서는 가령, 범죄사건 위에 참으로 형이상학적인 제재를 얹는 것이 유효하리라고 본다. 마치, 에코가 아리스토텔레스의 『시학』을 얹었듯이, 우리는 우리의 역사와 문화와 예술과 문학과 신과 책을 얹을 수도 있을 것이다. 그리하여 내가 꿈꾸고 기대하는 추리소설은 바로 '인문주의 추리소설'이라 명명하고 싶다. 자본주의의 미궁을 헤쳐가는 모험과 지혜와 질문의 드라마로서의 추리소설이 이 시대의 발전적인 요청에 닿고 있는 지점이 내가 명명하는 바의 '인문주의 추리소설'이며, 나는 그 징후를 『황금가면』에서도 『존재의 위협』에서도 읽었을 뿐더러, 이미 「소문의 벽」, 『사람의 아들』 등에서 읽어왔듯이, 복거일이나 고원정이 쓰는 역사추리적 소설들을 보아왔듯이, 오늘날 각종 문화경험, 역사적 지식, 대중예술 체험이 소설 자체의 줄거리로 끼어드는 소위 '포스트모더니즘' 구조의 소설들에서도 강렬하게 느끼고 있다.

추리소설의 이해

― 문학으로서의 추리소설

이 상 우

1. 추리소설의 예술성

우선 문학이란 무엇인가를 생각해보자. 사전마다 문학에 대한 해설은 조금씩 다르지만 이를 종합해보면 다음과 같다.

'문학이란 언어로 표현되는 산물이다.' 따라서 언어로 표현되는 것이더라도 과학의 논술이나 산문과 같은 정보의 전달은 예술성이 없어 문학은 아니라는 말이 된다. 문학에서 말하는 예술성이 있는 표현은 어떤 것이냐를 두고 다음과 같은 주장들을 해왔다.

1. '자연을 모방하는 것이다'라는 설이다. 이것은 아리스토텔레스 이래로 17세기의 고전주의 시대까지 지배적인 설이었다. 소위 자연법 시대, 자연주의 시대인 것이다. '자연'의 법칙을 거슬러 일어나는 일은 문학에서 취급하지 않았다. 그런 의미에서 후의 자연주의나, 사실주의와는 전혀 다른 의미로 이해할 수 있다.

2. '미를 창조하는 것이다'라는 설이다. 이 이론은 '미'의 정의에 따라 낭만주의, 예술지상주의, 상징주의 등으로 갈라지는데, 18~19세기에는 낭만주의가 제일 강했다.

3. '사회나 인간에 대한 정형을 그리는 것이다'라는 설이다. 이 설은 다시 "사회나 인간을 있는 그대로 그린다"는 리얼리즘과 "비판적으로 그린다"는 자연주의와 사회주의로 갈라진다.

4. '인간이 살아가는 데 교훈이 되게 한다'는 설이다.

이상의 네 가지 이론에 비추어 추리소설의 예술성에 대해 이야기해보자. 어떤 이론을 취하더라도 추리소설이 문학이 아니라는 주장은 성립될 수 없다. 모든 장르의 소설 중에서 추리소설만큼 1. 자연적이고 2. 아름다우며 3. 사실적이고 비판적이며 4. 교훈적인 것은 드물다. 게다가 독자가 직접 '추리'에 참여함으로써 흥미진진함과 동시에 카타르시스까지 경험할 수 있다. 뿐만 아니라 사회적으로는 권선징악의 기풍을 진작시키는 유익한 것이기도 하다. 이것은 어느 장르에서도 찾아볼 수 없는 추리소설만의 장점이다.

그러나 이렇게 말하더라도, 여기까지 읽은 사람의 대부분은 짐짓 이 글을 '추리소설 예찬론'쯤으로 여기고 정말 그런가에 대해서는 반신반의할 것이 분명하다. 그럼 이제부터 본격적으로 '추리소설이 문학의 장르다'라는 말, 곧 '추리문학'이라는 말이 어떻게 성립할 수 있는지 알아보기로 하자.

먼저 '장르'라는 용어의 정의를 하는 것에서부터 시작하는 것이 좋겠다. '장르'라는 말은 라틴어로 공통의 특질을 가지는 생물, 사물이 하나의 유형을 형성한다는 뜻이다. 그래서 생물학에서는 이를 '종속'이라는 뜻으로 쓰고, 철학에서는 '유개념(類槪念)'이라는 뜻으로 쓰고 있고, 문학에서는 '문학의 양식, 부류, 종류'라는 뜻으로 쓰고 있다. 그런데 다른 분야에서는 모두 번역해서 사용하는 이 말을 문학에서만은 '장르'라는 라틴어를 그대로 쓰고 있다. 그래서 '장르'라는 말은 "순수문학" 또는 "예술성이 강한 우수한 문학"을 위해서나 쓰고 대중소설이나 저질문학에는 쓰지 않는 것으로 와전되는 경향마저 있다. 그러나 '장르'라는 용어는 실상 문학의 우열과는 아무런 관계가 없다. 그러므로 설령 추리소설이 문학적 수준이 아주 낮은 소설이라 하더라도 "추리소설은 문학의 장르다"라는 말은 틀린 말이 아니다. 하물며 추리소설의 문학성이 결코 낮지 않은 것을 본다면, '장르'라는 용어로 추리소설을 규정하기는 더욱더 쉬운 일이다. 그러나, 그럼에도 여전히 추리소설을 문학의 한 장르로 분류하기를 거부하는 사람들이 있다. 그들은 문학의 '장르'란 문학의 표현양식, 표현 대상뿐만 아니라 작가의 부류와 독자의 부류까지를 포함하는 뜻이라는 견해에서부터 출발한다. 그들은 추리소설의 독자층이 문학에 조예가 깊지 않은 낮은 부류의 사람이라고 생각한다. 그러나 이것도 틀린 생각이다. 왜냐하면 우선 추리소설의 독자층은 어떤 층이라고 한마디로 할 수 없을 만큼 포괄적이기 때문이다. 문학에는 전혀 조예가 없이 그저 심심풀이로 읽는 계층에서부터 의사, 변호사, 법관, 교수, 학자, 성직자, 정치가, 대통령에 이르기까지의 다양한 독자층을 갖고 있다. 그중에서도 진짜 추리소설 광(Mania)은 정신노동자인 학자, 성직자, 정치가 속에 있다. 미국의 링컨 대통령과 루즈벨트 대통령은 추리소설을 가장 많이 읽은 대통령으로 알려져 있으며, 영국의 법관과 법무장관을 역임한 벨리 경(Viscount of Bury)은 소문난 추리소설 애호가로 추리소설에 대한 논평을 쓰기도 했다.

작가층을 보더라도 추리소설 작가는 문인, 문학평론가, 의사 출신이 주류를 이루고 있으며 그 다음이 기자, 변호사 출신으로 최고의 지성인들이 추리소설을 쓰고 있다고 해도 과언이 아니다. 물론 작가나 독자의 문제에서 '장르'가 출발하는 것은 아니지만 적어도 이러한 배경이 "추리문학"을 '문학 이외'로 생각할 수 없게 하는 요인이 된다.

2. 추리소설의 특징

추리소설의 형식이 너무나 다양하기 때문에 한 가지만을 가지고 이야기할 수는 없으나, 우선 '고전파 추리소설'의 예를 들어본다면, 그것은 소설의 체제를 갖춘 추리이다. 추리를 위한 소설이라고도 할 수 있다. 바꾸어 말한다면 작가가 소설의 형식으로 엮어나가는 수수께끼요 퍼즐 게임이다.

추리소설에는 거의 어떤 범죄사건(주로 살인사건)이 있고 추적자(탐정이나 경찰)가 사건을 둘러싼 여러 가지 자료를 가지고 추리하여 그 사건을 해결하는 것을 줄거리로 하는 소설이다. 이것이 추리소설의 기본 구조이다. 그런데 이 추리는 추적자(탐정)만이 하는 것이 아니고 독자도 같이 하는 것이다. 즉, 독자는 '이 사건의 진범은 누구일 것이다', '범행의 동기와 방법은 이러할 것이다', '이것이 단서가 될 것이다' 등의 추리를 하면서 읽는다.

추리소설 마니아 중에는 아예 책을 덮어버리고 나름대로의 추리에 몰두하기도 한다. 로널드 녹스 같은 작가는 자신의 작품 속에 '독자가 책을 덮고 수수께끼를 풀기 시작해도 좋다'는 시점을 지적해주기도 한다.

그런데 대개의 경우 독자의 추리는 빗나가고 탐정이 전혀 뜻밖의 인물을 진범으로 지목하면서 그와 같은 추리를 하게 된 증거를 명쾌하게 제시해준다. 이때 독자는 탐정이 자기보다 머리가 좋다고 탄복을 할지언정 자기가 탐정보다 머리가 나쁘다고 불쾌하게 생각하거나 탐정에게 졌다는 패배감을 가지지는 않는다.

이것을 '유쾌한 패배'라고도 한다. 만약에 독자의 추리가 탐정과 동일한 결론에 도달했다면 자기 머리가 좋다고 기뻐하기보다 탐정도 별것 아니구나 하는 생각으로 실망을 하게 될 것이며, 이런 일이 두 번만 계속되어도 다시는 추리소설을 읽지 않을 것이다. 탐정이 독자보다 머리가 좋아서 기막힌 추리를 하는 것을 보면서 한번 이겨보겠다고 머리싸움을 하는 맛으로 추리소설을 읽는 것인데 탐정이 독자보다 못하다면 그런 재미가 없어지기 때문이다.

이때의 머리싸움은 실은 탐정과 하는 것이 아니고 작가와 하는 것이다. 작가가 치밀하게 풀기 어려운 수수께끼를 만들어 탐정이라는 가공인물이 풀어나가는 과정을 소설형식으로 엮어놓은 것이 추리소설이다. 따라서 승산은 작가 쪽에 있기 마련이다.

추리소설의 시조 포는 "나 자신이 만들어놓은 수수께끼, 그것도 반드시 풀어지도록 해답을 미리 정해놓고 엮어놓은 수수께끼, 이것을 푸는데 무슨 재능이 필요하다고 하겠는가. 다만 독자가 탐정의 기교와 작가의 기교를 혼동하고 있을 뿐이다"라고 했다. 또 반스는 "추리소설의 어려움은 언제나 독자의 재능이 작가의 재능보다 뛰어난 데 있다"고 했다. 이 두 작가의 말은 추리소설과 독자의 관계를 잘 나타내고 있다.

추리소설의 특징이 이러하다 보니 '추리'라는 것이 이 장르의 핵심이 되고 '예술성', '문학성' 같은 것은 소홀해지기 쉬운데, 소홀히 할 뿐만 아니라 숫제 무시해버리려 하니 이것이 문제다.

추리소설은 태어나면서부터 문학성이 부인당할 수 있는 운명을 안고 있었다고 할 수 있다. 그것은 추리소설이 태어난 시대적인 배경을 보면 알 수 있다. 추리소설이 언제 태어났느냐에 대해서도 약간의 이론(異論)은 있다. 인간에게는 본질적으로 추리 능력이 있으며 인간의 일상생활은 추리에 바탕을 두고 있다. 따라서 인간의 생활은 따지고 보면 무의식적이나마 추리의 연속이라고 할 수 있다. 그래서 고대로부터 전해지는 많은 이야기나 소설에서도 추리의 요소를 빈번히 발견할 수 있다.

추리소설에서 흔히 쓰이는 해결의 '실마리'라는 말만 해도 그렇다.

이 말의 영어 단어는 "Clue"이다. 테세우스(Theseus)가 미노타우로스(Minotauros, 몸은 사람이고 머리는 소인 괴물)를 죽이려다 그레타 섬의 미궁에 갇히고 말았는데, 미노스(Minos) 왕의 딸 아리아드네(Ariadne)가 준 실꾸러미 덕분에 무사히 빠져나왔다는 그리스 신화에서 비롯된다.

그러나 본격적인 추리소설이 태어난 것은 그 후로도 오랜 세월이 지난 후였다. 여기서 본격적인 추리소설이란, 사건이 있고 사건 해결의 주인공(탐정)이 있고, 사건 해결에 필요한 자료의 제시가 있고, 사건 해결이라는 결말이 있고, 그 해결이 어떻게 되었다는 증명이 있는 기본구조의 추리소설을 말한다.

이러한 기본 골격을 갖춘 추리소설은 1841년 미국에서 탄생되었다. 시인, 작가, 평론가이며 권위 있는 잡지 『그래함(Graham)』지의 편집장이던 포가 "모르그가의 살인사건(Murder in Morgu)"이란 제목으로 추리소설을 발표해 큰 호응을 얻고 잇달아 4편의 단편도 성공함으로써 추리소설의 역사가 시작된 것이다.

이것은 당시의 시대배경과도 무관하지 않다. 인류역사의 시작과 더불어 모든 인류가 공유하고 있었던 문화, 즉 예술과 오락이 시대의 흐름에 따라 점점 특수 계층의 전유물로 바뀌어갔다. 문화의 매체로 사용된 책, 악기, 악사, 기구 등을 소유할 수 있고, 즐길 수 있는 시간적 여유와 이해할 수 있는 교양교육을 받은 부유층의 전유물이 되어간 것이다. 그러던 중 산업혁명이 일어나 많은 대중매체가 출범했다. 여기서 대중문화라는 개념이 생겨났다. 따라서 19세기는 대중문화라는 새로운 문화가 형성되고 발전되는 또 하나의 문예부흥기였다고 할 수 있다.

이러한 때에 "모르그가의 살인사건"이 나온 것이다. 이때의 대중은 문학성에 얽매인 고리타분한 순수문학보다는 재미있는 읽을거리를 원하고 있었다. "모르그가의 살인사건"은 이러한 대중의 요구에 부합된 것이었을 뿐만 아니라 과연 누가 그런 끔찍한 살인을 했단 말인가 하는 의문을 불러일으키고, 그 미스터리를 추리해보는 재미까지 곁들이게 했으니 선풍적인 인기를 얻은 것은 당연한 일이라고 하겠다.

이렇게 태어난 추리소설이다 보니 '문학성', '예술성' 같은 것은 처음부터 관심 밖이었으며, 추리소설은 문학의 장르가 아니라는 비판을 받게 되는 것도 불가피한 일이었다. 그러나 추리소설이 단순한 추리가 아니고 '소설'의 체제를 갖춘 추리요 추리를 위한 '소설'인 이상 문학의 장르임이 틀림없으며, 문학의 장르인 한 문학성을 부정할 수 없다. 만약에 문학성을 완전히 배제하고 순전히 추리에 관한 문제의 제시와 해답만을 기술한다면 단편소설은커녕 원고지 몇 장이면 충분한 이야기가 될 것이다.

또 만약에 소설의 형식을 취하더라도 문학성을 소홀히 해왔다면 추리소설은 벌써 수명을 다했을 것이요 오늘날과 같은 발전은 없었을 것이다. 바꾸어 말하면 추리소설에는 추리라는 요소 외에 문학이라는 요소가 있기 때문에 문학이 있는 한 추리소설도 있다는 말이 된다.

생각해보면 추리소설이 추리라는 것을 위하여 쓸 수 있는 소재와 기법(트릭)에는 한계가 있다. 살인의 동기래야 사랑, 돈, 명예, 복수, 질투, 원한, 또는 이들의 복합 등 손으로 꼽을 수 있는 것이고 살인방법, 증거인멸방법, 도피방법 등은 종류가 많은 것 같지만 지금까지 추리소설에 사용된 것들은 4백여 종을 넘지 못한다(일본 추리소설의 아버지로 불리는 에도가와 란포는 800가지가 넘는다고 주장했다). 한 가지를 한 번씩만 써먹는다고 한다면 추리소설의 역사가 160년이니까 1년에 세 가지밖에 쓸 수 없는 셈이 된다. 그러니 결국은 한 가지 기법을 여러 번 써먹었다는 것이 되는데, 써먹는 횟수가 많아지면 독자들은 싫증을 내기 마련이다. 기법이 기발할수록 유명해지고, 유명하면 유명할수록 아는 사람이 많아 여러 번 써먹을 수가 없다. 앞으로 더 개발할 여지가 많은가 하면 그런 것도 아니다. 그러므로 추리소설은 그 소재와 자료의 고갈로 소멸되어버릴 소지를 다분히 가지고 있다고 주장하는 사람들도 있다.

추리소설이 소멸되리라는 기우는 어제 오늘에 생긴 것이 아니다. 추리소설이 생긴 후 백 년이 지나면서부터 벌써 이런 기우가 일어나기 시작했으며, 『모르그가의 살인사건』 백 주년 기념 논문에는 '향후 백 년 후에는 추리소설은 매장될 것이다'라는 극단론까지 나왔다. 이러한 기우는 연애소설, 역사소설, 서사시, 희곡 등 다른 장르의 문학에도 해당될 수 있다. 아무리 복잡다단하고 미묘한 것이 남녀의 사랑이라고 하더라도 소설의 소재로는 한계가 있기 마련이며, 아무리 역사가 유구하여도 소설이 될 수 있는 사건과 사실의 유형은 얼마 되지 않는다.

그러나 아무리 평범하거나 진부한 소재라도 이를 비범한 새로운 것으로 치장할 수 있는 능력을 가진 것이 문학의 힘, 아니 마력이다. 그렇다면 왜 똑같은 말을 추리소설에 대해서는 할 수 없는가 하는 것이다. 추리소설을 소설형식에 의한 추리라고 하든지 추리를 위한 소설이라고 하든지 간에 소설임에는 틀림없고, 소설임에 틀림없다면, 문학임에 틀림없는 일이다. 그렇다면 아무리 평범하고 진부한 소재와 트릭이라도 이를 비범한 새로운 것으로 치장할 수 있고 따라서 추리소설 소멸론은 쓸데없는 걱정이거나 추리소설에 대한 중상이라고 할 수 있다.

이렇게 말하고 보니 마치 법정에 선 추리소설이라는 피고를 위한 변호라도 하는 것 같은 논조가 되었다. 그러나 추리소설 소멸론자의 주장은 추리소설이라는 피고에게 사형선고를 내리기 위한 것이거나 문학의 장르에서 추방해버리기 위한 것이 아니고 추리소설을 위한 우정의 충고라고 볼 수도 있다. 왜냐하면 추리소설이 문학의 장르임에는 틀림없으나 '추리'가 핵심인 문학인데 추리를 위한 소재와 기법이 고갈상태에 있는 것은 사실이므로, 반복사용은 불가피한 일이고, 따라서 웬만큼 문학성을 높이지 않고는 진부해질 수 있으니 정신 차리라는 뜻으로 받아들일 수 있다. 또 그렇게 받아들여야 하기 때문이다.

3. 추리소설의 발전·변천과 문학성

초기의 추리소설은 추리에만 치중한 나머지 단편만 나왔으며 문학적인 치장을 소홀히 했던 것도 사실이다. 이것이 선풍적인 인기를 일으키면서 프랑스, 영국으로 전파되고, 영국에서 셜록 홈스의 탄생을 계기로 추리문학의 르네상스를 맞이하게 되었다. 문학성은 이때부터 서서히 자라나기 시작했다. 셜록 홈스를 탄생시킨 작가 코난 도일(Arthur Conan Doyle)은 1859년 영국의 에딘버러에서 태어났다. 그리 부유한 살림은 아니었으나 고생 끝에 수준 높은 의학교육을 받고 병원을 개업했다. 그러나 불행하게도 개업은 성공하지 못했으며 날이 갈수록 부채만 늘어났다. 그런데 이 불행이 불후의 명작을 낳는 계기가 될 줄이야. 도일은 환자를 기다리는 텅 빈 진료실에서 소설을 쓰기 시작했다. 그러나 그의 소설은 보내는 곳마다 퇴짜를 맞았다. 그러던 어느 날 그의 머리에 신의 계시 같은 것이 떠올랐다. 의과대학 은사 조셉 벨(Joseph Bell)의 생각이 떠올랐다. 벨은 학생들이 가장 존경하는 교수였는데, 그의 관찰력과 추리력은 얼마나 예리했던지 그의 앞에 나타난 환자의 직업과 주요경력을 보자마자 빈틈없이 맞추어내는 것이었다.

가령, 어느 날 아침 벨과 학생들 앞에 환자 하나가 다리를 절뚝거리며 걸어들어 왔을 때의 일이다. 벨은 학생들에게

"이 환자의 어디가 나쁜가?"

라고 물었다. 어리둥절해하는 학생들을 보고

"만지지도 말고 물어보지도 말아라. 제군들의 눈과 머리의 추리력으로 알아내어야 한다."

고 했다. 한참 만에 학생 하나가

"고관절(股關節)?"

하니까 벨이

"아니다. 다리가 아닌 발이다. 발가락에 심한 티눈이 있어 쩔뚝거리는 것이다. 구두의 일부를 칼로 찢어놓지 않았느냐."

고 했다.

눈이 휘둥그레진 학생들을 보면서 벨은 거침없이 말을 이었다.

"그러나 제군. 이 환자는 티눈 수술을 하러 온 환자가 아니다. 그의 더 심각한 질환은 알코올 중독이다. 저 붉은 코, 부어 있는 얼굴, 충혈된 눈, 가끔 일어나는 안면 경련, 떨리는 손 끝, 이 모두가 그 징조다. 이것이 나의 진단이다. 그러나 제군, 저것을 놓쳐서는 안 된다. 저 환자의 주머니에서 고개를 내밀고 있는 술병! 제군들은 관찰력과 추리력을 사용할 것을 잊어서는 안 된다."

벨에 대한 생각이 여기까지 이른 도일은 추리소설을 쓰기 시작했으며 벨을 모델로 하여 셜록 홈스를 탄생시켰다. 이렇게 해서 탄생된 셜록 홈스가 탐정의 대명사같이 되면서 추리소설의 르네상스를 리드하는 존재가 되었으니 아무래도 '추리'가 위주고 '문학성'은 미약하지 않았겠는가라고 생각할 수도 있다. 그러나 만약에 도일의 문학성이 미약했다면 단편 56편, 장편 4편이라는 많은 작품을 쓸 수 없었을 것이다. 특히 주목해야 할 것은 4편의 장편이다. 장편은 문학성 없이 추리의 기법만 가지고는 쓸 수가 없다. 포가 4편의 장편만 쓴 것에 비하면 얼마나 크게 발전한 것인가. 그것만이 아니다. 홈스의 인기가 얼마나 대단했던지 홈스를 작중의 가공 인물로만 생각하지 않고 실제로 활약하고 있는 탐정으로 생각하는 사람이 많아져 '셜로키'라는 홈스 팬클럽까지 생기고, 작중 홈스의 집을 보존한다든가 홈스의 동상을 세우는 등 홈스 추모 사업을 하고, 홈스에게로 오는 편지가 하도 많아 우편 배달원이 비명을 지른다는 실로 요란스런 것이었는데, 아무리 추리의 플롯 구성이 기가 막히게 좋고 기법이 기발했다고 하더라도 문학성이 뒷받침이 없었다면 이런 인기는 일어날 수 없는 것이다.

이 시기에는 홈스의 인기에 가리어 일반인들에게는 잘 알려지지 않았으나 추리소설의 애독자에게는 잘 알려진 많은 작가가 나왔다. 이들은 홈스보다도 이색적이고 매력적인 탐정들을 탄생시키면서 추리소설에 신경지를 개척한 사람들이다. 이들의 공통점은 추리의 기교에 문학성을 가미하는 것이었다. 그러자니 자연히 문장이 길어지지 않을 수 없었고, 따라서 장편이 많이 나왔다. 당시 기자 출신 추리작가로 추리작가협회의 창립에 공이 컸던 안토니 버클리(Anthony Berkely)는 이 시대의 특징을 두고 다음과 같이 말했다.

> 나는 플롯 중심의 순수, 단순 탐정소설의 시대는 지났다고 확신한다. 탐정소설은 탐정적 흥미와 범죄적 흥미를 결부시킨 소설로, 독자의 관심을 수학보다 심리학으로 끌어들이는 소설로 발전하고 있다. 퍼즐의 요소는 살아 있지만 그것은 시간, 장소, 동기, 기회의 퍼즐로부터 성격의 퍼즐로 변하고 있다. 실제의 삶 속에서 살인사건의 그늘에 숨어 있는 감정의 드라마와 심리적 갈등이 소설화될 가능성을 과거의 탐정소설은 무시하고 말았다.

이와 같이 영국에서 전성기를 이룬 추리소설에 본격적으로 새로운 스타일이 나타나기 시작한 곳은 그 종주국인 미국이었다. 고전적 전통적인 추리소설의 시대는 가고 새 시대의 열림이었다.

새 시대의 문을 연 사람은 반 다인(S. S. Van Dine)이었다. 순수문학의 작가요 미술, 음악의 평론가이기도 한 그가 중병에 걸려 몸져눕게 되었을 때의 일이다. 의사는 그에게 순수문학을 읽지 못하게 했다. 그래서 그는 처음으로 추리소설을 읽게 되었다. 3년간의 병석에서 그가 읽은 추리소설과 범죄소설은 2천 권에 달했다. 그 결과 그는 여태까지 미국의 추리소설의 기법에는 발전의 여지가 많다는 것을 발견하게 되었으며, 보다 고도의 기법으로 보다 고도의 독자층을 확보하겠다는 야심을 가지고 추리소설과 평론을 쓰기 시작했다. 그의 작품은 대부분이 7개 국어로 번역될 정도로 크게 성공적이었으며 추리소설이 새로워질 수 있다는 것을 보여주었다.

이렇게 새로운 문이 열리니까 전혀 새로운 스타일의 개혁이 일어났다. 사무엘 다쉴 하메트(Samuel Dashiel Hammet)의 출현이다. 그는 1894년 메릴랜드에서 태어났다. 13세 때에 가세의 몰락으로 학교를 중퇴하고 신문팔이, 부두 인부, 철도 인부, 가두 선전원, 택배 배달원 등을 전전하다가 사립 탐정회사의 탐정으로 취직, 여기에서 공을 세워 승진도 했다. 1차대전이 일어나 군에 입대했다가 결핵에 감염되어 제대했다. 더 이상 탐정으로 활약할 수 없게 된 그는 추리소설을 쓰기 시작했다. 처음에는 펄프마켓(Pulp Market, 한 번 읽고 버리는 잡지)에 투고하는 정도였으나 『피의 수확(Red Harvest)』, 『말타의 매(The Maltaese Falcon)』(1930) 등에서 주목받는 작가가 되었으며, 작품이 영화화되면서 큰 부자가 되었다. 그의 작품은 모든 면에서 종래와는 달랐다. 탐정이 예리한 관찰력과 분석력, 논리적인 추리로 범인을 잡는 것이 아니라 날렵한 행동과 대담한 도전으로 범인을 때려잡거나 쏘아 죽인다는 것이다. 따라서 탐정은 헌팅 캡을 쓰고 우산을 손에 든 명석한 두뇌의 멋쟁이 형에서 권총을 든 힘센 냉혈한으로 변했고, 범인도 밝혀진 이상 모든 것을 체념하고 순순히 잡히는 것이 아니라 최후의 발악을 하면서 도망치는 악한으로 변했다. 이들 두 주역은 단지 쫓고 쫓기는 사이가 아니라 공격하고 대항하는 사이가 되고, 이들의 거친 액션은 독자의 간담을 서늘하게 한다.

이러한 하메트의 새 스타일에 대해서 '가장 미국적인 추리소설', '풍속소설' 등의 평을 했으며 '하드보일드(hard boiled)'라는 별명이 붙기 시작했다. 오늘날 영화나 TV에 자주 나오는 추리극에는 이 하드보일드가 많다. 전후에는 음모, 모험, 비밀기관 첩보원(스파이), 공작원, 갱, 스릴, 범죄, 로맨스 등을 주제로 하는 이른바 추리소설의 사촌격인 대중소설과 추리소설, 특히 하드보일드파의 추리소설이 그 소재와 기법을 상호 교환하는 새로운 추세가 일어났으며, 공상과학과 심령과학까지도 이에 가세했다. 이런 추세는 추리소설 자체를 다양한 형태로 발전시키는 힘이 되었다. 원래 이들 소설에는 약간이나마 추리적인 요소가 포함되어 있는데 어느 것이 정말 추리소설인지 모를 정도가 되었으며 서점의 사서들마저도 대중소설을 액션, 애정, 시대극으로 분류하는 경향이 생겼다. 이러한 추세의 배경에는 전후에 있어서의 경이적인 과학의 발달과 미소 양극체제의 팽팽한 대결이라는 것이 있음을 간과할 수 없다.

1972년 세계 인간환경회의에 제시된 자료에 의하면 과거 1세기 동안의 과학기술의 성장도는 통신 속도가 1천만 배, 교통수단이 1만 배, 화력이 1백만 배인데, 그중 70%가 2차대전 후 20년간의 성장이라고 추산된다고 하니 과학문명의 발전 속도가 얼마나 빨랐고 세상 사는 모양이 얼마나 빨리 변해왔는가를 충분히 짐작할 수 있다. 10년이면 강산이 변한다는 목가적(牧歌的), 낭만적인 세상이 아니고 10일이면 변해가는 긴박한 세상이 된 것이다. 특히 선진국들에 있어서는 이 변화에 대한 느낌이 더 심했다. 이런 변화 속에서 대중의 새로운 세상에 대한 호기심과 추리심리는 한껏 자극되었으며 추리소설 및 추리소설 유사의 대중소설에 있어서의 소재가 풍부해지고 플롯 구성이 다양해졌다.

한편으로 근 반세기 동안 팽팽하게 지속된 미소 양국의 대립은 냉전이었으므로 소위 5열의 비밀공작이 활발했으며, 이것 역시 대중의 호기심과 추리심리를 자극하기에 충분했고, 이 장르의 작가들이 창의력을 발휘하기에 충분했다. 특히 미국에서는 진주만 피격 이후 이 방면의 작가와 독자가 늘어났다. 1944년부터 46년 사이에 『샌프란시스코 크로니클(Sanfransisco Chronicle)』지가 조사한 자료에 따르면 이 기간의 대중소설 출판물 중 최하의 4분의 1, 최고의 2분의 1이 첩보물이었다고 하니 가히 짐작할 만하다.

미국에서 이러한 변화가 일어나고 있는 것과 같은 시기에 영국에서는 도서형(倒敍型, inventory)이라는 새로운 스타일의 추리소설이 생겨났다. 이것은 범인이 범행을 하는 과정을 소설의 첫머리에 자세히 보여준 뒤 탐정이 범인을 어떻게 잡아내느냐를 보여주는 소설이다. 말하자면 본격 추리소설을 거꾸로 만들어놓은 것이다. 살인자는 자신의 범행이 완전범죄라는 확신을 가지고 살인을 한다. 독자가 보기에도 도저히 발견되지 않을 것 같은 방법이다. 그런데도 탐정은 용하게 단서를 찾아낸다. 오늘날 하드보일드의 대부분은 이 도서형을 취한다. 탐정은 범인이 누구인가를 알고 있으면서 증거를 찾는 과정 또는 체포하는 과정에서 범인과의 사이에 싸움이 벌어지는 것이다.

추리소설의 성장 변천이 여기에 이르고 보니 또다시 추리소설의 문학성 시비가 심심찮게 일어나고 있다. 특히 하드보일드의 경우, 치고받고 부수고 죽이고 하는 난투극의 연속인데다 말도 저속한 뒷골목에서나 쓰는 말을 그대로 쓰니까 전체적으로 문장이 유치해져서 문학성이 없다는 소리가 나게 된다. 그러나 문학에는 반드시 고상한 말, 점잖은 말만 써야 한다는 법은 없다. 리얼리즘에서는 오히려 있는 그대로를 쓰라고 한다. 그럼으로써 하드보일드에는 문학성이 없다는 것은 말이 되지 않는다. 따라서 역시 과거에서와 같이 추리라는 면과 서스펜스라는 면이 너무 강하게 어필되니까 문학성이 가리어져서 문학성 시비가 일어난다고 보아야 한다.

4. 추리소설의 규칙과 문학성

연애소설이건 역사소설이건 간에 그 어느 장르의 소설에서도 스토리를 엮어나가는 데 반드시 지켜야 할 규칙이 있어야 한다고는 주장하지 않는다. 그런데 추리소설의 경우에는 일정한 규칙이 있어야 한다는 주장들이 꾸준히 제기되어 왔으며 오늘날에는 추리소설의 구조에서부터 기법에 이르기까지 상당한 정도의 규칙이 정립되어 있다. 그중에서도 '반 다인의 추리소설 작법 20칙', '녹스의 추리소설 작법 10계', 영국의 '탐정클럽 서약'이 유명하여 추리작가는 물론이요, 애독자라도 알고 있는 사람이 많다. 이 규칙은 작가의 독자에 대한 '신사협정'인 것이며 이 규칙이 얼마나 잘 지켜졌느냐에 따라 추리소설의 가치가 정해지는 것이다.

그러면 어째서 규칙이라는 것을 가지고 이토록 논란이 많으냐는 의문이 생기는데, 그것은 이미 설명했듯이 추리소설이 독자와 작가 사이의 머리싸움이요, 일종의 게임이기 때문이다. 게임에 규칙이 있어야 하는 것은 스포츠에 규칙이 있어야 하는 것과 같은 이치다. 예를 들어 독자는 작가에 의해서 제시된 자료를 가지고 '틀림없이 이 사람이 진범일 것이며 이런 살인방법을 썼을 것이다'라고 추리를 진행시키고 있는데 탐정은 '알고보니 사고더라'는 결론을 내렸다면 이것은 공정하지 못하며 규칙위반이 된다. 왜냐하면 사고는 우연히 일어나는 것이지 논리적 추리의 대상이 아니기 때문이다. 그러나 '규칙을 안다는 것은 규칙을 깨는 것의 시작이다'라는 말이 있듯이 이 규칙을 잘 알고 있는 대가들에 의해서 많이 깨어지기도 하고, 깨어졌기 때문에 더 걸작이 되기도 했으며, 앞으로도 규칙을 깨는 시도는 계속될 것이다.

그렇다면 이 규칙은 깨뜨려도 되는 것인가라는 물음이 생기게 된다. 이 물음에 대해서는 된다, 안 된다는 대답이 모두 정답이다. 물론 깨뜨려서는 안 된다. 그러나 이 규칙이 있어야 하는 이유를 충분히 알고, 동시에 이 규칙을 무시해도 될 만한 이유를 가지고 깬다면 이것은 무방하다. 여기서 '충분한 이유'란 '보다 재미있게 하고 문학성을 높이기 위해서'라는 것이다. 즉 재미있고 문학적인 추리소설을 만들기 위해서라면 규칙을 어느 정도 깨어도 된다는 말이다.

가령, 반 다인은 그의 추리소설 작법 20칙의 제3조에서 '연애적 흥미를 건드려서는 안 된다'는 주장을 했는데, 이는 독자의 관심을 연애 쪽으로 이끌어 추리의 진행을 방해할 수 있기 때문에 안 된다는 것이다. 그러나 연애와 흥미, 연애와 문학은 불가분의 것인 만큼 이로써 그 추리소설이 흥미 있고 격조 높은 것이 된다면 문제가 될 것이 없다. 따라서 정말로 재미있고 격조 높은 추리소설을 쓸 자신이 있는 대가라면 규칙을 깰 생각을 해도 되지만, 그런 자신이 없는 초심자라면 규칙에 충실한 것이 좋다. 아가사 크리스티는 규칙을 깸으로써 유명한 작가이기도 하다. 그러나 그의 소설이 재미없다고 하는 사람은 없다.

5. 추리소설과 그 나라의 문학

이미 설명한 것과 같이 추리소설은 미국에서 탄생하여 프랑스, 영국에 파급되어 더 발전되었고, 다시 미국으로 건너와 새로운 스타일로 발전되었다. 오늘날에도 세계의 추리소설은 미, 영, 프랑스 3국이 주축이며 그중에서도 미국이 질적, 양적으로 종주국다운 면모를 유지하고 있다. 스칸디나비아 제국이 이들 3국의 뒤를 따르고 있으나 아직은 미약하다. 독일, 이탈리아 등에는 아예 추리소설이 없었다.

그렇다면 어째서 이런 현상이 생겼는가 하는 것인데 이는 추리소설이 그 나라의 법제도, 역사 및 민족성과 밀접한 관계를 가지고 있기 때문이다. 우선 추리소설의 명칭부터 다르다. 미국에서는 '추리소설(Mistery Story)'이라는 이름으로 시작되었다. 누가 어떻게 범행을 했는가 하는 것은 미스터리인 것인데, 이 불가사의를 추리한다는 뜻에서 붙여진 이름이다. 영국에서는 '탐정소설(Detective Story)'이라 하게 되었다. 주인공인 탐정에 중점을 둔 이름이다. 이는 셜록 홈스의 명성 때문이라고 할 수도 있다. 프랑스에서는 '경찰소설(Roman Policier)'이라 하게 되었다. 19세기 초에 정치적으로는 중립을 지키고 범죄수사만을 전담하는 경찰제도가 생겨 큰 성과를 거두었으므로 프랑스인들의 머릿속에는 '도둑 잡는 것은 경찰이다' 라는 생각이 자리 잡고 있기 때문에 생긴 이름이다.

영국에는 '런던 탐정 클럽' 이라는 추리작가의 모임이 있어서 대단한 위치에 있는데 프랑스에는 이렇다 할 단일 모임이 없다. 미국에는 아메리카 추리작가협회(MWA)가 있다. 영국인들은 미국의 추리소설을 못마땅하게 생각하는 경향이 있다. 경찰이 범죄조직으로부터 뇌물을 받는 것을 마구 써버리는 것도 마땅치 않고, 경찰이 정당방위 운운하면서 범인을 마구 사살해 버리는 것도 싫은 것이다. 미국 경찰에는 '정의의 투사' 라는 이미지가 강한 데 비해 영국 경찰에는 '신사' 라는 이미지가 강하기 때문이다. 그리고 경관의 복장이나 매너가 다르다. 영국 경찰은 권총을 보이게 가지고 다니지 못한다. 허리에 권총을 차고 다니면서 내 권리는 내가 지킨다는 서부시대가 영국에는 없었던 것을 생각해보면 이해할 수 있다.

무엇보다도 민주주의의 발달과 추리소설이 밀접한 관계를 가지고 있다는 것을 생각해보면 알 수 있다. 민주주의가 발달되기 전에는 과학적인 수사라는 것이 없었으며 무고한 사람이 처벌되는 일이 많았다. 그러나 민주주의의 탄생과 더불어 태어난 추리소설에서는 절대로 그런 일이 없다. 나치 독일과 파시즘 이탈리아는 이런 추리소설이 권력자에게 방해가 되었기 때문에 추리소설 말살정책을 썼다. 야만적인 정부와 무능한 경찰을 비웃어주듯 명쾌하게 범인을 검거하여 사회정의를 실현하는 탐정의 활약을 그리는 이 독특한 장르의 문학이 19세기의 민중에게는 더할 수 없이 매력적인 문학이요, 오락이었다. 오늘날에도 이 기조에는 변함없이 추리소설은 사회가 요구하는 문학이요, 오락으로서 대중의 사랑을 받으며 자라나고 있다.

■ 참고문헌

「美독서계에 추리소설인기」, 『한국일보』 1993.6.29.

문덕수 · 신상철, 『文學一般의 理解』, 詩文學社, 1992.

박덕규, 「자본주의의 미궁을 헤쳐가는 모험과 지혜와 질문의 드라마」, 『계간문예』 1993
　　년 여름호.

이상우, 『이상우의 추리소설 탐험』, 한길사, 1991.

G. K. Chesterton 外, 『推理小說의 美學』, 鈴木幸史 譯, 硏究社, 東京, 1974.

H. R. F. Keating., *The Bedside Companion ti Crime*, Mysterious Press, London, 1989.

間羊太郎, 『ミステリ百科事典, 社會思想社』, 東京, 1981.

中島河太郎, 『總解說, 世界의 推理小說』, 權田萬治 監修, 自由國民社, 東京, 1991.

土屋隆夫, 『推理小說作法』, 光文社, 東京, 1992.

추리기법의 서사화와 그 가능성
— 김성종의 『최후의 증인』에 나타난 추리기법을 중심으로

정 희 모

1. 서론

추리형식이 소설에 미치는 영향은 무엇일까. 최근 젊은 작가를 중심으로 순수소설에 추리형식의 기법이 활발하게 적용되면서 문뜩 떠오르게 된 궁금점이다. 추리형식이 활발하게 적용된다는 것은 삶의 비밀이 그만큼 많아졌다는 의미도 되겠고, 나아가 소설이 담고 있는 현실적 영역이 그렇게 단순치 않는 복잡함으로 뒤엉켜 있음을 증명해주는 것도 되겠다. 더구나 최근 영상매체의 증가와 소설 독자층의 감소는 소설의 위상, 역할에 대한 심각한 의문을 던져주었고 그러면서, 소설방법에 대한 모색 역시 활발하게 이루어질 수밖에 없는 위기상황을 만들어주고 있다. 그런 점에서 보자면 최근 소설에서 등장하는 추리기법의 변용은 그다지 놀랄 만한 일은 못 된다고 할 수 있다. 사실 삶이 불확실할수록 논리적 명확성을 찾는 것은 인지상정에 해당할 터이고, 또한 추리적 방법만큼 삶에 대한 탐색과 탐구, 추적의 형식을 확실하게 보여주고 있는 것은 없기 때문이다. 그래서 심리소설이건, 사회소설이건, 또한 역사소설이건 많은 소설들이 이 방법을 차용하고 있다.

1990년대 이후에 나온 소설들, 예컨대 이인화의 『영원한 제국』, 장태일의 『49일의 남자』, 이명행의 『황색새의 발톱』, 구효서의 『비밀의 문』, 윤대녕의 『옛날 영화를 보러갔다』 등을 보더라도 얼마나 많은 소설이 추리기법을 응용하고 있는가를 확인할 수 있다. 하지만 이런 소설들이 말 그대로 추리적 형식을 원형(原形) 그대로 사용하고 있는 것은 아니다. 이런 소설들은 대체로 현실적 삶이 담고 있는 본질적인 그 무엇을 탐색의 방법을 통해 찾고자 하는데, 이런 방식은 추리형식의 기본요건인 논리적 인과성이나 추론성보다 삶에 대한 탐색과 추적의 방식, 그 자체에 의미를 두고 있다. 말하자면 사건 해결을 위한 확실성이나 명증성을 요구하기보다는 삶의 의미를 찾고자 하는 추적과 탐색의 정신에 더 깊이 천착한다는 것이다(이 점은 윤대녕의 소설에서 확연히 드러난다). 이 말은 아마도 추리기법이 정통적인 서사소설에 효과적으로 응용될 수 있다는 방법적 가능성을 보여주는 것일 텐데, 이 글이 다루고자 하는 주제도 이 점과 무관하지 않다. 요컨대 이 글은 추리형식이 어떻게 서사적 방법에 적용될 수 있는가, 또는 추리형식이 어떻게 서사적 효과를 만들어 낼 수 있는가를 탐색하고자 하는 것이다.

이 글이 텍스트로 사용하는 것은 김성종의 『최후의 증인』이다. 『최후의 증인』은 1974년 『한국일보』가 창간 20주년 기념으로 시행한 장편소설 공모에 당선작으로 뽑힌 작품이다. 추리소설 공모가 아니었음에도 당선작으로 뽑힌 것을 보면 세간의 관습대로 추리소설이라 하여 그렇게 가볍게 다루어질 소설이 아님을 알 수 있다. 소설의 겉 이야기는 우연히 일어난 두 살인사건을 추적하는 것이지만, 그 속에는 민족사의 비극인 6·25전쟁과 그것에 얽힌 많은 사람들의 비극적 이야기를 품고 있어, 소설은 간단치 않은 독서의 재미와 서사적 감동을 만들어낸다. 소설 속에는 범인을 잡기 위한 추리적 방식과 전쟁과 인간 삶의 복잡한 관계를 드러내는 서사적 방법이 적절하게 결합되어 있고, 그것이 추리형식의 또 다른 특성을 보여주는 것 같아 세밀한 분석이 요구된다. 김성종의 초기 작들이 대체로 범죄와 관련된 인간 삶의 비극성을 드러내고, 이런 방식을 통하여 삶의 의미를 되묻는 방식을 택하는데, 이 소설 역시 이런 범주에 해당한다.[1] 따라서 이런 성격은 삶의 성찰을 지향하는 서사적 소설에 사물의 명증성과 논리성을 요구하는 추리형식을 접목시키는 것을 의미하고, 그 형식의 탐구는 지금과 같은 소설 위기의 시대에 가능한 대안을 찾고자 하는 서사적 대응전략의 의미를 띠는 것이다. 『최후의 증인』을 통해 찾고자 하는 것도 바로 이와 같은 추리와 서사의 결합, 그것의 서사전략적 의미라 할 수 있다.

2. 『최후의 증인』의 서사적 특성

『최후의 증인』은 얼핏 보면 단순하게 보이는 한 살인사건을 추적해가는 과정을 그린 소설인데, 논의의 편의를 위해 사건에 얽힌 복잡한 과거사를 제외하고 대체적인 윤곽만 언급해보도록 하자. 소설의 서두는 주인공 황바우가 20년간의 복역을 마치고 출감하는 것으로 시작한다. 이로부터 1년 후 서울에서 변호사 김중엽이 피살되고, 전남 문창에서 양

---

1) 김성종의 초기작 중 대체로 이런 방식을 택하고 있는 것은 「어느 창녀의 죽음」, 「17년」, 「경찰관」 등을 들 수 있을 것이다. 이 중 「어느 창녀의 죽음」에 나오는 창녀 춘이는 『최후의 증인』에서 손지혜의 원형에 해당하고, 「경찰관」에 나오는 내면적이고 감상적인 형사 오병호는 『최후의 증인』에서 형사 오병호의 원형에 해당한다. 최근에 김성종은 추리소설만을 쓰고 있지만 그의 초기작들은 본격소설로서도 손색이 없을 만큼 작품성이 뛰어난 것이 많다. 그가 한국을 대표하는 대중소설의 작가이니만큼 차후에 그에 대한 작가론적 해명이 있기를 기대해본다. 김성종, 『어느 창녀의 죽음』, 남도, 1994 참고할 것.

조업자 양달수가 살해된다. 사건의 조사를 맡은 형사 오병호는 양달수의 주변을 수사하면서 그가 과거 6·25전쟁 때 인근 풍산의 청년단장이었으며, 그의 본처가 아직도 살아 있음을 확인한다. 여기부터 사건의 추적은 과거의 비밀을 밝히는 작업으로 들어가고, 이 비밀은 몇몇 매개적인 인물을 통해 양달수가 빨치산 토벌 와중에 손지혜라는 빨치산 대장의 딸과 그녀의 재산을 가로채고, 황바우를 억울한 옥살이로 몰아갔음을 알게 된다. 형사 오병호는 우여곡절 끝에 황바우와 손지혜를 서울에서 찾게 되고 이들을 통해 그들이 당한 수난의 과거사와 비극적 삶의 역사를 듣게 된다. 이 과정에서 변호사 김중엽이 공안 검사로서 양달수와 함께 황바우를 부역자 살해범으로 누명을 씌웠음이 밝혀진다. 형사 오병호는 전쟁 이후 현재(1974년)까지 이어지는 이들(황바우, 손지혜)의 비극을 종식시키기 위해 양달수와 김중엽에 얽힌 과거의 비밀을 폭로하고자 하고, 이를 막으려는 김중엽의 후손과의 심각한 갈등을 벌인다. 소설은 황바우와 손지혜의 자살, 그리고 이들의 죽음을 통해 사건 자체에 대한 심각한 회의를 품게 되는 형사 오병호의 자살로 종결된다.

사건의 복잡한 내막을 다 정리할 수는 없지만 위에서 본 바대로 대체적인 스토리는 6·25전쟁과 관련된 과거와 현실의 인과적 사건을 다루고 있으며, 이를 통해 전쟁과 인간의 비극적 관련상을 드러내고 있다. 소설의 주제만을 두고 볼 때 전쟁의 비극과 지금 우리의 현실이 무관할 수 없으며, 현재의 상처가 과거의 아픈 역사적 상처로부터 비롯된다는 우리 역사의 아픈 환부를 끄집어내는 것으로 볼 수 있다. 하지만 그렇다고 하여 이 소설이 동시대의 작품 『노을』이나 「순이삼촌」처럼 전쟁으로 인한 인간 개개인의 내면적 상처를 치유하거나, 혹은 현실적 화해를 시도하거나, 과거에 대한 역사적 반성을 담고 있는 소설은 아니다. 『최후의 증인』은 어디까지나 추리소설이며, 그런 점에서 서사의 진행은 범인의 추적과 과거의 비밀을 캐는 추리의 작업을 통해 이루어지기 때문이다. 요컨대 역사적 비극에 대한 추리적 추적양식이 이 소설의 방법적 원리를 관통하고 있으며, 이런 방법적 원리는 개인과 역사에 대한 복잡한 인과의 관계를 드러내주는 데 중점을 두고 있다. 따라서 이 소설은 한편으로 범인을 잡기 위한 추리소설이 되며, 한편으로 역사적 사건의 중심에 있는 개개인의 삶의 질곡을 밝혀가는 본격소설이 되기도 한다.

위의 간략적인 스토리의 소개에서도 보았듯이 『최후의 증인』은 살인사건의 이면에 6·25전쟁이 남긴 비극적 상처가 내재되어 있고, 이를 풀어헤치는 과정이 서사적 구조가 된다. 『최후의 증인』이 추리소설이라는 점에서, 그리고 복잡한 역사적 배경을 안고 있다는 점에서 이런 구조는 두 가지 측면의 탐색을 요구한다. 우선은 이 소설이 추리소설이며, 추리소설만이 지녀야 하는 규칙적인 형식과 틀에 대한 탐색이 있을 수 있고, 다른 하나는 그럼에도 불구하고 이 소설이 담고 있는 역사적 의미와 인간 삶에 대한 궁극적 해석에 대한 탐색이 있을 수 있다. 전자는 단순히 이 소설을 추리소설로 보게 될 때 다른 추리소설과 차별되는 형식적 관점의 문제이며, 후자는 사건의 인과적 해결만이 아닌 현실적 삶에 대한 역사적 인과의 문제와 이로 인해 형성되는 반성과 해석의 문제이다.

『최후의 증인』이 추리소설이 틀림없다면, 또한 그럼에도 불구하고 이 소설이 독특한 내면적 반성의 영역을 확보한다면, 이는 이 소설이 지니는 추리형식이 고전적 추리소설로부터 벗어난 어떤 특별한 요소를 가진다는 뜻을 의미한다. 이런 요소들이 무엇인지 조금 더 논의를 해보아야 알겠지만, 분명한 점은 고전적 추리소설이 일정한 규칙과 틀을 요구하고 있으며, 『최후의 증인』은 이런 방식으로부터 일정하게 벗어나 있다는 점이다. 이런 점에서 『최후의 증인』은 추리형식에 대한 독특한 해석적 시각을 요구한다. 사실 고전적 추리소설에서 중심을 이루는 것은 재미있는 스토리가 아니라 범행방법에 대한 확고한 수수께끼이다. 도저히 풀리지 않을 듯한 사건의 설정과 그것이 은밀히 품고 있는 범행트릭(밀실트릭, 마술 살인, 인간증발, 투명인간트릭 등)은 추리소설만이 지니는 기본 요건에 해당한다. 추리소설은 이런 수수께끼를 중심으로 한 명의 탐정과 수 명의 용의자, 그리고 수수께끼를 푸는 추리적 방법이 소설의 근간을 이룬다. 말하자면 추리소설의 중심에는 범행이 지닌 시공간의 미스터리가 놓여 있으며, 그것을 푸는 추론적 과정(범인-용의자-탐정과의 관계)이 소설의 중심서사를 끌고 있다는 것이다.[2] 이런 관점에서 보자면 범행과정과 해결과정에서 나타나는 트릭(수수께끼)은 독자를 소설에 참여시키는 방법이 되며, 독자를 사건 속으로 끌어들이는 게임의 실제적인 규칙이 된다. 독자는 소설의 진정한 재미를 사건을 추적하는 외형적인 스토리가 아니라 탐정과 독자 사이에 벌어지는 트릭의 풀이 속에서 찾게 되는 것이다. 따라서 탐정과 독자가 서사의 행간을 넘어 독특한 상호관계(때로는 경쟁관계)를 맺는 것도 수수께끼의 비밀스러움 때문이라 할 수 있으며, 해결과정의 추론적 성격이 추리소설의 승패를 좌우하는 것도 이 수수께끼의 은밀함 때문이라 할 수 있다. 그래서 추리소설은 객관적인 추론과 논증을 바탕으로 하지만 그 해결은 일상과 상식을 벗어나는 또 다른 의외성과 예외성을 요구하게 된다. 추리소설에서 수수께끼는 풀리지 못하는 것이기는 하되 결국 풀리지 않으면 안 된다는 이율배반의 성격을 내포하는 것도 이런 점 때문일 것이다.

---

2) 고전적 추리소설에서 범행방법에 대한 추리가 기본골격을 유지한다는 것은 분명하다. 초기 추리소설의 기본골격은 어디까지나 범행방법과 과정에 대한 수수께끼, 의문이 중심을 이루고 이런 의문을 품음으로써 자연스럽게 범행에 대한 동기가 밝혀지도록 구성되어 있다. 이런 방법은 추리소설이 기본적으로 미로게임과 같은 수수께끼의 풀이에 중심이 가 있으며, 이는 추리력과 논리력을 기본으로 독자를 확실하게 정해진 게임 속에 참여시키는 하나의 규칙이 되고 있다. 예컨대 아가사 크리스티의 『열 개의 인디언 인형』을 보면 살인은 예고되어 있으며, 독자는 숨겨진 살인과정의 트릭을 찾아야만 되는 것으로 되어 있다. 살인과정의 트릭은 소설의 말미까지 감추어지고 이를 해결하는 것이 이 소설을 읽는 재미가 된다. 따라서 독자는 트릭에 대한 추론을 통해 소설 속에 참여하게 되는 것이다.

『최후의 증인』을 면밀히 검토해보면 고전적 추리소설의 이런 규칙과는 달라진 서사 진행과정을 엿볼 수 있다. 고전적 추리소설에서 서사가 범죄의 트릭과 수수께끼의 범주 속에 종속되어 있다면『최후의 증인』의 서사는 이런 한정된 공간과 규칙을 벗어난다. 소설이 풀어야 할 수수께끼는 범죄 속에 내포되어 있는 것이 아니라, 범죄를 형성하게 해준 과거의 어떤 역사적 사건에 결부되어 있고, 탐정이 찾아야 하는 과제는 범행에 숨겨진 불가해한 트릭이 아니라, 그것이 맺고 있는 과거 역사의 서사적 고리에 해당한다. 무엇 때문에 황달수는 죽었을까? 황달수와 김중엽은 죽게 되기까지 어떤 동기를 숨기고 있었던 것일까?『최후의 증인』에서는 범죄 자체의 수수께끼보다 범죄의 형성과정에 더 관심이 가 있으며, 그것이 소설의 서사를 이어가는 중심 과제가 된다.『최후의 증인』은 고전적 추리소설의 기본규범인 범죄의 트릭이나 수수께끼는 없으며, 오히려 부수적 과정인 사건의 동기와 배경에 더 집중하고 있는 것이다. 다시 말해『최후의 증인』에서 작가의 관심은 수수께끼의 풀이과정에 있는 것이 아니라, 수수께끼를 형성한 역사적 배경에 있고, 그 점이 이 소설의 진정한 주제가 되는 것이다.

그런데 추리소설에서 범행의 미스터리를 제쳐두고 그것의 형성 동기에 주안점을 둔다는 것은 논리와 추론을 바탕으로 하는 추리게임의 성격에 위반된다는 것을 의미하는 것은 아닐까? 게임은 언제나 일정한 범위와 규칙을 필요로 하는 것이며, 그 범위 안에서 독특한 해결력을 요구하는 지적인 놀이의 일종이다. 그러나 이런 범위와 규칙을 부정한다면, 그것은 사건의 해결을 위해 논리나 추론력을 발휘해야 함을 말하는 것이 아니라, 이야기를 통해 사건을 풀어야 한다는 것을 의미한다. 왜 그런 사건이 일어났는가 하는 배경에 대한 의문은 궁극적으로 과거의 사건을 해명해야 하는 필연성의 동기를 요구하는 것이고, 그것은 어디까지나 현재와는 또 다른 과거의 이야기가 존재함을 말하는 것이다. 그래서 『최후의 증인』은 추리소설의 규범을 벗어남에도 또 다른 이야기를 통해 그 흥미와 관심을 계속 유지시키게 만든다. 『최후의 증인』이 지닌 이런 특징은 이 소설에서 추리의 활동영역이 서사의 영역이 된다는 것을 말해주며, 나아가 그것은 개인의 좁은 울타리를 벗어나 역사의 영역으로 확장됨을 말해준다. 사건의 발생과 원인은 이미 과거의 일이며, 이런 과거의 해명이야말로 이 소설이 풀어야 하는 수수께끼가 되지 않는가. 뿐만 아니라 이런 수수께끼는 단순한 트릭의 해명이 아니라, 삶의 운명과 역사의 성격을 해명하는 것이 되고, 그런 점에서 소설을 읽는 즐거움은 추론적 과정의 즐거움보다 삶의 운명에서 오는 오묘한 섭리에서 찾아지는 것이다. 『최후의 증인』에서 추리소설이면서도 다른 추리소설과 차별되는 점은 바로 이와 같은 사건의 배경이나 동기에 중점을 둔다는 것이며, 이것이 추리형식을 단순한 인과관계의 틀에서 벗어나 서사적 사건의 이야기 속으로 들어가게 하는 요인이 된다.

그렇다면 구체적으로 『최후의 증인』은 추리형식이면서도 인간과 삶에 대해 진지한 반성을 만들어내는 형식은 어떻게 해서 가능해질까? 말하자면 이 소설에서 실제 추리형식이 어떤 기능을 하며, 어떤 방식으로 짜여져서 서사형식 속으로 들어갈까 하는 점인데, 이 점은 소설을 분석하면서 해명될 것이므로 우선 간단히 특정적인 기능만을 지적하고 넘어가기로 하자. 먼저 우리가 생각해볼 것은 『최후의 증인』에서 추리형식이 맡고 있는 기능이 일반적인 추리소설과는 다르다는 점이다. 추리소설이 수수께끼의 풀이에 얽혀 있는 지적인 게임이라면 이런 게임에 문제가 되는 것은 수수께끼의 현실성이나 진실성이 아님은 자명하다. 무엇보다 추리소설의 매력은 게임이 가지는 내적인 규칙의 엄밀성, 그리고 그것이 지닌 트릭의 참신함, 그리고 풀이과정에서 나오는 새로운 명증함에 있고, 독자는 그런 확실성의 세계, 사물의 인과성과 절대성에 매료되는 것이다. 하지만 이것은 불확실한 우리 현실을 새롭게 조명해 내

추리기법의 서사화와 그 가능성 · 정희모

273

는 내면성과 반성의 영역이 아님은 확실하다. 왜냐하면 그 세계는 게임의 규칙 속에 닫혀 있는 세계이며, 논리와 추론에 앞서 다른 전제과정, 예컨대 우연성이나 모호성, 불확실성과 같은 세계 구성 요소의 범주들을 삭제하고 만들어진 인위적 과정의 소산이기 때문이다. 그런 점에서 추리소설은 불투명한 이 세계에 대해 인간의 삶과 의식의 완전성을 희구(希求)하는 유토피아적 요소를 지니게 된다.

반면에 『최후의 증인』에서 추리형식은 닫힌 추론과 인과의 세계를 풀어진 역사의 공간으로 확장시키는 기능을 하게 된다. 『최후의 증인』에서 추리형식은 닫힌 공간의 한계를 넘어 현실과 과거, 인간과 역사의 인과관계를 기능적으로 드러내는 실제적이고 현실적인 기능을 담당하고 있다. 말하자면 현재의 모순이 역사적 과거에 있음을 추리의 형식을 통해 확인시키고 있는 것이다. 그러므로 추리형식은 닫힌 형식 자체의 논리적 순환이 아니라, 현실과 역사의 만남을 보장하는 역사적 인과의 추론이 된다. 소설 속에서 추리형식은 지금, 현재 우리의 현실이 결코 독립적인 것이 될 수 없으며, 과거의 삶과 긴밀한 인과적 연관을 맺고 있음을 드러내고, 이런 기능은 이 소설을 좁은 규칙의 세계로부터 벗어나 현재와 과거를 넘나드는 역사적인 서사의 세계를 형성해주는 것이다. 따라서 『최후의 증인』에서 추리형식은 본격소설에서 서사적 매개자, 스토리 메이커(story-maker)로서의 기능을 하고 있다. 일반적인 소설의 기능으로 화자(이야기를 드러내는 기능)의 역할을 추리형식이 맡고 있는 셈이 된다. 『최후의 증인』에서 추리형식이 지니는 이런 특성은 한편으로 추리기능의 분석을 통해, 한편으로 추리를 넘어서는 삶의 인과 고리에 대한 해석을 통해 드러날 것이다. 따라서 이제 우리는 순서에 따라 『최후의 증인』이 품고 있는 인과의 사슬(추리의 기능)과 그것을 넘나드는 역사적 해석의 문제(추리의 해석)를 짚어보기로 하자.

3. 추리형식의 서사화

　추리소설(탐정소설)은 일반적으로 세 명의 주요 인물, 즉 희생자와 범인, 탐정이 벌이는 수수께끼의 논리 싸움을 위주로 한다. 그 속에는 세 가지의 주요 국면, 예컨대 살인, 조사, 해결과정을 포괄한다. 말하자면 모든 추리소설은 살인이라는 범죄와 그것을 조사하는 과정, 그리고 결말로서 범죄의 해명이나 범인의 체포와 같은 사건의 종결을 담고 있다는 이야기가 된다. 따라서 사건의 발생으로부터 사건의 종결로 이어지는 순차적인 이야기가 소설의 주된 스토리를 결정한다. 그런데 실상 추리소설에는 이 같은 하나의 스토리가 아니라 두 개의 스토리가 등장한다. 하나는 '범죄의 스토리'로서 소설의 겉면에는 부재하나 의미 있는 것이고, 하나는 '조사의 스토리'로서 소설의 겉면에 실재하나 중요치 않는 것이다.[3] '범죄의 스토리'는 실제의 사건, 즉 사건의 동기, 발생, 은폐의 과정이 숨김없이 실제로 일어난 일을 말하는 것인데, 이런 이야기는 소설의 시작 이전의 것이기에(흔히 추리소설은 범죄의 발생 직후부터 시작된다) 소설 속에 직접 나타날 수 없고, 탐정의 추론과정을 통해 화자나 관찰자(예컨대 홈스의 주위에서 의사 왓슨이 이야기를 끌어가는 것처럼)에 매개되어 등장한다.[4] 그것은 사건의 실제 이야기이며, 탐정이 사건의 단서를 통해 찾아가야만 하는 진정한 이야기에 해당한

---

3) T. 토도로프, 『산문의 시학』, 신동욱 역, 문예출판사, 1992, 50~60쪽. 이하 추리소설이 안고 있는 스토리의 이중성(범죄의 스토리, 조사의 스토리)에 대해서는 위의 글을 참고한다.

4) 여기에서 우리는 탐정의 기능을 엿볼 수 있다. 탐정은 진정한 범죄의 스토리를 몰라야만 한다. 탐정의 역할은 부재하는 이야기를 찾아서 그것을 완결시키는 것이기 때문이다. 작가는 이런 탐정의 추리를 일정한 정보 단위로 분화시켜 이를 감추고 드러내는 가운데 서사를 진행시키게 된다. 이것은 근본적으로 탐정과 독자를 동궤에 놓음으로써 독자로 하여금 사건에 참여시키는 방법이 된다.

다. 반면에 '조사의 스토리'는 탐정이 사건을 추리하고 그것을 해결해 가는 소설의 겉 이야기로, 작가가 범죄의 스토리를 꾸며 독자에게 보여 주는 방법이다. 여기에서 진정한 '범죄의 스토리'는 생략되고 도치되 며, 각 정보 단위로 분화되고 통합된다. 말하자면 '조사의 스토리'는 자 연스럽게 일어났던 사건을 단서와 증거의 기호로 분화시켜 독자에게 보 여지는 방법인데, 궁극적으로는 단지 '범죄의 스토리'를 변형한 것에 불과한 것이다. 이런 점에서 보자면 추리소설에서 이 두 영역의 역학관 계는 추론의 묘미가 숨 쉬는 공간이 되고, 추리해법의 기본적 구도가 해 결되는 영역이 된다. 그리고 이 역학관계가 어떻게 풀리느냐에 따라서 다양한 추리기법의 변형이 이루어지기 마련이다. 그럼 이제 추리소설이 안고 있는 이런 기본적 구도를 염두에 두면서 『최후의 증인』이 안고 있 는 다양한 추리기법의 변용들을 살펴보기로 하자.

『최후의 증인』도 이런 두 이야기의 내포과정을 분명히 지니고 있다. 『최후의 증인』 역시 살인사건을 중심으로 하며, 그것의 해결과정을 소 설의 중심서사로 설정하는 추리소설이기 때문이다. 그렇다면 서사의 시 작이 되는 사건의 단초는 어디에서일까? 최초의 살인은 1973년 1월 하 순에 일어난다. 변호사 김중엽이 서울 그의 집 근처 골목에서 흉기로 머 리를 맞고 살해된 것이다. 두 번째 사건은 이보다 5개월이 지난 1973년 6월 어느 날 전라남도 문창 용왕리 저수지에서 발생한다. 양조업을 하고 있는 양달수라는 인물이 예리한 칼로 난자당한 채 발견된다. 시기적으 로 또한 지리적으로 결합될 수 없는 이 두 사건은 『최후의 증인』에서 실 제 겉면에 드러난 '범죄의 스토리'에 해당한다. 이후의 모든 서사진행 은 이 두 사건의 발단으로부터 풀리기 때문이다. 하지만 그것은 잠재된 본모습을 내포한 것이고, 부재하는 무엇을 담지한 것이다.

그렇다면 소설에서 표면적 서사과정을 이어가는 '조사의 스토리'는 어떻게 될까? '조사의 스토리'는 형사 오병호가 등장하면서부터 시작된다. 양달수 살인사건의 소재지인 문창에 근무하던 오병호 형사는 본서 수사진의 미진한 활동에 따라 일순간 사건 수사의 책임자로 발탁된다. 그리고 그가 사건 단서의 실마리를 하나하나 쫓아가면서 범인을 추적하는 과정이 소설의 외면적 서사가 된다. 양달수 살인사건을 조사하면서 양달수의 양조업이 6·25전쟁 직후에 시작되었다는 것, 그리고 지금 살고 있는 부인이 첩이며 본처가 엄연히 풍산 근처에 생존해 있다는 것, 그리고 양달수가 양조장을 경영하면서 주위의 인심을 많이 잃었다는 것, 이런 단서를 찾아내고 소설의 외면적 서사(조사의 스토리)를 이어가게 하는 것이 바로 형사 오병호의 역할이다.

『최후의 증인』에서 보여주는 '범죄의 스토리'는 고전적 추리소설의 입장에서는 상당히 낯선 것이다. 우선 언뜻 눈에 띄는 것은 범행수법 자체에 대한 미스터리가 없다. 양달수는 날카로운 칼에 의해 난자당해 죽었음이 밝혀져 있으며, 김중엽은 둔기를 머리에 맞고 죽었음이 소설 서두부터 확인되고 있다. 뿐만 아니라 범행 공간의 제한도, 유력한 용의자도 없다. 범행의 수수께끼는 실상 엉뚱한 두 죽음, 아니 초기에는 이 두 사건이 서로 관련되어 있는 지도 몰랐으니까 단지 골목길에서 살해된 김중엽과 저수지에서 낚시하다 죽게 된 양달수만이 덩그렇게 놓여 있는 셈이 된다. 말하자면 유일한 단서는 죽은 자의 과거뿐이라는 것이다. '범죄의 스토리'는 범죄의 현장(범죄방법의 트릭)에 남겨진 것이 아니라, 그것보다 더 깊은, 말하자면 양달수의 삶과 행위에 얽힌 과거 속에서 존재하는 것이 된다. 그리고 그 과거를 찾아가는 과정이 바로 조사의 주된 과정이 되는 것이다. 『최후의 증인』에서 조사를 통해 얻게 되는 '범죄의 스토리'가 인물에 얽힌 실제 서사의 이야기가 되고, 역사의 스토리가 되는 이유가 여기에 있다.

'범죄의 스토리'가 과거의 서사 속에 숨어 버리는 것은 고전적 추리소설(탐정소설)과는 다른 추론의 과정을 보여준다. 고전적 추리소설에서는 명백히 범죄적 상황을 제한한다. 왜냐하면 고전적 추리소설은 일정한 상황 자체가 주는 과학적이고도 논리적 해결방법에 주안점이 가있으며, 이런 방법을 통해 매 순간 추론의 과정 속에 독자를 끌어들여야하기 때문이다. 그래서 고전적 추리소설에서는 일정한 단서와 표적, 유력한 용의자들을 남겨둘 수 있는 제한된 공간을 필요로 한다.[5] 모든 범죄의 수수께끼는 해결을 위해 일정한 가설을 품고 있기 마련이며, 이 가설의 증명(실험과정)은 단일한 상황과 문제의식을 토대로 진행된다. 제한된 공간만이 단서들의 분해와 조합을 가능하게 하며, 일정한 방법에따라 추론적 사유를 가능하게 만들어준다. 만일 추론이 일정한 범위와틀을 벗어난다면 그 추론은 객관성과 명증함을 보장받을 수가 없을 것이다. 그래서 추리소설의 스토리는 가설과 증명을 위해 합의된 틀을 요구하며, 그 속에서 가설의 요소들을 설명 가능하고 이해 가능한 관계들로 환원케 하는 논리도구(연역법, 귀납법)를 사용하게 된다.

그런데 이처럼 제한된 공간에서 제한된 범죄의 수수께끼가 사라지면어떻게 되는 것일까? 범죄방법에 대한 의문도 없으며(범행도구, 방법은이미 밝혀져 있다), 용의자도 없다면, 그리고 추측도 없으며, 과학적 추론도 없다면, 그것은 반 다인이 말한 대로 범인은 이론적 추리를 통해서판정되어야 하며, 수사방법은 합리적이고 과학적이어야 한다는 규칙에어긋나며, 이를 적용해볼 가능성마저 없게 된다.[6] 그렇다면 사건은 끝난 것인가? 그렇지는 않다. 『최후의 증인』에서는 피해자의 옛 사람을 찾

5) 이 점은 고전적 추리소설의 규범을 정리한 반 다인(Van Dine)의 20가지 규칙들을 살펴보면 보다 분명해진다. 반 다인은 추리소설이 독자와 작가의 엄밀한 계약에 의해 진행된다고 보고 범인은 항상 이야기 속에 중요한 역할을 했던 사람으로, 그리고 트릭을 푸는 방법은 항상 과학적이거나 이성적이어야 한다고 이야기하고 있다. 말하자면 추리소설은 명백하게 퍼즐을 푸는 것과 같은 제한된 공간의 게임이 되어야 함을 이야기하고 있는 것이다.

6) 이상우, 『이상우의 추리소설탐험』, 한길사, 1991, 162~163쪽.

아가는 과정을 통해서 사건의 추리를 이어 나간다. 말하자면 소설의 스토리는 전적으로 '범죄의 스토리'를 찾아가는 또 다른 서사의 상황 속으로 들어가게 되는 것이다. 다시 말해 고전적 추리소설에서는 과학적 추론이 '조사의 스토리'가 되고 '범죄의 스토리'가 잠재(부재)된 것으로 등장한다면(범죄의 스토리는 사건 해결의 종국에 가서야 소설의 겉면으로 떠오르게 된다). 『최후의 증인』은 범행의 동기에 얽힌 또 다른 삶의 과거들이 등장하며, 이를 힘겹게 찾아가는 여정(旅程)이 '조사의 스토리'가 된다. 또한 이를 통해 '범죄의 스토리'는 소설 속에 부재의 탈을 벗고 또 다른 스토리로서 소설의 전면에 등장하게 된다. 그래서 범죄의 과정은 닫힌 상황의 트릭 속에 숨 쉬는 것이 아니라 숨겨진 과거의 인간적 삶 속에 잉태되어 있으며, 이는 추론의 증명이 아니라 어디까지나 이야기적인 서술로서 설명될 수밖에 없는 특성을 지닌다. 『최후의 증인』에서 조사과정의 재미보다도 사건의 배경이 안고 있는 무거운 역사적 무게에 중심이 가 있는 이유도 이 때문일 것이다.

그렇다면 『최후의 증인』에서 추리의 과정은 어디로 사라진 것일까? 아니면 추리의 과정은 없다는 말인가? 그럴지도 모른다. 범죄(범행방법)의 수수께끼가 사라진다면 이제 남는 것은 범인을 찾는 것뿐이다. 그리고 그 방법은 피해자의 주위를 맴돌면서 그의 과거 삶을 기웃거리는 것뿐이다. 죽은 양달수에게 남아 있는 단서는 그의 본처가 풍산에 거주한다는 것이며, 그로부터 그의 과거 삶이 풍산에서 이루어졌다는 것이다. 형사 오병호는 주어진 순서에 따라 그의 고향 풍산에서 그의 옛 삶을 캐기 시작한다. 그(양달수)가 6·25전쟁 때 이 마을 청년단장을 맡았으며, 또한 그때 이 마을 국민학교로 숨어든 공비 열세 사람을 붙잡았다는 것, 그리고 그 속에 젊은 여성 한 명과 황바우와 한동주라는 민간인이 있었음을 알게 된다. 그리고 공비 소탕 후 황바우는 감옥에 가고 그 젊은 여성과 양달수가 살림을 차렸다는 것이다. 그러나 이러한 사실이 범행에 대한 모든 것을 말해줄 수 있을까. 그렇지는 않을 것이다. 이런 사실은 사건에 대한 일종의 단서이지만, 이 단서는 그 자체로 사건을 해결할 수 있는 트릭과는 다른 것이다. 따라서 단서는 스토리의 진행을 통해 또 다른 단서를 불러올 수밖에 없다. 즉 풍산의 국민학교 마루 밑에 숨었던 공비의 우두머리(강민호)가 살아 있으며, 그 사람을 찾는 것이야말로 서사를 이러가는 또 다른 단서가 된다.

이처럼 『최후의 증인』에서 '범죄의 스토리'는 '조사의 스토리'가 진행되면서 하나씩 밝혀지는 과거의 이야기가 된다. 따라서 조사의 방법은 과학적 방법을 동원하여 매 순간 추론의 검증을 요구하는 것과 명백히 대립된다. 조사의 과정은 비밀의 밝힘에 있는 것이 아니라, 이야기의 꾸밈에 있으며, 이에 따라 형사 오병호는 이미 정해진 단서의 순서에 따라 조각난 이야기를 찾아 나가는 역할을 맡게 된다. 그래서 추리는 수수께끼의 해법이 아니라, 서사의 매개고리(단서와 단서의 연결)로 대체되는 것이다. 독자는 매 순간마다 이야기의 타당성을 따지고, 논리적 증명을 요구하는 것이 아니며, 단서의 연결에 따라 또 다른 이야기의 짜맞춤을 요구하게 된다. 말하자면 『최후의 증인』에서 독자는 내부에 숨겨진 논리적 수수께끼에서 흥미를 찾는 것이 아니라, 드라마적인 서사의 줄거리 속에서 흥미를 찾게 된다.

이런 독특한 서사과정은 또 다른 설명을 통해서도 가능하다. 예컨대 추리소설에서 '조사의 스토리'는 '범죄의 스토리'가 안고 있는 실제 현실의 사실기능(실제로 범행이 일어났던 자연적인 사실)을 해체하고 분석한다. '범죄의 스토리'가 스토리(fable)에 해당한다면, '조사의 스토리'는 플롯(plot)에 해당한다.[7] 그래서 소설의 겉면에는 실제 범죄의 사실이 꾸며지고 위장된다. 거짓 알리바이, 밀실범죄, 인물이나 장소에 관

---

7) T. 토도로프, 앞의 책, 51쪽.

련된 속임수 등이 만들어지고, 사건은 해결되어져야 함에도 해결될 수 없는 역설적이고 불가능한 상황으로 전환한다. 그렇지만 엄밀히 말해 이런 비틀림은 자연적 사건을 원인과 결과, 전과 후, 부분과 전체를 뒤엉켜 놓은 것에 불과하다. 추리소설에 완전범죄가 없다면, 조사 역시 범죄의 사실에 의존해서 해야 하고, 그런 점에서 추리소설에서 '범죄의 스토리'와 '사건의 스토리'는 궁극적으로 동일한 것이다. 그것은 동일한 사건을 다른 측면에서 서술한 것에 불과하다.[8]

하지만 '범죄의 스토리'와 '조사의 스토리'가 달라지면 어떻게 될까? 앞서 말한 대로 양달수나 김중엽의 죽음 자체는 이 소설에서 진정한 '범죄의 스토리'가 아니다. '범죄의 스토리'는 이들의 죽음을 넘어 과거로 들어가, 새로운 스토리를 가지고 등장하기 때문이다. 따라서 '조사의 스토리' 역시 고전적 방법과는 동일할 수 없다. '조사의 스토리'가 최초 범죄와 관련 없이 새로운 사건의 확장을 의미한다면, 추리소설의 유형 분류에 따라 스릴러, 혹은 서스펜스물과 유사하겠지만[9] 『최후의 증인』은 꼭 그런 것만은 아니다. 작품의 후반부 죽었다고 믿었던 한동주가 살아 있는 것으로 판명되면서 형사 오병호의 주위에 위협이 가해지고 새로운 사건의 전개로 나아가지만, 그것은 황바우를 중심으로 일어났던

---

8) T. 토도로프는 이를 '같은 사물에 대한 두 개의 관점일 뿐'이라고 설명한다. 추리소설이 인간의 삶과 행위를 인과관계에 따른 물질적인 사고의 소산이라면 사건은 분명히 과학적으로 규명 가능한 물질적 속성을 지니게 된다. 위의 책, 51쪽.

9) 스릴러물과 서스펜스소설은 죽었던 탐정의 영역에 새로운 활동과 자유를 보장해 주는 의미를 지닌다. 전통 추리소설에서 탐정의 역할이 주어진 사건을 추리하고 해석해 내는데 한정되어 있다면, 스릴러물과 서스펜스소설은 탐정을 중심으로 새롭게 발전되는 사건의 전개에 초점을 맞춘다. 그런 점에서 고전적 추리소설이 회고적 방식이었다면, 이 소설들은 사건의 현재진행적 방식이며, 공포와 두려움, 사건의 의외적 발전에 기대를 거는 상향적 구조의 방식이다. 이런 소설은 추리소설의 구분에서 사이코 서스펜스, 스파이 모험소설, 하드보일드, 모던 호러소설 등으로 분류된다. 위의 책, 53~60쪽.

엄청난 비극적 사건에 비한다면 사족에 불과하다.[10] 무엇보다 이 사건의 핵심은 과거 속에 숨어 있던 엄청난 역사적 비극이며, 이 비극이야말로 현재에까지 살아 인간의 선과 악을 움직이는 동인이 되고, 형사 오병호를 위협하는 근원적인 요인이 된다. 그런 점에서 소설의 서사를 움직이는 진정한 힘은 추리가 아니라 과거의 역사적 상처라 할 수 있다. 『최후의 증인』이 추리형식을 띠면서도 일정하게 본격소설의 진지성을 충분히 담지하는 것도 이런 성격과 무관하지 않다.

추리소설에서 추론의 엄밀한 과정이 스토리를 이끌지 못한다면 그 소설은 어쩌면 맥빠진 것이 될지도 모른다. 그래서 한정된 공간의 범죄 수수께끼가 사라진다면 또 다른 수수께끼가 필요한 것이다. 『최후의 증인』에서 그것은 과거의 비밀을 파헤침과 동시에 새롭게 등장하는 단서와 인물의 성격에 의해 결정된다. 말하자면 서사적 엮음을 이어가는 한 문제의 해결이 완결되면 또 다른 의문이 등장한다. 그리고 그 의문은 새롭게 등장하는 인물의 성격과 행위에 의해 자연스럽게 해소되며, 또 다른 의문으로 이어지는 것이다. 하지만 여기에서 한 가지 알아야 할 사실은 이런 인물들은 스토리를 만들어내는 주인공들은 아니며, 단지 사건을 풀어나가는 매개자에 불과하다는 점이다. '범죄의 스토리'가 부재하는 과거의 먼 이야기라면 이는 소설에서 직접 스토리의 표면에 나타날 수 없고, 중개자를 통해서만 등장해야 한다. 따라서 이들은 '범죄의 스

---

10) 사실 『최후의 증인』에서 후반부의 모습은 하드보일러류의 추리소설의 유사한 형태를 보여준다. 예컨대 생존한 한동주가 고정간첩이 되어 형사 오병호를 죽이려 하는 사건과 신문을 통해 사건의 전모를 밝히려는 과정 중에 나타나는 다양한 사건들이 그러하다. 그렇지만 이런 부분 역시 이전의 사건과 무관할 수 없고, 무엇보다 소설의 중심이 과거의 사건에 얽힌 인간의 비극성을 드러내고자 하는 것이기에 하드보일러류의 소설과는 일정한 차별을 지니는 것이다. 하드보일러는 탐정의 모험에 중점을 두며, 과거보다는 미래의 활동에 더 관심을 갖는 소설유형이다. H. R. F. 키팅, 「추리소설 창작 강좌」, 『추리문학』 1989년 여름, 186~188쪽 참고.

토리'를 독자에게 연결해주는 매개의 기능만을 담당하게 된다.

　우리는 과거의 비밀을 밝혀주는 강만호를 통해 이러한 매개자의 기능을 살펴볼 수 있다. 강만호는 풍산의 국민학교 마룻바닥 밑에 숨었던 빨치산의 대장이며, 자수를 위해 마을의 청년대장 양달수와 협상을 했던 인물이다. 그런 점에서 그는 간접적으로나마 범죄의 구성 인물이며, '범죄의 스토리'를 만들었던 인물이다. 그러나 현재적 시점에서 그는 어디까지나 과거의 사건을 구성해주는 매개자에 불과하다. 그가 풀어놓는 이야기가 바로 다음 서사를 이어가는 하나의 단서를 제공해주기 때문이다. 강만호는 손지혜(살아남은 빨치산 여자대원)의 부친 손석진의 대학교 후배이다. 그는 석진의 지시에 따라 남로당에 가입했으며, 6·25전쟁의 발발로 빨치산에 합류한다. 북의 지령에 따라 손석진이 숙청되고 난 후, 손석진이 남겨준 숨겨진 재산과 그의 딸 손지혜를 맡게 된다. 하지만 그는 곧 손지혜를 강간하게 되고, 그것을 빌미로 하여 손지혜를 빨치산들의 노리개로 전락시키고 만다. 황바우는 부역으로 빨치산에 합류한 민간인이지만 이런 손지혜를 보호해주고 보살펴주게 된다. 강만호와 양달수의 협상으로 빨치산이 모두 사살된 후 황바우는 강만호의 도움으로 살아남게 되고, 이어 자신이 돌봐주던 손지혜와 결혼하여 새로운 가정을 꾸미게 된다. 양달수의 간교함은 이즈음에서 등장한다. 그는 황바우가 강만호와 함께 빨치산을 섬멸하는 데 공을 세운 인물이라는 점을 알면서도 탈출과정에서 같은 부역자인 한동주를 죽였다는 누명을 씌워 손지혜와 그의 재산을 가로챈다.

　오병호가 와병중인 강만호를 찾아가 밝혀낸 이런 이야기들은 양달수 살인사건에 대한 구체적 단서가 비로소 드러남을 의미한다. 그것은 사건 진행에 따라 새롭게 등장하는 인물들에 의해 밝혀지고 구체화된 것이다. 오병호는 사건 초기 풍산의 옥천면에서 양달수의 본처 양씨부인을 만나면서, 그리고 이어 같은 마을의 박노인, 그리고 조익현, 강만호로 이어지는 매개적 인물들을 만나면서 이런 사건의 내막을 듣게 된다. 그리고 이런 과거사건의 엮음은 오병호 형사가 우여곡절 끝에 서울에서 손지혜를 만남으로써 일단락된다. 손지혜는 양달수가 어떻게 자신을 농락했는지, 그리고 검사 김중엽이 어떻게 사건을 조작했는지(사건 초기 김중엽 변호사의 죽음을 상기해보라. 여기에서 양달수와 김중엽의 죽음이 하나의 사슬로 엮여 있음을 보여준다)를 설명하면서 이를 통해 양달수와 김중엽이 살해될 수밖에 없는 동기를 밝히고 있다. 말하자면 양달수는 손지혜의 미모와 재산이 탐이 나 황바우를 억울한 옥살이로 몰아갔으며, 이에 협조한 인물이 검사 김중엽이 되는 셈이다. 그리고 이렇게 얽힌 과거의 비밀이 하나하나 드러나는 과정이 소설에서 바로 '범죄의 스토리', 곧 소설의 실제 서사 흐름이 되는 것이다. 이렇게 보면 소설의 서두에 제기된 두 살인사건에 얽힌 의문(표면적 '범죄의 스토리')은 이처럼 장면마다 등장하는 매개적 인물들의 이야기(진정한 '범죄의 스토리')를 엮어감으로써 완성되어지며, 이런 추적과정이 바로 소설의 실제 스토리가 된다.

소설이 살인의 동기를 만들어 나가는 이런 과정을 보면 우리는 이 소설이 추리의 영역을 어떻게 사용하고 있는지를 알 수 있게 된다. 『최후의 증인』에서 추리적 과정은 논리적 추론의 과정이나, 닫힌 시공간의 배경에서 수수께끼를 풀어내는 과학적 엄밀성에 있는 것은 아니다. 오히려 추리의 과정은 사건의 동기를 하나씩 밝혀낼 수 있는 매개적 인물 속에 담겨져 있다. 이런 매개적 인물이 한 사람씩 등장할 때마다, 살인사건을 둘러싸고 있는 과거의 비밀이 조금씩 밝혀지며, 이런 과정이 매순간 반복될 때마다 독자는 이야기에 얽힌 전체 과정을 스스로 엮어가기 위한 추리적 상상을 필요로 하게 된다. 말하자면 독자 스스로 순간순간 다음 진행을 향한 내면적 추리를 작동하게 된다는 것이다. 그런데 이런 추리는 고전적 추리소설에서 보듯 하나의 퍼즐을 꿰어 맞추기 위한 논리―증명의 싸움이 되는 것이 아니라, 하나의 전체 스토리를 엮기 위한 서사의 싸움이 된다. 다시 말해 누가 살인사건이 충분한 타당성을 지닐 수 있도록 매개적 인물이 풀어놓는 단서를 하나의 이야기로서 잘 엮어 낼 수 있느냐, 그리고 과거의 이야기 속에 담겨 있는 역사적 의미를 읽어내느냐 하는 싸움이 되는 셈이다. 그래서 추리적 과정은 이야기를 엮어가는 과정이 되고, 그 추리가 옳고 그르냐에 대한 증명은 얼마나 완벽한 짜임의 이야기를 만들어내느냐에 있게 된다.

이런 점에서 보자면 『최후의 증인』에서 사용된 추리적 방법은 추리를 위한 추리라기보다는 이야기를 이끌고 스토리를 만들기 위한 추리적 성격이 강하다. 『최후의 증인』에서 추리적 방식은 문제의 수수께끼를 해결하는 데 있는 것이 아니라, 의문투성이의 단서들을 하나씩 엮어 서사로 만드는 데 있다. 그래서 서사는 흥미로운 것이 되고, 결말에 드러난 이야기는 우연이 아니라 필연성의 비극으로 환원된다. 뿐만 아니라 이런 추리방식은 스토리를 촘촘하게 짜인 그물관계의 엮음 속으로 밀어 넣어 서사구조의 완전무결성을 한층 높이게 만든다. 말하자면 서사과정에서 강한 역사적 인과관계(추리, 추론)의 침투를 통해 삶의 필연성과 핍진성은 한층 더 강화되고, 급기야 그것은 인간 삶의 얽히고설킨 오묘한 섭리로까지 확장되고 있는 것이다. 마치 양달수의 죽음과 먼 6·25전쟁의 비극이 동시대적으로 결합된 것처럼, 그리고 이런 사건이 결코 우연이 될 수 없으며, 문득 지금 현재 우리에게도 일어날 수 있는 사건인 것처럼 환기된다. 그것은 아마도 과거와 현재의 얽히고설킨 이야기들이 딴딴한 결합관계를 가지고 형성되어 있기 때문이며, 그런 복잡하고 엄밀한 연관관계가 문득 우리의 것이 될 수도 있음을 암시하는 추리적 환기력 때문일 것이다. 어쨌든 이러한 제반과정은 추리적 형식을 서사적 추론의 과정으로 전환시킴으로써 가능했다. 그리고 이를 추리(推理)의 서사적(敍事的) 기능화라고 이야기한다면 그렇게도 말할 수 있을 것이다.

추리기법의 서사화와 그 가능성·정희모

285

물론 『최후의 증인』이 추리소설의 양식 범주에 속하는 것은 틀림없는 사실이지만 그것이 단순히 추리를 위한 추리의 양식이 아님은 누구도 부정할 수 없다. 그것은 추리가 작동하는 소설의 전체 부분이 6·25전쟁과 그것의 현재적 비극으로 다루고 있음을 통해서도 확인되기 때문이다.

4. 결론

앞에서 『최후의 증인』의 추리의 방법을 살펴본 것은 추리소설의 닫힌 인과성, 과학성과는 다른 현실적 기능을 추적해보기 위한 것이었다. 추리소설의 추론이 인과의 성립을 위해 일정한 틀을 필요로 하는 인위적 방법이라면, 『최후의 증인』의 추리방법은 실제 삶과 연계되고, 삶의 복합성을 확장시키기 위한 현실적 방법이 되는데, 우리는 황바우와 손지혜의 과거를 찾는 과정에서 이런 추리의 기능을 보게 된다. 소설의 주요 스토리는 이들의 삶을 찾아가는 과정이며, 추리는 바로 그 속에서 서사를 잇는 하나의 가능성으로 존재하고 있는 것이다. 따라서 이런 추리의 방법은 닫힌 논리의 증명이나 순환과정이 아니고, 실제 삶의 필연적 인과고리뿐 아니라 복잡한 삶의 과정, 우연성, 운명성까지도 엿보게 하는 기능을 맡고 있다. 추리는 사건 해결을 위한 증명과정이 아니라 삶의 복합성을 드러내는 서사의 고리 역할을 담당하며, 그래서 인과는 논리적 추론이 아니라 삶의 연관성을 말하는 것이 되기 때문이다.

이런 특성은 이 소설이 추리소설의 일반적 특성인 추론적 사유와 본격소설의 특성인 반성적 사유를 독특하게 결합시키고 있음을 말하는 것이 될 텐데, 이는 추리와 서사의 독특한 상호기능을 소설 속에서 효과적으로 보여준다는 하나의 구체적 예가 될 것이다. 하지만 이런 효과를 미학적으로 분석해내기에는 여러 가지 어려운 점이 있다. 추리의 물질적 객관성과 사유의 종합적 감상성이 어떤 방법으로 결합하는지는 상세한 분석과정이 필요할 것이고, 이런 복잡한 과정을 꿰뚫어보기에는 필자의 지식으로는 한계가 있다. 그렇지만 한 가지 분명한 사실은 사건을 엮어 가는 인물들의 성격과 삶의 방식이 일반적 추리소설과는 다르고, 이런 점들이 소설을 논리적 사유 속으로 밀어넣지 않고, 오히려 본격서사처 럼 독특한 감상(感傷)과 정서적 여운을 만들어내고 있다는 점이다. 요컨 대 『최후의 증인』에서는 이들 인물이 만들어내는 삶의 방식, 삶에 대한 태도가 특별히 추리기법을 정서적인 것으로 변화시키고 있다.

우리는 이런 인물들을 사건의 피해자인 황바우와 손지혜의 삶에서 느낄 수 있다. 황바우와 손지혜는 범죄의 피해자인 양달수와 김중엽과 다르게 잠재된 사건의 실제 피해자에 해당한다. 소설이 의도하는 것이 범죄의 해결이 아니라 범죄 속에 내포된 역사적 사건의 실상이라면, 이 들의 삶은 바로 이런 역사적 사건의 성격을 규명해주는 실질적 의미를 담지하게 된다. 그들은 빨치산에 들어가 원하지 않는 고초를 겪었으며, 전쟁 이후에도 감옥에 가거나 남의 첩이 되어 죽음보다 더한 삶을 살게 된다. 더구나 소설 말미는 원하지 않게 이들 두 사람의 죽음으로 장식되 고 있지 않은가. 따라서 순수한 삶이 현실에서, 혹은 역사적 공간에서 보상되고 회복되지 않는다는 점에서 소설이 담지한 삶의 복합성, 운명 성이 있으며, 이는 곧 독특한 여운과 서정성을 드러내는 비극성으로 환 원된다.[11] 이런 점은 소설에서 비극성의 구체적 원인이 무엇인지를 찾 아보면 더욱 분명해진다. 소설에서 비극의 구체적 근원은 전쟁이지만

---

11) 소설에서 이런 정서적 반응을 유도하는 또 다른 인물은 형사 오병호이다. 그는 삶 과 인생에 대해 비관적이고 회의적인 관점을 가진 인물이다. 그는 사건을 추적하 면서도 범죄의 해결보다는 그 밑에 잠재되어 있는 인간적인 측면에 더 관심을 갖 는데, 이런 측면들이 소설을 냉엄한 추리의 영역으로부터 감상과 서정의 영역으로 바꾸어놓는 데 큰 역할을 하게 된다. 소설에서 사건을 관찰하고 해석하는 오병호 의 기능은 예사 탐정과 다르게 독특한데, 그는 사건의 비극적 의미를 독자에게 매 개시켜 주는 기능을 맡을 뿐 아니라 어떤 면에서는 그런 비극적 분위기를 스스로

실제로 그것은 개인이나 주체에 의해 좌우될 수 없는 그 무엇의 힘으로 상정된다. 그 속에서 이들(황바우, 손지혜)의 삶은 언제나 수동적이고 소극적인데, 이는 전쟁과 같은 냉엄한 현실에 대응하여 개인적 삶은 언제나 미비하며, 패배적이라는 점을 구체적으로 보여주고 있다. 비극적 정서는 이와 같은 패배적 운명 속에서 등장하며, 소설은 이를 통해 범인을 찾는 탐색과정의 이야기가 아니라, 비극적 사건의 종말을 찾아가는 생의 패배, 삶의 패배에 관한 이야기임을 보여준다. 독자의 입장에서는 소설을 읽으면서 비밀을 하나씩 밝히는 쾌감을 얻는 것이 아니라, 삶의 몰락과 비극에서 오는 여운을 얻게 되고, 과학적 추론과 다른 정서적 반응의 영역 속으로 들어가게 되는 것이다. 그리고 이것이 앞서 살펴본 추리기법의 서사적 변용과 함께 독특한 정서적 변화의 과정이 된다.

『최후의 증인』에서 보여주는 추리기법의 변용은 어떻게 보면 추리기법의 약화라고 볼 수도 있다. 고전적 추리소설의 입장에서는 추리가 지닌 과학적 추론의 과정이 약화되어 있으니 그렇게 말할 수도 있을 것이다. 하지만 추리형식의 규칙과 틀을 조금만 더 확장해서 본다면 꼭 그런 것도 아니다. 범죄(트릭)를 풀기 위한 추리, 범인을 잡기 위한 추리

만들어내는 주인공이기도 하다. 사건 직전 그의 부인이 병으로 죽었다는 점에서도 그렇고, 세상과 등지기 위해 오지(奧地)로 스스로 자임하여 가는 것도 그렇다. 뿐만 아니라 그는 황바우와 손지혜의 비극적 삶에 괴로워하고, 사건수사에 회의적 반응을 보일 뿐 아니라 끝내 이들의 뒤를 이어 자살하는 인물이기도 하다. 형사 오병호의 염세적인 자기 인식과 고통스러운 현실 확인은 소설의 곳곳에서 묻어 나오는데, 이런 측면이 이 소설을 추리형식의 객관적이고 즉물적인 문체로부터 정서적이고 감정적인 문체로 바꾸어놓는 결정적 기능을 하게 된다. 참고로 한 가지 덧붙여 말한다면 형사 오병호가 갖는 한(恨)과 같은 존재의 비극적 인식은 작가의 초기 소설에서 묻어 나오는 보편적 세계인식이기도 하다. 이 점은 어느 작품집 후기에선가 작가 스스로도 자신의 정서적 바탕을 '고독과 허무, 비극'이라고 규정하고 있는 데서도 잘 나타난다. 김성종, 『어느 창녀의 죽음』, 남도, 1994, 309쪽 참고.

가 아니라 삶을 위한 추리, 역사의 의미를 캐기 위한 추리가 가능할 수도 있다는 이야기다. 추리의 근원은 의문을 풀기 위한 인간의 내적 욕망에 있는 것이고, 의문은 꼭 범죄에 해당하는 것만은 아니기 때문이다. 에코의 『장미의 이름』에서 윌리암 수도사와 아르소가 찾는 것은 범인(요르게)이 아니다. 그들이 찾고자 하는 것은 베일에 가려진 진리이며, 삶의 본질을 가리고 있는 허위에 대한 통찰이다. 이러한 것은 추리 과정 속에서 나오고 있는 수많은 모티브―수도사의 독선, 동성애, 종교 재판, 미로(도서관) 속의 방황, 종교 토론, 금단의 지식(금서)―를 통해 자연스럽게 확인되고 있다. 이처럼 『최후의 증인』을 통해서 우리가 확인할 수 있는 것은 추적과 탐색 너머에 있는 인간과 역사에 대한 인식과 삶의 비극성에 대한 뼈아픈 반성이라 할 수 있다. 추리의 효과는 아마도 이런 반성과 공감을 향한 추진력과 호기심을 끌어오려는 지점에 있을 것이다. 『최후의 증인』이 추리소설로서가 아니라 본격소설로서도 손색이 없지만, 그것보다 더 중요한 것은 그 속에 나오는 추리기법의 변화이며, 이는 현재와 같은 소설의 위기 시대에 한 번은 음미해볼 만한 가치가 있는 것이라고 생각한다. 재미가 없으면 소설을 읽지 않는 시대가 곧 도래할 것이기 때문에 그렇고, 또한 추리기법 자체가 삶의 본질, 인생의 의미, 역사의 성격을 규명하는 데 더도 없는 좋은 방법이기 때문에도 그렇다.

■ 참고문헌

김성종, 『최후의 증인』(상, 하), 도서출판 남도, 1993.
_____, 『어느 창녀의 죽음』, 도서출판 남도, 1994.
이상우, 『이상우의 추리소설 탐험』, 한길사, 1991.
정태원, 「현대 추리소설의 여러 양상」, 『오늘의 문예비평』 1993년 겨울호.

미셸 제라파, 『소설과 사회』, 이동력 역, 문학과지성사, 1978.
피에르 지마, 『문학의 사회 비평론』, 정수철 역, 태학사, 1996.
H. R. F. 키팅, 「추리소설 창작 강좌」, 『추리문학』 1989년 여름호.
T. 토도로프, 『산문의 시학』, 신동욱 역, 문예출판사, 1993.
리처드 E. 팔머, 『해석학이란 무엇인가』, 이한우 역, 문예출판사, 1993.

1950, 60년대 추리소설의 구조 분석[1]

이 정 옥 · 임 성 래

1. 머리말

오늘날 추리소설에 대한 관심은 일부 마니아에 국한되는 것이 아니라
현대소설 연구자들에게로 확산되고 있는 추세에 있다. 추리소설에서 탐
정이 수수께끼를 해결해나가는 과정과 독자가 정보를 전략적으로 탐색
해나가는 독서과정이, 선형적이고 일관성 있는 방식으로 어떤 이야기를
전달할 수 없는 현대소설의 비연속적 속성과 유사하기 때문이다.[2] 즉 텍
스트 안에 독자가 적극적으로 개입할 여지를 만들어놓는 현대소설의 서
사전략은 독자로 하여금 정보 게임을 즐기도록 호기심을 유도하는 추리
소설의 서사전략과 별반 다르지 않다. 이와 같이 현대소설은 작가의 일
방적 권위를 내세우는 과거의 소설과 달리, 독자의 능동적인 개입을 허

1) 이 논문은 1999년 한국학술진흥재단의 박사후 연수과정(POST-DOC) 연구비에 의
한 것임.(KRF-1999-A048)
2) 슬라보예 지젝, 『삐딱하게 보기』, 김소연 · 유재희 역, 시각과언어, 1995, 106쪽.

용하여 작가와 독자가 상호 소통한다는 인식지평에 기반을 두고 있다. 현대소설에서 독자의 능동적인 참여의 범위가 확대되면서 이제 독서과정은 작가와 독자 사이의 긴장감 넘치는 게임으로 비유되기도 한다.

한편 추리소설이 강세를 보이는 오늘날의 문학적 현상을 N. 프라이는 아이러니로 풀이한다. 현대사회에서 살인과 같은 폭력은 간악한 개인이 정의로운 사회에 가하는 공격의 의미를 지닐 뿐 아니라 사회 자체가 악이라는 징후로 읽혀질 수 있으며, 이러한 현대사회를 살아가는 현대인들에게 있어 삶 그 자체가 아이러니라는 것이다.[3] 추리기법을 활용하여 삶의 본질과 기원을 추적하는 현대소설이 증가하는 추세도 이와 무관하지 않을 것이다. 그렇다면 삶의 본질과 기원을 탐구하는 현대소설이나 수수께끼의 진실을 밝혀내는 과정에서 인간과 사회를 이해하는 추리소설은 불확실성 시대에 확실성을 지향하는 현대인들의 아이러니적인 심리를 반영한다는 점에서 공통점을 지닌다.

이런 맥락에서 보면 추리소설 연구는 비단 추리소설의 이해에 한정되는 것이 아니라, 현대소설에 대한 이해의 지평을 넓혀줄 것이며 또한 현대소설의 이론을 심화하는 데 기여할 것이다. 그럼에도 불구하고 추리소설에 대한 우리의 인식은 여전히 대중적인 오락물로 가볍게 보아 넘기는 정도에 머물고 있다. 이러한 인식 태도는 추리소설의 추리기법을 논리학과 기호학의 연관성 속에서 고찰하거나,[4] 결과를 통해 원인을 찾아가는 추리소설의 역진적 플롯에 주목하여 '서사 중의 서사'로 높이 평가하는[5] 등 추리소설에 대한 연구가 활발하게 이루어지고 있는 서구의

---

3) 노스롭 프라이, 『비평의 해부』, 임철규 역, 한길사, 1982, 69쪽.
4) 움베르토 에코를 위시한 연구자들의 논문집인 『논리와 추리의 기호학』(김주환 · 한은경 역, 인간사랑, 1994)이 그 대표적인 예이다.
5) Peter Brooks, *Reading for the Plot:Design and Intention in Narrative*, New York:Random House, 1984.

경우와는 상당한 대조를 이루고 있다. 본고는 이와 같은 자세를 반성하고 추리소설에 대한 어떠한 편견이나 선입관을 배제하는 입장에서 추리소설에 대한 고찰을 시도하고자 한다.

추리소설은 산업화된 도시, 도시 근교의 도처에 깔린 빈곤과 범죄에 대한 강한 우려, 경찰 조직의 재정비와 사건 수사방식의 새로운 편성이 형성되었던 근대화 초기 범죄사건에 대한 관심이 증폭되면서 생겨난 근대화의 문학적 산물이다. 더구나 탐정의 조사과정에서 단서와 증거에 입각하여 탐색을 벌이는 추리소설의 실증적인 방식은 합리적 이성과 과학적인 사고에 그 기반을 두고 있다.

정탐소설(偵探小說)이라는 명칭으로 이해조에 의해 실험되었던 추리소설은 1930년대에 들어서 김래성이 중심을 이루고 채만식과 김동인, 김유정 등 많은 문인들이 번역·창작에 참여하면서 하나의 문학 장르로 정착되기 시작하였다. 새로운 문학적 형식을 실험하였던 1910년대와 문학적 관심의 다원화 경향을 추구하였던 1930년대에는, 기존의 소설과는 완전히 다른 형식을 지닌 추리소설이 새로운 문학적 진로를 모색하였던 당대의 작가들에게 매력 있는 기호로 받아들여졌다.[6]

그러나 1950, 60년대부터 추리소설은 일반 소설과 다르게 인식되기 시작하였음이 드러난다. 즉 추리작가와 일반 소설가의 분리가 엄격해지기 시작하였고, 인쇄상태로 보면 펄프픽션에 머물고 있다. 이와 아울러 해방 전까지 많은 작가들에게 새로운 문학적 기호로 환영받았던 추리소설에 대한 인식이 현저히 낮아지는 경향이 강해지고 있음을 확인할 수 있다.

물론 이러한 원인은 전쟁과 분단 직후 생존의 문제가 급박한 역사적인 조건 속에서 현실 문제와 직결되지 않은 추리소설을 키워낼 만한 문

---

6) 이정옥, 「대중소설의 시학적 연구」, 서강대 대학원 박사학위논문, 1998, 63~67쪽.

학적 토양이 형성되지 못한 문학 외적인 상황에서 찾을 수 있다. 그리고 문학 내적으로, 우리나라 추리소설의 아버지라 불리는 김래성이 1957년 "탐정소설에는 인간성이 있기가 힘들기 때문에 탐정소설의 굴레를 벗어 버리겠다"[7]고 선언하였던 사건이 추리소설을 위축되게 만든 직접적인 요인으로 작용하였다고 할 수 있다.

그렇다고 해서 1950, 60년대 추리소설을 함량 미달의 펄프픽션 정도로 간단히 넘길 수만은 없다. 오히려 1950, 60년대 추리소설은 한국적 수용의 과도기적 단계로 파악되어야 할 것이다. 해방 이전의 추리소설은 서구 추리소설이 생경하게 이식된 것이라 할 수 있다. 순수 창작보다 번안이나 번역이 주를 이루었고, 순수 창작물의 경우 서구의 것을 굴절·모방한 경우가 많았다. 반면 1970년대 들어서 비로소 한국적 추리소설의 특성이 정착되기 시작하였다. 그러기에 1950, 60년대 추리소설은 서구 추리소설을 그대로 모방한 1930년대 이전의 추리소설과 한국적 추리소설이 정착되기 시작한 1970년대 추리소설을 이어주는 과도기에 해당한다.

본고의 목적은 이와 같이 한국적 수용의 과도기에 해당하는 1950, 60년대 추리소설의 구조를 분석하는 데 있다. 1950, 60년대 추리소설은 크게 사회파 소설적 특성을 보이는 일군과 이른바 추리소설의 하위 장르인 변용 추리소설과 유사하면서 부분적으로 일탈적인 변형 추리소설의 일군으로 나누어진다. 사회파 소설은 당대 사회 현실에 밀착하여 범죄 발생의 원인을 분석하고 사회에 대한 비판적 시각을 취하는 한편, 변형 추리소설은 범죄의 원인을 탐색하는 면에서는 동일하지만 그 구조가 독특한 경향이 있다. 이처럼 1950, 60년대 추리소설은 서구의 추리소설을 기준으로 보면 다소 변형적이고 일탈적인 형식을 지닌다. 그럼에도 불

7) 김래성, 『새벽』4, 1957.

구하고 1950, 60년대 추리소설을 분석하고자 함은 서구의 추리소설과 다른 한국적 추리소설의 존재 양상과 그 특성을 파악하기 위한 궁극적인 연구 목적에 있다.

2. 현실 비판적 범인과 탐정:사회파 소설적 특성

추리소설은 범죄와 관련된 수수께끼를 풀어나가는 탐색과정을 중시하기 때문에, 사회적 현실 문제에 관심을 두지 않는 흥미 위주의 오락적 대중소설이라는 평가를 받는다. 물론 추리소설은 사건의 진상을 조사하여 해결로 끝을 맺는 공식을 충실히 이행한다. 그렇기 때문에 현실에 밀착하여 현실 문제를 반성적으로 성찰하는 리얼리즘소설과는 상당히 다른 형식을 지닌다. 그러나 리얼리즘소설과 같이 진지하게 반성하고 성찰을 하지 않는다고 해서, 추리소설이 사회 역사적인 현실을 완전히 외면한다고 볼 수 없다. 추리소설 나름의 방식으로 사회적 현실을 반영·고찰한다고 보아야 할 것이다.

정통 추리소설은 아무리 용의주도한 범인일지라도 종국에는 범죄의 전말이 폭로되므로 탐정 우호적인 플롯을 지닌다. 그러므로 사회질서를 전복하고자 하는 범인의 시도는 소극적 저항으로 끝이 난다. 그러나 1950, 60년대 추리소설에서는 탐정이 승리하고 범인이 패하는 공식이 반드시 지켜지지 않고 있다. 오히려 범인이 범죄에 가담하게 되는 과정이 미화되고, 나아가 범죄서사의 근원에 사회 모순에서 야기된 갈등이 내재해 있다. 이렇게 범죄 발생의 진정한 원인은 개인 차원의 원한이 아니라 사회 모순에 있기 때문에, 범인을 색출하여 도덕적인 징벌을 가해야 할 탐정조차도 반사회적인 인물로 성격화된다. 따라서 1950, 60년대 추리소설은 전반적으로 범죄를 만들어내는 사회 모순을 폭로하는 사회파 소설적 특성이 강하다. 타락한 사회 자체가 범죄를 싹틔워내는 온상으로 고발되는 1950, 60년대 추리소설에는 부패한 사회체제에 저항하고 새로운 질서가 도래하기를 바라는 당대 독자들의 열망이 담겨 있다고 볼 수 있다.

최인욱의 『죄의 고백』에서 범죄서사가 작동되는 근원에 불평등한 사회에 대한 불만과 비판이 깔려 있다. 이야기 속의 세계는 부와 권력과 지위가 일부 지배층에 편재해 있어서 일부 권력자들은 배부르고 편안하게 사는 반면, 대다수 국민들은 가난과 고통 속에서 허덕이고 있다. 범죄의 근본 원인은 모순저인 사회체제를 비판하고 나아가 체제를 전복하고자 하는 의지의 표출에 있다. 부와 사회적 지위와 권력이 어느 한 곳으로 집중·분리될 경우 사회적 불평등을 조장하고 사회 구성원들 사이에 적대감을 불러일으키는 원인이 된다. 가난한 사람들은 부자에 대해 적대감을 갖게 되고, 사회적 지위가 낮은 사람은 지위가 높은 사람을 싫어하고, 정치적인 약자는 권력자를 증오하게 되어 마침내 사회적으로 갈등이 만연하게 마련이다.[8)

백남철 일당의 범죄 목적이 타락한 사회질서에 대한 저항에 있기 때문에, 범죄 행위 자체가 법의 질서를 어기는 행위에 해당할지라도 정의로운 투쟁으로 평가된다. 백남철이 범죄 대상으로 삼은 '대한개발주식회사'의 사장 강두천, '산금은행'의 두취 황병록, 구한말의 귀족이었던 이영재, '남성병원' 원장 남재우, 보석상 차일도 등은 지도층에 속한 인물들이다. 그러나 이들의 실상은 부도덕한 방법으로 축적을 일삼고, 돈과 탐욕과 권력을 추구하는 추잡한 인물들이다. 따라서 부정한 방법으로 치부한 사회 각층의 지도자들을 협박하여 경제재건기금으로 기부하게 만들고, 한밤중에 부유층의 집에 잠입하여 거액의 돈을 훔쳐 빈민층에게 나누어주고, 애국심과 동족애를 외면하고 개인적 안일만을 추구하

8) 아브카리안 팔머, 『갈등의 사회이론』, 서사연 역, 학문과사상사, 1985, 151~152쪽.

는 사회 지도층 인물을 제거하는 등의 백남철의 행위는 타락한 사회와 맞서서 투쟁하는 영웅의 행동과 일치된다.

"요즘처럼 향락과 빈곤이 편파한 시기는 일찍이 없었을 것입니다. 그런 만큼 무용의 축재를 끄집어내고 악질 모리배들의 불순한 이득을 빼돌려서 빈민구제를 하는 것이 내가 말하는 경제적 구국운동의 한 방법인 것입니다."(25~26쪽)와 같이 자신을 변호하는 백남철의 진술에는 정의감과 민족애에 근원을 두고 체제 전복적인 투쟁을 벌어야 할 정당성이 강조된다. 서술자 역시 범인의 범죄 행위에 전적으로 동의하는 태도를 취하고, 범인을 체포해야 하는 경찰조차도 백남철과 동일한 감정을 공유한다. 경찰 역시 범인과 마찬가지로 부도덕한 지도층 인물들에게 불만을 가지고 있는 계층의 출신이기 때문이다. 이와 같이 텍스트에서 범죄 행위가 정당화되기 때문에, 범죄의 전모를 밝혀내는 탐색서사가 상당히 약화되어 있다. 그리고 범인의 행적에 과도하게 초점이 맞추어져 있어서, 텍스트는 둔갑술을 지닌 기이한 인물의 정의로운 행적을 그린 모험소설적 특성에 가깝다. 그러나 경찰과 범인 사이에 벌어지는 추적과 도피를 바탕으로 현시와 은폐의 서사적 대결이 긴장감 넘치게 그려진 점 등은 분명 추리소설의 추리적 특성을 유지한다.

방인근의 『국보와 괴도』는 범인 찾기의 논리성을 추구하는 정통 추리소설의 원형을 유지하되, 독특하게도 탐정이 체제 전복을 기도하는 저항적 인물로 변형된다. 장비호는 해방 후에도 일제에 빌붙어 살았던 자들이 청산되지 않고 부와 권력을 구가하는 당대 사회를 소리 높여 비판한다. 아울러 우리의 국보를 해외로 팔아넘기는 데 앞장서는 반민족적인 범인들에 대한 증오심을 강하게 드러낸다. 탐정 장비호는 반민족적인 범인들이 판을 치게 만드는 부패한 사회체제에 대해 강하게 저항하는 외로운 투쟁가이다. 따라서 그는 정통 추리소설의 탐정과 같이 정보 게임에 충실한 무표정한 탐정이 아니라, 애국심과 정의감에 불타는 당대에 살아 있을 법한 생동감 있는 인물로 입상화된다.

우연히 자살사건을 목도한 탐정 장비호는, 원한관계에 의한 살인사건임을 직감하고 범인을 탐색하기 시작한다. 그러나 텍스트의 최종 목적이 범인의 추적에 있지 않고 범인 축출에 있으므로, 범인과 관련된 정보가 탐색서사의 초반에 제시된다. 범인으로 밝혀진 피달수는 함구진이란 진범의 하수인에 불과하다. 일본인 함구진은 수단과 방법을 가리지 않고 비윤리적으로 치부를 하였고, 한국인 행세를 하며 우리의 국보를 해외로 밀수출하는 반국가적인 매국 행위를 일삼는다.

텍스트의 목적은 정의로운 탐정이 천인공노할 범인을 체포하는 영웅적 행위를 보여주는 데 있다. 따라서 서울에서 동경으로 동경에서 상해로 범인을 잡기 위해 종횡무진 활동하는 탐정 장비호의 활약상을 자세히 묘사하여, 반민족적인 인물을 축출하고 우리의 문화재를 되찾는 탐정의 영웅적 행적을 부각시킨다.

한편 백일완의 『황금마』에서 범죄서사의 밑바닥에는 반일 감정이 내재해 있다. '백조여왕'으로 불리는 아리이는 남양주 해역에서 일본 상선을 상대로 악랄한 해적활동을 벌인다. 그녀의 악마적 행적은 일본 사회를 들끓게 만들지만, 해적활동은 날이 갈수록 악랄해지고 교묘해진다. 아리이가 백조여왕이란 이름으로 일본 상선을 상대로 한 반일적 해적 활동을 일삼는 이유는 해적이었던 아버지와 한국인이었던 어머니의 영향에 있다. 의학박사 민태호가 거금의 제안을 받고 천연두 치료에 나서면서 미스터리적인 사건에 가담하게 됨에 따라 '백조여왕'의 수수께끼를 풀어가는 탐정 역할을 담당하게 된다. 아리이의 해적활동이 한국인이라는 민족적 동질성에서 나온 항일운동임을 알게 되면서 민태호 역시 적극적으로 반일행동에 동참한다. 한국을 비롯한 만주나 대만 등지의 식민지에서 폭정을 일삼아 많은 사람을 죽게 만든 일본인 관리를 테러한다든지 일본인들의 만행을 서구 사회에 알리는 등 독립운동을 하고, 한편으로 일본 상선을 대상으로 해적활동을 벌인다.

이와 같이 인물의 영웅적 활약상을 중시하는 텍스트에서는 탐정을 따돌리는 범인의 행위나 범인을 추적하는 탐정의 행위 모두 지략적이고 논리적이기보다는 신체적인 측면이 두드러진다. 인물들이 격렬하게 싸우는 신체적인 격돌은, 인물들이 생명의 위협을 무릅쓰고 지키는 세계를 중요하게 부각시키는 기능을 담당한다. 이와 아울러 세계를 바로잡고자 하는 인물들의 정의감을 강화하여 독자들의 감동과 동일시적 체험을 증가시키는 효과를 지닌다.[9]

이처럼 사회파 소설적 특성을 갖는 텍스트들은 일면으로 영웅적 모험 소설의 성격을 지닌다. 그러나 어떤 희생을 치르고 인물이 승리할 것인가, 어떠한 상황이 발생할 것인가, 그리고 이야기는 어떻게 끝이 날 것인가에 독자들의 궁금증을 유도하고 이에 대한 정보를 감추고 있다. 따라서 정확한 정보를 유보하여 궁금증을 불러일으키는 추리소설의 특성은 여전히 유지되고 있다. 즉 수수께끼를 풀어가기 위한 동력으로 작용하는 궁금증을 촉발하고, 그러고 나서 궁금증을 해소하기 위해 독자들로 하여금 다음 사건을 읽게 만드는 추리소설의 추리를 위한 서사 전략을 취하고 있다.[10]

사회파 소설의 특성이 강한 텍스트에서는, 미스터리를 풀어가는 과정을 중시하는 정통 추리소설의 정보는 부차적인 것으로 밀려나고 인물들의 모험이 전경화된다. 그리고 독자들이 알고 있는 정보(지식)는 극적인 분위기를 연출하는 데 기여한다. 이야기의 전개와 관련된 중요한 정보를 일시적으로 감추어서 독자의 호기심을 자극하고, 독자를 공포에 빠뜨리

---

9) 이브 뢰테르, 『추리소설』, 김경현 역, 문학과지성사, 2000, 108~109쪽.
10) 토마 나르스작은 이러한 추리소설의 메카니즘을 음극과 양극의 전기가 통하는 기계로 비유하고, 추리소설을 '글 읽는 기계'라 부른다. Thomas Narcejac, *Une Machine a Lire:Le Roman Policier*, Paris:Denoël-Gonthier, 1975, pp.217~222.

거나 놀람의 효과를 증진시키는 데 기여한다. 정보는 사회 현실에 대해 갖는 인물들의 신념과 관련하여 리얼리티를 확보하기 위한 장치로 이용되고, 또한 인물들의 사회에 대한 비판의지를 강화하는 데 이용된다.[11]

앞의 텍스트들과 같이 당대 사회에 비판적인 태도를 취하지 않더라도, 허문녕의 『너를 노린다』에서 범죄서사는 어수선한 당대 사회상황과 밀접하게 관련이 있다. 표면적으로 거액의 유산 상속을 노린 연쇄살인 사건이지만, 범죄서사의 중심에는 현대사의 질곡이 자리잡고 있다. 그러나 텍스트는 진범의 속셈을 파악할 어떠한 정보도 제시하지 않은 채, 오로지 파란만장한 가족사만을 전경화하여 복잡하게 얽힌 호적관계와 관련이 있는 살인사건으로 몰아간다. 결말 부분에서 범죄와 관련된 핵심 인물들이 체포되면서 연쇄살인사건은 어느 독립운동가의 재산을 차지하기 위한 음모임이 밝혀진다. 텍스트는 사회와 제도가 혼란스러운 틈을 타고 독버섯처럼 번지는 범죄와 폭력의 난맥상을 분석하여 사회적 범죄심리를 찬찬히 고찰하고 있다.

이상으로 보면 당대의 문학이 사회상황에 대한 반성과 고찰을 담아내었듯이 1950, 60년대 추리소설 역시 당대 사회에 대한 나름대로의 진단을 내리고 있고 당대 사회의 모순과 무질서에 대한 비판을 가하고 있음을 볼 수 있다. 추리소설의 대사회적 비판은 추리소설이 단지 정보를 유보하는 방식으로 독자들의 호기심과 지적 유희를 자극하여 정보게임을 즐기는 오락물에 불과하다는 섣부른 오해와 편견을 불식시켜준다.

1950, 60년대는 전쟁과 분단, 산업화로 점철되는 역사적 급변기에 해당한다. 전쟁과 분단은 우리에게 깊은 충격과 영향을 주었고 우리 삶의 제반 영역을 규제하는 근원적인 모순을 안겨주었다. 그리고 산업화의 과정은 소외와 계급이라는 새로운 문제를 던져주었다. 1950, 60년대 추

11) 이브 뢰테르, 앞의 책, 110~111쪽.

리소설은 이러한 당대 사회를 경제적인 모순으로 인하여 범죄가 만연한 문제적인 사회이며, 이데올로기적 억압이 심화되고 무질서가 판치는 부패한 사회로 인식한다. 때문에 1950, 60년대 추리소설에서 범죄가 난무할지라도 범인이 범죄에 가담하게 된 진정한 원인은 개인적인 원한에서 기인된 것이 아니라 당대 사회의 질곡과 타락한 법질서에 닿아 있는 경우가 많음을 확인할 수 있다.

1950, 60년대 추리소설에서 범인이 범죄에 가담하게 된 최초의 동기는 당대 사회 현실에 있을 법한 잘못된 도덕적 질서를 파괴하고 진정한 도덕적 질서를 수립하고자 하는 모험에서 시작된다. 따라서 범죄에 가담한 인물들은 가해자라기보다는 오히려 희생자일 수 있다. 비록 범죄에 가담하지 않은 인물이라 하더라도 당대 사회에 살고 있는 사람은 누구라도 희생자가 될 가능성이 높다. 그러기에 진정한 범인은 살인 등을 저지른 개인이 아니라 범죄를 저지르게 만드는 당대 사회 자체가 된다.

또한 1950, 60년대 추리소설은 대체로 정통 추리소설의 결과(범죄)에서 원인으로 진행하는 역진적 플롯을 취하지 않고 있음을 확인할 수 있다. 역으로 원인에서 결과로 진행하는 전진적 플롯을 취하되, 사건에 관련된 정확한 정보를 감춤으로써 추리의 효과를 노리는 독특한 서사전략을 지닌다. 소설의 서사구조를 시계추의 움직임에 비유한 토마스 도체티는, 리얼리즘소설을 tic−toc(원인−결과)의 구조로 추리소설을 toc−tic(결과−원인)의 구조로 설명한다.[12] 토마스 도체티의 이론에 따르면 1950, 60년대 추리소설은 전체적으로 순차적인 사건 진행이 이루어지는 tic−toc구조이지만 부분적으로 toc−tic의 구조를 추구한다. 따라서 리얼리즘소설의 구조에 추리소설의 구조가 가미된 독특한 서사구조를 지닌다.

12) Thomas Docherty, *Reading (Absent) Character*, Oxford:Clarendon Press, 1983, pp.134~137.

3. 탐정의 기능 축소와 역할의 변이:변형 추리소설적 특성

추리소설은 장르적 특성의 지표라 할 수 있는 공식을 중시한다. 그러기에 추리소설은 개별 작품과 장르적 규범 사이에 변증법적 모순이 많지 않은 장르픽션의 성격이 강하다.[13] 이런 특성 때문에 추리소설은 다른 문학작품과 달리 세계 어느 나라의 작품이든 동일한 유형이 반복되고 비슷한 특성을 공유한다고 쉽게 단언해버리는 측면이 없지 않다.

그러나 미국에서 탄생한 추리소설이 영국으로 건너가 탐정소설로 발전하였고, 프랑스에서는 경찰소설로 발전하였다. 다시 미국으로 돌아와서는 하드보일드형 추리소설로 발전하였다. 즉 셜록 홈스의 명성이 강한 영국에서는 탐정에 중점을 두었고, 범죄수사를 전담한 경찰제도가 일찍이 정착되었던 프랑스에서는 경찰의 활약을 중시하였다. 그리고 1930년대 미국에서 발생한 하드보일드형 추리소설은 추리보다는 탐정의 행동에 중점을 둔 것으로, 네오리얼리즘의 영향을 받아 불필요한 수식은 일체 배제하고 속도감 있는 거친 터치로 사실을 전개하되 비정한 탐정의 냉혹한 활동을 중시하는 특성을 지닌다.[14] 이외에도 추리소설에는 사회파 소설, 범인 찾기형 소설, 서스펜스소설, 도서형 소설, 퍼즐형 소설 등 많은 하위 장르가 있다.[15] 이러한 역사적 현상으로 미루어 보면 추리소설 역시 다른 문학과 마찬가지로 그 나라의 법, 제도, 사회·역사적 배경, 문화적 특성과 밀접한 관련이 있음을 알 수 있다. 또한 장르 규칙이나 기법이 여전히 중시되고 있음에도 불구하고, 고정불변으로 고착화되지 않고 조금씩 변조와 개조를 거듭하여 새로운 유형을 끊임없이

13) 츠베탕 토도로프, 『산문의 시학』, 신동욱 역, 문예출판사, 1992, 48~49쪽.
14) 슬라보예 지젝, 앞의 책, 125~126쪽.
15) 이상우, 『이상우의 추리소설 탐험』, 한길사, 1991, 45~49쪽.

개발하고 있음을 알 수 있다.

　이런 맥락에서 1950, 60년대 추리소설이 서구의 정통 추리소설에도 그리고 변용적인 하위 범주에도 속하지 않는 경우가 많을지라도 추리소설의 범주를 벗어난 것으로 치부하거나 혹은 무가치한 것으로 보아 넘겨서는 안 될 것이다. 오히려 우리는 1950, 60년대 추리소설의 서사구조가 서구의 추리소설과 어떻게 다른지를 살펴보아야 할 것이다. 나아가 이를 바탕으로 한국적 추리소설의 서사적 특성을 밝혀야 할 것이다.

　서구의 정통 추리소설은 범죄서사와 탐정에 의한 탐색서사라는 이중적인 서사로 이루어져 있다. 범죄서사는 '무슨 일이 실제로 일어났는가'와 관련이 있고, 반면 탐색서사는 '어떻게 독자가 그것에 대하여 알게 되는가'와 관련이 있다.[16] 범죄서사는 사건의 동기와 발생과정 등 실제로 일어났던 일과 연관된 이야기이지만 텍스트의 표면에 드러나지 않는다. 텍스트 이면에 숨겨진 범죄서사는 탐색서사에서 범죄에 관한 정보의 각 단위들이 생략, 도치, 분화, 통합되는 방식으로 드러난다. 그러므로 탐색서사는 범죄서사를 탐정이 추리하고 해석하여 독자에게 보여주는 것이다. 범죄서사를 소설의 표면에 부재하는 파블라로, 탐색서사를 소설의 표면에 실재하는 슈제트로 보았던 피터 브룩스의 시각에 따라, 추리소설의 서사구조는 파블라에 작용하는 슈제트의 능동적인 질서화의 역학과정으로 볼 수 있다.[17]

　그리고 사건 조사자인 탐정은 사건에 직접 연루되지 않아야 한다. 범죄서사 외부에 존재하는 탐정은 감추어진 사건의 실마리를 찾아 서사의 표면상에 서술되지 않은 공백을 채워 범죄서사 전체를 선형적인 형식으로 독자들에게 설명해야 하는 임무를 지닌다. 이렇게 탐정이 '실제로 무

---

16) 츠베탕 토도로프, 앞의 책, 50~51쪽.
17) Peter Brooks, *op. cit.*, pp.24~25.

슨 일이 일어났는가'를 재구성하여 독자에게 일관성 있게 선형적인 이야기로 설명할 때, 비로소 탐색서사가 완결됨으로써 추리소설의 이중구조가 완성된다. 그러므로 탐정은 사건에 가담한 인물들에게나 또는 독자들에게 무의미한 것으로 여겨졌던 단서를 사건 해결의 실마리라는 새로운 의미로 전환하는 역할 즉 '의미적으로 불가능한 것을 가능해지도록 입증하는' 역할을 담당한다.[18]

이와 대조적으로 1950, 60년대 추리소설의 가장 두드러진 특징은 범죄의 사건을 해명하고 통합하는 사건 조사로서의 탐정의 역할이 상당부분 약화되거나 또는 아예 살인사건에 연루된 인물로 변형되어 역할의 변이가 이루어진 점을 들 수 있다.

허문영의 『협박장은 살아 있다』에서 탐정은 사건 조사자이면서 동시에 범인으로 활약한다. 처음에는 범죄를 탐색하는 탐정으로 활약하지만, 후반에서 범죄사건과 연루된 인물로 판명된다. 텍스트는 이 독특한 인물 구성을 충족하기 위해서 범죄서사와 탐색서사를 동시에 진행하는 방식을 택한다. 탐정이 범죄에 가담하는 것은 규칙의 위반에 해당되기 때문에 독자들은 탐정이 범인일 가능성을 전혀 예상하지 못하게 된다. 텍스트는 바로 추리소설의 핵심적 공식을 위반하여 탐정의 역할에 대한 독자들의 기대를 배반함으로써, 기대와 반전이라는 게임의 플롯을 추구하는 묘미를 지닌다.

텍스트는 사건 조사자 역할에 충실하지 못한 탐정을 대신하여, 탐정의 행동을 관찰하는 관찰자를 내세운다. 그의 직업은 탐색과정을 관찰하고 기록하는 일에 가장 적합한 추리작가이다. 추리작가 특유의 예리한 관찰력을 가지고 탐정이 안내하는 대로 범죄사건의 중심부로 접근해가는 관찰자의 중개적 진술은 독자들에게 상당한 설득력을 지닌다. 이

18) 슬라보예 지젝, 앞의 책, 121~125쪽.

외에 텍스트는 김래성의 『마인』을 읽은 독자들의 기대를 한껏 역이용한다. 독자들이 『마인』에서 사용된 트릭과 관련지어 수수께끼를 풀어나가는 동안 독자들의 기대를 완전히 뒤집어서 배반한다. 즉 여성 인물이 세계적인 무용가이고, 그녀에 대한 사랑을 이루지 못하고 죽은 복수귀의 복수극인 것처럼 꾸미고, 복잡한 출생비밀에 얽힌 주변 인물들 중 범인이 있다고 믿게 만드는 점이 그것이다.

서사의 전반부에서 탐정 기진구를 유능한 탐정이라고 믿는 석구의 진술을 통하여 범인 찾기의 탐색과정이 생생하게 전달되고 있다. 『마인』에서 해월이란 가공인물을 내세워 그를 범인이라고 믿도록 만들어 주은 몽의 자작극을 은폐하였던 트릭을 연상하며 윤옥영을 의심하지만, 자작극이 아님이 쉽게 판명된다. 이어 주변 인물을 대상으로 탐색하고 있는 중에 '태극선 유령'의 협박이 계속된다. 기탐정이 '태극선 유령'으로부터 오는 협박장을 발견할 때마다, 복수귀의 정체를 둘러싼 신비감과 공포감이 증폭된다. 하지만 기탐정의 활약을 관찰하는 석구의 눈에 의심이 가기 시작하면서, 사건을 탐색하는 탐정의 행동과 이를 관찰하는 석구의 진술 사이에 틈이 벌어지기 시작한다. 틈이 벌어질수록 탐정이 곧 범인이 될 수 있다는 가능성이 점차 커진다. 그러나 기탐정의 행동이 교묘하게 위장되어 있어서 독자들은 범인이라는 단서를 쉽게 찾지 못한다. 협박 편지가 거듭될수록 기탐정의 위장술은 허점을 드러내고, 허점을 발견한 석구는 기탐정을 의심하기 시작한다. 이 지점부터 탐정은 범인이 되고, 관찰자는 탐정의 위치로 전환된다. 결말 부분에서 기탐정이 석구에게 모든 전모를 고백함으로써, 마침내 독자들은 이 모든 음모가 기탐정이 꾸민 자작극임을 확연하게 알게 된다.

모든 정보를 완전히 알고 난 독자들은 서두에서 석구가 "여지껏 독자 제씨께서 길러온 건전한 지성이 여지없이 마비 당하고 마는 순간순간을 수없이 경험하실 것을 확인하는 바이다"(9쪽)라고 말한 진술의 이중적인 의미를 깨닫게 된다. 즉 이 진술이 의미하는 바가 유령에 의한 복수극이라는 텍스트 표면적인 정보가 아니라, 탐정이 범인이 되는 텍스트의 최종적인 전략이다. 이처럼 텍스트는 중의적인 각인이 가능한 단서를 제공하여 독자들이 서사전략을 눈치채지 못하도록 혼란을 야기하여, 의도적으로 잘못된 해답을 찾도록 유도하는 기법을 사용한다. 잘못된 해답이라는 교란작전의 기법은 독자 자신들이 해석한 답과 최종적으로 텍스트가 주는 해답과의 일치 여부를 따지기 위해 지적 호기심을 지속적으로 갖도록 만드는 원동력이 된다.[19]

이와 같이 텍스트의 묘미는 범죄서사가 감쪽같이 탐색서사로 위장되어 있다는 데 있다. 탐색의 역할에 충실한 것처럼 보이는 탐정이 자작극을 벌이고 이를 유령의 복수극으로 꾸몄고, 추리작가를 서술자로 내세워 이를 진술하게 함으로써 독자의 기대를 완전히 반전시켰다. 독자들로 하여금 탐정이 범인일 가능성을 전혀 눈치채지 못하게 하기 위한 여러 가지 장치를 이용하여 탐정과 관찰자 사이에 나아가 독자와 텍스트 사이의 긴장감을 끝까지 확보한 것이다.

나만식의 『복면의 가인』은 독자들의 기대를 뒤집어 반전의 미를 추구하기보다는 폭력에 노출된 인물의 구체적인 경험을 중시한다. 인물의 구체적 경험을 중시하기 때문에 범죄서사는 텍스트 표면에 노출되어 있고, 범죄서사를 밝혀내는 탐정의 역할이 대폭 축소되어 있다. 따라서 사건 외부에 있는 탐정이 서사상황 전체를 통어하는 서술방식이 아니라 사건 내부에 있는 인물의 시점으로 사건을 전달하는 방식을 취한다. 이러한 서술방식은 독자에게 정보를 제공하고 차단하는 서사전략에 균열을 초래할 가능성이 높다. 사건 내부에 존재하는 인물은 공간적 시간적 제약을 받으므로 사건 외부에 있는 탐정에 비해 정보 파악 능력이나 정

19) 위의 책, 115~116쪽.

보 수집 능력 면에서 한계가 있다.[20] 텍스트는 이러한 한계점을 극복하기 위해 부분적으로 탐정을 끌어들여 그때그때 인물이 알지 못하는 정보를 제공하는 임시방편을 취한다. 그러므로 논리적 체계가 산만하고 독자의 흥미도 반감되는 경향이 강하다. 일찍이 반 다인은 이런 점을 우려하여 추리의 주역은 한 사람이어야 한다는 원칙을 제시한 바 있다.[21] 임한식은 어느 날 윤영애가 납치되는 현장을 목격하면서 범죄사건에 휘말린다. 그리고 윤영애의 팔에 두른 염주에 달린 반쪽 난 자수정 구슬이, 자신의 시계 끝에 달린 자수정 구슬과 동일한 것임을 발견하면서 윤영애와 임한식 사이의 관계에 대한 궁금증을 갖게 된다. 이러한 궁금증은 임한식을 사건의 중심부로 진입하게 만드는 흡인력을 지닌다. 그러나 사건 내부에 갇혀 있는 임한식으로서는 권지택이 왜 납치범 일당에게 고문을 당하는지, 일당들과 사천만 원이란 거금을 두고 흥정하는지, 납치범들이 왜 윤영애를 납치하려 했는지, 험상궂고 탐욕적인 권지택과 '자애로운 천사' 윤영애가 어떻게 부부가 되었는지 등의 의문을 풀 수 없다. 더구나 권지택이 불에 타 죽은 시체로 발견되면서, 임한식의 궁금증은 더욱 해결될 수 없는 소용돌이에 빠진다. 인물 시점으로 진행되는 서사구조상 이러한 궁금증을 해결할 수 있는 정보를 적절하게 제공할 서사적 장치가 없다.

텍스트에서는 권지택 살인사건을 계기로 등장한 경감의 진술을 통하여 정보를 제공하는 궁여지책을 쓰지만, 경감은 단순히 정보만을 제공하는 기능을 담당할 뿐 그 이상의 역할을 하지 못한다. 경감에 따르면 중국 계통의 공산당원이었던 권지택은 한국의 금을 모아 중국 정부로 보내는 간첩이었고, 6·25전쟁이 발발하면서 중국으로 보낼 금괴를 제

---

20) 보리스 우스펜스키, 『소설 구성의 시학』, 김경수 역, 현대소설사, 1992, 103~136쪽.
21) 이는 반 다인의 20칙 중 제9항에 해당한다. 이상우, 앞의 책, 161~165쪽.

때에 밀수출하지 못하게 되자, 금괴를 독점하려다 함께 일해온 부하들에게 죽음을 당한 것이다.

권지택에 대한 궁금증이 풀렸다고 해서 윤영애와 관련된 궁금증까지 풀린 것은 아니다. 게다가 권지택 사망 이후 시시각각 다가오는 위협의 정체와, 호의적이라 여겼던 황영감의 수상한 행동에 관련된 새로운 수수께끼가 추가된다. 가해자인 황영감의 정체를 알지 못하는 임한식은 자신에게 점점 다가오는 위기를 깨닫지 못한다. 특히 황영감이 쳐놓은 음산한 함정과 이 함정에 빠져 들어가는 임한식의 어리석은 행동을 세부적으로 묘사하여 독자들의 긴장감과 연민을 증폭시킨다. 이렇게 텍스트는 황영감이 임한식과 윤영애를 죽음으로 몰고 가는 과정을 보여주고 있지만, 살해 이유에 대한 정확한 정보는 제시하지 않고 있다.

제2의 정보 제공자로 등장한 탐정은 임한식을 구출하고 황영감의 정체를 밝혀 사건을 마무리하는 역할을 담당한다. 즉 황영감은 20년 전 죽은 것으로 알려진 임한식의 아버지이고, 그동안 윤영애와 임한식을 결혼시키기 위해 많은 노력을 기울였고, 지금까지 황영감이라고 알려진 자가 바로 권지택이며, 권지택은 임한식의 부모에게 가졌던 원한을 갚기 위해 윤영애와 결혼하였고, 임한식을 죽이기 위해 음모를 벌인 것이다. 탐정의 역할은 정보 제공자에 한정되어 있기에 탐색의 결과를 이같이 소략하게 요약·전달한다. 따라서 쫓기는 범인과 쫓는 탐정 사이에 벌어지는 팽팽한 대결의 과정이 빠져 있어 긴장감이 현저히 떨어진다. 이와 아울러 수수께끼를 풀어가는 과정에서 갖게 되는 독자들의 지적 유희도 상당히 떨어진다. 뿐만 아니라 탐정이 서사를 통괄하지 않기 때문에 서사가 끝난 마당에도 숨은 정보와 관련된 수수께끼를 풀어주는 역할을 이행하지 않는다. 그러므로 독자 스스로 불에 탄 권지택의 시체는 권지택이 황영감을 죽이고 자기가 죽은 것처럼 꾸민 것이라는 점과 황영감으로 활동하였던 권지택이 바로 '복면의 가인'이었다는 점을 스스로 짚어내야 한다.

천불란의 『너는 내 손에 죽는다』에서도 탐정은 서사의 중간에 개입하여 사건 내부의 인물이 해결할 수 없는 정보를 제공해주는 역할을 담당한다. 세 명의 여자와 세 명의 남자 사이에 칡덩굴처럼 얽힌 원한과 애정의 변주곡이 펼쳐지는 서사 진행 역시 전진적인 구조를 지닌다. 서술방식은 서술자의 언술에 여러 인물들의 시점이 녹아들어 있는 다시점 방식을 취하고 있다. 인물들 간의 다양한 시점이 충돌하기 때문에 살인사건을 둘러싼 수수께끼보다는 살인으로 치달리게 된 인물들의 심리적 대결이 더욱 팽팽하게 전달된다. 그러나 인물들 사이의 그물망처럼 얽혀진 관계를 풀어내고 최후의 살인자를 가려내기 위해서 부분적이나마 탐정의 예리한 추리가 필요하다.

범죄서사는 한밤중 공동묘지를 파헤쳐 여자의 시체를 꺼내는 엽기적인 장면으로 시작한다. 아울러 잔인하게 살해된 살인 현장이 상세하게 묘사되고 있다. 텍스트는 이러한 엽기적인 일련의 사건들이 왜 어떻게 일어났는가, 등장인물들에게 무슨 일이 일어났는가에 초점을 두어 사건이 진행되는 과정을 상세하게 전달한다. 더욱이 희생자의 살해 광경을 상세하게 전달하여 독자의 긴장감과 공포감을 증대시키는 점에서, 텍스트는 서스펜스소설[22]의 특성을 지닌다. 그러나 서스펜스소설에서와 같이 살인자의 광기를 입증하기 위한 동일한 유형의 살인이 반복되지 않는다. 그리고 가해자와 희생자의 긴박한 대립이 그려지고 있지만, 가해자의 폭력에 노출되어 공포심에 떠는 희생자의 내면심리가 다루어지지 않고 있다. 또한 서스펜스소설에 등장하지 않는 탐정이 사건 조사과정에 개입하여 범죄의 전모를 밝혀낸다. 이런 점에서 이 텍스트는 서스펜스소설과 유사하지만 상당한 거리가 있다.

---

22) 츠베탕 토도로프, 앞의 책, 53~55쪽.

이상과 같이 1950, 60년대 추리소설은 미스터리적인 수수께끼 해결에 중점을 두는 정통 추리소설에서 벗어나 변형 추리소설의 특성을 지닌다.[23] 즉 탐정의 역할이 상당히 축소된 반면, 사건 내재적인 인물의 활약상을 부각시키는 서사구조를 지니고 있어서 탐정과 범인의 역할이 엄격하게 지켜지는 정통 추리소설과 거리가 있다.

이처럼 1950, 60년대 추리소설에서 탐정 역할이 대폭 축소되거나 탐정의 역할 변이로 나타나는 서사적 특성은 탐정이란 직업이 확고하게 자리 잡지 못한 우리의 사회적 제도와 문화적 여건과 밀접한 관련이 있다. 1950, 60년대뿐 아니라 오늘날까지도 우리 사회에서는 탐정이란 직업 자체가 사회적으로 인정되고 있지 않음은 물론 법적으로도 합법화되지 않고 있다. 동시에 전쟁과 분단 등의 혼란스러운 사회상으로 인하여 1950, 60년대에는 경찰제도가 확고하게 정착되어 있지 않았다. 이러한 시대적 상황과 맞물려, 탐정이 텍스트 이면에 숨겨진 범죄서사를 밝혀내는 탐색서사 중심적인 서구의 추리소설이 우리의 정서에 맞지 않았을 가능성이 높다. 우리의 현실적 여건이나 정서상 탐정이나 경찰제도가 정착되어 있지 않았음에도 불구하고, 위에서 살펴본 바와 같이 탐정이나 경찰이 범죄의 전모를 밝히는 추리소설의 공식을 고수해야 한다는 장르적 강박관념에서 벗어나지 못하고 있음을 알 수 있다. 이 결과 1950, 60년대 추리소설이 우리 사회에 존재하지 않은 국적 불명의 탐정이 등장하였고, 서사 전체를 통어하는 탐정이나 경찰의 활약이 논리적으로 전개되지 못하였다. 따라서 탐색서사가 박진감 있게 전개되지 못한 한계점을 초래하였다.

그러나 이러한 한계점에도 불구하고 1950, 60년대 추리소설은, 서구

---

23) 정통 추리소설에는 퍼즐형, 도서형, 하드보일드형, 추적형 등이 있고, 변용 추리소설에는 범인 찾기형, 사회파소설, 서스펜스소설 등이 있다. 이상우, 앞의 책, 47~49쪽.

의 추리소설을 직수입하여 우리말로 번안 또는 번역하였던 1930년대 추리소설에서 한 걸음 더 나아가, 한국적 토양에 맞게 수용하고자 노력하였던 단계이다. 그리고 한국적 추리소설이 정착되기 시작한 1970년대 추리소설의 밑거름이 되는 과도기적 실험 단계에 해당한다. 1950, 60년대 추리소설이 부단하게 실험적 수용을 위해 노력한 결과, 1970년대에 들어서 '탐정소설'이라는 명칭이 '추리소설'로 바뀌었고 사건 조사자도 국적 불명의 탐정이 아닌 경찰로 대체되었으며, 나아가 한국적 현실과 밀접한 관련이 있는 한국적 추리소설의 정착이 가능했던 것이다.[24]

4. 맺음말

본고는 추리소설의 방법론적 토대를 세우기 위한 이론화 작업의 일환이다. 이미 이루어진 1930년대 추리소설 연구[25]의 연장선에서 1950, 60년대 추리소설의 서사 분석을 통한 추리소설의 한국적 특성을 밝히는 작업에 해당한다. 필자의 목표대로 1910년대부터 오늘날에 이르는 전반을 아우르는 추리소설 연구가 이루어지면 추리소설에 대한 문학적 평가는 물론 문학사에서 차지하는 위상 역시 새롭게 평가될 것이다.

1950, 60년대 추리소설은 서구의 추리소설을 그대로 모방한 1930년대 추리소설과 달리, 우리의 문학적 토양에 맞게 토착화하고 우리의 문학적 체질에 맞추기 위해 노력한 한국적 추리소설의 실험 단계라는 성과

---

24) 그 대표적인 예가 1974년에 발표된 김성종의 『최후의 증인』이다. 이는 우리의 현대 사에서 일어날 법한 범죄사건을 진지하게 다루었다는 점에서 한국적 추리소설로 높이 평가될 수 있다. 이에 대한 자세한 내용은 이정옥의 「변용 추리소설에서 변형된 인물의 기능과 의미」(『한국소설연구』 제3집, 한국소설학회, 2000, 237~263쪽)를 참조할 것.
25) 위의 글, 63~94쪽.

를 지닌다. 1950, 60년대 추리소설은 혼란스러운 사회상황을 틈타 범죄
와 폭력이 난무하였던 당대의 부패하고 무질서한 사회를 비판하고, 나
아가 범죄에 무방비로 노출된 개인의 내면적 심리와 공포를 드러내고
있다. 따라서 전반적으로 사회파소설적 특성이 강하고, 탐정이 공식적
인 역할에서 일탈하는 변형 추리소설적 특성을 보인다. 물론 이러한 점
은 탐정이란 직업이 확고하게 정착되지 못한 사회적 여건과 밀접한 관
련이 있다. 우리 사회에서 법적, 사회적으로 탐정을 직업으로 인정하지
않았기 때문에 1950, 60년대 추리소설에서 국적 불명의 탐정이 등장하
거나, 탐정의 역할에 충실하지 못한 탐정이 등장한 것이다. 그리고 서사
적으로도 탐정이나 경찰이 서사 전체를 장악하지 못하여 탐색서사가 탄
력 있고 긴장감 넘치게 전개되지 못한 한계점을 지닌다.

이러한 한계점은 근본적으로 우리 문학의 편파적인 취향과 관련이 있
다. 1910년대 소개된 이후 지금까지 추리소설은 문학적 관심의 자장권
내에서 벗어나 있었다. 그리하여 제대로 성장하지 못하였고 제대로 성
장하지 못하였기 때문에 정당한 대우를 받지 못하는 악순환의 늪에 빠
져 있었던 것이다. 작품과 이론은 변증법적 영향관계에 놓여 있다. 작품
이 빈곤한 토양에서는 이론이 활성화되기 어렵고 역으로 이론이 일천하
면 작품의 질적 양적 빈곤을 초래하게 마련이다. 우리와 대조적으로 추
리소설 이론 연구가 활발하게 이루어지고 있는 서구의 경우를 보면, 추
리소설 연구는 추리소설의 질적 양적 발전은 말할 것도 없고 소설이론
을 심화·확대하는 데 상당 정도 기여하고 있음을 확인할 수 있다.

서구의 추리소설과 비교하면, 우리의 추리소설은 정통 추리소설의 공
식에서 일탈한 경우가 많다. 이 점을 들어 우리의 추리소설을 평가절하
하거나 수준미달이라고 무시하는 경향이 강하다. 그러나 소설 이론가들
은 반드시 조직적인 경찰력이나 탐정을 바탕으로 탐색과 범죄로 구성된
구조를 중시하지 않는다. 오히려 탐색과 범죄의 구조에 집착하는 편협

한 태도를 비판하고, 탐정이나 범죄의 유무보다 추리기법의 존재 유무를 중시한다. 추리소설이란 '추리가 공포를 창조하는 이야기이다' 라는 가장 일반적인 공식을 준수하는 장르라고 주장한다.[26]

이러한 주장에 따르면 서구 추리소설의 공식을 지나치게 의식하거나 우리의 추리소설을 서구의 기준에 맞추려는 태도는 바람직하지 않다. 우리의 사회와 문학적 여건에 맞게 변형·수용된 한국적 추리소설의 특성을 밝히고, 나아가 다양한 존재 양상을 검토하고 분류하는 유형화 작업이 속히 이루어져야 할 것이다. 이러한 연구는 비단 추리소설사 기술에 그치지 않고 근·현대소설에 미친 추리소설의 영향력과 파장을 짚어내는 의미 있는 작업이 될 것이다. 삶이 담고 있는 본질을 탐색의 방법으로 찾아가는 근·현대소설의 서사방식은 대부분 탐색과 추적이라는 추리소설의 서사방식에서 비롯된 것이다. 이렇게 근·현대소설에 미친 추리소설의 영향력을 고려해볼 때, 한국적 추리소설의 존재 양상과 그 특성을 살피는 작업은 한국 현대소설의 이해와 폭을 넓혀주는 새로운 지평을 제공할 것이다.

■ 참고문헌

1. 기본 자료

나만식, 『복면의 가인』, 백조사, 1952.
방인근, 『국보와 괴도』, 『한국장편문학대전집』 2권, 민중도서, 1981.
백일완, 『황금마』, 한양출판사, 1965.
허문녕, 『협박장은 살아 있다』, 청산문화사, 1962.

26) 토마 나르스작, 앞의 책, 192쪽.

_____, 『너를 노린다』, 한양출판사, 1965.

천불란, 『너는 내 손에 죽는다』, 송인출판사, 1968.

최인욱, 『죄의 고백』, 아동문화사, 1962.

2. 국내외 논저

노스롭 프라이, 『비평의 해부』, 임철규 역, 한길사, 1982.

보리스 우스펜스키, 『소설 구성의 시학』, 김경수 역, 현대소설사, 1992.

슬라보예 지젝, 『삐딱하게 보기』, 김소연·유재희 역, 시각과언어, 1995.

아브카리안 팔머, 『갈등의 사회이론』, 서사연 역, 학문과사상사, 1985.

움베르토 에코 외, 『논리와 추리의 기호학』, 김주환·한은경 역, 인간사랑, 1994.

이브 뢰테르, 『추리소설』, 김경현 역, 문학과지성사, 2000.

이상우, 『이상우의 추리소설 탐험』, 한길사, 1991.

이정옥, 「대중소설의 시학적 연구」, 서강대 대학원 박사학위논문, 1998.

_____, 「변용 추리소설에서 변형된 인물의 기능과 의미」, 『한국소설연구』 제3집, 한국
    소설학회, 2000.

츠베탕 토도로프, 『산문의 시학』, 신동욱 역, 문예출판사, 1992.

Peter Brooks, *Reading for the Plot:Design and Intention in Narrative*, New York:Random House,
    1984.

Thomas Docherty, *Reading (Absent) Character*, Oxford:Clarendon Press, 1983.

Thomas Narcejac, *Une Machine a Lire:Le Roman Policier*, Paris:Denoël–Gonthier, 1975.

『장군의 수염』의 메타 추리소설 경향 연구[1]

오 윤 호

1. 서론 : 추리소설로서의 『장군의 수염』

이어령의 『장군의 수염』은 1960년대 소설 경향인 서술기법의 참신함과 언어적 실험성이 돋보이지만 그동안 주목을 받지 못했다. 이태동은 『장군의 수염』이 비평적 평가를 받지 못하는 이유를 "작가인 이어령이 전업작가가 아니라, 문학평론가이자 언론인으로 활동했기 때문"[2]으로 보았다.

기존 논의에서 『장군의 수염』은 액자소설적 특징이 강조된 서사구조적인 측면과 주인공(철훈)의 죽음에 접근해가는 형사와 소설가의 탐색에 주목하는 내용적인 측면으로 논의되었다. 황정현은 『장군의 수염』의

1) 이 논문은 2007년 정부(교육과학기술부)의 재원으로 한국연구재단의 지원을 받음 (KRF−2007−361−AL0015)
2) 이태동, 「〈장군의 수염〉과 캐넌 문제」, 이태동 외, 『구조와 분석 2: 소설』, 도서출판 창, 1993.

중층구조(겉 이야기와 속 이야기로 이루어진)를 분석하여, 서술자의 존재방식 및 서술 수준 간의 결함과 경계를 분석하여 60년대 새로운 미적 형식을 구축한 것으로 평가[3]한다. 『장군의 수염』은 액자소설적 구성으로 기존 소설 텍스트의 문법을 새롭게 재해석하고 있으며, 주인공 철훈의 근대 시민으로서의 주체성과 실존적 자의식을 다루고 있다는 점에서 60년대 소설적 경향과 부합하는 면이 없지 않다.

『장군의 수염』은 작품의 시작이 주인공 철훈의 죽음으로부터 시작되고, 박형사와 소설가인 '나'의 범인 찾기의 내용을 담고 있어 전형적인 추리소설의 성격을 갖고 있다. 그러나 "개인의 내면세계를 표현하는 다층적 액자 구성, 사회체제에 의해 파괴되는 개인, 인과론에 대한 자의식적 성찰, 미해결의 결말" 등이 나타나면서, 『장군의 수염』은 여타의 추리소설과는 그 서사적 양식이나 특징들이 남다르다. 이에 백대윤은 이어령이 작품집의 말미에 적은 '형이상학적 추리소설'이라는 표현에 착안하여, 『장군의 수염』의 이러한 양상을 "형이상학적 추리소설"이라고 명명하고, 이 작품이 기존의 추리소설 작품과는 달리 '부조리한 사회와 소외된 개인'의 문제가 다루어지고 있다고 평가한다.[4] 그러나 '형이상학적'이라는 수식어를 1950년대 실존주의에 기대어 분석[5]함으로써, 『장군의 수염』이 갖고 있는 메타적이면서도 장르해체적인 '형이상학적 서술'의 특징을 놓치고, 형이상학적 시각으로 보는 추리소설의 조건들

---

3) 황정현, 「중층 구조의 경계 완화를 통한 의미 탐색―『장군의 수염』의 서술구조 연구」, 『현대문학이론연구』 제20집, 현대문학이론학회, 2003, 394, 410쪽.

4) 백대윤, 「형이상학적 추리소설 〈장군의 수염〉연구」, 『어문연구』 51, 어문연구학회, 2006, 108쪽.

5) 백대윤은 이어령이 말한 '형이상학'이라는 표현을 배경열이 쓴 "실존주의를 주창하면서 인간의 내면세계를 탐구하는 형이상학 쪽으로 달려간"(「50년대 실존주의론」, 『한국문학이론과 비평』 제20집, 한국문학이론과비평학회, 2003, 252쪽)이라는 표현과 결부시키고 있다.

에 대한 명료한 해석이 이루어지지 않고 있다.

일반적으로 추리소설이라는 장르는 현실적인 것 같지 않은 사건이 존재하고 그 사건을 해결하는 과정과 그 속에 얽혀 있는 살인 동기 등을 밝히면서 인간 심리의 심층적인 부분과 함께 사회의 이면을 드러내는 역할을 한다.[6] 따라서 살인사건의 범인을 찾고, 문제를 해결해나가는 과정에서의 논리화가 매우 중요하다.

이러한 시각에서 보면 『장군의 수염』은 하나의 사건을 '살인사건'으로 규정하는 것은 현재화된 '죽음' 때문에 가능할 것인지, 잠재적인 '살해' 가능성에 두어야 할 것인지 고민하게 만든다. 또한 수사과정 역시 '단서'의 객관성과 '추리'의 논리성과는 무관하게, 사건 관련자의 진술에 의존하고 있어, 박형사나 '나'는 서사적 경쟁(누가 먼저 범인을 잡을 것이냐?)을 하면서도 탐정(혹은 수사관)으로서의 역할을 충실히 해내지 못한다. 게다가 작품의 결말에서 범인을 밝히지 못하면서, 사건은 미궁에 빠지게 된다. 범인을 밝혀내지 못함으로써, 『장군의 수염』은 추리소설로서의 조건을 충족하지 못하는 것처럼 보인다.

그러나 이어령 스스로가 자신의 소설에 대해 언급한 '형이상학'이라는 표현과 『장군의 수염』이 여전히 '하나의 죽음'에 대한 살인 동기를 찾는 추리소설 형식을 갖고 있다는 점에 주목해야 한다.

메리베일과 스위니는 『장미의 이름』을 "추리소설의 전형적인 규칙을 깨고 전형적인 서사구조인 닫힌 형태를 무너뜨리고 열린 세계로 나아간다"라고 분석하며 형이상학적 소설이라고 명명한다. 형이상학적 소설이란 "의도적으로 전통적인 추리소설의 관습(서사의 종결방식, 독자를 대신하는 탐정의 역할 등)을 패러디하거나 전복하는 텍스트, 또는 적어도

---

6) 박미령, 「타자담론의 서사전략:전통추리소설의 모방과 변주」, 『노어노문학』 제19권 제3호, 노어노문학회, 2007, 172쪽.

존재의 미스터리에 대해 질문하거나 미스터리 플롯의 책략을 넘어서는 텍스트"라고 규정한다.[7]

형이상학은 어원적으로 "물리학(physics)에 시간적으로는 '다음'이며 논리적으로는 '고차'를 뜻하는 meta가 붙은 말"[8]로 "피지카의 세계, 감각의 세계 배후에는 경험과 관찰로는 알 수 없고 순수한 사유를 통해 이해할 수 있는 메타피지카의 세계(인간의 영혼, 선과 행복, 신이 존재하는 영역), 진리의 세계"[9]를 다루는 학문이다. 『장군의 수염』에서는 형이상학적인 대상을 다룬다기보다는 하나의 진리 탐구의 방법론적 '전략'으로 '형이상학'이라는 말을 사용하고 있다. 『장군의 수염』에서 작가의 '형이상학적' 접근은 '인간 존재에 대한 궁극적 인식과 보편적 진리'보다는 '주인공 철훈의 죽음', '박형사와 소설가인 '나'의 수사' 기법에 초점이 맞춰져 있다. 표면상으로 자살로 보이는 철훈의 죽음을 박형사는 '타살'로 규정하고 있으며, 사건을 수사할수록 소설가인 '나' 역시 철훈의 죽음을 자살로만 볼 수 없다는 인식에 다다른다. 여기서 일반적인 추리소설의 공식인 '살인사건-수사-범인 찾기'는 『장군의 수염』에서 재해석되고, 재규정된다.

하나의 죽음을 살인으로 볼 것이냐? 자살로 볼 것이냐? 수사는 정당하게 이루어졌느냐? 범인은 누구인가?와 같은 추리소설의 근본적인 서사성을 문제 삼고 있다는 점에서 『장군의 수염』은 추리소설(혹은 추리기법)

---

7) P. Merivale & S. E. Sweeney, *The Gaw's Afoot, Detecting Texts: The metaphysical detective story from Poe to Post—modernism*, Univ of Pennsylvania, 1999, p.2; 김영성, 「추리소설의 근대성과 문학적 가능성」, 『한국언어문화』 제21집, 한국언어문화학회, 2002, 130쪽에서 재인용. 본고에서는 '형이상학적 추리소설'이라는 용어보다는 '메타-추리소설'이라는 용어를 사용하려고 한다. 이는 『장군의 수염』이 추리소설의 기법과 장르규범을 그 자체로서 해체적으로 재규정하고 있어 '메타'라는 수식이 더 적합해 보인다.

8) 박이문, 『사유의 열쇠-철학』, 산처럼, 2002, 55쪽.

9) 남경태, 『개념어 사전』, 휴머니스트, 2006 · 2007, 431쪽.

에 대한 메타적 사유를 하고 있다. 결국 『장군의 수염』은 '범인'이 누구인가를 밝히는 것이 중요한 것이 아니라, 한 개인의 '죽음'을 사회적·정치적으로 어떻게 이해할 것인가에 대한 해석학적인 문제를 담고 있다.

이에 본고는 『장군의 수염』에 나타난 추리소설의 조건들을 살펴볼 것이며, 각각의 조건들에 대한 문제의식이 추리소설의 장르적 속성을 어떻게 변용하고 있는지를 분석할 것이다. 그 과정에서 '사건'을 해결하기 위한 '추리' 및 '논리'를 소설의 중층적 구조 속에서 살피며 제3의 탐정과 제4의 탐정을 설정하고, 『장군의 수염』의 메타픽션적 특징을 밝혀보도록 하겠다.

2. 추리의 서사적 경쟁과 범죄사건으로서의 '죽음'

『장군의 수염』은 전직 사진기자였던 김철훈의 죽음으로부터 시작된다. 김철훈은 방 안에서 연탄가스에 질식하여 죽었으며 외부의 침입 흔적이나 타인에 의한 타박상은 발견되지 않았다. 철훈의 죽음은 정황상 타살로 의심되는 단서가 하나도 없다. 박형사는 그의 죽음에 강한 의문을 품고, 그가 남긴 편지와 소설에서 그와 소설가인 '나'와의 관련성을 찾아내어 소설을 쓰기 위해 호텔방에 머물던 '나'를 찾아오게 된다. 단순한 자살로 처리될 수 있는 '사건'은 박형사의 호기심과 추리로 '살인사건'으로 설정된다. 이러한 인식은 추리소설 속에서 자연스럽게 그 원인 사건을 추론하게 만들고, 범인 찾기를 추동하게 한다.

그러나 『장군의 수염』은 타살을 입증할 결정적인 단서를 찾지 못하면서, 첫 번째 미궁에 빠지게 된다.

> 가스 중독사였습니다. 그러나 그건 ① 부주의에서 온 단순한 사고는 아니었습니다. 자살 아니면 타살이었죠. 그런데 그는 사진부 기자였습니다. ② 만약에 자살을 하려면 더 손쉬운 방법을 썼을 겁니다. 사진 현상을 할 때 극

약을 다루어 왔으니까요. 그리고 ③ 그는 어머니를 좋아했습니다. 자살을 했
어도 어머니를 만나보고 죽었을 것입니다. 한데 그게 바로 어머니가 올라오
는 바로 전날 밤입니다. …… ④ 나는 손톱을 깎지 않은 자살자의 시체를 본
것은 이번이 처음입니다.……죽음을 예비하는 데 있어 모두 한 가지씩 감상
적인 증거를 남겨 둔 채 죽는다는 사실입니다.……(13~14쪽)

　김철훈의 가스중독사를 의도적 행동에 의해 일어난 사건으로 규정한
박형사는 그 사건에서 '자살'로 추정할 수 있는 단서들이 없다는 점을
하나씩 나열하여 제시한다. 그러나 그가 제시하고 있는 근거들은 추상적
일 뿐만 아니라, 수사 경험에서 나올 법한 인상적 추정일 뿐 객관적 증거
로서 유효하지 않다. 그가 제시하는 단서들은 ②의 경우는 자살방법의
경제성, ③의 경우는 가족에 대한 애정, ④의 경우는 죽음에 대한 감상성
등으로 의미화할 수 있다는 점에서 자살자의 이상심리 상태와는 맞지 않
는다. 또한 박형사는 김철훈의 죽음을 타살로 볼 수 없는 이유로 강제적
타박상이 없고, 평소 친구가 없었으며, 사귀다가 헤어진 여자 친구 역시
알리바이가 있다는 것을 제시한다. 그리고 "이런 사건은 가장 골치 아픈
일에 속합니다"라고 말하면서도, '사라진 카메라'를 수소문한다.

　일반적으로 추리소설에서의 '죽음'이 그 발생 단계부터 문제적 상황
(살인이 일어날 수밖에 없는 맥락적 조건들)과 범인(실체화되진 않더라
도, 잠재성을 갖고 있는 대상)을 설정하고, 탐정의 추리가 시작된다고
했을 때, 『장군의 수염』은 김철훈의 죽음 자체를 범죄의 사건으로 볼 수
있을 것인지에 대한 해석이 유예된 채 추리(수사)가 진행되고 있다. 이
것은 사건의 맥락화라는 차원에서, 김철훈의 죽음을 자살로 봤을 때는
범인을 찾을 수 없는 것이며, 타살로 봤을 때는 다시 범인 찾기에 나서
야 하는 형국이 된다.

　상황이 이렇다 보니 박형사는 '나'에게 "우리의 목적은 남을 괴롭히
려는 게 아니라 다만 그의 사인(死因)을 규명하자는 것이니까요"라고 말

하며, 범인 찾기보다는 김철훈이 죽은 이유[死因]를 찾기를 원하게 된다. 통상적으로 추리소설은 사인을 찾는 것이 곧 범인을 찾는 것이며, 사건을 해결하는 것이다. 그러면서 자연스럽게 김철훈의 죽음을 두고서 '나'와 서사적 경쟁을 하려고 한다.

> 아닙니다. 타살일 겁니다. 나는 카메라의 행방을 찾아야겠습니다. 자살이라고 생각하신다면 무엇 때문에, 무슨 동기로 죽었는가도 해명해 주셔야 합니다. 그것은 형사보다는 선생님 같은 문학자나 심리학자나 철학자님들이할 일이거든요. 만약 협조해 주신다면 증거물로 보존된 그의 수기 노우트를 보여 드릴 수도 있습니다.(22쪽)

> 살아 있는 사람이 죽은 사람에게 해줄 수 있는 일은 화려한 꽃상여, 따뜻한 무덤을 만들어주는 것만이 아닐 겁니다. 우리는 왜 그가 죽었는지를 밝혀내야 해요. 그것이 중요한 점입니다. 어떤 사람의 죽음은 법과 경찰을 있게 했어요. 그리고 또 어떤 사람의 죽음은 병원과 새로운 의학연구를 하게 했어요. 거기에서만 끝나지는 않지요. 남들의 죽음을 통해서 많은 사람들은 생각하고 쓰고 새롭게 사는 방법을 알게 됩니다. 철훈군의 죽음도 그냥 끝난 것만은 아닐 겁니다.(28~29쪽)

박형사는 객관적 단서인 김철훈의 편지, 헤어진 여자 친구, 사라진 카메라의 행방 등 객관적 정황에 해당되는 내용을 쫓으면서 '타살'로서의 증거를 찾고, 소설가인 '나'의 경우는 김철훈이 남긴 '수기'와 '소설', 다른 사람들의 김철훈에 대한 기억 등 주관적이면서도 경험적인, 혹은 허구적인 정황에 해당되는 내용을 쫓아 '왜 죽었을까'에 대한 궁금증을 해결하려고 한다. 이러한 이중적 서사 라인[10]의 진행은 일반적인 추리

---

10) 이중 서사/이중 플롯에 대한 논의는 오윤호의 석사논문인 「염상섭 소설의 이중플롯 연구」(서강대 대학원 석사학위논문, 1997)와 「서사적 정체성의 위기와 '자율성'에 대한 공포:이청준 「매잡이」에 대한 메타픽션적 분석」(『서강어문』 15, 서강문학회, 1999)을 참조.

소설에서 탐정과 범인 간의 서사적 경쟁을 탐정과 탐정 간의 서사적 경쟁으로 바꾸어 놓으면서 추리소설의 흥미를 극대화하고 있다.

'나' 역시도 철훈의 죽음이 예사롭지 않다는 것을 눈치채고, 그 죽음의 원인을 찾고자 한다. '나'는 소설가이며, 삶에 대한 식견을 갖고 있으며 소설을 쓴다고 하지만 엉뚱한 일에 관심을 보일 만큼의 여유를 갖고 있는 지식인이다.[11] 일반적인 탐정의 목적과는 달리 사회적 효용론을 내세운다. "남들의 죽음을 통해서 많은 사람들은 생각하고 쓰고 새롭게 사는 방법을 알게 된다"는 말은 범인을 찾겠다는 말보다는 죽음이 갖고 있는 사회적 파장과 교훈적 효과에 대한 목적으로 수사를 진행하고 있다는 것을 반증하는 것이다. 『장군의 수염』을 본격소설로 읽을 수 있는 것은 한 사람의 죽음을 제도화된 사회 조건 속에서 의미화하려고 하기 때문이다. 이러한 태도는 한 사람의 죽음을 재구성하고 재의미화하는 과정에서 4·19라는 역사적 혁명을 일구어냈던 김주열의 죽음과 연결되어 있으며, 4·19를 겪은 작가 이어령의 시대감각이 이러한 인식을 가능하게 한 것이라고 할 수 있다.

결국 탐정인 박형사나 '나'나 "철훈이 왜 죽었는가"라는 동일한 사건을 추적하고 있지만, 그것을 타살로 볼 것이냐, 자살로 볼 것이냐의 입장 차이에 따라 수사의 목적과 대상이 달라지며, 이러한 이중 추리과정이 『장군의 수염』의 이중 플롯구조를 만들어내고 있다. 『장군의 수염』은 서사구조적이고, 갈등의 차원에서는 일반적인 추리소설의 양식을 따르고 있지만, 죽음을 범죄사건으로 규정할 것인지 말 것인지를 문제 삼으면서 추리소설에 나타난 사건의 속성을 근본적으로 문제 삼고 있으며,

---

11) "사건 조사자는 흔히 이익과는 관련없는 딜레탕트하고 식견 있는 애호가일 경우가 많다. 독창적이고 가끔은 한가하게 여겨지는 사건조사자는 자주 경찰제도의 틀 밖에서 활동한다. 그는 자신의 지적인 능력들을 이유로 우월하거나 혹은 그렇다고 느끼고" 있는 인물이다. 이브 뢰테르, 『추리소설』, 김경현 역, 문학과지성사, 2000, 93쪽.

그것을 맥락화하는 과정에서 일반적인 추리소설의 조건을 재규정하고
있다.

3. 다원적 진술의 수사와 우울증 환자의 실존적 자살

소설가 '나'는 김철훈이 남긴 일기와 소설을 토대로 김철훈에 대한
주변 인물들의 기억을 찾아간다. 그러다보니 『장군의 수염』은 다원적인
서사 전개를 갖게 된다. "각각의 사건들은 선조적으로 제시되는 것이 아
니라 중간에 사건의 교차와 삽입을 통해 제시되기 때문에, 철훈의 수기
와 신혜의 발화 내용, 그리고 철훈의 소설이 교차하여 서술되면서 서술
자의 교체가 빈번하게 일어난다."[12]

먼저 철훈 누이의 진술은 철훈이 갖고 있는 소심한 성격이 만들어지
게 된 배경을 이야기해준다. 철훈은 지주임에도 불구하고 땅을 소작인
들에게 다 나누어 줄 수밖에 없었던 가문에서 태어났다. 이러한 계급적
조건은 소작농의 아이들과 철훈이 잘 어울리지 못하는 원인[13]이 되며,
이후 사회생활에서도 외톨이로 지내는 것에 영향을 미치게 된다. 이마
에 찍힌 인두 자국은 철훈의 이러한 성격을 더욱 부채질하게 된다. 신체
적 결함은 내면적 성격의 형성에 깊은 영향을 미쳤다.

그리고 무엇보다도 사회주의 운동을 했던 형은 철훈의 가족과의 관
계, 세계를 보는 시각에 깊은 영향을 미쳤다.

---

12) 황정현, 앞의 글, 395쪽.
13) "신혜-나에겐 친구가 없었어. 우리는 양반집이었고 아버지는 지주였지. 마을 아
    이들은 상스러운 소작인들, 그리고 행랑과 종들의 자식뿐이었어. 내가 지주의 아
    들이고 정승의 손자라고 하는 것은 이마의 인두 자국보다 더 앞서 낳을 때부터 찍
    혀 있었던거야."(49쪽)

비를 흠씬 맞고 삼년 만에 형은 집으로 다시 뛰어든 거예요. 빗방울을 튀기면서 짐승같이 떨고 있었어요. 나를 숨겨 달라고 하면서 누군가를 몹시 욕하고 있었답니다. 그 놈 때문에 나는 죽는다고도 했고, 이젠 난 빨갱이도 뭐고 아무것도 아니라고 헛소리처럼 떠들어 댔어요. 그때 무슨 일이 있었는지는 지금껏 우리도 모르고 있어요. 어쩌면 철훈이는 알고 있었는지도 몰라요.(26~27쪽)

그 함 속에는 땅 문서와 지적도가 들어 있을 것이다. 아! 땅, 토지, 논과 밭과 그리고 붉은 산들─ 그러나 지금은 시효를 잃고 한낱 휴지 쪽이 되어 버린 그 땅 문서를 끌어 앉고 아버지는 눈을 감은 것이다.

땅은 우리의 운명이었다. 형님을 내쫓게 한 땅, 아버지를 미치게 만든 그 땅, 해방이 되던 그 다음날부터 우리는 땅의 피해자였다.(31쪽)

철훈이 믿고 의지했던 형은 자신의 정치적 신념에 따라 땅을 모두 소작인에게 나눠주어야 한다고 주장하며 아버지와 대립한다. 철훈의 아버지는 몰락한 지주지만 땅에 대한 욕망을 잠재울 수가 없어 죽어가면서도 땅 문서가 든 '함'을 같이 묻어주기를 바랐다. 몰락한 지주 가문의 아들인 철훈은 "땅의 노예"로 살아갈 수밖에 없는 운명을 형과 아버지의 대립 속에서 깨달았던 것이다.

식민지와 전쟁이라는 사회적 상황, 계급적 이해에 대한 차이로 벌어지는 가족 간의 갈등, 이마에 남겨진 커다란 인두 자국 등은 철훈의 과거이면서도 현재의 철훈이 겪고 있을 심리적 갈등과 위기 상황을 잠재적으로 추동하는 요인이 된다. '나'는 철훈의 수기와 그 누이의 이야기를 듣고서 "나는 김철훈을 죽게 한 그 범인을 찾아내고야 말겠습니다. 그는 분명히 삶의 권리를 스스로 포기하도록 강요당한 것입니다"라고 말하며 '범인'을 찾겠다고 말하고 있다.

실제로 살인사건이 벌어지고, 범인이 존재한다면 모르지만, 만약 그의 죽음이 자살이라면, 자살할 수밖에 없도록 강요한 자가 범인이라는 논리는 법률체계 속에서는 허용되지 않을 것이다. 그러나 '나'의 수사는 법률적 처벌을 위한 범인 찾기가 아니다. 한 사람의 죽음을 법률적 차원에서만 논할 수 없다는 점을 재확인하는 가운데, 한 사람의 죽음에 담긴 사회적 역사적 맥락화를 추적하고 있는 것이다.

철훈의 애인인 신혜는 죽을 당시의 철훈의 심리적 상태를 진술한다. 시기상으로는 철훈 누이의 이야기가 식민지 시대의 이야기를 전해주며 성장기의 철훈의 과거를 의미한다면, 신혜의 이야기는 6·25전쟁을 겪은 부녀의 이야기이면서 그러한 시대적인 아픔을 끌어안아야 하는 60년대 지식인 청년의 고뇌를 반영하고 있다.

철훈은 접대부였던 신혜의 급작스러운 부탁을 받고서 신혜의 병든 아버지를 돌보게 된다. 신혜의 아버지는 목사였는데, 전쟁 때 교회 사람들을 숨겨주다가 '북에서 온 사람들'에게 고문을 당한다. 자신뿐만 아니라 어린아이들을 고문하는 것을 보고, 숨겨준 사람들을 고발하지만 그들은 이미 나목사가 배신할 것을 알고 몸을 피한 상황이었다. 그 과정에서 목사는 도덕적 딜레마를 겪는다. 인간에 대한 신뢰와 신에 대한 숭고한 마음이 잔혹한 전쟁의 상처로 인해 깨져버렸기 때문이다.

> 나에게 불행하고 기이한… 그래요, 몹시 환상적인 아버지가 있었다는 것과 또 내가 멜로드라마틱하게 처녀성을 상실한 과거가 있다는 사실이 아마 그이의 마음을 끌었던 것 같아요. 나는 그것을 자신 있게 단정 지을 수 있다고 생각해요.(44쪽)

신혜 역시 자신이 사랑하던 남자가 아니라, 피난길에 얻어 탄 기차에서 미군 흑인에게 처녀성을 빼앗긴다. 전쟁 와중에 많은 여인들이 그러하듯, 신혜의 상처는 순결한 삶을 남성적 폭력 앞에서 무참하게 잃어버렸다는 것, 그래서 삶의 가치와 존재 의미를 상실하면서 생겼다.

나목사나 신혜는 자신들이 겪은 도덕적 딜레마와 인간적 죄의식(수치심)을 고스란히 철훈에게 들려준다. 철훈이 그들과 동일시를 경험할 수밖에 없었던 것도, 자신의 의도와 상관없이 타인과 존재론적인 관계와 도덕적 딜레마에 빠져버리는 인간의 본질을 봤기 때문이다. 전쟁 중에 동료 병사인 이진을 피신시킨다는 것이 도리어 죽게 만든 이후, 타인을 사랑하는 것에 공포를 가졌던 철훈은 이 부녀를 만나게 되면서 아픔을 가진 타인을 만난다는 것, 어떻게 남과 섞여 살아야 하는지를 알게 된다.[14] 이렇게 타자와의 연대는 성장기의 철훈이 이데올로기 갈등을 겪으며 대립했던 아버지와 형에게서도 찾지 못했던 것이며, 전쟁의 비인간적 현실 앞에서 던져버릴 수 없었던 인간적 고뇌 속에서도 찾을 수 없었던 것이다.

그러나 아픔을 전제로 한 연대였기 때문에 신혜는 철훈을 떠나게 된다. 그와의 고백놀이도 추장놀이도 지겨워졌고, 그가 자신을 사랑하는 것이 살아 있는 인간이 아니라, '환상'을 좇는 것이기 때문이다.

> "그이는 나를 환상 속에서만 사랑하려고 했어요. 할키면 상채기가 나고, 잠이 들면 코를 고는 현실의 나에게선 도망치려고 애썼습니다. 그이는 다만 그 자신의 꿈들만을 껴안고 산겁니다. 그이 앞에 나서면 꼭 나는 휘발유처럼 온 몸이 증발되어 가는 느낌이었어요.……"(43쪽)

신혜와의 관계에서 철훈은 그녀를 사랑할 수 있는 '상처'만을 환기했을 것이다. 그에게 있어서 신혜는 "드라마틱하게 처녀성을 상실한 여자"일 뿐이다. 그 때문에 그 상처를 잊고 살고 싶은 신혜와 갈등을 빚게

---

14) "이진은 중요한 것을 알고 있었다. 사람들과 서로 섞이려면 같이 범죄를 저질러야 한다는 것을. 그는 나에게 가르쳐주었다. 술이나 도박이나 계집질이나…… 악에 의해서 뭉쳐지는 결합은 일상적인 거에 지나지 않는다. 그 끝은 해가 지면 곧 사라지고 마는 그림자 같은 것이다.
정말 인간이 타자와 결합되기 위해서는 아픈 상처를 서로 만지는 데 있다."(59쪽)

되는 것이다. 철훈의 타자에 대한 연민은 그의 현실적 사랑에 있어서는 걸림돌이 되는 것이다. 신혜는 철훈을 '타락한 귀족'으로 인식하며 '그의 동정이 사치스럽다'고 생각한다. 실제로 겪지 못하면서도, 단지 그들을 동정함으로써 동일시될 수 있다는 만연한 기대가 진정 '타자들'을 철훈이 이해하지 못했던 이유이기도 하다.

또한 철훈이 일했던 신문사의 미스터 김은 그의 죽음을 실직했기 때문이라고 규정한다. "시골 선비 같은 고고한 기질, 융통성 없는 행동, 비사교적인 생활태도" 때문에 그는 동료들과 섞이지 못했다. 그리고 "귀신에 들린 사람처럼 이상한 눈빛을 하고 우리를 볼 때마다 싱글싱글 웃었다"고 말하면서, 실직할 당시에는 정신병원의 진단서도 있다고 말한다.

이들의 진술을 토대로 보자면, 철훈의 죽음은 자신이 돌아가야 할 고향을 잃고, 연인을 잃고, 직장을 잃은 한 청년의 우울한 정서가 만들어 낸 자살일 뿐이다. 다양한 진술이 이루어지면서 그를 죽음에 이르게 한 이유도 다양하지만, 결국 현실 적응에 실패한 청년의 죽음으로 남는다. 그들의 진술을 하나의 객관적 단서로 본다면, 그들에게 철훈의 죽음에 대한 어떠한 법적 처벌이나 도덕적 지탄도 행할 수 없다. 모든 내용이 철훈을 죽게 할 수 있는 심정적 사유는 되지만, 죽음에 이르게 하는 직접적 동인은 아니다.

그럼에도 불구하고 소설가인 '나'가 보기에 철훈의 죽음은 사회 부적응자의 단순한 자살로 결론 맺을 수 없다. '나'의 진술 듣기 수사는 범인을 구체화하는 과정이라기보다는 철훈의 실존적 삶을 재구성하는 과정이기도 하다. 그래서 그의 죽음은 보다 '문학적이며 철학적인 해석'을 요구한다. 철훈은 신혜와 나목사의 일, 김대사의 사건이나 염상운의 일에서 인간의 도덕적 행동이 갖고 있어야 할 순수성에 집착했다. 안이한 현실 타협이나 편협한 권력적 시선을 지양하면서, 타자에 대한 배려가 갖고 있을 인간적 관계 맺기를 시도하고 있는 것이다. 이미 철훈은

"타자를 위해서 무엇인가 도움을 주려고 할 때마다 결과는 엉뚱하게 나타난"다는 사실에 강박당해 있다. 그러한 자기 최면을 깨기 위한 노력들(고백놀이, 추장놀이 등)이 더욱 그를 비현실적이고, 비타협적인 존재로 만들어갔던 것이다.

4. 중층구조와 정치적 타살

위에서 살펴보았듯 이야기 층위에서 『장군의 수염』에 문제적으로 제시된 철훈의 죽음에 대한 해석은 '타살'이 아닌 '자살로' 판정될 수밖에 없다. 그런 점에서 소설가 '나'의 탐정으로서의 역할은 일정한 한계를 갖게 된다. 허구의 이야기를 그려내는 소설가일 수는 있지만 사건의 범인을 찾는 탐정은 될 수 없는 것이다. 그러나 『장군의 수염』의 수사는 끝나지 않았다. 소설가 '나'는 범인을 찾는 논리(추리)를 찾는 것에는 실패했지만, 사건이 벌어진 정황과 맥락을 전달하는 서술자로서는 충실한 역할을 하고 있다. 작품 서두에도 박형사의 말을 통해 제시되어 있듯, "문학가나 철학자로서" 철훈의 죽음을 바라보아야 하는 수사과정이 남아 있는 것이다. 그러기 위해서는 기존의 추리소설과는 다른 탐정을 설정해야 하고, 새로운 방식의 추리과정이 필요하다. 메타픽션적인 성격이 강한 『장군의 수염』과 같은 작품들에서 강조되듯, '새로운 읽기'가 요구된다.

『장군의 수염』에 대한 읽기는 수평적 조건에 따른 사건 전개로 읽었을 때는 살인사건도 범인도 없는 추리소설이 되고 만다. 아니 이러한 조건들을 충족하지 못했기 때문에 추리소설이 아니다. 그러나 서사적 층위를 가로지르는 종적 읽기를 했을 때는 상황이 달라진다. 이러한 시각은 작가가 작품집 말미에 적어놓았듯 자신의 소설을 '샌드위치 소설'이라고 말하며 "한 인간을 여러 층으로 칼질해 낸 것"이라고 말하고 있는 것에서도 확인할 수 있다.

『장군의 수염』은 철훈의 소설과 그의 수기, 신혜의 이야기 등 '속-이야기'를 많이 가지고 있다. 그래서 독자는 이어령의 『장군의 수염』, 소설가 '나'가 서술하는 인물들의 이야기, 신혜의 진술 및 철훈의 수기와 소설(『장군의 수염』)이라는 서사적 층위를 모두 경험하게 된다. 또한 이야기 층위에서도 철훈에 대한 다양한 인물들의 기억과 그에 따른 진술들은 철훈의 인간됨에 대한 여러 가지 시각을 확인하게 하며, 단일한 성격 구성을 넘어선 복합적 인물형상화가 이루어지는 것을 확인할 수 있다. 이렇게 볼 때, 소설가 '나'나 박형사가 탐정이 아니라 이 소설을 읽고 있는 독자가 제3의 탐정으로서의 역할을 수행해야만 한다. 그래야만 복합적 서사 속에 내재되어 있는 '살인사건'과 그것을 발생시킨 '원인'을 밝혀낼 수 있기 때문이다.

특히 철훈이 쓰려고 했던 『장군의 소설』이라는 소설은 작품의 초반부에 강한 상징성을 내포하면서 제시되고, 결론 부분에서 결말의 내용이 소개되면서 소설의 흥미를 유발하고 있다. 철훈이 쓴 『장군의 수염』이 소설 속 허구라는 점에서 객관적인 증거가 될 수는 없지만, 철훈이 빠져 있을 도덕적 딜레마와 자의식적인 억압의 심리를 이해하기 위한 매우 중요한 '단서' 역할을 한다.

> 그는 자수를 했다. 술을 죽도록 마시고 파출소 문을 걷어 차고 들어 간다. 〈장군의 수염〉을 기른 파출소 주임에게로 가서 「저를 잡아 넣으십시오. 죽어도 죽어도 수염을 기르지 못하겠습니다. 어서 수갑을 채우고 형무소로 보내 주십시오」라고 울면서 말한다. 그러나 그는 거기에서도 쫓겨 난다. 수염을 기르고 안 기르는 것은 자유라는 것이었다. (20쪽)

철훈이 쓴 소설 『장군의 수염』은 "쿠데타가 일어나고 오랫동안 수염을 깎지 못한 혁명군이 집권하면서 사람들은 혁명군의 수염을 따라서

기른다. 그러나 주인공은 모두가 혁명군의 수염을 기르는 것을 이해할
수 없으며 스스로 기를 수도 없어 불안해하고 방황하게 된다"는 내용을
담고 있다. 이 소설은 60년대 정치적 현실에 대한 우화로 읽힌다. 혁명
의 이데올로기가 갖고 있는 진정성을 알려고도 하지 않으면서, 그 도상
적 욕망에 집착하는 소설 속 대중들은 60년대 군부 독재가 성립되고 반
공과 경제 발전 이데올로기를 내면화해가는 60년대 소시민과 다를 바가
없다. 수염을 기르는 일이 너무나도 개인적인 일이며, 자율적 선택에 의
한 일이라고 말하고 있지만, 그 사소한 자율적 행위를 행하지 못하는 한
개인이 빠진 정치적 딜레마와 현실적 불안은 고통스러운 것이다. 이 소
설은 단순히 문학청년의 글쓰기에 머무르지 않고, 소설 경계를 넘어 이
어령이 쓴 『장군의 수염』을 관통하는 시대적 정신을 알레고리적으로 풀
어내고 있다. 그러면서 세속화된 사람들 속에서 연민의 시선과 죄의식
을 갖고 사는 철훈이 어떻게 소외되고, 몰락할 수밖에 없는가를 간접적
으로 예시하고 있다.

철훈이 쓴 『장군의 수염』이 일차적인 상징성을 넘어서, 이야기 층위
에서 철훈의 죽음에 대한 원인을 제공하며, 결정적인 근거로 제시되는
것은 작품의 마지막 부분에 신혜가 철훈에게서 전해들은 『장군의 수염』
의 결말 때문이다.

> 수염 때문에 나는 죽는 거다. 나는 죽음을 당한 거다. 아―수염을 기르지
> 않는 최후의 인간이 죽어 가고 있는 것이다. 나는 변하지 않는 인간, 수염을
> 달기 이전의 그 사람의 얼굴을 간직한 유일한 인간이다. 그러나 그들은 그것
> 을 교통사고사라 할 것이다. 우연한 교통사고라고 말이다. (90~91쪽)

소설 속 주인공은 자신이 정치적 살해를 당한다고 생각한다. 자신만
이 유일하게 '최후의 인간'의 모습을 갖고 있으며 자신의 죽음이 '우연
한 것'이 아님을 알고 있다. 이 장면에서 독자는 이 인물이 정치적으로

살해당했든, 우연적인 교통사고를 당했든 그의 죽음이 결코 자발적으로 발생한 것은 아니라는 것을 알 수 있다. 또한 그가 처해 있는 수염을 기르지 않기 때문에 정치적으로 위협을 느낀다는 강박적 의식은 그 정치적 억압의 실체를 떠나서, 한 개인이 정치적 획일화에 갇힌 사회로부터 경험하게 되는 정치적 공포를 잘 보여주고 있다. '폭력'의 정의에 있어 폭력을 행사하는 자의 감각은 폭력의 피해를 받은 자의 인식과 동일할 수 없는 것이다. 그의 죽음에 어떠한 정치적 위협도 객관화되지 않았다 하더라도, 소설 속 주인공은 심한 고통을 느끼고 있고, 우연한 자동차 사고였을지 모르지만 피해자인 주인공은 정치적 살해를 당했다고 생각하며 자신의 죽음을 정치적 타살로 논리화한다. 이 지점에서 우리는 제4의 탐정을 마주하게 된다. 철훈이 쓴 소설 속의 인물인 '나'의 논리화 과정은 철훈의 죽음을 해결할 수 있는 '단서'이면서도, 철훈의 죽음을 새롭게 이해할 수 있는 추리방법을 제공하고 있다.

결국 단서나 범인이 중요했던 것이 아니라 해석방법, 추리방법이 중요했던 것이다. 범죄사건을 규정하고, 그것을 통해 범인을 찾아가는 논리를 철훈이 쓴 소설 『장군의 수염』에서 차용하여, 실제 철훈의 죽음을 새로운 방식으로 들여다보아야 한다. 객관적인 정황상, 철훈의 죽음은 자살에 가깝다. 그러나 그가 식민지와 전쟁을 경험하면서 내면화한 계급적 의식과 타인에 대한 죄의식은 한 개인이 자율적 의지를 통해서 구체화할 수 있는 성질의 것이 아니다. 현실에서 사회 부적응의 상태에 빠지게 되는 것도 타인의 불행과 고통에 무관심한 사회적 통념과 획일화된 강박적 일상이 만들어낸 부조화에 가깝다. 따라서 그의 죽음이 우연적인 자살처럼 보일지라도 사회적 조건과 정치적 현실이 만들어낸 필연적인 정치적 타살에 가깝다.

문제는 이러한 이해를 박형사나 소설가 '나'가 행하지는 않는다는 점이다. 박형사가 아직 공소시효가 15년이나 남아 있다고 말하는 것이나 소설가 '나'가 "한 마디로 설명할 수 없어. 어렴풋하게 떠오르지만 그것을 설명할 수는 없어"라고 말하면서 판단 중지를 하는 행위는 적극적인 추리를 거부하는 것이며, 철훈의 죽음을 메타적으로 해석할 수 있는 담론적 위치에 존재하지 않기 때문이다. 『장군의 수염』이 끝났을 때 이야기 층위에서는 여전히 미궁에 빠진 사건, 진행 중인 수사의 형태로 철훈의 죽음은 남게 된다. 범인도 살인의 단서도 찾아내지 못했으니 서사는 끝나지 않은 상태에서 지속된다.

그러나 모든 독서 행위가 끝났을 때, 제3의 탐정인 독자는 제4의 탐정이 내린 추리방법을 통해 철훈의 죽음에 대해서 그 사인을 메타적인 의미화로 재해석할 수 있다. 일반적인 추리소설에는 실제 독자와 이야기 속 탐정이 경쟁적 관계를 형성하면서 이야기가 전개되고 결국 탐정의 승리로 끝나지만,[15] 『장군의 수염』은 탐정들만큼이나 모든 것을 알고 있는[16] 독자의 해석과정이 남아 있고 또 그 해석과정에 따라 이야기의 흐름과 의미가 바뀌게 된다. 소설가 '나'가 철훈이 쓴 소설 『장군의 수염』 속 '나'와 추리 경쟁을 하고 있다면, 『장군의 수염』의 실제 독자 역시 실제 작가와 소설가 '나', 이야기 속 이야기 속의 '나'와 서사적 경쟁을 하면서 자신의 능력을 드러낸다.[17]

15) 조성면, 『대중문화의 정전에 대한 반역』, 소명출판, 2002, 43쪽.

16) "반 다인의 20가지 법칙에 따르면, 첫째, 독자와 탐정은 문제를 푸는데 동등한 기회를 가져야 한다. 둘째 작가는 독자에 대해 범인이 탐정에 대해 사용하는 것들과 다른 속임수들과 계략을 사용해서는 안 된다." 토마 나르스작, 『추리소설의 논리』, 김중현 역, 예림기획, 2003, 108쪽.

17) "포우는 '나 자신이 만들어 놓은 수수께끼, 그것도 반드시 풀어지도록 해답을 미리 정해놓고 엮어놓은 수수께끼, 이것을 푸는데 무슨 재능이 필요하다고 하겠는가. 다만 독자가 탐정의 기교와 작가의 기교를 혼동하고 있을 뿐이다'라고 했다. 또 반스는 '추리소설의 어려움은 언제나 독자의 재능이 작가의 재능보다 뛰어난 데 있다'고 했다." 이상우, 「추리소설의 안과 밖—문학으로서의 추리소설」, 『오늘의 문예비평』 1993년 겨울호, 283쪽.

실제독자인 '필자'는 '철훈의 죽음'을 어떻게 해석할 수 있는가? 작가 이어령은 1957년 8월호에서 12월호까지 『문학예술』에 「카타르시스 문학론」을 기고하며, '카타르시스 문학론'을 설파한다. "이어령은 무엇인가를 표현함으로써 내적 갈등과 억압으로부터 스스로를 구원한다는 카타르시스 개념으로 창작심리의 본질과 창작의 의미를 깊이 있게 논했다."[18] 여기에서 주목해볼 내용은 이어령이 글에서 제시한 '사건-인간-반응' 도식이다.

$E(event) \rightarrow P(personality) \rightarrow R(response)$

외부의 사건(E)으로부터 자극을 받았을 때 작가(P)는 내면의 균형을 상실하고 일정한 반응을 보인다. 이것은 환경과 생명체의 관계라는 의미에서 〈생명의 위기〉이다. 그러나 작가는 이 같은 자극을 무조건 피하지 않고 자극을 향해 반작용한다. 창작 행위를 통해 $E' \rightarrow P \rightarrow R'$이라는 새로운 사건을 일으키는 것이다.[19]

작가는 외부 자극의 충격을 자신의 소설 창작으로 승화시킴으로써 새로운 사건(작품)을 만들어내며 카타르시스를 경험한다. 『장군의 수염』에 나오는 소설가 '나'가 바로 이러한 소설 창작방법론으로 『장군의 수염』을 쓰고 있는지도 모른다. 실존주의적 입장에서 본다면 '새로운 사건'을 만들어낸다는 것은 작가가 아닌 일반적인 존재자에게서는 매우 중요한 행위이다. 이야기 속 이야기인 철훈이 쓴 『장군의 수염』의 '나' 역시 장군의 수염을 기르려는 사람들의 이해하지 못할 집단성(E) 때문에 고통스러워하며(P), 자율적 선택에 의한 자유를 찾기 위해서 차에 뛰

---

18) 류철균, 「이어령 문학사상의 형성과 전개-초기 소설 창작과 창작론을 중심으로」, 『작가세계』 2001년 가을호, 363쪽.

19) 이어령, 「카타르시스 문학론5」, 『문학예술』 1957년 12월호, 199~201쪽. 류철균, 위의 글 재인용.

어든다(R). 철훈 역시 인간적 이해와 동정이 불가능한 파편화된 전후의 사회 현실(E) 속에서 괴로워(P) 하다가 자살을 하게(R) 된다. 외부로부터 주어지는 외상(트라우마)을 극복하기 위해 행하는 자살 행위야 말로 실존의 카타르시스를 느끼는 존재자의 유일한 사건(R)인 것이다. 그리고 그 사건은 박형사나 소설가 '나'에게 문제적 사건(E')이 되면서 의문과 호기심으로 존재의 내면을 흔들어놓고(P) 수사를 진행하게 한다(R'). 이러한 연쇄 반응은 독자에게 이어져, 문제적 사건(E)은 중첩되고 연쇄적인 반응을 통해 무수한 의미 있는 차이의 사건(EX)이 되고, 문제적 행동(RX)이 된다. 그러한 문제적 행동이 사회비판적인 혁명적 운동으로 자연스럽게 연결 지을 수 있는 것은 작가 이어령의 시대적 환경과 현실에 대한 실존주의적 비평정신에 기인한 것이다.

『장군의 수염』은 정치적 문제의식이 추리형식과 절묘하게 결합되어 알레고리한 효과를 극대화하고 있다. 소시민이 겪게 되는 정치적 좌절과 억압적 권력의 실상을 비판하는 과정에서 소설의 추리소설 형식은 독자에게 소설 속 소설인 『장군의 수염』이 사건 해결의 단초가 되며 그것을 해석해야 함을 제시하고, 내면화되어 있는 갈등과 문제의식을 찾는 탐정의 역할까지를 부여하고 있다. 『장군의 수염』에 대한 해석은 그 중층구조를 통해 서사를 탈맥락화함으로써, 이야기 차원을 넘어서서 담론, 독서 차원으로 확장되어 철훈의 죽음이 갖고 있는 '사인'을 의미화하며, 수사방식 자체를 문제 삼기 때문에 발생한 것이라 해도 과언이 아니다. 또한 이러한 알레고리적 독해는 사건과 그로 인해 발생하는 사건에 대한 일회적인 해석으로 끝나는 것이 아니라, 중첩적이고 변증법적인 해석으로 이어지고 있고, 작가의 문학 창작에 대한 해석학적 시각과도 맞닿아 있다.

5. 결론 : 메타 추리소설 양상과 60년대 소설기법

이상에서 메타 추리소설적 특징으로 이어령의 『장군의 수염』을 분석하였다. 그 과정에서 정통적인 추리소설 양식을 새롭게 재해석함으로써, 메타 추리소설의 양상을 갖고 있음을 밝혔다.

추리소설의 관건이 되는 '죽음'이라는 사건이 『장군의 수염』이 전개되어가는 동안 그 의미가 재해석된다는 것이다. 철훈의 죽음은 처음에는 '범죄사건으로서의 죽음'에서 '실존적 자살'을 거쳐 '정치적 타살'로 재해석된다. 이러한 양상은 '사건'에 대한 발생론적 가치보다는 해석학적 가치를 높게 생각하는 작가의 의도가 담겨져 있다. 또한 『장군의 수염』에는 우월한 한 명의 탐정이 등장하는 것이 아니라, 여러 명의 탐정이 등장하고 그 각각이 서사적 경쟁을 하고 있다. 이야기선상에서 박형사와 소설가 '나'가 탐정 역할을 하고 있지만, 이야기 속의 이야기인 철훈의 소설 속 '나' 역시 문제 해결의 단서를 갖고 있는 탐정의 역할을 하고 있고 이야기 밖의 이야기인 독자 차원에서도 독자 스스로가 탐정이 되어 소설의 의미와 철훈의 죽음을 추리해야만 한다. 그러다보니 자연스럽게 추리방법은 원인과 결과로 이어지는 통합체적(syntagmatic) 추리보다는 이야기 층위를 가로지르는 중층적이면서도 은유적인 계열체적(paradigmatic) 추리를 해야만 철훈의 죽음을 이해할 수 있게 된다. 철훈의 죽음은 범인을 찾는 것만으로 끝나지 않고, 한 개인의 삶에 내면화되어 있는 정치적 현실 속에 작동하는 폭력성의 문제를 제기하며 60년대 정치적 현실을 암묵적으로 비판하고 있다.

『장군의 수염』의 이러한 양상은 60년대 장르소설의 내용 및 형식을 한 단계 끌어올렸다고 볼 수 있다. 전후 대중문학은 방인근, 조흔파, 정비석 등에 의해 많이 쓰여졌는데, 방인근의 경우 50~60년대에 100여 권에 가까운 소설을 쓰기도 했다. 60년대 추리소설의 경우도 번안소설이

쏟아져 나오는 가운데, 순수 창작 추리소설의 경우는 허문녕, 백일완, 방인근 등에 의해 겨우겨우 그 명맥을 유지되었다.[20] 그러나 이 시기의 추리소설은 좌우대립, 분단, 전쟁 등 역사적 격변 속에서 통속성 및 선정성 그리고 표절 시비에 휘말리게 된다. 또한 작가들 역시 필명으로 작품을 발표함으로써, 작품에 대한 문학성보다는 상업성에 더 치중함으로써 많은 대중독자층을 확보했음에도 불구하고 문단으로부터 주목받지 못했다. 이러한 60년대 추리소설의 내용과 출판상황에서 보자면, 『장군의 수염』은 장르소설보다는 본격소설의 경향에 가깝다고 말할 수 있다.

소설기법의 실험정신을 보여주었던 맥락에서 보자면, 『장군의 수염』은 본격소설과 장르소설, 지식인/대중의 이분법적 구도에 머무르지 않고 그 양식과 내용을 혼용하며 정치적 함의를 내포하는 알레고리적인 메타소설이다. 또한 사실주의적 경향과 추리형식을 결합하여, 60년대 소시민이 겪게 되는 현실과 전쟁 후의 존재론적인 위기 사이의 간극을 표현하고 있으며, 소시민의 일상과 삶의 궤적 속에 내면화되어 있는 폭력적인 정치담론의 움직임을 보여주려는 시도가 장르소설과 추리소설의 절묘하고도 이질적인 결합을 잘 이끌어냈다. 60년대 소설이 자의식적인 세계를 자신만의 언어를 통해 구체화하고, 그것을 표현하기 위한 소설양식을 실험하던 시기였고,[21] 그 시기에 가장 활발한 문학적 활동을 수행했다는 점에서 이어령의 소설은 간과할 수 없다. 또한 그의 소설이 이러한 60년대적 소설 경향을 다분히 내면화하고 있다는 점에 있어

---

20) 조성면, 「한국추리소설사에 대한 변명」, 『플랫폼』 2008년 11 · 12월, 16쪽.
21) 60년대 한국소설은 인간의 감수성과 내적 정체성 문제, 소설형식의 실험, 이데올로기적 갈등에 대한 문학적 형상화를 구체화하던 시기였다. 황순원은 전후세대의 현실 감각에 천착을 통해 인간 구원의 문제를 다루었고, 김승옥은 소설 문체의 새로운 경향을 제시하며 감수성의 혁명이라는 평가를 받았다. 최인훈은 패러디와 알레고리를 사용하여 당대 이데올로기적 갈등과 시대정신에 대한 지식인의 내적 고민을 담았고, 이청준은 소설의 중층구조와 메타픽션의 형식을 현대소설 속에 담아냈다.

서도 60년대 소설의 시학을 논함에 있어 그의 문학적 역할을 높다 하지 않을 수 없다.

■ 참고문헌

1. 기본자료

이어령, 『이어령 소설집 – 장군의 수염/전쟁데카메론 외』, 현암사, 1966.

2. 연구자료

김영성, 「추리소설의 근대성과 문학적 가능성」, 『한국언어문화』 제21집, 한국언어문화학
    회, 2002.
남경태, 『개념어 사전』, 휴머니스트, 2006 · 2007.
류철균, 「이어령 문학사상의 형성과 전개 – 초기 소설 창작과 창작론을 중심으로」, 『작
    가세계』 2001년 가을호.
박미령, 「타자담론의 서사전략:전통추리소설의 모방과 변주」, 『노어노문학』 제19권 제3
    호, 노어문학회, 2007.
박이문, 『사유의 열쇠 – 철학』, 산처럼, 2002.
배경열, 「50년대 실존주의론」, 『한국문학이론과 비평』 제20집, 한국문학이론과비평학
    회, 2003.
백대윤, 「형이상학적 추리소설 〈장군의 수염〉연구」, 『어문연구』 51, 2006.
오윤호, 「염상섭 소설의 이중플롯 연구」, 서강대 대학원 석사학위논문, 1997.
_____, 「서사적 정체성의 위기와 '자율성'에 대한 공포:이청준 「매잡이」에 대한 메타픽
    션적 분석」, 『서강어문』 15, 서강문학회, 1999.
이상우, 「추리소설의 안과 밖 – 문학으로서의 추리소설」, 『오늘의 문예비평』 1993.
이어령, 「카타르시스 문학론 5」, 『문학예술』 1957년 12월호.
이태동, 「〈장군의 수염〉과 캐넌 문제」, 이태동 외, 『구조와 분석 2: 소설』, 도서출판 창,
    1993.
조성면, 「한국추리소설사에 대한 변명」, 『플랫폼』 2008년 11 · 12월.

_____, 「대중문화의 정전에 대한 반역」, 소명출판, 2002.

황정현, 「중층 구조의 경계 완화를 통한 의미 탐색-『장군의 수염』의 서술구조 연구」, 『현대문학이론연구』 제20집, 현대문학이론학회, 2003.

이브 뢰테르, 『추리소설』, 김경현 역, 문학과지성사, 2000.

토마 나르스작, 『추리소설의 논리』, 김중현 역, 예림기획, 2003.

P. Merivale & S. E. Sweeney., *The Gaw's Afoot, Detecting Texts: The metaphysical detective story from Poe to Post-modernism*, Uni of Pennsylvania, 1999.

이문열의 종교추리소설 『사람의 아들』

백 대 윤

1. 머리말

이문열과 그의 문학은 인문학과 사회학의 관심 대상이라 그동안 많은 논의가 이루어져 왔으나[1] 의외로 중요한 주제가 소홀히 다루어지고 있다. 그것은 바로 '이문열과 대중문학'이다.

이 주제는 그의 문학을 이해하는 한 열쇠이다. 그는 순수문학을 창작하기도 하지만 동서양의 대중문학을 자주 수용한 작가이기 때문이다. 출세작 『사람의 아들』(1979)은 종교추리소설이고 『추락하는 것은 날개

---

[1] 1991년에 출간된 『이문열論』은 걸출한 학자들이 현대비평론으로 그의 문예사조와 작품 특징과 이념 문제 등을 비평한다. 이후 1993년에 출간된 『이문열』은 그의 문학의 전통성을 탐구하는 참신한 논문들이 실려 있다. 국문학자들이 이문열 문학의 현대성과 전통성에 천착할 때 영문학자 김욱동이 탈근대주의 문론론으로 그의 주요 소설을 꼼꼼히 비평해 1994년에 『이문열』을 출간한다. 사회학자 강준만은 그간 집필한 여러 평론을 묶어 2001년에 『이문열과 김용옥』을 출간하면서 문화사회학으로 이문열의 문화권력을 비판한다. 2009년에 신진 국문학자 권유리아는 『이문열 소설과 이데올로기』에서 탈식민주의 비평으로 그의 문학을 해부한다.

가 있다』(1988)는 취조물이 변형된다. 범죄나 법이 소재인 단편소설도 다수이다. 『레테의 戀歌』(1983)는 연애소설이고 『우리가 행복해지기까지』(1989)는 대체역사소설이다. 단편소설 「約束」(1982)과 「사과와 다섯 兵丁」(1982)과 「그 세월은 가도」(1983)는 귀신이 나오기까지 한다. 그가 애용하는 장르가 바로 영웅담이다. 『황제를 위하여』(1982)와 『英雄時代』(1984)가 그러하다. 심지어 중국 영웅호걸의 삶을 다룬 『삼국지』와 『수호지』까지 번역한다.

1980년대 최고 인기작가라 이문열 문학의 대중성은 그동안 간간이 다루어져 왔으나 단편적인 논의에 그치고 있고[2] 그의 문학에 수용된 대중문학은 거의 다루어지지 않고 있다. 과연 이문열은 대중문학을 어떤 식으로 수용해서 독특한 작품을 만들어내고 있는가.

관련하여 두 평론이 발견된다. 조남현은 「소설 공간의 확대와 사상의 실험」(1989)에서 그가 "소설양식에 대한 기존 통념을 고의든 아니든 간에 크게 파괴할 가능성"이 있다는 전제하에 "소설양식의 확장공사를 꾀

---

2) 이동하는 「낭만적 상상력과 세계 인식」(1982)과 「한국 대중소설의 수준」(1995)에서 그의 작품이 "서구적 교양에 깊게 물든 채 관념의 왕국에 살고 있는 고급 지식인 계층의 독자들을 매혹"시키고 정교한 설계로 "지적인 즐거움"을 준다고 한다. 유종호는 「능란한 이야기 솜씨와 관념적 경향」(1982)에서 그것이 "능란한 얘기 솜씨와 소재의 다채로움과 잘 읽히는 문장"에 있다고 한다. 류철균의 「이문열 문학의 전통성과 현실주의」(1993)에 따르면 그는 이야기꾼마냥 전통문학을 수용해 "경험의 공통성"을 획득하고 그러면서 "자기류의 해석과 철학"을 보여주는 매력이 있다. 김명인은 「한 허무주의자의 길찾기」(1991)에서 "정치적" 성격에 주목한다. 이문열은 모든 이념에 회의적이지만 "구제 불능"인 지배세력은 적당히 넘어가고 "대규모의 희생을 유발"할 수도 있는 변혁 이념은 혹독하게 다루어 "하루하루의 삶만 중요하게" 여기는 대중이 그의 인식을 편하게 받아들이도록 한다. 그의 문화권력을 신랄하게 비판하던 강준만은 『이문열과 김용옥』에서 그의 인기가 보수적인 대중매체의 지원과 활용 덕분이라고 냉소한다. 최근에 신용진이 「이문열 소설에 나타난 대중성 요인 분석」(2011)에서 체계적인 연구를 수행하지만 기존 논의에서 크게 벗어나지 않는 결론을 제시한다.

하고 있는 장인"[3])이라 평가한다. 그는 이문열을 장용학, 최인훈, 이청준에 이어 "장르 파괴와 장르 확대를 동시에 꾀하는" 작가로 간주하나 '이문열과 대중문학'에는 별 관심을 두지 않는다. 이동하가 「한국 대중소설의 수준」(1985)에서 연애소설 『레테의 戀歌』를 분석한 바에 따르면,

> 낡은 것이 되어버린 줄거리[연애소설―필자 주]의 패턴에다 전혀 새로운 빛깔과 광휘를 부어넣고 그림으로써 산뜻하고 지적인 작품을 만드는 데 성공하였다 (…중략…) 여기에 칙칙한 感傷이 없고 통속성의 그림자가 없고 저급한 호기심에의 야합이 없다는 것 (…중략…) 육체적 교섭의 문제가 이 소설에서는 의외로 섬세하게 기피되고 있다 (…중략…) 지적인 즐거움을 주는데는 성공하지만 진정으로 깊은 감동을 낳지 못하는 것이 상례인데, 불행히도 「레테의 戀歌」 역시 이 점에서는 예외가 아니었다.[4]

그는 작가가 대중문학의 한 장르를 수용해서 대중적 인기도 추구하되 과감하게 장르 파괴를 단행해서 대중의 기대나 욕구와 상반되는 지적인 소설을 창출하는 원리를 기술하고 있다.

이동하는 '이문열과 대중문학'을 본격적으로 다루지 않으나 이 주제의 선구자인 셈이다. 그런데 이문열의 작품 목록을 보면 『레테의 戀歌』에 앞서 대중문학이 처음 수용된 소설은 『사람의 아들』이다. 그동안 여러 논자가 이 작품의 추리소설 기법을 다루기는 했다.

유종호는 「도상의 작가」(1982)에서 그 추리기법이 "독자들에게 궁금증을 일으키는 그만큼 고전세계를 다룰 때의 의젓한 기품은 사라져 있다"고[5] 비판하고 이태동은 「절망의 현상학」(1985)에서 "추리소설 형식을 다룬 것은 인간의 궁극적인 물음인 존재와 초월에 대한 해답을 모색

---

3) 조남현, 「소설 공간의 확대와 사상의 실험」, 『작가세계』 1호, 세계사, 1989, 72쪽.
4) 이동하, 「한국 대중소설의 수준」, 김윤식 외 편, 『이문열論』, 삼인행, 1991, 267~270쪽.
5) 유종호, 「도상의 작가」, 『동시대의 시와 진실』, 민음사, 1982, 363쪽.

하려고 했기 때문"6)이라 옹호한다. 시비 논쟁을 거치면서 구체적인 논의가 나온다.

　이동하는 「낭만적 상상력과 세계 인식」(1982)에서 "남경호 경사라는 일상적 인간의 시점을 도입함으로써 주제의 특이성에 기인하는 독자와의 거리를 최소한으로 줄이는 데" 성공하였고 추리소설 기법은 "관념적인 테마에다 상당한 현실감을 부여"하고7) 있다고 한다. 김인숙은 「이문열의 〈사람의 아들〉에 대한 연구」(1989)에서 "신의 문제라는 골치 아픈 문제를 가장 재미있게 읽어나갈 수 있게 해주는 pattern"으로 "신의 문제는 인간이 풀기 힘든 일종의 추리소설과 같은 것"이고 그 추적은 "물리적 사건을 넘어서서 결국 인간의 spiritual journey to 'know thyself'"라고8) 보았다. 황순재는 「변용된 수평적 지향의 悲劇性」(1990)에서 "적당한 객관적 거리를 유지한채 독자에게 전달해줄 뿐, 자신의 주관적 판단은 유보"한다고9) 말한다. 이후 김욱동은 『이문열』(1994)에서 "치밀한 관찰력과 논리적 추리력을 통하여 사건을 해결하는 전통적인 추리소설과는 크게 다르"다고10) 한다.

　『사람의 아들』의 추리소설 기법은 단편적으로 논의되고 있는 실정이다. 이 소설은 다시 연구되어야 한다. 과연 이문열은 추리소설을 어떤 식으로 수용해 종교추리소설을11) 창작하였을까. 본고는 그 원리와 양상

---

6) 이태동, 「절망의 현상학」, 이태동 편, 『이문열』, 서강대 출판부, 2000, 196쪽.

7) 이동하, 「낭만적 상상력과 세계 인식」, 김윤식 외 편, 앞의 책, 44쪽.

8) 김인숙, 「이문열의 〈사람의 아들〉에 대한 연구」, 『울산대학교 연구논문집』 제20권, 울산대 출판부, 1989, 43~45쪽.

9) 황순재, 「변용된 수평적 지향의 悲劇性」, 『국어국문학』 제27집, 부산대 출판부, 1990, 204쪽.

10) 김욱동, 『이문열』, 민음사, 1994, 72쪽.

11) 문학사적으로 보더라도 이 소설은 두 장르가 만난 사례이다. 김동리의 『사반의 十字架』(1957)와 이청준의 『당신들의 天國』(1976)은 각각 고대 중동과 현대 한국을 배경으로 기독교 문제를 다루나 이문열은 『사람의 아들』(1979)에서 한국의 모순과

을 밝히고자 한다. 우선 추리소설의 대중성이 어떤 식으로 수용되고 있는지와 추리소설과 관념소설이 어떻게 혼성되어 있는지를 분석한 후 제 논의를 종합해 위의 질문에 답하고자 한다. 이 목적이 달성되면 추후 '이문열 문학의 대중성'을 해명하는 데에 일조할 수 있으리라.

논의를 개진하기에 앞서 한 가지 문제가 남아 있다. 과연 어느 판본(板本)을 다루어야 하는가. 『사람의 아들』은 판본이 여럿이다. 그는 1973년에 중편소설을 어느 잡지의 신인 원고 모집에 투고한 적이 있다. 낙선된 후 1979년에 동아일보 신춘문예로 등단한다. 같은 해에 투고 원고를 개작해 제3회 '오늘의 작가상'을 수상한다. 1987년에는 초간본을 장편소설로 바꿔 개정증보판(改補板)을 내고 1993년에는 신조판(新組版)을 낸다. 2004년에는 "완결판"을 내는 심정으로 마지막 개작본을 출간한다.

추리소설 부분은 1979년 초간본부터 나온다. 1990년 9월 20일자 『동아일보』에 실린 그의 회고에 따르면 1973년 투고 원고는 "오늘날의 고대 이스라엘 부분"이었다. 초간본은 "속된 말로 쓴 것은 빼고 당의정을" 입히기 위해 "민요섭과 조동팔을 중심으로 하는 현대적 액자"를 넣고 "독자에게 인내심을 강요하는 「쿠아란타리아書」"는 삭제했다. 이후 "허명에 급급해서 지나치게 시대와 타협"한 거 같아 후회하다 개정증보판에 "쿠아란타리아書"를 다시 집어넣고 간략한 보고형식이었던 아하스 페르츠의 방황을 구체적인 여행기로 변형시켰다. 초간본과 개정증보판의 추리소설 부분은 큰 격차가 없으나 개정증보판이 보다 완결성

부조리를 직시하며 고대 중동과 한국 현대를 교직해 구원의 문제에 천착하고 있다. 또한 이어령의 『장군의 수염』(1966)과 이청준의 『이어도』(1974)는 추리소설을 변주해 생(生)이나 숙명 같은 형이상학적 주제를 다루었고 이문열도 구원을 주제로 그렇게 하고 있다. 그러므로 이 소설은 종교소설과 형이상학적 추리소설이 만난 종교추리소설이다.

을 갖추고 있다.[12] 그래서 개정증보판을 분석의 저본(底本)으로 삼고자 한다.

그리고 이 소설의 주제와 사상, 특히 문예사조와 종교관은 많은 논의가 이루어졌으므로[13] 주로 추리소설 기법에 초점을 맞추고자 한다.

2. 범죄수사담의 수용

이문열이 추리소설을 대하는 태도는 『동아일보』 기사에 잘 드러난다. 그는 투고 원고가 낙선되자 "지금은 감수성 문학이 판을 치는 시대"[14]라 자위(自慰)한다. 몇 년이 지난 후 "오래 까마득히 잊고 지냈던 신(神)의 문제"를 다룬 이 난해한 "형이상학적 관념소설"[15]이 대중에게 읽힐 수 있도록 그는 초간본에 추리소설을 넣어 "당의정(糖衣錠)"으로 만든다.

결과는 대성공이었다. 조남현의 「소설공간의 확대와 사상의 실험」(1989)에 따르면 『사람의 아들』의 초간본(1979)은,

---

12) 김욱동의 『이문열』과 이동하의 「예수 부활 문제에 대한 소설적 접근의 몇 가지 유형: 『가롯 유다에 대한 증언』과 『사람의 아들』을 중심으로」(2002)가 개작과정과 판본 차이를 소상히 분석한다.

13) 이동하의 「낭만적 상상력과 세계 인식」은 이 소설의 낭만주의적 성격을 단편적으로 논한다. 이남호의 「神의 은총과 人間의 正義」(1987)가 사회학적 독법으로 현대 부분, 즉 민요섭과 조동팔의 편력을 주로 다루고 차정식의 「한국 현대소설과 성서신학의 '교통 공간'」(2009)이 성서신학으로 고대 부분, 즉 아하스 페르츠의 종교 편력과 새 성서를 주로 다룬다. 김욱동은 『이문열』에서 고대와 현대 부분을 균형 있게 다루며 실존주의의 흔적을 찾는다. 최근에 차봉준의 「『사람의 아들』의 成書 모티프 受容과 基督教的 想像力」(2008)은 아하스 페르츠의 종교관을 영지주의로 해석한다.

14) 김욱동의 『이문열』에 따르면 그가 말한 "감수성 문학"이란 최인호, 한수산, 박범신의 1970년대 소설처럼 "감각적 문체로 주로 남녀의 애정 문제에 깊은 관심"을 보인 "감성문학"을 뜻한 것으로 보인다.

15) 위의 책, 68쪽.

비평가들과 많은 독자들이 사회학적 상상력과 대중화 논리에 식상이 돼 있었던 그 시기와 분위기를 잘 틈탄 것으로 보인다. 작품으로서의 성패는 차치하더라도, 최소한 이문열은 『사람의 아들』로써 흔히 상업주의 문학으로 일컬어지는 모더니즘과 민중문학의 한 지류인 리얼리즘능사론 양자를 간접적으로 그러나 자연스럽게 거부한 셈이 된다. 70년대 말의 시점에서 볼 때 이문열의 『사람의 아들』은 金聖東의 『만다라』, 趙世熙의 『난장이가 쏘아 올린 작은 공』과 함께 〈제3의 소여 teritum datus〉를 이룩한 것이라고도 할 수 있다.[16]

문학사의 관점으로 이문열의 의도를 예리하게 간파한 그는 초간본이 "상업주의 문학"과 "리얼리즘"문학을 간접적으로 거부하는 "〈제3의 소여 teritum datus〉"라고 주장한 것이다. 김욱동이 『이문열』(1994)에서 조남현의 관점을 부연하기를,

추리소설 기법을 통하여 독자들의 긴장감과 박진감을 증진시키면서도 이 소설은 단순히 감성적 차원으로 전락하지도 않았다.[17]

그렇다면 "감성적 차원으로 전락하지" 않은 추리소설 기법은 도대체 무엇이란 말인가. 우선 범죄수사담에 주목해보자.

개정증보판은 액자 구성을 바탕으로 추리소설과 종교소설이 복합된 장편소설이다. 남경사는 민요섭의 살인사건을 수사해서 조동팔이 범인이라는 사실을 알아내고 조동팔은 그간의 일을 다 술회한 후 음독자살한다. 그는 수사 도중 단서를 찾고자 "소설형식"으로 된 민요섭의 긴 글을 다섯 차례 읽으므로 소설 속에 소설이 포함된 격이다.

남경사의 수사과정은 살인사건이 발생한 후 진범을 밝히는 미스터리소설로 '범죄수사담'이다. 특이하게도 사건 수사와 정신적 여정이 뒤얽

---

16) 조남현, 앞의 글, 153쪽.
17) 김욱동, 앞의 책, 62쪽.

힌 '이중 수수께끼의 추리미학'이 나타난다.

> 겉으로는 한결같이 사건의 해결과 범인의 체포를 내세우고 있었지만 남경사
> 가 내심으로 더 집착하는 것은 숨겨진 민요섭과 조동팔의 관계 및 행적이었으
> 며, 그 파탄에 깊은 관련이 있으리라 짐작되는 그들의 교의(敎義)였다.(220쪽)[18]

그래서 수사는 "주인공의 마음의 미로를 헤쳐 나간다는 그런 의미를 갖게 되고, 이런 맥락에서 그 추적은 물리적 차원을 넘어서서 결국 인간의 spiritual journey to 'know thyself'에 이르게 된다."[19]

초반부에 민요섭의 사체가 발견된 후 '종교적 수수께끼'가 나온다. 남경사는 황전도사의 도움을 받아 사체 인근의 영생(永生) 기도원을 조사하던 중 민요섭이 기거하던 방에서 성경책을 집어 든다. 책 뒤표지 앞장의 흰 여백에는 라틴어 글귀가 적혀 있다.

> 〈이제 너는 신앙할 수 있다. 절망했으므로. 살 수 있다. 죽었으므로〉

황전도사가 한국어로 번역해주지만 남경사에게는 "우리말로 들어도 얼른 이해할 수 없는 소리"였다. 곧이어 "황전도사의 풀이"가 나온다. 그가 "거의 설교조"로 해설하기를,

> 「여기에서의 절망은 자아에 대한 절망 또는 존재의 본질에 대한 절망으로
> 여겨집니다. 우리가 절대적인 신께 의지하지 않을 수 없는 절실한 상황이죠.
> 죽음도 육체적인 것이라기보다는 정신적인 어떤 것으로 여겨집니다. 예컨대
> 지적(知的) 오만이라든가 독선 편견 허영 같은 것들 말입니다 (…중략…) 사
> 도 바울의 서한에 이와 비슷한 구절들이 있었던 것 같습니다. 민요섭으로 보
> 면 진정한 회귀(回歸)의 고백이자 결의를 밝히고 있는 셈입니다.」(42쪽)

---

18) 원문 인용은 1987년도 개정증보판을 저본으로 삼았다.
19) 김인숙, 앞의 글, 44쪽.

한국 소설의 추리 기법

'종교적 수수께끼'의 '신학적 해설'이 나왔으나 남경사가 "여전히 알 듯말듯한 소리"로 반응하므로 실타래가 풀리다 만 격이다.

그러면 실타래는 어떻게 풀리는가. 사건의 전모를 밝혀야만 라틴어 글귀의 진의가 해석되고 그 뜻을 알아야만 사건이 파악된다. 그러기 위해 먼저 '민요섭이 신학교를 떠난 계기'가 수사된다. 남경사는 이주임에게 보고한 후 지시에 따라 신학대학과 옛집을 방문해 헌신적이고 똑똑한 민요섭이 그만 3학년 때 퇴교당한 사실을 알아낸다. 교수에게 찾아가 묻기를,

> 「그대로 한 가지만 들려주십시오. 민요섭이 학교를 그만둔 이유는 뭡니까?」 (…중략…) 신앙이 언제나 지식과 일치하는 것은 아니지요. 신앙보다 지식의 추구에 더 몰두했던 그는 곧 지쳐버리고 말았소. 그리하여 …… 가가와와 함께 나가더니 오피테스의 꼬리를 달고 돌아온 거요.(27쪽)

"민요섭이 학교를 그만둔 이유"를 놓고 수사관과 교수의 질의문답이 이루어지니 의문과 해답의 해석 약호가 전경화되고 있다.

그러나 질의문답은 단순하게 끝나지 않는다. 난해한 대답은 의문을 유발해 추가 질문을 수반하기도 한다. 남경사가 얼른 이해되지 않아 추가 설명을 요청하니 교수는 민요섭이 가가와 도요히꼬의 실천신학에[20] 경도된 후 고대 오피테스파의 이단사상에[21] 함몰되어 정통 기독교와 달리 "사탄을 지혜의 영(靈) 또는 신(神)의 또 다른 속성으로 파악"했다고 설

---

20) 가가와 도요히꼬는 일본의 목사이자 사회운동가로 기독교 전도활동을 하면서 노동운동에 주력해 실천 신앙을 주창하였다. 그는 자전적 소설 『사선(死線)을 넘어서』(1921)로 문명(文名)을 널리 알렸다.

21) 영지주의에 속하는 오티테스파는 서기 100년경 시리아와 이집트에서 활동하던 기독교 분파로 하와를 유혹한 뱀을 지혜의 사도(使徒)로 숭배하였고 『구약성서』의 조물주를 불완전한 하위 신으로 간주하였다.

명해주지만 "온전히 알아듣기" 어려워한다. 추가 설명도 난해하므로 질의문답은 종결되지 않는 격이다. 이문열은 그렇게 소설을 이끌어간다.

추상적인 질의문답이 이루어진 후 구체적인 탐문 수사가 개진된다. 독특한 기법이 발견된다. 그는 여러 제보자의 회상을 통해 "지금껏 들어온 것과는 전혀 다른 민요섭의 일면"을 알아간다. 제보자마다 기억하는 바가 다르므로 그는 모순되거나 보충되거나 일치하는 여러 회상을 가지고서 8년간의 행적을 재구한다. 일종에 '기억으로 구축된 미로'이다.

> 그[초로(初老)의 집사─필자 주]는 서슴없이 민요섭을 〈사탄의 자식〉이라고 불렀다 (…중략…) [지실자(知悉者)의─필자 주] 그 추억은 앞서의 집사(執事)와 사뭇 달랐다 (…중략…) 그를 피해자로 여기기도 하지요 (…중략…) [문장로가 말하기를─필자 주] 그 여자야말로 사탄의 사람이었기 때문이오 (…중략…) 백치(白痴) 같기도 하고 육욕의 화신(化身)처럼 느껴지기도 하는 여자였다.(51쪽)

남경사는 민요섭이 신학교를 떠나기 전에 "사탄의 자식"으로 불리게 된 사실을 알아내고는 여러 제보자를 탐문한다.

이문열은 탐문 수사를 급격히 변주한다. 교수는 전문적인 설명을 했지만 너무 난해하였다. 위 사례는 그러하지 않다. 교회 집사는 민요섭이 교회에 분란을 일으키고 문장로 부인을 유혹했다며 "사탄의 자식"이라 하고 지실자는 그가 부패한 교회를 개혁하려 했고 문장로 부인이 유혹했다며 "피해자"라고 한다. 상반된 두 회상을 병치해서 독자를 혼란스럽게 하다가 곧이어 설득력 있는 판단으로 확신을 준다. 남경사가 문장로와 부인을 조사해본 결과 지실자의 견해가 맞다. 그래서 그는 "그녀가 민요섭의 죽음과 적어도 직접적으로는 무관하리라"고 판단한다.

남경사가 민요섭의 글을 읽은 후 치정 살인이 아니라고 보고하자 이주임은 질타를 하며 문장로 부인을 다시 조사하라고 한다. 이제부터 '민요섭의 8년간의 행적'이 수사된다.

그가 파업을 주동한 노동자들 가운데 하나였을 뿐만 아니라 사상적으로도 의심스러운 데가 있는 사람이라는 것이었다 (…중략…) 아무래도 조영감의 일방적인 말만으로는 미진한 데가 있어서였다 (…중략…) 어떤 사람 같아 보였나구요? (…중략…) 좋은 의미로든 나쁜 의미로든 혁명가 아니면 사교(邪敎) 교주쯤이 되리라는 생각이 들곤 했습니다.(83~90쪽)

남경사가 향도 B시를 방문해 여인숙 주인 영감과 항만청 직원 신형식으로부터 민요섭의 그간의 일을 듣는다.

이문열은 탐문 수사를 조금 변주한다. 주인 영감은 민요섭이 부두 노동자로 일하며 파업을 주도하였고 그를 따르던 아들 조동팔이 학업을 그만두고 그를 쫓아 떠났다고 한다. 남경사는 "일방적인 말"에 반신반의하다 그가 알려준 항만청 직원 신형식을 찾아가 물어보니 얼추 맞는다. 부도덕하고 무지한 주인 영감의 분노어린 회상이 진실인지 그 신빙성이 심히 의심되다가 공무원의 회상으로 확인해주니 보충적인 두 회상의 병치이다.

남경사가 서에 돌아와 보니 문장로 부인을 용의선상에 올려놓은 이주임의 수사가 소기의 성과를 내고 있어 그간의 조사가 다 무산될 위기에 처한다. 그럼에도 그는 고집스럽게 자기 식대로 수사한다.

그 다음에 민요섭과 조동팔이 자리잡은 곳은 그때까지도 판자촌으로 남아 있는 변두리의 어떤 빈민가였다 (…중략…) 불구의 행상(行商) 같은 패들이었다 (…중략…) 그들에게서 은근히 범죄집단의 냄새가 풍기고 있음을 느꼈다. 그러나 그 방향으로의 의심은 곧 동네사람들에 의해 강하게 부인되었다 (…중략…) 어떤 고참형사는 그들을 모범청소년으로 표창을 상신한 적이 있었다－지방신문의 한 기자가 그들의 선행을 기사화 (…중략…) 시(市)의 기록에는 그들에게 구호양식까지 대준 것으로 나와 있었다.(151쪽)

그가 향도 T시를 찾아가 민요섭과 조동팔이 마치 교주와 사도처럼 소집단을 이끈 사실을 알아낸다.

　더 이상 상반되거나 보충적인 회상은 나오지 않는다. 주민들의 회상
에 따르면 둘은 고아와 걸인과 저능아와 노인 등을 모아 소집단을 이끌
며 "구휼"과 "종교 교육"을 한다. 여러 주민이 모두 둘을 긍정하는 어조
로 회상하므로 '기억의 미로'가 너무 단순해진 느낌이지만 곧이어 남경
사가 "범죄집단의 냄새"가 난다며 의심하자 주민들이 강하게 부인하고
"아무래도 믿어지지 않아"서 "고참 형사"와 "지방신문의 한 기자"와 "시
(市)의 기록"을 조사해보니 그러하다. 의심과 확신을 미묘하게 결합한
기교이다.

　신학교 교수의 해설 이후부터 여기까지 남경사는 탐문 수사로 '기억
의 미로'를 헤쳐나가며 상반되는 여러 회상 사이에서 진실을 발견하고
의심스러운 회상을 확인해보기도 하고 일치되는 회상을 의심하다 믿는
다. 탐문 수사의 미묘한 변주는 복잡한 미로를 점차 단순화해서 마치 진
실에 접근하는 느낌을 주고 거듭된 질의문답의 단조로움을 탈피해 다채
로운 독서를 유도하고 있다. 그리 실험적이지는 않지만 정교한 편이다.

　이후 '용의자가 한정'되는 단락이 전개되고 추리소설 기법도 급변한
다. 그것은 바로 '수사관의 적극적인 추리'이다. 이전까지 남경사는 주
로 제보자의 기억에 의존해서 순조롭게 몇 년간의 행적을 재구하는 다
소 '수동적인 수사관'이었다. 그는 I시에 가서 탐문하던 중,

　　그들의 집단은 일종의 종단(宗團) 같은 성격을 띤 것만은 틀림없다. 거기
　에다 더욱 궁금한 것은 민요섭과 조동팔 둘이서 어떻게 그런 집단을 경제적
　으로 유지할 수 있었느냐는 것이었다.(153쪽)

고 의심하다 조동팔이 수갑을 찬 적이 있다는 풍문을 듣고는 "이것이다
싶어" 인근 경찰서에 가보니 그의 기록은 전무하다. 풍문을 가지고서 실
마리를 찾는 격이니 그는 '능동적인 수사관'으로 변모한다. 하지만 그

에 비례해서 "추적조차 하기 어려운" 지경에 이른다.

이문열은 능동적인 수사관이 계속 난관을 겪도록 한다. 수사본부는 해체되고 남경사가 사건을 담당하게 되지만 수사는 지지부진해진다. 하숙집 여주인의 제보로 그는 소집단이 없어졌고 민요섭이 "죽음 같은 무위(無爲)로 일관"하다 조동팔을 피해 떠났다는 사실을 알게 된다. 그는 조동팔이 "민요섭의 죽음에 직간접적인 관련"이 있으리라 확신한다. 조동팔을 용의자로 한정한 후 서로 돌아와 이주임과 큰 언쟁을 벌이고 이제 남경사의 집착어린 수사가 중심된다. 하지만 남경사는 수사가 지지부진해 거의 포기한다.

드디어 '사건의 해결' 단락이다. 그동안 남경사와 제보자의 질의문답이 연이어 나왔으나 그가 제보자나 범죄자와 대결한 적은 없었다. 결말에 이르자 추리소설 기법도 급변한다. 그는 무언가를 감추려는 창녀 윤향순과 치열한 대화 끝에 조동팔의 거주지를 알아낸 후 그의 아내 순자를 탐문하고 드디어 조동팔과 대면한다. 그러면서 '극적 반전'이 나온다.

> 「김동욱의 이름으로 된 두 번의 전과(前科)는 그 때문이었어요.」「바로 아셨소. 나에게는 세상의 결핍을 채워줄 빵도 기적을 베풀 권능도 정의를 강제할 권세도 없었소. 내가 할 수 있는 것은 그저 부당하게 많이 가진 자의 것을 지나치게 모자라는 사람에게 옮겨주는 일 정도였소. 물론 당신들은 그걸 강도나 절도로 부르지만」(261쪽)

조동팔은 그간의 일을 말해준다. 그는 민요섭을 따라 노동 쟁의와 종교집단 운영에 헌신하였고 운영 자금을 마련하고자 김욱동으로 위장해 범죄를 저질러왔다. 둘은 내세의 구원만 말하는 기독교에 회의한 후 현세의 구원을 위한 새로운 종교를 만들고자 하였으나 민요섭이 그 한계를 절감한 후 기독교로 회귀하자 조동팔이 그를 살해했다.

그 와중에 초반부 라틴어 글귀의 종교적 수수께끼에 한 해답이 제공

이문열의 종교추리소설 「사람의 아들」·홍태선

된다. 조동팔은 그가 떠난 까닭을 회고한다.

> 선악의 관념이나 가치 판단에서 유리된 행위, 징벌 없는 악(惡)과 보상 없
> 는 선(善)도 마찬가지로 공허하다는 거였소 (…중략…) 신학의 탈개인화(脫個
> 人化)든 혁명의 신학이든 또는 그 이상 마르크시즘과 손을 잡게 되는 한이
> 있더라도 우리는 〈신(神)안에〉 남아 있어야 했다고. 불합리하더라도 구원과
> 용서는 끝까지 하늘에 맡겨두어야 했다고. 그리고는 단정했오. 우리는 무슨
> 거룩한 소명이라도 받은 것처럼 새로운 신(神)을 힘들여 만들어냈지만 실은
> 설익은 지식과 애매한 관념으로 가장 조악한 형태의 무신론(無神論)을 읽었
> 을 뿐이라고. 우리가 어김없이 신이라고 믿었던 것은 기껏해야 저 혁명의 세
> 기에 광기처럼 나타났다가 조롱 속에 사라진 이성신(理性神)이거나 저급하
> 고 조잡한 윤리의 신격화(神格化)에 지나지 않았다고. 그런 다음 과장된 참
> 회와 더불어 십자가 아래로 돌아가겠다고 했소.(265~266쪽)

민요섭은 현세적 구원을 위한 신종교를 추구하였으나 절망한 후 기독
교로 회귀해 세상의 "구원과 용서"를 하느님께 청원하였다.

이상의 분석에서 이문열이 범죄수사담을 어떤 식으로 수용하는지 그
원리와 양상이 드러나고 있다. 김욱동은 "치밀한 관찰력과 논리적 추리
력을 통하여 사건을 해결하는 전통적인 추리소설과 크게 다르다"[22]고
한다. 남경사는 탐문 수사와 글 읽기로 사건을 수사하다가 뜻밖의 제보
와 범인의 자백으로 그 전모를 알아내기 때문이다. 더욱이 범죄수사담
이면서 '자극적인 살인'이나 '폭력적인 대결'은 나오지 않는다. 그러므
로 '지적인 유희'나 '감성적인 흥분'이 극히 절제된 추리소설이다.

수사관과 범죄자의 대결이 나오지 않는 대신 초반부터 중후반까지 이
주임과 남경사의 수사 갈등이 전경화되어 있다. 상반되는 두 방향으로
수사되다 이주임의 관점이 맞을 가능성이 대두된 후 모두 난관에 봉착

22) 김욱동, 앞의 책, 72쪽.

하여 미제 처리되고 남경사의 조사가 점차 진실에 접근할 때 이주임과 남경사의 언쟁이 나온다. 각 단락이 주기적으로 나오면서 점점 갈등이 고조되다 극적인 파국에 이르므로 이는 누구의 관점이 맞을지 독자의 호기심을 자극하고 그 판결의 순간까지 긴장감을 조성하고 있다. 범죄 수사담의 흔한 기법이지만 밋밋한 수사에 굴곡을 주고 있다.

수사 갈등이 지속되는 와중에 범죄사건의 수사와 종교적 수수께끼의 풀이가 교묘하게 뒤섞여 "정신적 여정"이 부각된다. 수사관이 질문하고 제보자가 회상하는 질의문답의 탐문 수사로 진행되고 신학교를 떠난 계기, 8년간의 행적, 용의자 한정, 사건 해결의 단락으로 구획된다. 각 단락은 라틴어 글귀의 종교적 수수께끼가 제시된 후 여러 제보자의 상반되거나 보충되거나 일치하는 회상으로 그간의 행적이 파악되다 적극적으로 용의자가 한정되고 한 제보자와의 치열한 대화 끝에 극적 반전으로 뜻밖의 진실이 드러난다. 그리 세련되고 복잡한 기교는 아니지만 큰 단락마다 매번 추리소설 기법을 변주해서 다채로운 독서를 제공하고 있는 편이다.

개정증보판은 대중이 형이상학적 관념소설을 수용할 수 있도록 범죄 수사담을 이용하면서도 "감성적인 차원으로 전락하지도 않았다." 이주임과 남경사의 수사 갈등으로 긴장감을 조성하고 남경사의 탐문 수사로 호기심을 자아내어 대중성도 확보하고 있기는 하다. 하지만 '자극적인 살인'이나 '폭력적인 대결' 같은 감성적 차원은 거부한 채 독자가 수사관의 종교적 열정에 휘말려 피살자의 행적과 교의에 주목하도록 한다. 대중문학의 감성적인 차원은 거부한 채 지적인 소설을 만든 격이다.

그러므로 개정증보판의 범죄수사담은 살인사건의 해결에만 목적을 두지 않고 피살자와 살인자의 행적 및 교의를 추적해서 종교적 수수께끼를 푸는 지난한 정신적 여정이라 말할 수 있다.

3. 종교추리소설의 개척

1) 법 초월적인 문제

그러면 개정증보판은 종교적 수수께끼의 해석 여정만 나타나는가. 그렇지만은 않다. 이문열은 대중문학을 수용하면서도 사회 고발과 종교 성찰을 복합해 종교추리소설을 만들어낸다.

개정증보판에 수록된 이남호의 평론 「神의 은총과 人間의 正義」 (1987)에 따르면,

> 『사람의 아들』은 종교문제를 다루는 듯한 소설이면서도 실제로는 사회 문제에 궁극적 관심을 두고 있는 소설로서, 그에 합당한 독법(讀法)을 요구하고 있는 것이다. 이는 이 작품이 구원(救援)보다는 정의(正義)를, 그리고 신의 논리보다는 인간의 논리를 계속 추구하고 있음을 상기할 때 더욱 그러하다.[23)]

그는 사회학적 관점으로 분석해서 개정증보판이 "70년대 우리 현실의 막막함을 간접적으로 드러낸다"고 주장한다.

차정식은 「한국 현대소설과 성서신학의 '교통 공간'」(2009)에서 이남호의 사회학적 독법을 "'반영론'의 상투적 잣대"라고 비판한다. 그에 따르면 개정증보판은 서울로 상경한 "도시 빈민의 초상"이 그려지고 종교 제도를 비판한 민요섭과 조동팔은 "운동권 일각에서 기대할 만한 유형" 이지만,

> 이문열이 이 작품을 통해 강조하고자 한 자신의 한계상황으로서 신에 대한 실존적 고뇌와 탐구를 기존의 종교체제를 벗어나 시도하고자 한 근본 동

23) 이남호, 「神의 은총과 人間의 正義—李文烈의 『사람의 아들』」, 김윤식 외 편, 『이문열論』, 1991, 204쪽.

기[를 간과 하고 있다. - 필자 주] (…중략…) - 작가가 상당 분량을 할애하여 조명하고 있는 그 배후의 궁극적 관심사는 아하스 페르츠로 표상되는 구도자적 개인의 자유스런 종교적 섭렵과 대안적 신성이 탐구로 수렴된다.[24]

그는 이문열이 "기존의 종교체제를 벗어나 시도하고자 한 근본 동기"에 주목해 성서신학으로 아하스 페르츠의 일대기를 분석한다.

역으로 보면 개정증보판은 사회학적 독법과 성서신학적 해석을 모두 허용하는 양면적인 작품이다. 김욱동은 『이문열』(1994)에서 "이 소설은 형이상학적 소설에 못지않게 사회학적 소설"이라 하며 두 주제를 균형 있게 다룬다. 매우 독특한 소설이다. 그러면 사회 고발과 종교 성찰은 범죄수사담과 어떤 식으로 결합되어 종교추리소설로 나타나는가.

범죄수사담은 법에 모순과 한계가 있다 하더라도 주로 법에 근거해 사건을 해결해서 사회의 질서를 유지하는 장르이다. 하지만 남경사가 수사하는 도중에 현대사회의 우울한 풍경이 자주 드러난다.

> 하느님의 성전(聖殿)을 늘리는 것만이, 그것도 크고 화려한 교회를 세우는 것만이 하느님의 충실한 종이 되는 길[인가요? - 필자 주] (…중략…) 새로 지은 건물과 부지를 자기 앞으로 등기(登記)한 것입니다 (…중략…) 교회개척은 그에게 아주 합법적인 치부(致富) 수단이었습니다 (…중략…) 헌금강요는 어땠는지 아십니까? (…중략…) 심판과 징벌의 묘사로 끝나곤 했으니까요.(36~37쪽)

신실한 기독교인 민요섭은 예수의 복음을 따라 "춥고 배고픈 사람들"을 위해 헌신하지만 목사는 "땅 위에 재물을 쌓지 말라"는 설교를 하면서도 개척 교회를 "합법적인 치부(致富) 수단"으로 여겼다.

---

24) 차정식, 「한국 현대소설과 성서신학의 '교통 공간'」, 『한국기독교신학논총』 73권, 한국기독교학회, 2011, 237쪽.

구원 종교인 기독교의 타락이 한 신자의 회상을 통해 드러난 후 이념 문제도 드러난다. 조영감은 동료 밀수꾼을 고발해서 탄 보상금으로 여인숙을 차려 매춘과 사채로 돈을 모은 인물이다. 그는 회상한다.

> 파출소장의 귀띔은 (…중략…) 사상적으로 의심스런 데가 있는 사람이란 것이었다. 해방 뒤 혼란기의 체험을 통해 파업이니 노동쟁의니 하는 것은 빨갱이들이나 하는 것으로 알아온 조영감이라 그 같은 파출소장의 귀띔은 자못 충격적이었다.(83쪽)

민요섭은 적은 임금과 고된 노동으로 하루하루를 근근이 살아가는 부두 노동자를 위해 파업을 주도했으나 파출소장과 조영감은 비참한 노동 현실을 직시하기는커녕 그의 사상을 의심하고 있다.

당대 사회 문제도 부각된다. 민요섭과 조동팔은 "춥고 배고픈 사람들"을 위해 소집단을 이끌고 제자 조동팔은 "임파(淋巴) 결핵"에 걸린 창녀 순자를 구해 아내로 삼는다. 윤향숙의 회고에 따르면,

> 사 년 전에 B시에서 나는 다시 그애를 만났어요. 바로 588이라는 곳이었죠. 식모살이에서 여공으로, 여공에서 술집으로, 배반도 당하고 배반도 하고, 뭐 그런저런 경위 끝에 이 신세로 떨어져 그리로 팔려갔는데 그애가 먼저 거기 와 있었어요.(228쪽)

"고된 농사일과 가난이 싫어 무작정 호남선 열차를 타고" 서울로 상경한 처녀가 도시의 창녀로 전락한 경위가 담담히 토로되고 있다.

이런 우울하고 비참한 풍경은 범죄수사담의 장르 관례와 상치되는 면이 있다. 범죄수사담은 법에 근거해 사회질서를 수호하는 장르이다. 남경사가 수사 도중에 단편적으로 듣는 기독교의 모순과 부패, 열악한 노동 현실, 보수적인 정치의식, 도시 빈민 등은 법에 의해 완전히 해결될 수 없고 구원관의 갈등으로 일어난 살인사건은 법의 영역을 넘어선다.

그러므로 이문열은 법 초월적인 주제를 다루고 있다.

법 초월적인 문제가 부각되면서 수사관이 해결자로 나오지도 않는다. 이남호의 「神의 은총과 人間의 正義」(1987)가 이 문제의 중요한 단서를 제공한다. 그의 사회학적 독법에 따르면,

> 남경사는 이 소설의 진행을 맡고 있는 인물이지만 단순한 진행자 이상의 역할을 한다 (…중략…) 남경사를 제외한 모든 주변인물들은 체제 내적 사고 방식에서 한 걸음도 벗어나지 못하고 모순된 현실을 당연하게 받아들인다 (…중략…) 민요섭과 조동팔의 삶이 기존의 질서를 무시하고 순진한 正義를 추구한 것이라면 (…중략…) 이 두 가지 삶의 중간에 남경사가 위치한다.[25]

그는 남경사를 1970년대 "우리 현실의 '신산스러움'을 평균치로 체험한 소시민의 한 사람"으로 해석한 후 "체제 내적 사고방식"에 침윤된 주변 인물과 그에 반(反)하는 주인공들의 '중간에' 위치한다고 본다.

범죄수사담은 제도를 수호하거나 그 제도의 희생자를 구할 때 수사관이 주인공으로 나오기도 한다. 남경사는 이주임과 언쟁을 벌이면서까지 종교적 열정으로 그들의 행적과 교의에 집착해서 "두 가지 삶의 중간"에 위치해 있지만 탐문 수사 중에 종교와 사회의 모순 및 부조리를 듣고 목도하더라도 그저 "방관자"[26]에 지나지 않고 "객관적인 거리를 유지할 뿐, 자신의 주관적 판단은 유보"[27]한다. 그러므로 남경사는 제 문제의 원인을 해결하지 않고 그럴 능력도 없는 '무기력한 방관자'에 지나지 않는다.

이 소설의 피살자와 살인자는 범죄수사담에서 매우 독특한 경우이다.

---

25) 이남호, 앞의 글, 215쪽.
26) 김인숙, 앞의 글, 45쪽.
27) 황순재, 앞의 글, 204쪽.

민요섭과 조동팔은 현대사회의 법제도에 따라 피살자와 살인자로 규정되나 둘은 그 제도조차 어찌할 수 없던 종교와 사회의 모순 및 부조리를 해결하고자 고행(苦行)을 마다 않던 젊은 영웅들이다. 신종교의 창시자 격인 민요섭은 구원 종교인 기독교의 교의에 따라 "춥고 배고픈 사람들"을 위해 헌신했지만 기독교가 내세의 구원만 강조하고 제도화된 교회는 타락해버리자 어느 날 부패한 목사에게,

> 집어쳐! 말씀이 우리에게 무얼 줄 수 있단 말이야? 기껏 너따위에게 이용되어 당연히 우리 입에 들어가게 되는 빵조차 가로채 갈 뿐이야!(38쪽)

라고 일갈(一喝)하고 사회로 뛰쳐나가 노동운동과 사회 복지에 주력한다. 숭고하게도 제자 조동팔과 함께 "구두닦이 껌팔이, 한눈에도 저능아로 보이는 청년과 가족은커녕 제 한 입도 풀칠하기 어려워 보이는 불구의 행상(行商)"을 "구휼"하고 "종교적인 교육"도 한다.

그러나 민요섭과 조동팔의 현세적 노력은 좌절한다. 소설의 말미에서 조동팔이 남경사에게 회고하기를,

> 김동욱의 죽음만 아니었더라도 우리는 아직껏 보잘 것 없는 우리의 노동과 못 믿을 사회의 동정심에 의지하고 있었을 것이오. (…중략…) 나는 그날 죽어 가는 그를 업고 병원을 돌고 민요섭은 그 허울 좋은 자선단체를 돌며 자비를 구걸하였소 (…중략…) 여럿이 보는 광장 모퉁이에 번들거리는 시계탑을 세우거나 신문귀퉁이를 장식할 장학금은 내놓을 수 있어도 그들의 그늘에서 죽어가는 가엾은 노동자를 위해 내놓을 돈은 없었던 것이오.(261쪽)

민요섭과 조동팔은 "노동"과 "사회의 동정심"으로 소집단을 운영하지만 병원과 자선단체 같은 이타적인 현대 제도조차 각각 자본이나 명예에 종속되어 있으므로 진정한 무조건적 헌신을 기대할 수 없었다.

둘은 전혀 상반된 행동을 취한다. 민요섭은 노동운동과 사회 복지에

참여하면서도 정통 기독교의 교리에 문제가 있다고 보아 반기독교의 관점에서 고대 종교인 아하스 페르츠의 일대기를 재구하고 새 성서를 궁구해서 현세적 구원을 추구한다.[28] 하지만 현세적 구원은 인간의 힘만으로는 이루어낼 수 없고 자신의 교의를 따르던 제자 조동팔이 범죄를 저질러 신앙촌의 운영 자금을 마련하는 역효과가 나오자 허무와 절망 끝에 다시 기독교로 회귀한다. 그런 후 기도원에서 기도와 성경읽기에 몰두한다.

> 끊임없는 기도와 잠도 잊은 듯한 성경읽기, 그게 전부였습니다. 중세(中
> 世) 수사(修士)들의 고행(苦行)도 그보다 더하지는 않았을 것입니다.(22쪽)

"이제 너는 신앙할 수 있다. 절망했으므로. 살 수 있다. 죽었으므로"라는 도입부의 라틴어 문구를 고려하면 그의 기도와 성경읽기는 절망적인 상황에서 신에 의탁해 세상의 구원을 청원하는 간절한 바람일 수 있다. 그건 즉각적인 변화가 가능하지 않더라도 예수의 재림 예언처럼 언젠가는 모든 문제를 해결할 총체적 대안을 선택한 결과라 말할 수 있다.

조동팔은 그러하지 않다. 그는 민요섭의 가르침에 따라 노동운동과 사회 복지에 참여하였으나 김동욱의 죽음을 체험한 후 "당장 눈앞에 고통받는 하나"를 위해 "때늦은 홍길동"처럼 부자의 재산을 털어 빈자를 돕지만 해방신학처럼 "사회의 기본구조를 변혁"시키는 건 "기독교의 구원만큼 아득하고 어려운 일"로 비난한다. 모든 문제를 해결할 총체적 대안이 없더라도 즉각적인 변화를 추구한 태도라 말할 수 있다.

기독교인이던 민요섭과 조동팔은 반기독교의 험난한 편력을 거치다

---

28) 아하스 페르츠의 일대기와 종교관은 신학자 차봉준의 「『사람의 아들』 成書 모티프
受容과 基督敎的 想像力」(2008)과 차정식의 「한국 현대소설과 성서신학의 '교통
공간'」이 소상히 분석하였다.

이문열의 종교추리소설 「사람의 아들」·류철균

가 각각 원점 회귀와 이탈의 길을 걸어간 것이다. 둘은 모두 구원을 갈 구하되 민요섭은 법을 초월하는 종교로 회귀하고 조동팔은 법을 위반하는 범죄로 이탈한다. 법을 초월하든 위반하든 둘의 종교 편력은 법의 질서에 구속되지 않은 채 사회의 모순과 부조리를 해결하려 듦으로 법에 따라 범죄를 해결해서 일상적인 삶의 질서를 유지하는 범죄수사담을 전도하고 있다. 다만 법 제도의 변화는 총체적 대안도 즉각적인 실현도 아니지만 역사 변화의 단초가 되어왔는데[29] 이 소설은 큰 관심은 두지 않는다.

개정증보판은 무기력한 수사관이 해결할 수 없는 사회의 여러 모순과 부조리를 단편적으로 나열하고 두 망상적인 사제(師弟)의 인류 구원을 위한 비극적인 종교 편력을 보여주어 법에 근거한 사회질서의 수호가 특징인 범죄수사담을 전도하고 있다.

---

29) 민요섭은 기독교인이 "혁명의 신학"이나 "마르크시즘"으로 사회 참여를 하더라도 《신 안에》 남아 있어야" 한다고 한다. 좁게 보면 이 소설은 기독교인의 사회 참여를 다룬 소설이다. 1970년대는 기독교인이 개발 독재와 빈부 격차를 비판하며 사회 참여를 할 때 교리와 현실의 모순으로 인해 기독교를 떠나는 경우가 많았다고 한다. 1970년대에 해방신학이 한국에 수용되어 기독교인의 기독교를 떠나지 않은 채 사회 참여를 하는 데에 큰 도움이 되기도 했다. 왜냐하면 해방신학은 성서의 출애굽기와 예수 수난사를 '자유'를 향한 해방사로 해석한 후 이를 억압받는 민중을 위한 반제국주의, 반자본주의 제도 개혁의 성서적 근거로 삼았고 그 개혁이 인류 구원의 필수 요소가 아니더라도 그에 일조한다고 보았기 때문이다. 그러므로 민요섭의 견해가 해방신학과 모순되지는 않는다. 조동팔의 경우는 좀 다르다. 그는 "사회의 기본구조를 변혁"하려는 해방신학은 의식과 제도의 변화가 요원하므로 "기독교의 구원만큼 아득하고 어려운 일"이라고 한다. 그건 합리적인 비판이지만 "때늦은 홍길동" 식의 "구휼"은 사회 모순과 부조리의 근원을 해결할 수 없으므로 문제의 영원한 반복이라는 굴레 속에 빠지게 된다. 그러므로 제도 개혁은 예수 재림의 총체적 대안도 "홍길동" 식의 즉각적 실현도 아니지만 제도와 실천의 변증법 속에서 기독교인이 선택할 수 있는 안(案) 중에 하나이고 실제로 한국 기독교인의 사회 참여에 도움이 되기도 하였다.

2) 고대와 현대의 반복

개정증보판은 범죄수사담을 바탕으로 현대 종교와 사회의 문제점을 고발하는 데에서 그치지 않는다. 범죄수사담을 액자로 삼아 그림 속에 관념소설을 넣는 격이니 종교추리소설이라는 장르 확대가 이루어지고 있다.

그런데 『동아일보』의 1989년 5월 11일자 기사에서 제3회 '오늘의 작가상' 심사위원은 초간본이 "주제를 추구하고 처리하는 데 보여준 능력은 구성상의 난점을 보충하고 있으며 작품이 곳곳에서 고전적인 품위를 보이고 있다고 평했다." 구성상의 난점이란 무엇일까. 김욱동은 그 난점을 여러모로 지적하며 흥미로운 견해를 피력한 적이 있다.

> 과연 아하스 페르츠, 민요섭·조동팔 그리고 남경호 경사와 각각 관련된 세 플롯이 과연 유기적으로 서로 결합되어 있느냐 하는 데에 있다.[30]

그는 "세 플롯이 다 같이 신과 기독교 그리고 교회에 대한 문제"를 다루나 "내적 필연성"이 약하다고 한다. 이후 정일은 "진정한 신을 찾기 위한 아하스 페르츠의 방황은 곧 민요섭·조동팔의 그것에 다름" 없고 "그만큼 유기적"이라고[31] 강한 반론을 제기한다.

좀 더 구체적으로 보면 김욱동은 "새로운 신과 진리를 찾기 위한 아하스 페르츠의 방황은 곧 민요섭과 조동팔이 새로운 찾아내려는 정신적·육체적 방황을 거의 그대로 보여주고 있다"고 한다. 정일은 비슷한 분석을 근거로 "그만큼 유기적"이라 판단하였다. 그러므로 둘의 견해는 상반되지 않다. 문제는 거기에 있지 않고 "세 플롯" 중 범죄수사담과 관념

---

30) 김욱동, 앞의 책, 105쪽.
31) 정일, 「이문열 〈사람의 아들〉의 구조주의적 분석」, 『인문학연구』 제81호, 충남대 인문과학연구소, 2010, 72쪽.

소설의 "내적 필연성"이 약하다는 데에 있다. 과연 이문열은 남경사의 범죄 수사와 아하스 페르츠의 종교 편력을 어떻게 직조하고 있는가.

김인숙이 통찰력 있는 견해를 피력한 적이 있다. 그녀는 "신의 문제는 인간의 힘으로서는 풀기 힘든 일종의 추리소설"이라 지적하며,

> 그러나 무엇보다 중요한 이유는, 신의 문제가 인간에게 불러일으키는 필연적인 인식인 absurdity와 관련된 것이라 할 수 있다. 즉 부조리의 인식은 인간에게 가장 지난한 갈등을 일으키게 되고, 이 갈등은 다시 긴장을 야기하는데, 이 긴장을 가장 끈질기게 끌고 가는 형식이 바로 탐정소설의 형식이라는 점이다.32)

라고 한다. 그녀는 개정증보판의 범죄수사담과 관념소설이 문제 해결이나 인식론의 차원에서 모두 "탐정소설의 형식"일 가능성에 주목하고 있다. 다소 비약적인 면이 없지 않으나 개정증보판의 범죄수사담과 관념소설이 모종의 깊은 관련이 있을 가능성을 시사하고 있다.

아하스 페르츠의 일대기(一代記)가 기록된 민요섭의 "원고묶음"은 "탐정소설"이 아니다. 남경사는 단서를 찾고자 "소설형식의 글"과 "일기"와 "자료수집노트" 등을 모두 다섯 번에 걸쳐 읽는다.

1. 예수 탄생의 비판적 고찰이 나온다. 아하스 페르츠는 비참한 현실을 목도하고 영지주의의 영향을 받아 유대교에 회의하다 새 종교를 찾아 고향을 떠난다.
2. 그가 중동 지역의 여러 종교를 체험하면서 다 한계가 있음을 자각한 후 유대교의 야훼와 신화가 여러 고대 종교의 영향을 받아 형성되었다는 사실을 알게 된다.
3. 중동 지역의 종교만 아니라 불교와 희랍 철학도 섭렵하던 중 로마에서 장님의 추상론을 듣고는 방랑을 포기하고 고향에 돌아가 내면 성찰을

---

32) 김인숙, 앞의 글, 44쪽.

하며 '실체로서의 신'을 만나려 한다.

4. 쿠아란타리아라는 황야에서 "위대한 영"과 직접 만나 진정한 종교의 교리를 들은 후 예수와 여러 번에 걸쳐 논쟁을 하며 현세적 구원을 강권하다 그가 거절하자 유다에게 사주해 죽게 만든다.

5. 새 성서 "쿠아란타리아書"

민요섭은 신학교를 떠난 후 기독교의 모순과 부조리를 극복할 새 종교와 성서를 찾고자 고대 전설의 반기독교적 인물 아하스 페르츠의 일대기를 재구성하고 그것이 바로 위의 "원고묶음"이다.

"원고묶음"은 독특한 특징이 있다. 그 기록은 "비교적 정제된 소설형태"로 이루어져 있으나 수많은 각주가 달려 있고 문헌 비평도 이루어져 논문과 비슷한 부분이 많다.

> 어쩌면 그[야훼—필자 주]가 우리를 만든 것이 아니라 우리가 그를 만들었을지도 모른다. 전설은 그 무렵의 아하스 페르츠가 내린 마지막 결론을 그렇게 전하면서 뒤이은 그의 타락을 과장해서 늘어놓기에 바쁘다. 굳게 믿어오던, 그리고 그렇게도 열렬히 믿고자 했던 신을 끝내 잃어버리게 된 자의 공허 때문이었으리라.(76쪽)

민요섭은 아하스 페르츠의 일대기를 "소설형식"으로 기록하면서 자주 문헌을 해설하는 작가적 논평을 하기도 한다.

그는 여러 자료를 나열하고 기록의 원천을 언급하기도 한다. "《조로아스터의 생애》 그의 출생연대"처럼 "날 자료"를 나열한 후 마치 논문처럼 "배화교(拜火敎)의 배경"과 "배화교의 교의"와 "배화교의 경전"으로 장을 구분한 후 각 주제를 기술한다. 기록이나 전설로 전하는 문헌이 없을 경우에 "그의 말과 노래를 바탕으로 한 추정과 간주(看做)"로 그의 삶을 재구성한다며 기록의 원천을 보여주기까지 한다.

이에 그치지 않고 문헌 비평도 나온다. "악의에 찬 전설"보다 "일부

학자들의 추측이 더 온당할 것"이라고 문헌 고증을 하고 "근년 가혹한 이단 심문과 마녀 재판을 피한 몇몇 이단 종파의 기록이 발견돼" 참고하므로 문헌 발굴도 한다. 그리고 자료 비평도 나온다.

> 그가 광야로 가게 된 데에는 다시 설명이 구구하다. 그를 악마로 몰아가는 전설은 이번에는 악마가 그를 불렀다고 한다 (…중략…) 에세네파(派)에서 아하스 페르츠가 광야로 들어간 이유를 찾기도 한다 (…중략…) 마지막은 고향 거리와 옛집이 영혼의 개안을 기다리는 장소로 그리 합당하지 못하였기 때문이라고 주장한다─셋 다 그릴 법한 설명이다. 이니 이찌면 그 셋 모두기 아하스 페르츠를 거친 광야로 불러냈다고 하는 편이 옳으리라.(188쪽)

민요섭의 "원고묶음"은 추리소설은 아니지만 기독교에 의해 망실되고 왜곡된 자료를 가지고서 문헌 발굴, 고증, 비평을 해가며 이단자 아하스 페르츠의 삶과 종교를 재구하는 '추리 문체'가 부각되어 있다.

'원고묶음의 장르'도 추리성이 나타난다. 문학사의 관점으로 보면 아하스 페르츠의 종교 편력과 남경사의 사건 수사는 전혀 무관하지는 않다. 김영성에 따르면 서구 문학의 경우 "수수께끼에 기초한 추리양식"은 "미해결의 투쟁을 기반으로 하는 탐색담"에서 그 전형을 찾을 수 있다.

> 탐정소설(고전적 추리소설)은 일상적인 삶에 관심을 기울임으로써 이전이 서사양식과는 전혀 다른 양상을 드러낸다. 그것은 일차적으로 아이러니의 형식을 띠게 되는데, 산제물 즉 파르마코스를 현실로부터 추방하고자 하는 욕망을 서사화한다. 따라서 그것은 로망스의 영웅적 탐색과는 근본적으로 구분된다 (…중략…) '범죄성'이라는 명목하에 사회적 일탈 행위를 규정하게 된다.[33]

---

33) 김영성, 「한국 추리서사의 서사성과 대중성에 관한 연구」, 『한국언어문화』 제29집, 한국언어문화학회, 2006, 190쪽.

"근대적 영웅서사"인 추리소설은 사회질서를 유지하기 위해 이질적 타자를 "범죄성"이라는 이름하에 추방한다는 것이다.

개정증보판은 그런 고전적 탐색담과 현대 추리소설이 뒤섞여 있다. 범죄수사담은 수사관이 범죄를 해결해서 사회질서를 유지하는 현대 장르이지만 그는 사회의 모순과 부조리를 제시해서 "일상적인 삶"의 어두운 심연을 고발한 후 인류 구원을 위해 "새로운 신과 진리"를 찾던 두 종교 편력을 보여주고 있다. 두 장르는 모두 "수수께끼에 기초한 추리 양식"이지만 "'범죄성'이라는 명목하에" 추방할 수 없는 인류의 모순과 부조리를 고전 장르로 치유하려는 격이므로 그의 특유한 의고주의(擬古主義)가 드러난다.

이문열은 범죄수사담과 "원고묶음"의 문체나 장르를 "추리양식"으로 하는 데에서 그치지 않고 한걸음 더 나아가 두 장르의 사건을 독특하게 엮는다. 그것은 바로 '살인'이다. 남경사는 살인사건을 수사해서 조동팔이 스승 민요섭을 살해했다는 사실을 밝혀낸다. "문서묶음"에 따르면 아하스 페르츠는 예수에게 현세적 구원을 강권하다가 그가 따르지 않자 열심당 출신인 유다를 시켜 바리새파에게 넘기게 해 결국 십자가에 못 박혀 죽게 만든다. 아하스 페르츠는 예수를 직접 죽이지 않았으나 그에 일조하였으므로 살인자 격이다. 그러므로 고대와 현대의 두 종교 편력은 총명하고 신실한 젊은이가 자기 종교에 회의한 후 "새로운 진리와 신을" 찾기 위한 편력을 시작해서 '살인'으로 결말 나는 범죄담이기도 하다.

두 편력의 살인은 세속적인 범죄로 규정되지 않고 인류 구원의 신성한 역사로 나타난다. "문서묶음"에 기록된 바에 따르면,

> 거기에 따르면 처형의 마지막 날, 십자가를 맨 예수가 골고다로 향하는 도중 지쳐 쓰러졌던 곳은 바로 아하스 페르츠의 집 앞이었다고 한다 (…중략…) 그렇소. 나는 재림할 것이오. 의심스럽다면 기다려 보시오. 틀림없이

내 아버지의 영광된 승리를 볼 것이오 (…중략…) 지금 떠나는 것이 패배나 포기가 아니라는 것 그것으로 보여주오. (…중략…) 아하스 페르츠는 예수가 온전히 숨진 걸 알고 난 뒤에야 그곳을 떠나 자기의 길을 갔다. 길고 오랜, 어쩌면 영원이 될지도 모르는 기다림의 길이었다.(215~219쪽)

예수는 인류의 죄를 대신해 죽으면서 "나는 다시 돌아올 것이오. 그리고 언젠가는 아버지의 위대한 사랑을 완성할 것"이라고 예언하고 아하스 페르츠는 "재림예고로 충격을" 받은 후 예언의 실현을 확인해보고자 "영원이 될지도 모르는 기다림"을 선택하게 된다.[34]

민요섭과 조동팔의 편력에도 '살인'과 '예언'이 있다. 살인범 조동팔은 독을 마신 채 남경사에게 그간 일을 다 말해준 후 마지막 숨을 내쉬며 "강렬한 어조"로 의지를 드러낸다.

그러나 나까지 패배해 쓰러졌다고는 생각하지 마시오. 지금 나를 부르고 있는 것은 민요섭의 피지, 우리의 신에 대한 절망은 아니오. 이 시각 이전에나 이 시각 이후에나 영원히 살아 있을 것은 우리의 신(神)뿐이며, 설령 아무도 느끼지 못하더라도 그 고독한 신성(神聖)은 언제나 당신들의 머리 위에서 빛날 것이오……(268쪽)

조동팔은 민요섭의 회귀는 "패배"이지만 자기는 "우리의 신에 대한 절망"을 하지 않는다고 한 후 "그 고독한 신성(神聖)은 당신들의 머리 위

---

34) 개정증보판의 예수와 아하스 페르츠가 논쟁하는 부분에서 예수는 하느님이 예정한 바에 따라 인류의 대속(代贖)을 위해 죽는다고 하고 아하스 페르츠는 그건 인류에게 하느님의 아들을 죽인 죄의식을 주어 하느님을 믿게 하려는 거라고 비난한다. 논쟁 후 예수가 죽을 때 "재림예고"를 하는데 그건 '하느님의 아들을 학대하고 죽인' 인류를 이른바 피해자 격인 예수가 구원하겠다는 무한한 용서와 사랑의 약속이다. 유대 민족을 로마로부터 해방시킬 "강력한 정치적 메시아"를 바라던 아하스 페르츠는 "재림예고"가 실현될지 의심하며 "영원이 될지도 모르는 기다림"을 한다.

에서 빛날 것"이라며 예수에 반하는 대칭적인 예언을 한다.

두 죽음은 인류 구원의 종교적 제의로 확대되나 역사는 종결되지 않는다. 예수는 죽음으로서 인류의 죄를 대속한 구세주이고 먼 제자 민요섭은 기독교로 회귀한 후 자기의 옛 사도 조동팔의 간절한 바람을 거부한 채 죽음을 받아들인 순교자이다. 그의 죽음을 "재림예고"의 은유적 현현으로 본다 하더라도 구세주와 순교자의 죽음은 인류 구원의 실현이 아니다. 아하스 페르츠의 "영원이 될지 모르는 기다림"은 계속되고 있고 조동팔은 죽어가면서까지 "고독한 신성(神聖)"의 현존을 예언한다. 그러므로 예수와 조동팔에게 '죽음'은 "패배나 포기"가 아니라 구원의 약속이고 따라서 인류 구원의 "확고한 예정"은 지연된 채 구원관의 종교 갈등이 지속되고 있다.

그러므로 이문열은 고대와 현대의 종교 범죄를 남경사의 수사와 엮으면서 고전적 탐정소설의 결말을 전도하고 있다. "탐정소설의 형식"은 마지막에 가서 사건의 전모를 밝히는 해설부가 나오고 분규가 종식되는 결말부가 나온다. 전자가 의문을 풀어주고 후자가 불안을 진정시킨다. 개정증보판은 그런 종결이 부재한다. 남경사는 현대사회의 제 문제와 인류 구원의 숭고한 두 종교 편력을 듣는 중개자이자 방관자에 지나지 않는다. 결말에 이르러 조동팔의 자백을 들어 사건의 전모를 파악하지만 그는 종교와 사회의 문제는 해결하지 못한다. 예수의 "확고한 예정"과 아하스 페르츠의 "영원이 될지도 모르는 기다림" 사이에, 민요섭의 "끊임없는 기도와 잠도 잊은 듯한 성경읽기"와 조동팔의 "고독한 신성(神聖)" 사이에서 '서사의 종결'은 미정이다. 의문은 풀리지 않고 불안이 지속되고 있는 격이다.

위의 분석처럼 이문열은 사회 고발과 종교 성찰로 추리소설을 파괴하면서 확장한다. 범죄수사담은 강건하고 냉철한 수사관이 법에 근거해 "일상적인 삶"을 수호한다. 그는 사회 고발로 일상의 모순과 부조리를 드러내고 종교 성찰로 그 구원의 가능성을 말하고 있다. 종교적 구원이 없는 사회 고발은 물질적이고 사회 고발이 없는 종교적 구원은 관념적이다. 그는 물질적이고 관념적인 소설을 창작하였다. 하지만 두 요소가 절충되어 있지는 않다. 즉각적인 실현을 추구하는 현세적인 구원관과 총체적인 변화를 추구하는 내세적 구원관을 충돌시켜 물질과 관념, 현세와 내세, 현재와 미래의 대립을 극명하게 보여주고 있다. 그건 인간 실존의 난제(難題)이다.

그러므로 이문열은 "일상적인 삶"을 뛰어넘는 종교추리소설로 고대와 현대에 거듭되는 구원관 갈등의 사회 종교적 의미를 다루고 있다.

4. 맺음말

과연 이문열은 대중문학을 어떤 식으로 수용해서 종교추리소설을 창작하였는가. 개정증보판을 기준으로 보면 몇 가지 원리가 드러난다.

그는 추리소설의 흥미성을 변별적으로 수용하고 있다. 그는 1979년도 제3회 '오늘의 작가상'에 응모할 때 1973년도 투고 원고가 낙선된 경험을 교훈삼아 난해한 형이상학적 관념소설이 잘 읽힐 수 있도록 범죄수사담을 부가하였다. 범죄수사담의 지적인 유희나 자극적인 폭력은 극히 절제한 채 수사 갈등으로 긴장감을 고조시키고 사건 수사로 의구심을 촉발시키며 독자가 수사관의 정신적 여정에 주목하도록 한다. 특히 사건 수사보다 종교적 수수께끼의 풀이가 전경화되고 탐문 수사와 글 읽기로 수사되는 데 큰 단락마다 매번 추리소설 기법을 변주해서 단조로움을 피하려고 한다. 대중문학의 흥미성을 변별적으로 수용해 지적 소설로 만든 사례이다.

그는 대중문학을 변별적으로 수용해 당의정 효과를 얻으면서도 고 장르 관례는 전도해버린다. 범죄수사담은 강건한 수사관이 법에 따라 범죄사건을 해결해서 사회질서를 수호하는 장르이다. 개정증보판은 법과 경찰만으로는 해결할 수 없는 현대사회의 모순과 부조리가 단편적으로 나열되고 이는 현대사회의 병폐로만 한정되지 않은 채 고대부터 거듭되어 온 종교사적 문제로 부각되고 있다. 수사관은 해결 능력은 물론 그럴 의지도 없는 무기력한 방관자로 나오고 오히려 피살자와 살인자가 노동 쟁의와 사회 복지로 사람들을 도우면서 신종교로 인류를 구원하려다가 실패하고 만다. 그러므로 이문열은 법의 한계를 뛰어넘는 문제와 무기력한 수사관의 한계를 부각시켜 범죄수사담의 체제 유지 기능을 거부하고 있다.

그는 지적인 소설을 위해 대중문학의 흥미성을 변별적으로 수용하고 사회 고발을 위해 대중문학을 반어적으로 전도하는 데에 그치지 않는다. 고전 장르가 교묘하게 착종된다. 그는 고전문학의 탐색담을 전유해서 인류 구원을 위해 새 종교를 탐색하는 두 종교 편력을 병치하고 성서 전설을 전유해서 현세적 구원과 내세적 구원의 종교 갈등을 증폭시키고 있다. 종교 갈등으로 인해 살인이 발생하지만 그건 사회질서를 위해 추방해야 하는 범죄로만 규정되지 않고 인류 구원의 종교적 제의로 확대되고 있다. 하지만 구원관의 갈등은 해결되지 않는다. 그러므로 이 소설은 세속적인 현대사회의 신성한 차원을 부정하지 말아야 한다는 이유 있는 항변이기도 하고 그 신성성조차 구원관의 대립과 갈등으로 점철되어 있다는 우울한 진단이기도 하다. 이문열의 특유한 비관적 의고주의가 잘 드러나 있다.

다소 진부하고 단조로운 추리소설 기법과 너무 대립적인 구원관의 갈등에도 불구하고 『사람의 아들』은 대중문학의 흥미성과 사회 고발의 비판성과 종교 성찰의 관념성이 서로 길항하며 느슨하게 착종돼 대중적인 인기도 얻고 작품성도 이루어낸 드문 사례이다. 『레테의 戀歌』와 『황제를 위하여』와 『英雄時代』와 『추락하는 것은 날개가 있다』도 비슷한 면이 많다. 차후 논의를 확장해 문학작품의 대중성 이론을 정립한 후 그의 소설이 대중적 인기를 얻는 까닭을 다루어야 할 필요가 있다. 그건 '이문열과 대중문학'을 규명하는 데에 있어서 반드시 해결되어야 하는 과제이다.

■ 참고문헌

1. 연구자료

이문열, 『사람의 아들』, 민음사, 1987.

2. 국내외 논저

강준만, 『이문열과 김용옥』, 인물과사상사, 2001.

김명인, 「한 허무주의자의 길찾기」, 김윤식 외 편, 『이문열論』, 삼인행, 1991.

김욱동, 『이문열』, 민음사, 1994.

김영성, 「한국 추리서사의 서사성과 대중성에 관한 연구(1)—추리서사의 사적(史的) 개념과 적용 범주에 대하여」, 『한국언어문화』 제29집, 한국언어문화학회, 2006.

김인숙, 「이문열의 〈사람의 아들〉에 대한 연구」, 『울산대학교 연구논문집』 제20권, 울산대 출판부, 1989.

권유리야, 『이문열 소설과 이데올로기』, 국학자료원, 2009.

류철균, 「이문열 문학의 전통성과 현실주의」, 류철균 편, 『이문열』, 살림, 1993.

신영진, 「이문열의 소설에 나타난 대중성 요인 분석」, 공주대 대학원 석사학위논문, 2011.

이남호, 「神의 은총과 人間의 正義—李文烈의 『사람의 아들』」, 이문열, 『사람의 아들』, 민음사, 1993.

이동하, 「낭만적 상상력과 세계 인식」, 김윤식 외 편, 『이문열論』, 삼인행, 1991.

_____, 「한국 대중소설의 수준」, 김윤식 외 편, 『이문열論』, 삼인행, 1991.

_____, 「예수 부활 문제에 대한 소설적 접근의 몇 가지 유형: 『가룟 유다에 대한 증언』과 『사람의 아들』을 중심으로」, 『인문언어』 제2권 제1호, 국제언어인문학회, 2002.

이태동, 「절망의 현상학」, 이태동 편, 『이문열』, 서강대 출판부, 2000.

유종호, 「도상의 작가」, 『동시대의 시와 진실』, 민음사, 1982.

_____, 「능란한 이야기 솜씨와 관념적 경향」, 김윤식 외 편, 『이문열論』, 삼인행, 1991.

정 일, 「이문열 〈사람의 아들〉의 구조주의적 분석」, 『인문학연구』 제81호, 충남대 인문
　　　과학연구소, 2010.

조남현, 「소설 공간의 확대와 사상의 실험」, 『작가세계』 1호, 세계사, 1989.

차봉준, 「『사람의 아들』 成書 모티프 受容과 基督敎的 想像力」, 『어문연구』 138호, 한국
　　　어문교육연구회, 2008.

차정식, 「한국 현대소설과 성서신학의 '교통 공간' - 이청준, 이문열, 이승우의 몇몇 작
　　　품을 중심으로」, 『한국기독교신학논총』 73권, 한국기독교학회, 2011.

황순재, 「변용된 수평적 지향의 悲劇性 - 「사람의 아들」에서」, 『국어국문학』 제27집, 부
　　　산대 출판부, 1990.

Merivale, Patricia and Susan Elizabeth Sweeney(ed.), *Detecting Texts: The Metaphysical Detective
　　　Story from Poe to Postmodernism*, University of Pennsylvania Press, 1999.

찾아보기

편저자 약력

박덕규

경희대학교 국어국문학과를 졸업했다. 시집 『아름다운 사냥』, 소설집 『날아라 거북이!』 『포구에서 온 편지』, 장편소설 『밥과 사랑』 『사명대사 일본탐정기』, 탈북 소재 소설선 『함께 있어도 외로움에 떠는 당신들』, 평론집 『문학과 탐색의 정신』 『문학공간과 글로컬리즘』 등이 있다. 현재 단국대학교 문예창작과 교수로 재직 중이다.

차선일

부산외국어대학교 국어국문학과(학사, 석사)를 졸업하고, 경희대학교 대학원 국어국문학과에서 박사학위를 받았다. 논문 「『소설가 구보씨의 일일』 연구」 「박태원 「적멸」 연구」 「이병주의 『지리산』에 나타난 한국전쟁의 재현 양상 연구」, 공저 『1930년대 문학의 재조명과 문학의 경계 넘기』, 편저 『설정식 시선』 『지장보살』 등이 있다. 현재 단국대학교 동양학연구원 연구교수로 재직 중이다.

필자 약력

이정옥

서강대학교 국어국문학과를 졸업하고, 동 대학원에서 박사학위를 취득하였다. 저서로 『1930년대 한국 대중소설의 이해』 등과 논문으로 「변용 추리소설에서 변형된 인물의 기능과 의미」 등이 있다. 현재 숙명여자대학교 교양교육원 교수로 재직 중이다.

김학균

서울대학교 국어국문학과 및 동 대학원을 졸업했다. 「염상섭 소설의 추리소설적 성격 연구」 「『당신들의 천국』에 나타난 한센병의 은유」를 포함한 한국 근대소설에 나타난 질병의 특성에 대한 다수의 논문을 발표했다.

연남경

이화여자대학교 국어국문학과 및 동 대학원을 졸업했다. 「신화의 현재적 의미」, 「집단학살의 기억과 서사적 대응」, 「다문화 소설의 탈경계적 주체 연구」 등의 논문과 『최인훈의 자기 반영적 글쓰기」, 『한국문학이론과 비평총서1-기호학』, 『1960년대 문학지평탐구』 등의 저서 및 공저서가 있다. 현재 이화여자대학교 국어국문학과 조교수로 재직 중이다.

김한식

고려대학교 국어국문학과 및 동 대학원을 졸업했다. 1997년 『작가세계』 신인상에 평론으로 등단하였으며, 저서로 『현대문학사와 민족이라는 이념』 『문학의 해부』 등이 있다. 현재 상명대학교 한국어문학과 교수로 재직 중이다.

최성희

경희대학교 대학원 국어국문학과 졸업했다. 주요 논문으로 「1960년대 소설에 나타난 '여성교양' 담론 연구」 「1960년대 초기 여성잡지에 나타난 여성의 '교양화' 연구」 「1960년대 강신재 소설에 나타난 근대화의 '망탈리테' 연구」 등이 있다. 현재 경희대학교 후마니타스 글쓰기 강사로 재직 중이다.

김윤식

경남 진영에서 출생했다. 저서로 『6 · 25의 소설과 소설의 6 · 25』 『20세기 한국작가론』 『일제 말기 한국 작가의 일본어 글쓰기론』 『미당의 어법과 김동리의 문법』 『한 · 일 근대문학의 관련양상 신론』 『한국현대문학비평사론』 『한국근대문학연구방법입문』 『이상문학 텍스트 연구』 『발견으로서의 한국현대문학사』 『현대문학과의 대화』 『한국현대문학사』 외 다수가 있다. 서울대 국문과 교수를 거쳐 같은 대학 명예교수로 있다.

이상우

언론인, 추리작가. 『한국일보』 『서울신문』 『국민일보』 『일간스포츠』 『스포츠서울』 『굿데이』 등에서 편집국장, 대표이사, 회장을 역임했고. 1983년 한국 추리작가협회를 창설하여 18년간 회장직을 역임했다. 추리소설로 『화조 밤에 죽다』 『악녀 두 번 살다』 『안개도시』 『신의 불꽃』 등 , 역사소설로 『김종서는 누가 죽였나』 『대왕 세종』 『정조대왕 이산』 등을 발표했다. 제3회 한국 추리문학 대상을 수상했다.

정희모

연세대학교 대학원 국어국문학과를 졸업했다. 저서로 『1930년대 한국 모더니즘 작가 연구』 『한국 근대비평의 담론』 등과 논문으로 「반근대와 문학의 자율성」, 「객관적 묘사와 관찰의 힘」 등이 있다. 연세대학교 학부대학 교수 및 한국작문학회 회장을 역임했다. 현재 연세대학교 국어국문학과 교수로 재직 중이다.

임성래

연세대학교 국어국문학과를 졸업하고 동 대학원에서 석사 및 박사학위를 취득하였다. 저서로는 『완판 영웅소설의 대중성』 『조선 후기의 대중소설』 『전남 동부 지역의 무가』 등이 있다. 순천대학교 국어교육과 교수를 역임하고, 현재 연세대학교 원주캠퍼스 국어국문학과 교수로 재직 중이다.

오윤호

서강대학교 국어국문학과를 졸업하고 동 대학원에서 석사 및 박사학위를 취득하였다. 저서로는 『현대소설의 서사 기법』이 있으며, 주요 논문으로는 「탈경계 주체들과 문화혼종 전략」이 있다. 현재 이화여대 이화인문과학원 교수로 재직 중이다.

백대윤

한남대학교 대학원에서 박사학위를 취득하였다. 주요 논문으로는 「한국 추리서사의 문화론적 연구」 「소설과 영화의 기호체계 비교」 「형이상학적 추리소설 『장군의 수염』 연구」 「SF 서사의 본성」 등이 있고, 공저로는 『영화? 영화!: 문학의 시각으로 본 영화』 『논술 MRI』 등이 있다. 현재 한남대학교 강사로 재직 중이다.